La Ferme aux loups, *son premier roman, a valu à son auteur le prix Honoré-d'Urfé du roman d'amour. Fort de ce succès auprès des lecteurs,* **Jean-Paul Laurent** *a de nouveau mis en scène la France rurale de l'entre-deux-guerres dans* L'Autre Montagne *(La Table Ronde, 2003).*

La Ferme aux loups

Imprimé en France en septembre 2008
Numéro d'impression : 81172
Dépôt légal : octobre 2008
ISBN : 978-2-84494-781-9

JEAN-PAUL LAURENT

LA FERME AUX LOUPS

De Borée
Terre de poche

Avertissement

La Ferme aux loups *est une œuvre de pure fiction. Toute ressemblance avec des faits ou des personnages existant ou ayant existé ne serait que pure coïncidence.*

À mon épouse, mes enfants, à tous ceux qui, un jour ou l'autre, ont respiré l'air acide et léger des Hautes Terres, en ont humé les parfums, découvert les habitants, je dédie ces pages pour qu'avec moi ils se souviennent…

Prologue

Le chemineau s'arrêta, souleva son feutre et se gratta la tête. L'herbe avait poussé dans le milieu du chemin, habituellement piétiné par les sabots du cheval. Les ondulations de sable grossier, créées par le ruissellement des eaux des derniers orages, ne gardaient aucune trace des bandages de fer des roues de la charrette. Il était arrivé quelque chose... Visiblement, personne n'était descendu depuis longtemps, des semaines sans doute... Jamais, depuis presque trente ans qu'il venait à la fin de juin, pour aider aux gros travaux, il n'avait, à l'approche de Jappeloup, ressenti une semblable impression.

Il voulut presser le pas aux abords de la petite crête qui lui masquait encore la maison, mais une sorte d'angoisse avait accéléré les battements de son cœur et, l'âge aidant, il dut s'arrêter à nouveau pour reprendre haleine. Il repoussa sur ses reins la vieille besace dont la bretelle usée lui sciait l'épaule et dont le poids, soudain, lui parut démesuré pour le peu qu'elle contenait.

Il tenta de se remémorer ses précédents séjours : six ans déjà s'étaient écoulés depuis la fin de la guerre... Bien des événements avaient marqué Jappeloup de leur empreinte... Il arrivait chaque année à la fin du printemps, quand l'herbe haute appelait le sifflement rythmé de la faux. Trente ans presque qu'il arrivait tranquille, sûr de son embauche pour quelques semaines, avant de replonger vers le Beaujolais où les vendanges l'attendaient. C'était une bonne maison : si on y appréciait le cœur à l'ouvrage, on ne vous chipotait pas la nourriture ni le montant du maigre salaire des journaliers. Il était venu par hasard la première fois, il était jeune, il s'était laissé entraîner par un « pays » de sa connaissance. Il n'avait pas regretté. Chaque année, il était revenu. Il s'était lié d'amitié avec Gustave, le maître, à peu près de son âge. Ils avaient plaisir à se retrouver, à parler, même si chacun gardait sa place. Combien de fois n'avait-il pas amené avec lui un ou deux compagnons de rencontre, en peine d'embauché. Il connaissait suffisamment les patrons pour être sûr qu'ils seraient bien accueillis.

Les temps avaient changé. Gustave n'était plus là et lui manquait. Il revenait quand même par habitude, lié à cette maison. Il craignait Désiré, le fils, le nouveau maître. Autant Gustave était sociable et d'une compagnie agréable, autant le fils était bourru et entêté, jaloux de son autorité. Vraiment, ça lui avait fait un coup à l'époque, la brutale disparition de Gustave et de Berthe, une brave femme elle aussi, une bonne maîtresse.

Il venait seul à présent, car les bras disponibles s'étaient faits plus rares. La guerre avait saigné la terre de France, et les monuments édifiés un peu partout dans les villages qu'il traversait portaient une liste si longue qu'elle l'impressionnait. Plusieurs fois, il avait compté : trente, quarante, voire cinquante noms n'étaient pas rares pour un bourg de bonne taille... Il ne déchiffrait que les prénoms, souvent les mêmes, et il imaginait... un père, un mari, un fils. Chaque maison touchée, bancale et désemparée, privée subitement de la force qui l'animait.

Un peu apaisé, il se remit en marche et franchit la crête. De nouveau il fut saisi par le silence du vallon. Il s'approcha de la maison sans qu'aucune présence ne se manifestât. Pas un aboi... pas un mouvement... pas un cri. Jappeloup était vide, comme un cocon déserté. « Lozère », c'est ainsi qu'on l'appelait, franchit avec appréhension le porche au grand portail ouvert. Déjà, les orties avaient conquis une partie de la cour et des touffes de plantain prospéraient aux joints du dallage grossier qui courait jusqu'à l'entrée de l'habitation.

Quelques roses fanées émergeaient de l'herbe haute qui avait envahi le massif créé, quelques années plus tôt, le long du mur exposé au midi.

La porte était entrouverte ; l'homme la poussa et entra. La pièce exhalait une puissante odeur de lait aigre et de moisissure. Tout suait l'abandon. Il n'eut pas le cœur d'aller plus avant. Il regagna la cour et s'assit sur le petit banc de bois, à l'ombre de l'avant-toit. Une énorme tristesse l'avait envahi. Ainsi, la bête était venue… qui avait jeté bas Jappeloup et toute sa maisonnée. Maintes fois il avait senti la menace et en avait averti le maître. Jamais celui-ci ne l'avait écouté, sauf quand il était gamin et buvait les récits de son Gévaudan natal. Lui-même, prophétisant pourtant, n'avait pas compris la nature du mal qui rampait au creux de cette combe. Il l'avait senti, tapi aux alentours de cette opulente maison, comme la bête guettant le moment favorable pour fondre sur sa proie. Il n'avait pas su lui donner d'autre nom que celui de cette terrifiante créature qui avait marqué, pour des générations, les consciences et l'imaginaire des gens de son pays. Il lui semblait que, déjà, Jappeloup était mort… que cette maison aux dents de granit avait refermé ses crocs sur la gorge pantelante de ses gens et y avait étouffé tout souffle d'espérance.

Il restait immobile, calé contre le mur, la musette entre ses pieds, la canne posée en travers des genoux. Fatigué, sans doute, par sa longue marche, brisé par l'émotion qui l'avait étreint, il s'assoupit.

C'est alors qu'il le vit : il était là, assis sur son train, le pelage luisant sous l'éclat du soleil. C'était un loup immense, dont le regard aux pupilles animées avait capté le sien, immobile et solennel, sans agressivité ni crainte, fascinant, beau et redoutable comme le destin.

Cette vision venait-elle lui dire que tout était accompli désormais, et que ses ridicules prémonitions n'avaient gêné en rien le déroulement inéluctable des événements ?

Soudain, l'énorme bête dressa la tête et fit jaillir de sa puissante poitrine un hurlement aux modulations terrifiantes. L'homme en fut glacé jusqu'au cœur. Il porta la main à sa poitrine, tiré de sa torpeur. Il se leva d'un bond, ramassa sa canne que son sursaut avait projetée à terre, se retourna pour saisir la bretelle de sa musette et s'enfuit à grandes enjambées. Maintenant c'était la peur qui faisait battre le sang à ses tempes et lui coupait la respiration. Il courut, aussi vite que ses vieilles jambes le lui permirent, jusqu'au ressaut du vallon. Là, seulement, il s'arrêta et vérifia qu'il n'était pas suivi. Il n'eut pas même un dernier regard pour la grande bâtisse qu'il laissait derrière lui. Il se jeta dans la descente d'un pas rapide.

Il sentit que la faim le tenaillait, mais il ne s'arrêterait pas avant d'avoir rejoint le monde des hommes… alors il sortirait de sa besace le quignon de pain rassis et les deux oignons. De temps à autre, il jetait un regard rapide sur le chemin, en arrière. Il ne voulait rien emporter dans son sillage de cet endroit désormais maudit…

I

FATIGUÉ, LE CHEVAL S'ARRÊTA. La voiture s'immobilisa dans un léger grincement de ressorts. L'homme descendit, ouvrit sa braguette et se soulagea, sans un regard autour de lui. Satisfait, il fit quelques pas vers l'arrière de la voiture. Il boitait. Sa jambe droite accusait une forte raideur, et son déhanchement s'amplifiait sous l'effet de la fatigue. Il revint vers l'avant de l'attelage, prit la bride et, d'un même effort, l'homme et la bête se remirent en route lentement.

Rien ne pressait, les deux commis et la vieille Philomène étaient remontés dès la fin de la cérémonie. Quand il arriverait, tout serait en ordre : il n'eût d'ailleurs pas toléré qu'il en fût autrement. Désormais, c'est lui qu'ils appelleraient « maître », et la vieille Phi aurait tôt fait de renoncer au qualificatif affectueux de « petiot » qu'elle lui donnait encore parfois, ne pouvant oublier qu'elle l'avait vu naître et, pour une bonne part, élevé.

Assoupli par la courte marche, il boitait moins maintenant, il lâcha la bride et le cheval s'arrêta. L'homme n'était pas à l'aise dans ses vêtements du dimanche et ses chaussures lui faisaient mal. Il remonta en voiture, étendit sa jambe, se cala confortablement et, claquant de la langue et du fouet, remit le cheval en route. Le chemin gravissait, à mi-côte, la pente ombragée d'un vallon, l'autre versant, encore illuminé par le soleil couchant, renvoyait l'écho du bruissement du ruisseau.

Au-delà de Pragnot, la montée, longue et régulière, aux courbes amples, n'était interrompue que par le coude brusque et serré du pont de bois que son père avait fait construire, pour éviter une forte rupture de pente au franchissement à gué du ruisseau. Ce creux, orienté au nord, où la neige restait longtemps et finissait souvent en verglas, gênait beaucoup le passage, et même à la belle saison, lors de charrois lourds, nécessitait le secours d'une paire de bœufs supplémentaire, ce qui faisait perdre beaucoup de temps.

La carriole atteignit le pont. Instinctivement, il tendit les rênes. On entendit le pont sonner au choc des sabots et gronder au roulement des bandages de fer. Il ne s'arrêta pas et rendit les guides.

Le cheval reprit un pas plus assuré. Il ne put s'empêcher de penser que gisait en contrebas la voiture renversée et brisée de son père. Il leur faudrait tenter de la hisser le lendemain, ainsi que la carcasse du cheval borgne, blessé à mort dans l'accident. Cette bête, dont son père n'avait jamais voulu se débarrasser, d'une taille et d'une endurance peu communes, était cependant d'une grande docilité. Elle n'avait pas son pareil pour comprendre les ordres et, obéissant à la voix, permettait, lors des débardages notamment, l'économie d'un conducteur. L'accident, c'était à son cheval borgne que le devait son père.

Voilà comment, lui, il voyait les choses. C'était au retour de la foire d'automne à Noirétable. Certainement le père, sa tournée finie, ses affaires traitées, avait vidé quelques chopines avec des connaissances. La mère, ayant déposé dans la voiture ses emplettes, avait accepté de bonne grâce, en l'attendant, le café que lui avait offert la Noémie. C'était une ancienne compagne de l'école primaire qui logeait à l'angle de la place du marché, d'où la mère pouvait surveiller l'arrivée toujours un peu titubante de son époux. Il connaissait par cœur ce rituel auquel, enfant, il avait maintes fois participé, sauf que souvent sa mère l'envoyait au café tirer par la manche le père oublieux pour lui dire que la mère avait fini son marché.

Puis le père était arrivé, la casquette haute, la démarche légèrement chaloupée, tenant Patient par la bride. Le cheval avait la tête penchée, ainsi qu'il la tenait toujours depuis l'accident en forêt qui lui avait fait perdre un œil. Le père l'avait fait reculer entre les brancards de la voiture garée cul au fossé le long de la grand-route. Il l'avait attelé, tandis que la mère s'installait sur le siège, et d'un mot l'avait lancé avant de grimper, rênes à la main, sur le marchepied de la voiture qui s'ébranlait.

Il les voyait, dodelinant au rythme du cheval au pas, dans la longue montée, la mère ayant tiré sur elle la vieille couverture qui ne quittait jamais le siège de leur voiture, le père, un peu tassé, les avant-bras sur les genoux, la casquette basse maintenant. Il les voyait arriver au pont, tous deux engourdis par la fraîcheur inhabituelle de ce mois de novembre 1912. Patient, c'est sûr, avait d'instinct tiré de son côté aveugle pour se garder du vide qu'il voyait. Le père, pourtant, en avait l'habitude et corrigeait la trajectoire en tendant la rêne du côté opposé. S'était-il assoupi ? La mère avait-elle crié trop tard ? Il voyait la haute roue engagée hors du tablier, le choc de l'essieu sur le tronc de sapin qui servait de garde, la voiture déséquilibrée, hésitant une seconde. Un coup de reins de Patient pour se dégager des rondins sur lesquels il se sentait moins sûr et la voiture avait basculé, se brisant quatre mètres plus bas sur les rochers, entraînant dans sa chute père, mère et cheval.

Quand, sur l'insistance de Phi inquiète du retard, il avait envoyé, à la nuit tombante, le plus jeune des valets parcourir les quelques centaines de mètres qui permettaient de passer la crête et d'avoir vue sur le vallon, il était resté dehors. Il était certain de l'arrivée imminente, le père riant et encourageant de la voix Firmin, un garçon demeuré qu'il poussait du nez de son cheval, alors que la mère tentait de faire cesser le jeu.

Il vit enfin revenir le valet, courant et gesticulant, mais de voiture, point. Puis il perçut les cris inarticulés du garçon. Il se précipita, claudiquant, à sa rencontre et, de loin, le pressa de questions. Arrivé près de lui, il le secoua, mais l'autre, perdant souffle et toute compréhension, gémissait comme un enfant blessé. Brusquement, le garçon se dégagea et partit, aussi vite qu'il le put, se réfugier dans les jupes de la vieille Phi, c'est du moins ce que pensa Désiré. Il jura et dut à son tour franchir la crête.

Le vallon retentissait des hennissements de Patient. La douleur lui arrachait d'étranges modulations. Désiré comprit alors que quelque événement grave était arrivé. Il courut aussi vite qu'il le put chercher Antoine. Ils attelèrent l'autre cheval à la charrette, jetèrent à l'arrière des lampes, des cordes et un cric de forestier. Ils allaient partir quand Désiré se ravisa et, d'un bond, alla décrocher dans l'entrée de la maison son fusil qu'il chargea de gros calibre : les cris de Patient ne laissaient guère de doute sur son état.

Au mépris du danger – il faisait presque nuit maintenant –, c'est au grand trot qu'ils descendirent. Désiré claquait du fouet et Antoine, crispé sur la manivelle qui commandait le serrage des sabots de freins, tournait aussi vite que possible, tantôt dans un sens, tantôt dans l'autre, le petit levier dont l'action leur permettait de ralentir à l'entrée des virages. Ils arrivaient au pont, tous freins serrés. Les roues bloquées, glissant sur leurs bandages métalliques, tiraient des pierres du chemin des gerbes d'étincelles. La charrette s'immobilisa à l'entrée du pont. Le cheval stoppé dans son élan se dressa en ruant dans les brancards. Les cris de Patient lui répondirent. Ils sautèrent de la carriole et se penchèrent, appuyés au tronc de côté. Les râles de Patient montaient vers eux. Ils distinguaient la vapeur claire qui émanait de ses naseaux. Ils voyaient dans l'obscurité luire la bande de laiton qui ceinturait le coffre à l'arrière de la voiture. Antoine appela :

« Maître Rouzan ? »

Patient répondit par une nouvelle plainte.

Désiré avait saisi son fusil et se laissait glisser à tâtons vers la bête épuisée et souffrante. Il ajusta son coup au jugé, sur la chaleur de l'haleine. La détonation claqua et, dans le silence qui suivit, on n'entendit que la vibration qui agita les lèvres du cheval terrassé quand ses poumons se vidèrent.

Antoine descendait maintenant à la lueur de la lampe tempête qu'il tenait haut pour ne pas la heurter. On perçut alors une faible plainte. Elle semblait provenir de l'eau du ruisseau qui, entre les blocs de granit moussus, poursuivait sa course en filant sous le côté brisé de la voiture. Réunis dans la faible lumière dispensée par la lampe, ils se penchaient et tâtaient de leurs mains tantôt la mousse fraîche, tantôt l'eau glacée. Antoine gémit soudain, sa main venait de se poser sur quelque chose de tiède et de gluant. Il la retira, elle était sombre et poisseuse. Ensemble, les pieds dans l'eau, ils tentèrent de riper la carriole. Plus encore que son poids, son encastrement entre les rochers la rendait inébranlable.

Tandis qu'Antoine remontait chercher le cric, Désiré, penché en avant, les mains tâtonnantes, parcourait le cours du ruisseau et ses berges glissantes. Sa main n'identifia pas immédiatement le sein de sa mère sur lequel elle s'était posée. Quand il comprit, il la retira avec effroi. Il sut tout de suite qu'elle était morte. Sans doute parce qu'il n'avait senti ni palpitation ni mouvement, mais peut-être aussi parce qu'il n'y avait plus de chaleur, tout juste une tiédeur à peine perceptible. Ne pouvant reposer la main au même endroit, il tentait de situer les bras pour les saisir : il craignait de rencontrer, sous ses mains d'homme, le visage et, plus encore, certaines autres parties du corps de sa mère. Il le laissa là. L'urgence était d'apporter de l'aide à Antoine qui s'efforçait, dans la lueur de la lampe posée sur un rocher en retrait, d'introduire le cric volumineux entre une base solide et une partie suffisamment rigide de la voiture pour tenter de dégager le père coincé dessous.

Ce fut long et difficile. La position du cric enfin trouvée, il se révéla impossible, vu l'accès limité, de tourner la manivelle autrement que par courtes sections, nécessitant chaque fois calage et usage du cliquet. Ils étaient ruisselants de sueur et trempés jusqu'à la ceinture. Enfin, ils purent voir le blessé. Ils glissèrent chacun une main au creux des aisselles et essayèrent de le tirer vers eux. Ils allaient renoncer, craignant de l'achever par cet effort, lorsqu'il se mit à glisser avec un bruit de succion et que ses jambes se dégagèrent de la vase.

Il vivait encore, les cheveux poisseux de sang, le visage déjà marqué par l'asphyxie. Le côté gauche de son épaisse vareuse gardait l'empreinte du moyeu ferré qui lui avait brisé les côtes et enfoncé la poitrine. Le pantalon de velours, retenu par la vase, laissait apparaître les jambes blanches dont l'une était brisée juste au-dessous du genou. La manœuvre de dégagement lui avait tiré quelques râles. À peine l'eurent-ils reposé qu'il eut une sorte de hoquet et que son menton se cabra. Il était mort.

Ils eurent besoin des cordes pour hisser les deux corps sur le bord du chemin. Enfin, ils purent les poser côte à côte à l'arrière de la charrette. Glacés et grelottants dans leurs vêtements trempés, malgré la grosse veste de velours qu'ils venaient d'enfiler, ils prirent, au pas, le chemin du retour. Ils n'échangèrent pas une parole : Antoine, devant, tenant la bride d'une main, la lanterne de l'autre, Désiré, sur le côté de la charrette, une main posée sur la ridelle. C'est ainsi qu'ils arrivèrent, guidés de loin par la lueur d'une lampe tempête que Phi, aux aguets, avait accrochée sur le côté du porche.

Firmin, calmé par la présence de la vieille, était assis sur le banc, la tête entre ses bras posés sur la table. Il se dressa d'un bond au premier jappement et vint se blottir dans un recoin, derrière le vaste buffet. Phi se tenait déjà sur le seuil, la porte ouverte. Menacés par Désiré, les chiens hésitaient entre plaintes et hurlements. La charrette s'avança jusqu'au seuil. La clarté émanant de la fenêtre découvrit à Phi les deux corps allongés à l'arrière. Elle porta la main à sa bouche, puis se signa en murmurant entre ses lèvres :

« Doux Jésus, doux Jésus… »

Puis elle rentra précipitamment et ôta de la longue table la vaisselle qu'elle y avait disposée. Désiré et Antoine apportaient la dépouille de la mère. Suivant Phi qui leur montrait la table, ils la déposèrent sur l'un des côtés. Tandis qu'ils amenaient l'autre corps et le serraient de l'autre côté, elle restait immobile, contemplant la large plaie, derrière la tempe, déjà brunie par le sang séché, où la boîte crânienne avait été défoncée par le roc. Elle était morte sur le coup. Son visage, nullement marqué par le choc, était serein et d'une pâleur presque irréelle. Un filet de sang venait de s'écouler de la bouche du père.

Antoine ressortit dételer le cheval. Dans le silence oppressant, on entendit sonner les fers sur les pierres de la cour, puis Désiré dit d'une voix blanche :

« C'est au pont... »

Phi, comme éveillée par ces mots, marcha vers une vaste armoire cirée qu'elle ouvrit. Elle en tira une immense nappe blanche qu'ils étendirent sur les corps. Ils restaient immobiles, l'un à la tête, l'autre au pied. Firmin, qui, de son coin, avait contemplé les allées et venues avec de grands yeux effrayés, se remit à geindre. Antoine entra en grattant ses semelles sur les pierres du seuil. Les moindres bruits domestiques semblaient amplifiés et résonnaient dans le silence.

« Allez vous changer, dit Phi, que vous allez attraper la mort. »

Elle voulut reprendre le mot, mais il était trop tard. Cela épaissit encore le silence. Elle baissa les yeux, gênée, et, se tournant lentement, elle se pencha sur le gros poêle de fonte à quatre marmites, enleva le couvercle et enfourna quelques bûches, elle tira alors vers les cercles plus chauds du foyer un faitout noir. Puis, par la porte avant béante, elle préleva avec une petite pelle quelques tisons qu'elle porta dans l'âtre et glissa sous un amas de brindilles. Presque aussitôt, le feu jaillit.

Désiré monta pesamment l'escalier de bois, puis on entendit son pas inégal dans le corridor s'éteindre peu à peu. Antoine était sorti par une petite porte dérobée qui donnait accès à la soupente où avaient été aménagées les cellules des valets. Cette porte permettait aussi par les longs mois d'hiver, lorsque bise et neige se liguaient pour combler la vaste cour de congères, de rejoindre la grange et l'étable sans avoir à passer dehors.

La soupe réchauffée, Phi appela Firmin, le fit asseoir près de l'âtre et lui mit entre les mains un bol de soupe fumante. Il la but à petits traits, posa son bol et commença à balancer sa tête au rythme lent d'une berceuse. Elle lui caressa les cheveux, le tira par la main contre sa poitrine et l'envoya au lit.

Phi accrocha à la crémaillère une grande marmite de fonte et se dirigea vers la souillarde où l'on disposait de l'eau courante. On entendit alors le son de l'eau frapper le fond d'un bidon de fer-blanc, puis progresser du grave à l'aigu, et se tarir. Antoine revenait vêtu de sec, portant sur son bras ses habits mouillés qu'il déploya sur le côté de l'âtre. Elle l'appela d'un geste et, ensemble, ils vidèrent la biche dans la marmite qu'il tira sur le feu. Il rassembla les brindilles éparpillées et ajouta du bois. Le feu dégageait maintenant une bonne chaleur à laquelle son corps se régalait. Désiré descendit et s'approcha du foyer. Elle leur servit là une soupe consistante et but quant à elle un peu de bouillon. C'est devant le feu, réchauffant peu à peu leurs membres engourdis, qu'ils écoutèrent Désiré donner ses ordres à mi-voix et qu'ils s'entretinrent avec lui de tout ce qu'il convenait de faire.

Suivant le souhait de Désiré, on les avait installés dans la petite cuisine d'hiver à laquelle on accédait directement de l'entrée qui donnait aussi sur la grande pièce où on les avait déposés la veille. On avait poussé la table contre le mur de la fenêtre et tiré le lit d'angle, afin de pouvoir en faire le tour. C'est dans ce lit qu'avaient dormi et s'étaient éteints les parents de Gustave, ce dont Désiré se rappelait vaguement, étant encore enfant à l'époque de leur disparition. Ce lit n'avait guère servi depuis, sauf pour loger quelque parenté de passage.

Phi avait, dans la nuit, procédé à la toilette mortuaire des maîtres, aidée de temps à autre par Antoine. Puis elle était allée chercher leurs effets des grandes occasions et avait descendu de l'armoire de leur chambre deux grands draps de lin pratiquement neufs, brodés aux initiales entrelacées du couple : R et L. L'un après l'autre, on les avait habillés et couchés dans ce lit un peu étroit où on avait dû les serrer épaule contre épaule. On avait joint leurs mains sur leur poitrine, entourées du chapelet de leur première communion qu'ils n'avaient guère usé ; celui de sa mère en argent, aux grains de nacre d'un blanc jauni, celui de son père aux gros grains de buis brunis. Désiré avait souhaité qu'on ne leur mît rien d'autre, aucun bijou. Il avait seulement accepté, sur la proposition de Phi, que l'on ceigne la tête de la mère de sa coiffe des jours de fête qui était entièrement noire bien que très ouvragée. Elle en avait hérité de la mère de Gustave qui l'avait brodée elle-même.

On avait mis sur une petite table, près du lit, un grand crucifix noir et argent avec deux chandeliers de bronze qui, d'habitude, décoraient la cheminée de stuc de leur chambre. Les chandelles, guère longues, attendraient les pratiques pour être allumées. Une coupe de cristal, exemplaire unique dans la maison, fut emplie par Phi d'une bonne rasade d'eau bénite, de celle que l'on conservait, à toutes fins utiles, dans le placard de la cuisine, derrière les bouteilles de gnôle qui servaient plus souvent. Un rameau de buis sec, récupéré sur le christ en plâtre de la pièce, y trempait. On avait mis au pied du lit deux chaises paillées et Désiré était allé chercher dans sa chambre un prie-Dieu en bois, verni de noir pour imiter l'ébène, doté d'une assise en velours rouge. Il en ignorait l'origine et ne l'avait jamais utilisé autrement que comme siège bas quand il était enfant. Enfin, on avait déposé une lampe à pétrole à la mèche rase dans l'embrasure de la fenêtre dont on avait en partie tiré le rideau, après l'avoir entrouverte pour maintenir la fraîcheur. Non pas qu'on attendît beaucoup de visites, mais il convenait de bien faire les choses.

Philomène et Antoine avaient passé le reste de la nuit sur les chaises. Toine somnolait et Phi, qui récitait le chapelet en prolongeant les dizaines par distraction, était obligée de le taper du coude pour l'empêcher de ronfler trop fort. Désiré, resté un moment avec eux, avait fini par aller s'étendre en prévision de la dure journée qui l'attendait.

Dès les premières lueurs de l'aube, Désiré avait fait seller son cheval et pris le chemin du village pour accomplir les formalités indispensables. Il se rendit directement chez le maire, un fidèle ami de son père. Il faisait jour quand il le trouva prêt à prendre le chemin de sa scierie. Jules Béraud fut surpris de le voir de si bonne heure.

« Désiré ! qué t'amène à si bonne heure ? Viens, viens prendre un café. »

Désiré entra sans répondre. Jules posa un bol près de la cafetière qui était restée sur la table à côté de la boîte à sucre en fer-blanc décorée de Bretonnes en coiffes de dentelle. Il alla au placard et revint avec le litre de gnôle. Ils s'assirent sur le banc, côte à côte. Désiré but son bol de café en silence. Jules avait approché le sien et versa dans les deux une bonne rasade d'eau-de-vie. Désiré en avala une gorgée et attendit que la chaleur eût touché ses entrailles.

« C'est le père, dit-il.

– Ton père est malade ? questionna Béraud.

– Que non, dit Désiré, il est mort.

– Qu'est-ce que tu me dis, petit ? demanda Jules qui reposa son bol sur la table sans y avoir touché. Et comment qu'il est mort, Gustave ? »

Désiré but à nouveau et conta l'affaire. L'alcool aidant, il parla…

Jules Béraud écouta en silence.

Soudain, la grosse horloge égrena lentement huit coups et coupa court au récit de Désiré, qui ne put retrouver le cours de ses explications.

« La Berthe aussi alors ? demanda le maire, pour vérifier s'il avait bien compris.

– Oui, dit Désiré, le père et la mère. Ils sont là-haut, vous passerez bien les voir ?

– Si je monterai les voir ? Y manquerait plus que ça ! Des amis de quarante ans ! Et il ajouta après un long silence : Mon pauvre petiot ! »

Comme un coup de fouet, le dernier mot du maire dressa Désiré.

« C'est pas le tout, dit-il, il faut que je m'occupe des bières, de la tombe, que j'aille voir le curé, que je téléphone au cousin.

– Je vais de ce pas les inscrire à la mairie. Passe chez Gobu pour la tombe, dis-lui que tu m'as vu. Il s'occupera de tout. Vois Planchon, pour les bières. Retrouve-moi à la mairie pour signer. On appellera ton cousin, et je t'accompagnerai voir le curé.

– À tantôt », dit Désiré, et il sortit.

Jules Béraud ne le suivit pas immédiatement, et fit sonner les bols sur l'évier de fonte pour signifier qu'il rangeait. Dommage que la Fernande l'eût quitté depuis cinq ans, à la suite d'une interminable grippe qui lui avait détraqué les poumons. Il eût tellement aimé lui raconter ce drame. Il l'aurait bien arrangé à sa façon, pour lui tirer des larmes et d'énormes soupirs. Cent fois elle aurait répété, les mains posées sur sa volumineuse poitrine :

« C'est pas Dieu possible, Jules ! C'est pas Dieu possible ! »

Il se versa encore un bon doigt de gnôle avant de remiser la bouteille, but d'un trait, lissa sa moustache d'un revers de sa main droite à laquelle il ne restait que trois doigts, enfila sa veste et sortit en tirant la porte.

Il s'arrêta brusquement sur le seuil, ôta sa casquette et fourragea dans ses cheveux hirsutes :

« Bon Diou de bon Diou ! dit-il entre ses dents, et les gendarmes ! Faut pas oublier les gendarmes… »

Lorsque Désiré en eut fini avec les formalités et qu'il serra la main de Béraud à la sortie du presbytère, il se sentit soulagé. Il avait hâte de retrouver Jappeloup et son univers familier. Le maire monterait le lendemain avec les bières. Quant aux gendarmes de Noirétable, davantage accablés par la distance à parcourir pour l'enquête – ils ne disposaient que de bicyclettes – que par l'accident, ils avaient déclaré qu'ils allaient voir avec le chef ce qu'il y avait lieu de faire.

Désiré remonta donc en fin de matinée. Il était un peu déçu de n'avoir pas pu parler directement au cousin. Aux fonderies du Lignon où il était contremaître, on lui avait dit qu'on ne pouvait le joindre pour l'instant, mais qu'on lui ferait la commission. Il avait été convenu que Béraud le rappellerait le lendemain pour lui donner le jour et l'heure de l'inhumation. Édouard serait là bien sûr, peut-être avec sa jeune épouse si elle pouvait prendre une journée de congé, avec l'oncle et la tante sûrement. Cette certitude rassérénait Désiré. Son cousin, de deux ans son aîné, lui avait toujours fait forte impression. Il admirait chez lui cette assurance, cette capacité de jugement qui l'avait bien servi dans ses études et qui très vite, après son entrée aux fonderies, lui avait permis, dès son retour du service militaire avec le grade de sous-officier, de remplacer du jour au lendemain un contremaître accidenté. Une vraie chance pour Édouard à qui tout réussissait.

Fort de cette situation enviée, empli d'espérances dans un avenir professionnel qui le mènerait loin, il venait de se marier avec Marguerite Maupin, la fille unique d'un boulanger de Boën, plus jeune que lui, mais déjà institutrice. Elle avait obtenu un poste sur place grâce à son récent mariage et en était fort heureuse, ayant passé trois années difficiles dans un hameau perdu du côté de Saint-Bonnet-le-Courreau. Elle y avait survécu grâce à son père qui, de temps à autre, prenait sur son sommeil pour aller lui rendre visite et lui apporter une pleine camionnette de victuailles de toutes sortes, de bois de chauffage et de friandises qu'elle partageait avec les onze élèves de son unique classe.

Les Rouzan étaient bien sûr de la noce, Berthe étant la sœur de la mère du marié. On avait fait un beau mariage. Les Maupin avaient invité largement clientèle et voisinage. Quant aux époux, ils avaient réuni une belle société d'amis de leur âge et on avait allègrement passé la nuit, jeunes et vieux dansant la bourrée sur la musique d'un petit orchestre du cru, composé d'un accordéon, de deux vielles et d'une cabrette aigrelette.

Passé 2 heures, on avait libéré les musiciens morts de soif, et la jeunesse s'était essayée aux danses en vogue au son éraillé d'un phono à pleine puissance, qu'on avait loué pour l'occasion. Les anciens s'étaient retirés dans le fond de la salle pour évoquer leurs souvenirs et échanger des nouvelles sur la longue période où l'on ne s'était plus vu.

Édouard et Marguerite avaient été pleins d'attentions pour Désiré, leur garçon d'honneur. Ils lui avaient donné pour cavalière une de leurs amies, forte et délurée, fille de vigneron à Saint-Sixte. Désiré avait peu dansé à cause de sa jambe, c'est du moins ce qu'il disait. En fait, peu habitué des fêtes, il se sentait gauche et lourdaud et rejoignit rapidement la compagnie des anciens.

Marguerite lui avait plu. Vivante et enjouée, elle animait toute la fête de sa présence. Elle était attentive à chacun, passant des jeunes aux anciens avec le même bonheur, rayonnante dans sa longue robe blanche. Édouard, sans cesse entraîné dans ses tourbillons, avait du mal à suivre. Parfois il venait calmer sa fièvre en s'asseyant auprès de Désiré, et ils se mettaient à parler de leur travail, de leurs projets. Édouard taquina son cousin sur sa situation de « garçon ».

« T'as bien pris ton temps, toi aussi, répondit Désiré. Mais je crois que te voilà bien pourvu.

– Elle te plaît ? questionna Édouard.

– Elle fait une jolie mariée », répondit Désiré sans se compromettre.

Il se sentit rougir et tenta de se dissimuler au regard de son cousin.

Il prit soudain conscience qu'il avait profité qu'il ne dansait pas pour observer tout à loisir Marguerite. Lui qui n'avait guère de souvenirs heureux de sa scolarité, de l'immobilité forcée, des matières inintéressantes et trop éloignées de sa vie dans les grands espaces, se demandait soudain si tout cela n'aurait pas pris de l'intérêt avec une telle maîtresse. Il lui semblait qu'elle aurait pu faire entrer le soleil printanier dans la classe terne et poussiéreuse de la petite école de Pragnot. Peut-être aurait-il été alors un bon élève.

Elle surgit brusquement devant eux, sourit à Désiré et prit Édouard par la main.

« Je vous enlève votre cousin, des voisins veulent partir et souhaiteraient le saluer. Je vous le rendrai, peut-être, tout à l'heure. Viendrez-vous nous voir quand nous serons installés ? Je suis certaine qu'Édouard en sera très heureux. Il m'a beaucoup parlé de vous et je suis contente de vous connaître. Irons-nous, un jour, à Jappeloup ? » demanda-t-elle en se tournant vers son mari.

Ni Édouard ni Désiré n'eurent le temps de répondre. Elle entraîna son mari par la main, laissant Désiré ébloui et confus.

Le lendemain, vers 3 heures, une charrette s'arrêta dans la cour avec des grincements sonores. Une demi-douzaine d'hommes en descendirent. Ils étaient tous des petits paysans d'en bas que Gustave employait pour ses coupes de bois. Le complément que leur apportait ce travail, à la saison creuse, leur permettait de manger à leur faim durant l'hiver. Ils en étaient reconnaissants à M. Rouzan père, comme ils disaient. Celui-ci pouvait compter sur eux au premier signal, et d'autant plus qu'il savait à merveille les rendre toujours redevables d'un petit service, arrondissant un compte, prêtant un cheval, faisant un transport nécessaire. Bref, il les tenait tous à sa merci, mais sans jamais rien dire ni laisser paraître.

Ils quittèrent tous ensemble casquette, feutre ou béret et s'avancèrent vers Désiré qui se tenait sur le seuil. Ils lui « touchèrent la main » et entrèrent « jeter de l'eau bénite » aux défunts. Quelques-uns, restés dans la chambre le temps d'une courte prière, furent impressionnés par le visage violacé de Rouzan. Les autres, craintifs, entraient dans la pièce le regard droit devant eux et se saisissaient du rameau de buis, le secouaient au hasard, sans porter les yeux sur les dépouilles. Ils se retournaient au plus vite pour transmettre le précieux rameau et sortaient comme des voleurs, les jambes fléchies, le torse penché et les mains triturant le béret qu'ils avaient déjà retiré de la poche de la vareuse.

Ils avaient chacun bredouillé quelque chose devant Désiré, qui l'assurant de sa fidélité, qui prononçant un mot de regret sur le père. Tous l'avaient regardé à la dérobée, tentant de deviner si la dette au père ne serait pas plus lourde reportée sur le fils. En les raccompagnant à la charrette, après leur avoir offert à boire, Désiré les remercia et leur assura qu'il reprenait à son compte les coupes du père. « Il n'y a pas d'inquiétude », dit-il.

D'ailleurs, il comptait sur eux et bientôt leur ferait signe.

Il y eut encore quelques visites le lendemain : Gustave Rouzan était connu. Cependant, vu le déplacement, nombreux furent ceux qui se résolurent à assister seulement aux funérailles et qui comptaient bien se faire remarquer de Désiré au moment des condoléances.

La dernière visite fut celle de Béraud. Elle eut lieu dans l'après-midi, car il lui avait fallu attendre que les cercueils soient prêts. Il avait proposé au curé de l'amener : il préférait une présence, même silencieuse, à cette longue promenade en solitaire. Les deux hommes ne s'entendant guère, le curé n'avait accepté qu'à contrecœur et à condition d'être de retour avant la nuit.

Les deux hommes n'avaient guère échangé de mots durant le trajet, chacun s'entêtant à répondre par un grognement aux rares paroles de l'autre. Il faut dire que Jules Béraud passait pour un rouge et que le curé Bonnet avait fait grief à ses paroissiens de l'avoir porté à la tête de la commune. Pour exprimer sa froideur, le curé, dès son installation sur le haut siège de la carriole, avait ouvert son gros bréviaire noir et témoignait, malgré les cahots, d'une lecture assidue.

De temps à autre, il fermait à la fois les yeux et le livre, le maintenant à la bonne page de son gros doigt, et semblait alors se perdre quelques instants dans une méditation profonde. Béraud le regardait alors d'un œil torve et agitait la tête avec un sourire ironique.

Bref, le voyage avait été pesant et Jules Béraud n'était pas mécontent d'arriver. Ils suivirent Désiré dans la pièce sombre. Comme s'il avait été disposé là seulement pour lui, le curé s'agenouilla lourdement sur le prie-Dieu et ferma les yeux pour une longue prière. Cette position le reposait des cahots sur le siège mal rembourré de la carriole. Béraud parla à voix basse avec Désiré et resta un moment à contempler les défunts, sans en paraître le moins du monde impressionné, puis, cédant à la tradition, il prit le rameau et aspergea le lit. Il allait sortir lorsque le curé annonça, en se levant du prie-Dieu, qu'il allait dire la prière des morts. Désiré appela discrètement Philomène, pensant qu'elle, au moins, saurait donner les réponses.

Ils durent assister au long monologue en latin. Seulement quelques *amen* furent nécessaires au début et à la fin, lors de la bénédiction des dépouilles. À chaque fois, le curé tournait la tête vers Phi qui répondait, suivie en écho assourdi par la voix grave des deux hommes.

Quand tout fut fini, les trois hommes s'assirent à table et Phi leur servit le café, puis Désiré proposa son eau-de-vie de prune. On trinqua. Le maire se leva enfin, suivi du curé. Ils sortirent. Désiré, qui fermait la marche, manqua se heurter à Jules Béraud qui rentrait précipitamment en tirant la porte sur lui.

« Qu'est-ce que tu penses faire pour les coupes qu'on avait en vue avec ton père ?

– On les prend, dit Désiré.

– T'auras du monde ?

– Vous en faites pas, je les ai vus hier, ils sont prêts.

– Bon, alors je m'en occupe, t'en fais pas pour les sous, y a rien qui presse. »

Désiré avait fait retenir le repas de midi à l'auberge pour Béraud et sa famille de Boën qui ne pouvait repartir le ventre vide. Il avait été convenu qu'Édouard et ses parents se feraient conduire par une voiture de location et que Désiré les amènerait au train à Saint-Julien dans l'après-midi.

Désiré, ayant déposé les corps à l'église, avec l'aide du sacristain et du fossoyeur, retrouva Édouard et ses parents à l'auberge où Béraud les avait installés dans l'attente de la cérémonie. Ils s'embrassèrent longuement, tant la circonstance était exceptionnelle. La tante pleura, puis Édouard, pour couper court aux grandes effusions, questionna Désiré sur les circonstances du drame. On commanda du café, et Béraud expliqua tout, faisant de temps à autre confirmer ses dires par Désiré.

L'heure de la célébration s'approchant, Béraud s'arrangea pour conclure à son avantage et l'on prit ensemble le chemin de l'église. Désiré marchait près de son cousin et lui demanda des nouvelles de sa femme.

« Oh ! s'exclama-t-il, j'allais oublier. Marguerite s'excuse de n'avoir pu se libérer. Elle te fait dire qu'elle prend part à ta peine et t'envoie ses condoléances. Il est possible que ses parents viennent s'ils peuvent trouver quelqu'un pour tenir le magasin durant quelques heures. »

Depuis un moment, le glas tintait, imposant au bourg un silence pesant. Désiré allait gagner l'église quand la camionnette des Maupin déboucha du porche monumental de l'ancien château et s'immobilisa sur la petite place.

En quelques minutes, l'église s'était remplie. L'harmonium, tenu par une religieuse de l'école privée, en habit et voile noirs, égrena quelques notes et un homme, dans le banc des chantres, sur le côté gauche du chœur, entonna d'une voix grave et traînante le requiem. À ce signal, le curé, revêtu de la chasuble noire, sortit de la sacristie, précédé d'un enfant de chœur en soutane noire et surplis blanc fripé, coiffé d'une calotte luisante, portant bénitier et goupillon de bronze. Au passage, d'une aspersion d'eau bénite, le curé signa les défunts et vint s'agenouiller devant l'autel au moment où s'achevait le requiem.

Il lança aussitôt le kyrie, repris à mi-voix par la foule.

La suite, pour Désiré, bercé par les mélodies mélancoliques de la messe des morts, se perdit dans une sorte de somnolence.

Il ne reprit conscience de la réalité que lorsque les porteurs, une douzaine d'hommes, entourèrent les cercueils, les levèrent et, après les avoir ajustés sur leur épaule, descendirent lentement l'allée centrale. Machinalement, il suivit. Le curé et le clergeon avaient pris la tête du cortège. Derrière Désiré et les siens, la procession se formait lentement et se dirigea vers le cimetière.

Les hommes déposèrent leur charge près de la fosse ouverte, les uns sur le tertre de terre, les autres sur des tréteaux disposés là. Le curé récita encore quelques prières, bénit une dernière fois les cercueils, vint serrer la main des proches et se retira rapidement, transpercé par la bise.

On descendit les corps et le cantonnier, fossoyeur d'occasion, se mit en devoir de les recouvrir. La tante eut un sanglot étouffé. Édouard l'entraîna vers la sortie du cimetière où la famille, Désiré en tête, se mit en rang pour recevoir les condoléances. Aussitôt, la foule défila lentement pour les poignées de main, avec un murmure de circonstance auquel on répondait par un merci résigné et à peine perceptible.

On apprécia l'arrivée à l'auberge. Trois tables étaient occupées par des hommes qui trinquaient autour de chopines de vin rouge. Lorsque la famille en deuil entra, les conversations cessèrent. Une table était dressée dans un coin. On avait réussi à retenir les Maupin pour le repas et Désiré demanda qu'on rajoutât deux couverts. La boulangère s'était laissée fléchir quand la tante avait proposé que Maupin les ramène tous dans l'après-midi à l'arrière de sa camionnette bâchée. Elle n'aimait pas le train qu'elle trouvait sale et bruyant et préférait l'inconfort de la voiture. Les deux femmes se dirigèrent vers l'âtre où crépitait un feu vif, allumé depuis peu par la grosse Fernande, tenancière de l'auberge. Elles tendirent leurs mains à la chaleur, puis, quand Édouard eut approché des chaises, elles présentèrent leurs pieds trop légèrement chaussés à la flamme. Les hommes se glissèrent sur un banc voisin et Maupin tint absolument à faire venir une bouteille de blanc en apéritif.

Des trois autres tables où les conversations avaient repris, ils sentaient sur eux des coups d'œil indiscrets. Ils se trouvèrent plus à l'aise lorsque la compagnie s'en fut achever la conversation au café-tabac qui passait pour être le rendez-vous des rouges, mais que tout un chacun fréquentait, au hasard des besoins ou des rencontres.

Un peu revigorés par le petit blanc, ils passèrent à table pleins d'appétit. Les femmes s'étaient mises ensemble et parlaient d'affaires de famille et de leurs connaissances. La conversation des hommes, commencée à mi-voix, devint plus sonore après les charcuteries, accompagnées comme il se doit d'un rosé de Saint-Sixte. Un journal, déjà souvent feuilleté, qui traînait sur une table voisine, amena un moment la conversation sur la situation politique. Maupin et Béraud qui se tenaient au courant parlèrent de la guerre des Balkans qui s'était heureusement terminée, de la tension internationale avec la montée en puissance de la Triple-Alliance, de la visite au printemps des souverains britanniques à Paris, ce qui ne pouvait que renforcer la Triple-Entente. Édouard intervint au sujet des armements et, bien que ce qui se coulait aux fonderies fût tenu secret, il laissa entendre qu'on y produisait maintenant des choses dont un jour ou l'autre on aurait à se servir, et que cela l'inquiétait. Chacun parla prudemment, attentif aux réactions des autres : on n'allait pas se prendre le bec un jour de funérailles.

Désiré s'ennuya ferme. Son cousin s'étant engagé dans la conversation des anciens, il ne put évoquer avec lui les parties de forêt, ni les bêtises qu'ils avaient faites ensemble quand, gamins, ils avaient partagé une ou deux semaines de vacances d'été à Jappeloup. C'est à cette époque, sur un pari stupide, que Désiré avait sauté de la poutre de la grange et que, s'étant mal reçu, il s'était détraqué le genou. Gustave l'avait bien mené voir le rebouteux de Vollore, sans beaucoup de résultats, et on était resté sur une légère amélioration, avec l'espoir que ça s'arrangerait tout seul. Désiré, quoique plus jeune, était le plus hardi. Moins habitué des espaces, des animaux, de la forêt, son cousin était plus timoré ou, peut-être, plus réfléchi.

Une réflexion de Mme Maupin à sa tante, en cachette d'Édouard, au sujet de l'hypothétique héritier qui ne s'annonçait toujours pas, ramena Désiré dans la conversation. Sa tante exprima un peu d'aigreur sur la volonté de certaines jeunes femmes de travailler hors de la maison. Mme Maupin souligna que le mieux, c'était, comme elle, d'avoir pu seconder son mari dans le commerce tout en étant à la maison.

« Que voulez-vous, conclut-elle, chacun fait comme il peut, les temps changent tellement. Enfin, Marguerite aime son métier, elle est instruite, elle pourra aider ses enfants. Et puis on ne sait jamais ce qui peut arriver... »

Un silence suivit qui permit à Désiré de suivre en pensée Marguerite. Comme il regrettait son absence ! Tout aurait été si différent. Il ressentit tout à coup une vague jalousie envers son cousin...

On but le café, puis le pousse-café. La conversation était revenue à des choses plus banales. Chacun y alla, à l'aide de ses observations récentes et de quelques dictons, de ses prévisions sur l'hiver à venir. Enfin Maupin, un peu congestionné, déclara qu'il fallait partir. On s'habilla, on sortit.

Désiré et Béraud accompagnèrent les autres jusqu'à la camionnette. On s'installa tant bien que mal et les Maupin tinrent absolument à se serrer pour que la tante trouve place sur la banquette avant auprès d'eux. Édouard et son père se calèrent à l'arrière, contre la cabine, pour se protéger du vent. L'auto démarra, on se fit des signes.

Désiré accompagna le maire chez lui, car on y avait mis le cheval à l'abri et remisé la voiture. Il déclina fermement la proposition de Béraud pour un dernier verre, attela le cheval et prit la route pour remonter avant la nuit. Il était songeur et se sentait triste. Il mit cela sur le compte de la fatigue et pressa son cheval sur la pente légère qui quittait Saint-Jean.

II

À JAPPELOUP, LA VIE AVAIT REPRIS, un peu plus austère, l'hiver était là. Désiré s'imposait, maître des lieux et des gens. Il s'absentait beaucoup pour les coupes. Quelquefois, il attelait le cabriolet, quand il allait vers le bas et que les chemins étaient praticables. Plus souvent, lorsqu'il tournait sur les bois d'en haut, il sellait son cheval et bien qu'il fût un piètre cavalier, à cause de la raideur de sa jambe, il parcourait ainsi de longues distances et rentrait à la nuit, fourbu, silencieux, grognant sur le travail de chacun qu'il avait à cœur d'inspecter. Traînant sa jambe, de l'étable à la soue, de la grange au poulailler, de l'écurie à la cuisine, il trouvait toujours quelque remarque à faire.

Avec la ration mesurée de foin qu'on balançait de la grange dans les râteliers, les vaches n'avaient guère de lait. On ne pouvait faire autrement, car il fallait tenir tout l'hiver avec ce qu'on avait entassé dans la grange. Il en avait toujours été ainsi, et le lait, certes moins abondant et moins riche, permettait autant de fourmes que les hivers précédents. On remplissait toujours le tiers des rayons de la cave, jusqu'à la livraison au grossiste qui avait lieu deux fois par mois.

Ce mécontentement perpétuel faisait dire aux domestiques que lorsqu'on est content de personne, c'est qu'on est mécontent de soi.

Il y avait du vrai dans cette formule, et Désiré, sans avoir réellement à se plaindre de rien ni de personne, s'inquiétait toujours de peur de n'être pas à la hauteur de l'idée qu'on devait se faire du maître. Le père était sans doute un homme exigeant, mais plus que Désiré, il avait la manière. Il savait dire le mal, mais savait aussi tourner le compliment, encourager et souvent faire rire d'une plaisanterie.

Et puis, à ce moment, il y avait la mère, c'était une femme à tenir sa place, pas seulement dans la maison. Elle avait aussi la haute main sur le bétail et n'avait pas sa pareille pour comprendre les chaleurs, tâter le chevreau ou le veau au ventre de la mère, prévoir le vêlage ou la mise bas. C'est elle qui commandait les opérations lors des naissances difficiles, qui aidait les chevrettes affolées par leur première mise bas, elle connaissait assez bien les plantes et savait soigner avec quelques préparations de son cru. Bref, elle était le vétérinaire de Jappeloup et souvent aussi le docteur.

On comprend que Désiré eût du mal à être partout, et qu'il en souffrît, s'attendant toujours à voir surgir quelque problème qu'il ne saurait résoudre, sans faire appel à la bonne volonté et aux souvenirs des domestiques sur ce que sa mère aurait fait dans ce cas-là. Sa dignité s'en trouvait froissée.

L'hiver commença par un froid vif et sans la moindre chute de neige. Désiré partait diriger les coupes presque chaque jour. Il fallait profiter du temps sec et de ces belles journées où l'on pouvait avancer le travail. Désiré se rappelait les colères de son père lorsqu'on n'avait pu achever de sortir une coupe, à cause du mauvais temps, dans le délai imparti à la signature, et que les bois non tirés étaient revenus à la commune, mangeant le plus gros du bénéfice. Il ne voulait pas se faire prendre, surtout qu'il se devait de faire ses preuves vis-à-vis de Jules Béraud, son associé. Il partait avant le jour, Phi, levée comme lui, avait garni sa musette et préparé son café. Il connaissait par cœur les forêts du haut pays. Il retrouvait sur la coupe ses hommes partis à pied de chez eux vers 4 heures, les mains dans les poches de la grosse veste de velours, la cognée sur l'épaule, le manche coincé par le poignet.

On avait caché sur place les longs passe-partout. Les retrouver était parfois l'occasion d'un jeu, et il n'était pas rare qu'en les quittant le soir, Désiré n'en changeât les cachettes pour leur faire oublier le froid mordant du matin et la nuit. C'était un moment de chahut avant le grand silence des hommes qui cédait la place aux coups amortis des cognées et à la longue plainte des scies à deux manches.

Quand le jour s'était levé et que le soleil commençait à percer au travers de l'alignement des troncs, le travail s'arrêtait. On cherchait alors un rayon de soleil dans une partie plus dégagée et on ouvrait les musettes.

Le travail en commun des coupes, chacun d'eux l'aimait, malgré sa dureté. Ensemble, ils formaient une équipe disciplinée, soudée, efficace, où les accidents étaient rares. Désiré, qui en faisait partie depuis ses seize ans, quand son père menait le groupe, avait simplement changé de fonction. Muni tantôt de la hachette et du marteau à marquer, tantôt de l'équerre du forestier et de son calepin de toile noire, il marquait ou cubait, relevant les nombres de son crayon retiré du dessus de l'oreille où la casquette le calait solidement.

Les calculs dans le froid étaient un vrai supplice, et il était heureux parfois de tomber la veste, de rouler ses manches, de cracher dans ses mains et de saisir la cognée d'un compagnon pour réaliser l'encoche sur un tronc. C'était autrefois sa spécialité. Une fois les jambes bien calées, ayant précautionneusement dégagé son aire, sa cognée tranchait dans le bois avec une remarquable précision, son geste ample dégageait le coin qui sautait à la seconde frappe dans un geste plus court et horizontal. Les éclats giclaient avec une belle régularité de rythme et de taille. Les autres suspendaient leurs coups un instant et hochaient la tête en souriant. Sur les muscles gonflés par l'effort saillaient d'énormes veines, et les poils drus palpitaient encore quand, l'encoche finie, il se penchait, appuyé sur le manche de la hache posée à terre, pour l'examiner.

La coupe fut achevée un peu avant la pleine lune. Les cris des hommes remplacèrent le battement des cognées. On montait maintenant à la coupe avec les bœufs, portant sur le joug le baluchon de foin nécessaire à la journée et les lourdes chaînes dont le cliquetis cristallin rappelait le tintement de la cloche. L'un ou l'autre amenait son cheval, moins lourd et plus rapide que les bœufs, celui-ci halait les troncs les plus modestes et les mieux positionnés. On sortait tout jusqu'au chemin empierré le plus proche, au bord duquel on alignait les troncs. Plus tard, on reviendrait les charger sur le fardier à billes. Composé d'un double essieu à deux grandes roues, il était relié par un timon extensible pour ajuster l'ensemble à la longueur du chargement. Chaque train de roues était muni de gros patins de frein à manivelle. Tiré par deux ou trois paires de bœufs, servi par trois ou quatre hommes, les chargements de billes prenaient lentement la descente au printemps, après un premier temps de ressuyage qui leur faisait perdre un peu de poids. Le chargement au tourne-bille, le transport, le lâchage sur l'aire de la scie, tout cela était long et dangereux. Seule une équipe bien dirigée et bien rodée pouvait en venir à bout sans trop de risques. Les hommes avaient eu une confiance aveugle en Gustave, ils avaient peine à écouter Désiré avec la même foi.

Ces journées, bien que sereines, pompaient toute l'énergie de Désiré. Il rentrait le soir las et les traits tirés, n'ayant plus à offrir aux siens que sourds grognements et injustices. Ce soir-là, Antoine avait descendu au grossiste la livraison de fourmes. La traite et le pansage achevés, il se trouvait en compagnie de Firmin dans la grande pièce, aidant Phi à la préparation du caillage, quand Désiré revint. Il était tard et, occupés à leur tâche, ils n'avaient pas pris garde aux abois joyeux des chiens. Toine se précipita vers la porte pour conduire le cheval à l'écurie et le desseller. Quand il revint, Firmin n'était plus là, Désiré non plus, et Phi pleurait.

Lorsque Phi s'était approchée de Désiré qui déliait ses guêtres près de l'âtre et lui avait tendu la lettre qu'Antoine avait remontée du bourg, Désiré s'était levé d'un bond, l'avait lancée, sans même l'ouvrir, vers le feu auquel elle échappa par miracle. Elle venait de Boën et il avait reconnu l'écriture de sa tante. Depuis le décès de sa sœur, c'était la deuxième qu'elle envoyait à son neveu. Le ton de félicité qu'elle prenait pour parler d'Édouard et de sa jeune épouse, de leur réussite sur tous les plans, l'avait mis en rage dès la première fois. La colère l'avait saisi et il s'en prenait aux trois domestiques qui fainéantaient au coin du feu, abattaient tranquillement leur petit ouvrage, attendaient les ordres pour ne rien entreprendre et ne pensaient qu'à se distraire.

Phi n'en put écouter davantage, elle envoya Firmin dans sa soupente et s'en vint faire face à Désiré.

« Écoute, mon garçon, on n'est que des domestiques, c'est sûr, mais n'oublie pas que je t'ai vu naître. Le père et la mère, eux, ont jamais parlé de la sorte. Sûr qu'on aurait passé la porte avec l'Antoine. T'es fatigué et malheureux. Je vais te dire le remède : va te coucher, je te porterai la soupe. Demain tu te reposes. Tu veux tout prendre sur toi. Je te le dis, Désiré, réfléchis… T'as hérité d'une bonne maison, mon petiot… gâche pas tout. »

Elle avait dit tout cela d'un coup, sans reprendre haleine, de peur que Désiré ne l'interrompe et qu'elle ne puisse dire ce qu'elle avait sur le cœur.

C'est seulement à la fin qu'elle s'était penchée vers le foyer, avait ramassé la lettre restée à terre après le tourbillon qui lui avait évité le feu.

Sans un mot, elle l'avait tendue au jeune maître et s'était dirigée vers la souillarde, attendant que les grincements de l'escalier lui apprennent qu'il avait quitté la pièce. Elle s'était mise à pleurer, en silence. Enfin, elle entendit son pas. L'escalier grinça, et le bruit s'éteignit à l'étage. Elle revint près du feu et s'assit, brisée par l'émotion et la colère.

Antoine revint avec Firmin sur les talons. Elle se leva, leur servit la soupe. Ils virent bien ses larmes mais ne dirent rien.

Elle alla quérir une assiette au buffet, y posa le bol de Désiré, l'emplit de soupe chaude. Elle glissa à côté du bol une large tranche de pain et une petite tomme et monta.

Désiré eut un début de nuit agité.

Comme un seau d'eau glacée en pleine poitrine, les paroles de la Phi l'avaient dégrisé. Il eut honte de ses reproches, de son attitude envers son personnel. Quelque chose l'intrigua tout à coup. Pourquoi était-il plein de gaieté et d'ardeur sur les coupes et si désagréable et désabusé dès son retour à la maison ?

Certes, ses parents n'étaient plus là. Peut-être ses sécurités de fils unique, protégé, s'étaient-elles envolées brutalement, mais il avait tendance à être fier d'avoir été appelé si tôt, si complètement, à prendre les rênes. Était-il écrasé par la charge ? Non, ce n'était pas cela. S'il était soudain le maître, jeune encore, de Jappeloup, il s'y était préparé. Il en était capable, même s'il devait pour bien des choses compter sur Antoine ou Philomène.

Alors, pourquoi ?

Pourquoi, le soir, se trouvait-il brusquement agressé, dès qu'il franchissait le seuil de la maison, pénétrait dans la chaleur reposante de sa propre demeure et retrouvait le visage familier de sa domesticité ?

Il pensa qu'il s'agissait là de sa solitude de maître...

Cela ne lui parut pas suffisant.

Peut-être devrait-il se marier, ainsi que le lui répétait régulièrement la mère.

Tout à coup, il comprit.

Il comprit que, chaque soir, c'était dans une maison vide et glacée qu'il rentrait. Une maison qui resterait vide quels qu'en soient les habitants.

Il aimait sa cousine, il le savait maintenant.

N'importe quel parti qu'il finirait par prendre, sa maison resterait vide et son cœur glacé.

C'était vrai qu'il jalousait son cousin.

C'était vrai que, depuis quelques mois, il pensait souvent au rire de Marguerite.

C'était vrai que les lettres de sa tante lui avaient tiré des larmes. Il comprenait maintenant.

Il eut besoin d'air et se leva. Il descendit, enfila sa veste, chaussa ses sabots et sortit.

Il fut surpris par la douceur de la nuit, le temps avait tourné. On ne voyait plus une seule étoile. Il allait neiger.

Du ciel lourd émanait une étrange clarté diffuse.

Sans vraiment s'en rendre compte, il avait marché rapidement jusqu'au bois. Ses yeux perçaient l'obscurité. Il haletait, couvert de sueur. Une racine le fit trébucher, il s'étala et ne se releva pas. Il posa son front contre la terre gelée, vit un instant le sourire de Marguerite. Un immense chagrin l'envahit. Désespéré, il pensa mourir.

Depuis un bon moment, une heure peut-être, il neigeait. La neige tombait avec régularité, sans bourrasques. Elle tombait avec application, comme si, consciente de son retard, elle concentrait toute son énergie à accomplir le travail qu'elle avait trop longtemps différé. Les gros flocons avaient rapidement recouvert Désiré et, fondant sur sa nuque, l'avaient tiré de sa torpeur.

Il reprit peu à peu conscience, se releva et, les mains tendues, saisit des poignées de neige qu'il fit crisser dans ses doigts. Il n'avait pas froid. Il se mit debout et offrit son visage aux picotements des impacts. Il avait toujours aimé la neige et cette chute lui faisait du bien. Ce silence, cette régularité, cette blancheur après ces semaines d'intense activité, de nervosité, l'apaisaient. Il repensa à Marguerite mais, cette fois, sans désespoir. De toute façon, il lui était impossible de quitter Jappeloup. C'était sa tanière. Là était sa vie. Non seulement il ne connaissait rien d'autre, mais il n'avait nulle envie de s'en écarter. Il était né là, il vivait là, il mourrait là.

Les Hautes Terres modèlent les hommes de leur terroir. En partir serait renoncer à vivre. Le vent, l'orage, y sont libres, l'homme aussi qui a, génération après génération, appris à s'y insérer. Désiré était issu de cette race, de cette terre, de ce granit qui affleurait, solide et originel. Il savait à peine qu'il existait d'autres roches. Ce granit, depuis son enfance, il avait aimé en caresser la rugosité, il s'était émerveillé des éclats de lumière contenus dans ses fragments de mica. De toujours, dans l'appareil de la construction, il avait aimé les différences de ton, de couleurs, de grain, et la cohérence de l'ensemble. Jappeloup contenait dans ses murs, dans son plan, dans son organisation, ce long dialogue entre l'homme et la nature austère et rustique des Hautes Terres. La bâtisse symbolisait l'entente, l'accord auquel on était parvenu, après que chacun, de la nature et de l'homme, eut apporté le meilleur de soi, l'un modelant l'autre. La concorde, sécrétée au fil des affrontements, des échecs, des réussites, s'était installée, nichée, au creux de ce vallon.

Au bout de cette chaîne ininterrompue d'hommes et de femmes entêtés, il y avait aujourd'hui Désiré.

Il retourna vers la ferme en traînant ses sabots sur la neige. La nuit était encore épaisse. Il pénétra sans bruit et les chiens ne bougèrent pas. Il écarta les cendres tièdes, dégagea quelques braises encore rougeoyantes et ranima le feu d'une brassée de brindilles. Il était calme. Il entreprit de réchauffer du café, puis le but, assis dans l'âtre. Un moment, il apprécia cette solitude à laquelle il avait cru n'avoir plus goût. Puis il se dirigea vers la porte basse et gagna, à tâtons, l'étable. Il y faisait bon. Un léger tintement des chaînes lui apprit que les bêtes avaient perçu sa présence. Il s'assit dans la case à veaux, sur un ballot de fougères sèches qu'on utilisait pour la litière et, fermant les yeux, écouta les bruits qui animaient l'étable : le frottement humide et régulier de la lente rumination, le raclement d'un sabot sur la terre battue, le frôlement sonore d'une corne sur le rebord des mangeoires. Il entendit encore le crépitement sec des fougères lorsqu'il s'allongea, perçut l'odeur d'un chat, venu se blottir contre lui, et s'endormit paisiblement.

Le café avalé, Antoine et Firmin prirent les seaux et les bidons pour la traite, évitant de les faire tinter. Phi attachait au filtre la toile fine, encore humide, que l'on rinçait soigneusement après chaque traite et que l'on étendait dans la souillarde.

Elle entra à l'étable à l'instant où Désiré se dressait dans la pénombre, éveillé par le remue-ménage des hommes et des animaux. Elle sursauta :

« Dieu que tu m'as fait peur ! Je te croyais au lit.

– J'avais besoin de compagnie, répondit-il en riant. Et puis, il fait bon ici. »

Antoine et Firmin s'approchaient, à contre-jour de la lampe pendue à un pilier, surpris d'entendre parler. Ils reculèrent bien vite en reconnaissant la voix du maître, se hâtèrent de saisir leur trépied et de se glisser dans l'ombre des bêtes.

Désiré vint s'appuyer contre la vache que trayait Firmin. Celui-ci se pencha un peu plus, collant son épaule et sa tête dans le flanc creux de la Roussette ; il eût voulu disparaître, s'attendant à une nouvelle semonce.

Alors Désiré se pencha et passa la main sur les cheveux hirsutes du garçon.

« N'aie pas peur, voyons, je suis content de toi. Hier j'étais colère, mais c'est fini. La neige m'a guéri. »

Firmin tourna vers lui son visage et ébaucha une grimace. Sûr que la neige pouvait guérir. Lui aussi ce matin se sentait mieux.

« Je suis content, alors », ânonna-t-il.

Toine vint vider son seau au bidon. Il s'en revenait quand Désiré l'arrêta.

« Antoine, faut pas m'en vouloir. Après la traite, on parlera… Tu sais, j'ai confiance pour les bêtes.

– T'as vu le temps ? dit Toine gêné, ça en a mis dans la nuit. Ce tantôt, je passerai le traîneau. Faut pas attendre, après ça ferait plus.

– T'as raison, dit Désiré. Il faut bien qu'on sorte. Tu mettras Firmin à faire la trace dans la cour. »

Le maître se rendit près des box des chevaux et les flatta de la voix. Désiré avait déjà remplacé Patient par une jument lourde et docile, d'environ six ans, à la robe d'un beau gris pommelé.

Il remonta la large allée aux dalles polies par les passages. Un silence religieux accompagnait la traite. Seul le chuintement des giclées de lait apportait une douce musique, parfois éclairée par le coup de cymbale du seau contre le filtre ou contre le bidon. Les vaches, attentives à la cérémonie, se tournaient d'elles-mêmes, leur tour venu, pour présenter leur flanc. On se glissait en poussant un peu la voisine et la musique, un instant *pianissimo,* réduite à une seule voix, repartait de plus belle, parfois à contretemps, et se réunifiait progressivement dans une sonorité vaporeuse dès que la mousse garnissait le fond du seau.

On entendait parfois le nom d'une bête, prononcé d'une voix grave, pour calmer une impatience ou un mouvement intempestif. Cela faisait partie du rite et ne troublait en rien l'ordonnancement des choses. On hésitait seulement à rompre par des paroles inutiles le majestueux cérémonial. Chacun laissait libre cours à son cheminement intérieur et, dans la douce sécurité du lieu et de l'instant, se retirait dans une sorte de rêve harmonieux où l'homme, réchauffé et repu par l'odeur fade du lait bourru, et l'animal, dans l'offrande maternelle de son pis, fusionnaient dans un intemporel renouvellement de la vie.

Désiré demeura là, immobile, jusqu'à la fin de la traite. C'est ensemble qu'ils remontèrent les bidons lourds et tièdes.

Firmin grimpa à la grange pour envoyer le foin dans les râteliers. Antoine redescendit à l'étable, ouvrit grande la solide porte à deux battants et lâcha les vaches afin qu'elles aillent boire. Un jour blafard pointait. Il neigeait toujours.

Désiré buvait son café tout en regardant Phi vaquer aux préparatifs du caillage. Il pensait à la manière dont le travail s'organiserait au printemps. Il était certain que Phi ne pourrait s'occuper seule de la maison et des fromages, et qu'on aurait du mal à faire face aux vêlages, à l'allaitement des veaux, à l'augmentation printanière du lait, sans compter la traite des chèvres pour l'instant taries. Il faudrait aussi garder le troupeau. Firmin, toujours débordé par les chèvres, ne pourrait guère être utile de ce côté-là. Il fallait trouver quelqu'un avant les premiers beaux jours.

Désiré leur en parla tandis qu'ils mangeaient un bout sur un coin de la table. Phi allait et venait entre l'âtre où se réchauffait le lait dans l'immense chaudron de cuivre et la table près de laquelle elle se tint droite, les mains sur les hanches, pour écouter le maître. De temps à autre, elle hochait la tête de concert avec Antoine. Firmin, qui tentait de suivre la conversation, regardait le maître, les yeux brillants. Quand il fut question d'une jeunesse, il sembla comprendre et fit une grimace en secouant la tête, ce qui chez lui était la marque d'un grand contentement.

Certes, on ne remplacerait pas si aisément la mère, mais Philomène, bien qu'ayant passé largement la cinquantaine, se sentait encore de taille, si on lui faisait confiance, pour mener à bien avec une bonne assistante le travail de laiterie et celui de la maison.

« Ce qu'il faut, dit-elle, c'est une petite solide, assez jeune, pas trop têtue. Sûr qu'on trouvera ça dans le pays. Si elle a été élevée à la dure et qu'elle en veut, elle aura vite fait de s'y mettre.

– J'irai voir sur l'Auvergne, dès qu'il fera meilleur. Je veux pas d'une fille de par là ; ça causerait des jalousies et puis, il faudra trop souvent voir la famille, on la questionnera. C'est décidé. J'irai voir le curé de la Chambonie ou du Brugeron. C'est bien le diable s'ils ont pas quelqu'un à recommander. »

C'est ainsi que la Pigne fit son entrée. Elle rejoignit Jappeloup un jour du début de mars, sous une pluie battante. Elle sauta du cabriolet en faisant claquer ses sabots trop grands, dans une tenue de pauvresse, une petite coiffe sur ses cheveux coupés court. Il y avait une telle détresse dans son regard que les trois domestiques, venus l'accueillir avec curiosité, baissèrent la tête et que Phi, passant le bras autour de ses frêles épaules, l'entraîna dans la maison.

Elle avait été recommandée à Désiré par le curé du Brugeron, après une démarche infructueuse à la Chambonie.

« C'est la fille d'un pauvre homme, avait-il dit, la trentaine, un journalier qui s'emploie chez l'un chez l'autre au gré des besoins. Cet homme a perdu sa femme en couches voici six mois. Il est resté seul, avec un bébé et quatre autres enfants dont l'aînée n'a pas douze ans. Nous l'avons aidé, autant que nous avons pu, mais il a fallu trouver une nourrice pour le petit. La grande a dû quitter l'école pour s'occuper de ses frères et sœurs. Pour elle, il n'y aura pas de certificat d'études. La famille allait cahin-caha lorsqu'une mauvaise grippe des enfants a occasionné des frais de médecin et de remèdes. Dieu merci, ils sont tous sains et saufs. Mais le père n'a pu payer la nourrice depuis deux mois et elle menace de rendre le petit. Le maire a bien fait intervenir le bureau de bienfaisance, mais la commune n'est guère riche. Bref, si l'on trouvait à la placer, si peu qu'on en donne, cela ferait déjà une bouche de moins à nourrir. Et j'ai idée que chez vous, monsieur, les domestiques ne meurent pas de faim. Je suis sûr que la petite se fortifierait rapidement et saurait tenir sa place. Elle est loin d'être sotte, vous verrez. »

Phi avait fait asseoir la fillette sur le banc et avait posé devant elle un grand bol de lait chaud sucré.

« D'abord, tu bois ça, tu trembles de froid. Va pas attraper la mort en arrivant ! Moi, c'est Philomène, on m'appelle Phi. Dis-moi, comment qu'on t'appelle ?

– Je m'appelle Rose, mais on dit souvent la Pigne.

– La Pigne ? questionna Phi.

– Oui, c'est à cause de la *beline*[1] que j'avais toujours dans la poche quand j'étais petite. Je la serrais dans un chiffon : ça faisait, comme qui dirait, une poupée. »

Elle buvait lentement le lait chaud, sans reposer le bol qui lui réchauffait les mains. Elle reprenait vie peu à peu, puis soudain, elle se mit à pleurer doucement.

« Allons, allons, dit Phi, tu seras ma petite rose du printemps.

– C'est rien », dit-elle en reniflant.

Elle essuya ses joues du revers de la main et reprit :

« C'est à cause des autres que j'ai laissés, j'en ai souci, et puis aussi pour mon père. Il en avait gros à me voir partir. »

Phi avait fait pivoter la crémaillère et le gros chaudron de fonte pendait hors du feu.

« Aide-moi à porter l'eau chaude, attention à pas te brûler, tiens, prends ça. »

Elles vidèrent l'eau brûlante dans un grand seillon de bois disposé près du feu, où attendait un fond d'eau froide. Phi agita l'eau et déclara :

---

1. Beline : *pomme de sapin.*

« Ça doit être bon, tu vas te laver ; tiens, voilà du linge et du savon.

– Je suis pas sale, regimba la Pigne, j'ai fait toilette ce matin pour partir.

– J'ai pas dit ça, reprit Phi, mais ça te réchauffera. Tu es trempée jusqu'à la ceinture. N'aie crainte, va, les hommes entreront pas avant un moment. Allez, allez, ôte tout et frotte ou je te lave comme un bébé ! »

Et comme Rose, nue, tendait le pied vers l'eau, elle ajouta :

« Tu me dis si c'est trop chaud, je t'apporte de l'eau froide. »

L'eau était bonne : la Pigne s'accroupit et commença sa toilette. Phi récupéra ses vêtements et s'activa dans la pièce. Elle était contente de cette compagnie et Désiré ne pourrait plus la taquiner en disant qu'elle parlait seule.

« Lave bien les cheveux, tu les sécheras près du feu. Je mets ta jupe et ton en-bas à sécher. »

Puis elle étala sur la table une robe chaude de la mère, qu'avec la permission de Désiré elle pensait adapter pour la petite. Elle disposa dessus le tablier gris pour prendre la mesure des transformations à apporter, et hardiment donna quelques bons coups de ciseaux. Puis, ayant mis le tablier à sécher, elle s'assit et commença un montage sommaire. Tout en cousant, elle repensa à l'enfance de Désiré. Elle était heureuse. Il y avait tellement longtemps qu'on n'avait plus vu de jeunesse à Jappeloup.

Après un mois de mars particulièrement pluvieux, celui d'avril 1914 ramena du froid et de la neige. On s'activait à l'étable où il fallait surveiller les vêlages, nourrir les veaux et soigner quelques bêtes mises à mal par la fin de gestation. Phi et la Pigne allaient de l'étable où elles secondaient Antoine et Firmin à la bergerie où, quand tout se passait bien, elles séchaient agneaux et chevreaux, dégonflaient une mamelle douloureuse, apprenaient à boire aux cabris. C'était l'activité préférée de Rose, elle poussait des cris et partait d'un rire cristallin lorsqu'un chevreau qui s'étouffait relevait la tête et la secouait, soufflant et crachant, aspergeant tout autour de lui. Ce rire était un grand plaisir pour Philomène. Quoi qu'elle fasse dans la bergerie, elle s'arrêtait un moment et écoutait les gloussements et les protestations de la fillette. Toute à sa tâche, la Pigne ne se rendait compte de rien. Au contraire, dès qu'elles avaient un moment, elle racontait à Phi ce qui l'avait amusée et recommençait à rire.

Ce fut un grand bonheur à Jappeloup que l'arrivée de cette petite. Si les premiers jours elle avait ressenti de la tristesse et de la crainte, elle s'était adaptée rapidement et avait témoigné très vite d'une grande vivacité. Elle ne cessait de poser des questions, connaissait le nom de chaque vache. Quant aux chèvres, elle savait leur parler, les approcher et s'en faire très vite des amies qui accouraient à ses appels et venaient frotter leur tête contre sa hanche. Avec la venue de cette période trépidante, elle s'était encore épanouie, elle était partout, émerveillée de tout, prête à tous les services. Aussi, le soir, Phi ne lui demandait rien et l'envoyait se coucher dès qu'elle avait mangé, avant qu'elle ne tombe de sommeil sur la table.

Cet été fut particulièrement chaud. Même à Jappeloup, où d'ordinaire on ne craignait guère la canicule, on avait souffert de la brûlure du soleil. Avec trois journaliers, dont deux connaissaient déjà la maison, on avait coupé l'herbe haute, le geste ample, les reins douloureux, en ligne biaise, au sifflement régulier des lames. La Pigne, qui ravitaillait les hommes, restait parfois de longs moments à écouter cette musique. Elle encourageait Firmin qui, moins habile, fermait la marche et tentait de recoller son andain moins large et ordonné à ceux des autres.

Souvent, les hommes s'arrêtaient, dressaient leur faux, posant le pied sur le manillon de main gauche, tenant le fer noir par le dessus, et, dans un joyeux tintement, affûtaient la lame du long frottement de la pierre luisante qu'ils tiraient de l'étui de bois rempli d'eau pendu à leur côté.

Ils ne s'arrêtaient guère et profitaient parfois d'un affûtage pour réclamer à boire. Ils ne quittaient pas leur place face au front d'herbe haute. La Pigne se précipitait et leur versait à boire tandis qu'ils ôtaient leurs casquettes pour s'essuyer le front. Ils buvaient lentement, l'outil à la main, et tendaient à la fillette l'écuelle de grès, après l'avoir rincée d'un mouvement circulaire, en vidant brusquement le reste d'eau fraîche. Ils ne parlaient pas, économes de leur souffle. C'est seulement au moment des pauses qu'ils échangeaient quelques mots entre deux bouchées.

On fauchait tôt le matin. On partait, l'outil sur l'épaule, dès la traite finie, accompagnant le troupeau vers une pâture voisine où la Pigne pouvait le veiller tout en assurant l'intendance des hommes.

En fin de matinée, on rentrait à la ferme pour le repas. Et, tandis que Firmin portait à Rose son manger, les autres battaient les fers dans la cour et réparaient les râteaux de bois.

Après une courte sieste, l'heure était venue d'aller tourner le foin. C'était moins fatigant que la coupe. Les langues se rattrapaient du long silence de la matinée. Les journaliers avaient toujours quelque anecdote à raconter. Souvent, c'était un événement de l'année, de l'hiver ou de l'automne précédent, ou encore des vendanges qui alimentaient généreusement leur verve. Parfois une vieille histoire revenait. Le plus ancien, Lozère, qui venait à la ferme depuis presque vingt ans, avait jadis raconté l'histoire de la bête qui ravagea le Gévaudan. Il était originaire de Marvejols où il allait encore voir sa sœur durant l'hiver. Il savait apporter le détail qui tenait l'auditoire en émoi. Et puis cette bête avait causé tant de ravages qu'il pouvait toujours retrouver un nouvel épisode. Plus de quatre-vingts femmes et enfants, disait-il, de jeunes bergers souvent, dévorés tout vifs. Il ne restait que les sabots et des vêtements parfois.

Désiré, encore enfant à l'époque, s'était régalé de ces récits. Il avait appris du chemineau à imiter le hurlement du loup. Il quémandait souvent auprès de Lozère un nouvel épisode, et celui-ci trouvait encore dans sa mémoire un détail oublié qu'il tenait de sa tante ou d'un voisin et qui, si on y avait cru, vous aurait dressé les cheveux sur la tête. Les autres, incrédules et songeurs, approuvaient le conteur. Désiré, lui, hésitait à croire mais, seul ensuite, il se remémorait le récit et entrait sans réserve dans l'histoire. Pour achever de le convaincre, Lozère avait un jour terminé en lui disant :

« Ce qui m'étonne, vois-tu, c'est que dans un pays comme le tien, qui ressemble comme un frère à celui d'où je viens, on connaisse pas ces choses-là. Méfiez-vous, vous autres. Vous êtes près des solitudes et des grands bois. Un jour, la bête surgira. Malheur à qui croisera son chemin ! »

De ce jour, Désiré porta toujours dans sa poche le couteau pliant que son père lui avait un jour rapporté de Thiers. Si, d'aventure, sa route croisait celle de la bête, il lutterait… jusqu'à la mort.

Vers les 5 heures, on pendait les râteaux à la fourche d'un arbre et on raccompagnait le troupeau. Phi avait déposé sur la longue table de la cuisine la grosse meule brune de pain bis, un bon morceau de lard maigre et une fourme entamée. Les verres étaient retournés au centre de la table, à côté de deux petites piles de bols en terre vernissée. Pour le dessert, elle avait mis au frais une grande jatte de caillé frais que chacun assaisonnait à sa façon, sucre pilé pour Rose et Firmin, sel, poivre et ciboulette pour les autres.

Désiré entra le premier, prit sur le buffet le pot à vin et s'en alla le remplir à la feuillette qu'on tenait soigneusement au frais, dans la cave sombre. La Pigne avait rentré brebis et chèvres et tiré le portillon à claire-voie. Les autres avaient suivi les bêtes à l'étable et passé à leur cou les attaches. La panse bien garnie, les vaches se couchaient pour ruminer à l'aise en attendant la traite.

Les journaliers se rincèrent les mains au trop-plein de l'abreuvoir, et chacun vint prendre place en se glissant, l'un après l'autre, entre le banc et la table. Seule Rose enjamba le banc, et Désiré prit place en bout de table sur l'unique chaise de paille. Phi s'asseyait rarement à table. Quelquefois, le soir, quand la soupe était servie et que la fatigue alourdissait ses jambes, elle se posait en travers sur le bout du banc, à côté de Rose.

On mastiquait en silence, les yeux baissés. Désiré versait le vin à ses voisins puis tendait le pot à Antoine qui servait les autres. Le maître disait parfois un mot à l'un ou l'autre pour la fin de la journée. Comme à l'habitude, Phi et Rose allaient à la bergerie tandis que Firmin et Antoine allaient tirer les vaches. Pour les autres, on retournait couper un moment, ou bien, si le foin de la veille était sec, on allait préparer les roules avant que ne tombe l'humidité du soir, en attendant que Désiré arrive avec le char.

On rentrait au crépuscule, le chargement, soigneusement peigné, assuré par la longue perche ancrée à l'avant sur le haut étroit de la ridelle de tête et tendue à l'arrière par la corde billée au tourniquet. Les hommes marchaient le long du char, la fourche sur l'épaule et, si une ornière ou un dévers s'annonçait, ils la plantaient haut dans le foin et s'arc-boutaient pour atténuer l'oscillation du chargement.

On reculait le char grinçant dans la grange, embaumée encore des charretées précédentes malgré la porte laissée grande ouverte. On dételait les bœufs. On soufflait enfin, à la première haleine de fraîcheur nocturne. Puis on se rassemblait pour la soupe, avalée en silence, avant de retourner dehors prendre le frais ou fumer une cigarette en devisant à mi-voix. Demain, après un repos lourd, les trois chemineaux déchargeraient pendant la traite du matin et une longue journée reprendrait, tant que se maintiendrait le beau temps.

III

MAUPIN ENTRA AU CAFÉ de la Place sur le coup des 7 heures. Il venait d'acheter *La Loire républicaine.* Brandissant le journal, il lança sur un ton de tribun :

« Jaurès est mort : c'est la guerre ! »

C'était une heure d'affluence, où beaucoup d'ouvriers s'arrêtaient, en passant, pour prendre un petit blanc, avant de se rendre à leur travail. Le boulanger y venait souvent, après le défournage, pour boire un café avant d'aller se mettre au lit.

Il se fit peu à peu un grand silence, et Maupin étala sur une table le journal où ceux qui savaient lire virent en gros, à la première page, la déclaration qu'il venait de faire. Les hommes se groupèrent, attentifs, autour de la petite table cirée et le boulanger, suivant du doigt le texte du journal, leur en fit la lecture.

Les mines étaient graves. On l'écouta jusqu'au bout. Ceux qui entrèrent et posèrent une question se firent rabrouer car Maupin, dès le moindre bruit, suspendait immédiatement sa lecture et levait vers le groupe un regard chargé de colère.

Il n'y eut pas de commentaires. Chacun alla vider son verre en silence et sortit. Dehors, des petits groupes se formèrent au hasard des directions prises. Maupin s'approcha du comptoir, repliant son journal sous son bras.

« Donne-moi quand même un café, Potu. C'est peut-être le dernier qu'on boira en paix de longtemps », dit-il avec emphase.

Il mit deux sucres, brassa longuement la tasse, l'air songeur, la vida d'un trait et sortit en disant :

« Demain, c'est la mobilisation… »

Marguerite avait pu accompagner son mari à la gare. La rentrée scolaire n'était pas encore faite et elle n'eut pas à demander d'autorisation d'absence au directeur, un petit homme gris et sévère, à lunettes et barbiche, qu'elle n'aimait guère et qui semblait toujours vous suspecter de quelque abus.

Ils descendirent vers la gare, Édouard portant d'un côté sa valise, Marguerite pendue des deux mains à son bras replié. Il avait dans sa poche l'ordre de mobilisation reçu de la veille avec, pour première destination, la gare de Saint-Étienne où il serait pris en charge. Ils n'étaient pas seuls et, bien avant le pont de pierre qui enjambe le Lignon, ils virent d'autres hommes qui descendaient accompagnés de leur famille. On se saluait mais on ne se mélangeait pas. On causait à mi-voix, on se faisait des promesses, des recommandations.

À l'entrée de la place, les parents d'Édouard attendaient. Il se pencha pour embrasser sa mère qui l'enserra de ses bras et fondit aussitôt en larmes en répétant d'une voix chevrotante : « Mon petit, mon petit... »

Édouard se dégagea en partant d'un gros rire. Il voulut lancer une plaisanterie qui ne vint pas et, après une hésitation, donna l'accolade à son père, très ému lui aussi. Sa mère avait appuyé son mouchoir sur sa bouche et continuait à pleurer silencieusement. Marguerite s'approcha pour l'embrasser et la réconforter. Elle resta là, lui tenant la main, jusqu'à ce qu'Édouard l'enlace et l'entraîne un peu à l'écart. Ils se regardèrent longuement en parlant à voix basse. Puis il revint vers ses parents :

« Les Maupin m'ont averti qu'ils ne pourraient pas venir. Ils m'ont demandé de les excuser auprès de vous. Moi, j'aime autant qu'ils ne soient pas là. »

Le boulanger aurait pu venir. En fait, il avait craint, ses opinions étant connues, de subir quelque quolibet ou de se faire embarquer dans une algarade qui n'avait guère sa place ce jour-là.

Le train venant de Clermont s'annonça. On se précipita sur le quai. Le convoi entra en gare avec majesté et lenteur. Sur le trottoir, juste devant la gare, un groupe bruyant de « va-t-en-guerre » s'était formé, arborant de petits drapeaux tricolores. Ils interpellèrent les voyageurs des wagons stationnés devant eux, et bientôt entre les ouvertures garnies de têtes et le quai ce fut une clameur ininterrompue d'insultes aux « casques pointus », aux Prussiens et d'encouragements à culbuter « l'ennemi héréditaire », à le chasser au-delà du Rhin… Ils avaient apporté des bouteilles de vin dans une corbeille et les plaçaient avec force cris dans les mains nombreuses qui se tendaient. Puis soudain, juste avant le départ, à l'initiative de ceux du trottoir, jaillit *La Marseillaise.*

Édouard avait embrassé une dernière fois les siens et s'était glissé rapidement derrière le groupe d'enragés, courant vers une voiture d'où il avait fait un grand signe avant de disparaître dans un compartiment. Dès son dernier signe, ses parents et Marguerite avaient reflué vers la place où, se glissant sur le côté, ils pouvaient encore apercevoir les wagons. Il y eut un coup de sifflet rageur et le train s'ébranla dans la clameur des revanchards. Il y avait quantité de bras qui s'agitaient aux fenêtres et ils répondirent à ces adieux, croyant même reconnaître Édouard.

Marguerite raccompagna ses beaux-parents jusque devant chez eux mais ne voulut pas entrer. Elle avait été écœurée par l'attitude des nationalistes et sentait que, sans rien dire, les parents d'Édouard approuvaient. Elle ressentait, tout à coup, un profond sentiment de désespoir et d'abandon et avait hâte d'être seule chez elle pour pleurer.

Tout à l'heure, elle irait jusqu'à la boulangerie, elle avait promis à ses parents de venir déjeuner avec eux. Là-bas, peut-être, avec son père elle parlerait…

La première lettre qu'elle reçut d'Édouard arriva six jours plus tard. Le timbre marquait : Poste aux Armées, sans autre précision. Elle la trouva dans la boîte aux lettres, le soir, en rentrant de l'école. Elle grimpa les escaliers quatre à quatre, posa sur la table son sac chargé de cahiers et déchira fébrilement l'enveloppe.

Caserne Michaud, le 10 septembre 1914.
Saint-Ouen, Seine.

Ma très chère Marguerite,

Voici déjà deux jours que nous nous sommes quittés et je n'ai pas encore trouvé le moyen de t'écrire. Après Saint-Étienne, nous avons bourlingué de caserne en caserne, dirigés de-ci de-là par des gradés en uniforme. On nous a habillés de pied en cap, et toujours avec ce ridicule pantalon rouge dont je t'avais déjà parlé. Le mien est un peu court, heureusement il y a les guêtres. Je suis content d'avoir emporté les grandes chaussettes que tu m'as incité à prendre. Elles ne sont pas réglementaires, mais elles sont plus agréables à porter et protègent bien les pieds de la raideur des godillots. Je crois que, sans elles, j'aurais déjà pas mal d'ampoules.

Ce n'est qu'à Paris que j'ai pu rejoindre mon régiment et retrouver mon rang de sous-officier. Étant dans l'artillerie, je crois que je serai chef de pièce et que j'aurai six ou sept grenadiers sous mes ordres.

Tu vois, je serai moins exposé que les fantassins qui montent, eux, en première ligne.

Je vais finir cette lettre car on appelle les gradés pour une instruction. J'espère que tout va bien là-bas, malgré la rentrée scolaire qui approche. Embrasse mes parents de ma part, je leur écrirai bientôt.

Je pense très souvent à toi, si vaillante, et cela soutient mon courage. Figure-toi que j'ai retrouvé un gars de Montbrison, il était aussi dans le train de Saint-Étienne, et il reste avec moi au régiment. Je suis content d'avoir quelqu'un du pays.

Je t'embrasse de tout mon cœur,

Ton mari qui t'aime,

ÉDOUARD.

Marguerite relut la lettre une seconde fois, la remit dans l'enveloppe et la posa sur le buffet, appuyée contre la photo de leur mariage. Elle se promit de passer chez les Durupt dès le lendemain pour leur apporter des nouvelles. Elle mit à cuire sa soupe et sortit ses cahiers.

La rentrée scolaire eut lieu le 3 octobre. L'organisation de l'école avait dû subir quelques aménagements : deux jeunes confrères étaient mobilisés et sans remplaçants. M. Misette, le directeur, avait donc réparti leurs élèves dans les autres classes et Marguerite devait en accueillir douze. Cela lui occasionnerait un gros travail supplémentaire, car il n'était pas question de les laisser stagner. Elle devrait les faire progresser tout en poursuivant son programme normal. On avait dû resserrer les petits pupitres pour en faire entrer de nouveaux. On ne pouvait plus guère circuler dans la classe et, mis à part l'estrade sur laquelle se trouvait sa table recouverte d'une sorte de tapisserie grisâtre et l'emplacement du vieux poêle, protégé par son demi-cercle de tôle, il n'y avait d'autre espace que les étroites allées permettant aux enfants de rejoindre leur banc.

Dès le premier jour, il se trouva quelques places vides et, l'appel fait, des absences se confirmèrent. M. Misette en fut fort contrarié et pria Marguerite et ses collègues de faire porter, dès le soir, par des petits voisins, une demande d'explication aux parents fautifs. On eut, dès le lendemain, des précisions : les vendanges étaient commencées et l'on manquait de bras à cause du départ d'un père ou d'un frère plus âgé. Cette raison ne convint guère au directeur qui se promit d'appliquer aux malheureux, dès leur retour, les sanctions les plus énergiques. Marguerite, ayant osé prendre leur défense, se fit vertement tancer et, comme aucun autre instituteur ne s'avisa de la soutenir, elle mordit ses lèvres et se tut. Elle trouvait cette semonce tout à fait hors de propos et ne pouvait accepter que l'état de guerre dans lequel la France était soudainement plongée ne permît quelques accommodements et une plus grande mansuétude.

Révoltée et malheureuse, Marguerite se plongea dans le travail avec acharnement.

Malgré un temps radieux, elle ne sortait guère et ne montait à la boulangerie que le jeudi et le dimanche pour partager le repas de midi avec ses parents. Là, elle apprenait les nouvelles du front de la bouche de son père. Le journal avait parlé de l'offensive allemande qui, violant la neutralité de la Belgique, avait réussi sa percée sur Liège et Charleroi. Les lignes françaises sur l'Escaut et sur l'Aisne avaient été enfoncées. Joffre avait cependant contenu l'avancée allemande sur la Marne et arrêté l'invasion. Les Alliés organisaient la contre-offensive. La guerre ne finirait pas si vite qu'on l'avait d'abord cru.

Marguerite redescendait dans l'après-midi, lorsque sa mère remettait le loqueteau à la porte de la boutique. Il n'y avait en général plus guère de clients pour le pain, mais on tenait aussi un rayon d'épicerie, souvent fréquenté le soir par des femmes d'ouvriers qui faisaient leurs emplettes au jour le jour et qui, fréquemment, tendaient le petit carnet tiré de la poche de leur tablier où Mme Maupin notait leurs dettes.

C'est un jeudi soir que, dans l'escalier pour entrer chez elle, Marguerite se heurta aux deux gendarmes qui venaient de frapper à sa porte et qui, ayant entendu monter quelqu'un, attendaient sur le palier. Elle fut surprise, n'ayant pas pris garde aux deux bicyclettes posées contre le mur de la maison.

« Mme Durupt ? demanda l'un.

– Oui, oui, c'est moi », dit-elle en tentant d'ouvrir la porte.

Elle tenait la clef, mais ses mains étaient prises d'un tel tremblement qu'elle ne réussissait pas à l'introduire dans la serrure.

« Laissez-moi faire », dit l'autre gendarme.

Il lui saisit doucement le poignet, prit la clef, ouvrit la porte et s'effaça. Elle entra, ils suivirent et repoussèrent la porte.

« Vous êtes bien la femme d'Édouard Durupt, née Maupin ? »

Elle fit oui de la tête.

« Vous savez, on a un rude travail à faire. Par ces temps, on n'apporte pas des bonnes nouvelles… Voilà, on est envoyé pour vous dire qu'Édouard Durupt, votre mari, est porté disparu. Faut pas en conclure de suite qu'il est mort, pas vrai, dit-il à l'adresse de son compagnon, des fois, on en retrouve perdu dans une autre compagnie, évacué comme blessé sans qu'il puisse être identifié, prisonnier même… Faut pas penser au pire, vous savez. »

Marguerite secouait la tête et ne répondait rien.

« Faut encore que je vous dise. Si jamais c'était… il hésita. Enfin si c'était grave quoi, vous aurez une lettre de la mairie. C'est elle qui recevra la confirmation. »

Il y eut un silence, puis il reprit :

« Si vous avez besoin de rien, madame, on va vous laisser. Il faut encore qu'on aille dans une ferme, vers la route de Montbrison. »

Marguerite fit non de la tête. Ils sortirent le plus silencieusement possible, tirèrent la porte et Marguerite entendit leurs pas lourds descendre l'escalier de bois. Elle tomba sur une chaise, s'effondra sur la table et sanglota. Elle n'entendit pas entrer sa vieille voisine, elle sentit seulement une main se poser sur ses cheveux. Elle leva son visage ruisselant, la reconnut et lui dit :

« Édouard est mort, je suis sûre qu'il est mort.

– Si c'est pas malheureux, dit la vieille. Tous les deux en pleine jeunesse… Pleure, ma mie, pleure, ça peut que te faire du bien. »

Elle tira une chaise et s'assit auprès d'elle.

La pièce était déjà assombrie par le crépuscule, lorsqu'on entendit un pas pesant gravir l'escalier. Suzanne Maupin ne toqua pas, elle se dressa, essoufflée sur le seuil, tel un spectre dans sa blouse claire qu'elle n'avait pas pris le temps de quitter en sortant du magasin, et tendit les bras à sa fille qui vint se blottir dans le volumineux giron.

« Ma pauvre enfant ! C'est pas vrai, mais c'est pas vrai ! Pauvre Édouard ! Qui aurait cru ? »

Marguerite, un peu ressaisie, fit asseoir sa mère et lui raconta la visite des gendarmes. Toutes deux pleuraient en parlant et Mme Maupin, ayant tiré de sa poche un grand mouchoir blanc, se tamponnait les yeux et se mouchait avec discrétion. La mère Toulet, la vieille voisine, qui s'était levée à l'arrivée de la boulangère et avait fait mine de se retirer, voyant qu'on ne lui prêtait pas attention, était restée debout près de la table et écoutait attentivement le récit en hochant la tête.

Quand elles descendirent, après que la mère Toulet les eut embrassées et se fut retirée derrière sa porte, la nuit était là. Marguerite s'était couvert la tête d'un fichu noir, que sa voisine lui avait prêté. Il lui fallait rendre visite aux parents d'Édouard. Elle n'avait pu se résoudre à y aller seule et avait demandé à sa mère de l'accompagner. Celle-ci ne se fit pas prier, elle avait averti son mari, fermé boutique et avait accroché à la porte vitrée sur un morceau de carton : *Fermé pour cause de mort pour la France.*

C'est elle qui agita la clochette de la petite maison. M. Durupt, les yeux rouges, vint ouvrir, prêt à chasser l'importun.

« Ah ! c'est vous ! Quel malheur, entrez, entrez. Ma femme est dans tous ses états ! Vous pensez… »

La mère d'Édouard, qui ne voulait voir personne, pleurait, accoudée à la table de la cuisine. Elle fit mine de ne rien entendre, tenant son mouchoir sur sa bouche, les cheveux en bataille. Manifestement, elle n'avait pas bougé depuis la visite des gendarmes. Marguerite vint l'embrasser. Elle ne broncha pas.

« Elle est sous le choc, dit Durupt.

– Mon Dieu ! quel malheur ! dit Suzanne Maupin. C'est pas Dieu possible… La guerre à peine commencée… »

Mme Durupt sembla se réveiller tout à coup :

« Presque un officier, enfin ! Comment c'est possible ? Ils se sont sûrement trompés.

– Ma pauvre, intervint son mari, les officiers meurent comme les autres, ils sont moins nombreux, c'est tout.

– Oui, mais l'artillerie, tu vas pas dire ! Ils sont pas au front, eux, ils tirent de loin les canons, tu penses ! Édouard me l'a dit dans sa lettre. Ils se sont trompés, je te dis. Je le sens là, dit-elle la main sur l'estomac, Édouard ne peut pas être mort. Ils se sont trompés, c'est sûr. »

Durupt renonça. Depuis plusieurs heures qu'elle s'entêtait, il n'en pouvait plus. Mme Maupin voulut prendre le relais :

« C'est que les canons doivent être visés, l'ennemi doit tenir à les faire taire, vous pensez, les dégâts que ça fait !

– Il est porté disparu, qu'ils ont dit les gendarmes, ça veut pas dire… Vous voulez lui porter malheur, quoi ! Il est vivant que je vous dis, vous verrez. D'ailleurs, Marguerite, elle n'est pas veuve encore. Si tu t'espères bientôt libre, repasse, ma fille. Tu crois peut-être l'avoir rendu heureux, mon Édouard ? Je vais te dire, moi, qu'une femme à la maison c'était mieux pour lui. Tu nous as pas même donné un petit. Si jamais il était mort, tu quitteras plus le noir, ma fille, c'est moi qui te le dis.

– Elle déparle, intervint Suzanne Maupin. Viens, Marguerite. Elle t'insulte. Partons ! J'espère, dit-elle dans le vestibule, à l'adresse de Durupt qui se faisait tout petit, j'espère que vous la ramènerez à un autre langage. Que son père n'entende pas ça, mon Dieu ! Il ferait un malheur. J'espère qu'elle retrouvera ses sens, je compte sur vous pour qu'elle se reprenne. Mais, ajouta-t-elle, je crois pas que vous y arriverez, elle a un fichu caractère… Bonsoir ! »

Elle poussa Marguerite dehors et claqua la porte.

Marguerite ne dormit guère cette première nuit. Elle se leva très tôt, fit une toilette complète et chercha dans ses tiroirs de quoi se colorer un peu les joues. Elle arriva à l'école en avance et se rendit directement dans sa classe où elle mit de l'ordre dans ses affaires. Elle entendit s'enfler, peu à peu, dans la cour, le bruit des élèves de plus en plus nombreux à mesure que s'approchait l'heure. Elle sortit, mais demeura sur le petit palier en haut des quelques marches qui rejoignaient la cour. Trois garçons, qui jouaient aux billes dans l'angle formé par le mur et l'escalier, la saluèrent.

« Bonjour, madame.

– Bonjour, les enfants. »

Elle promenait son regard sur la cour de récréation, reconnaissant ses élèves en train de jouer et courir. Elle vit, de loin, le groupe de ses collègues en petit cercle, devant la classe du directeur. Qu'y avait-il de différent ce matin ? S'était-on si vite habitué à la guerre ? Que pesait la souffrance, la vie d'un être dans l'énorme mouvement d'un monde livré à ses routines ? Elle tressaillit quand elle vit M. Misette quitter le groupe et venir vers elle. D'un geste de la main, il chassa les enfants du pied de l'escalier. Il ne monta pas. Marguerite ne bougea pas du palier, bien qu'elle eût conscience d'une impolitesse. Il dut lever la tête vers elle.

« On me dit que vous avez de mauvaises nouvelles de votre époux. Je souhaite pour vous qu'il s'agisse d'une erreur. Cependant, je tiens à vous assurer personnellement, ainsi qu'au nom de vos collègues et de tout l'établissement, de la plus grande sympathie. Si vous désirez prendre deux ou trois jours de repos, demandez-le. Vous connaissez les conditions dans lesquelles nous travaillons, mais vos collègues et moi-même sommes prêts à un effort supplémentaire pour vous libérer quelques jours. N'hésitez surtout pas. Je vous sais gré d'être venue quand même, ce matin. Vous ne manquez pas de courage.

– Merci, monsieur le directeur. Je crois que je préfère travailler. Veuillez remercier aussi mes collègues. Excusez-moi de rester un peu à l'écart pour l'instant. J'ai besoin d'être seule. »

M. Misette inclina la tête et, toujours aussi raide, rejoignit le petit groupe, leur dit un mot et donna l'ordre de faire tinter la cloche.

Au seuil de chaque classe les rangs se formèrent. Les élèves de Marguerite vinrent s'aligner, en silence, devant le perron. Au signal de leur maîtresse, les enfants firent sonner leurs galoches sur les marches et pénétrèrent dans la classe.

Regardant défiler ses élèves, Marguerite se demandait comment la nouvelle s'était répandue aussi vite. Il était probable que les sorties des gendarmes étaient surveillées avec attention. On en tirait les conclusions.

L'appel, ce jour-là, fut pour Marguerite une véritable épreuve, mais elle n'associait pas encore suffisamment les noms et les visages pour s'en dispenser. À l'énoncé de chaque nom, le plus bref silence provoquait chez elle une sorte de hantise. N'allait-elle pas entendre « porté disparu », « mort au combat » ? Elle sentait dans sa classe une certaine tension et percevait le son de sa propre voix s'altérer peu à peu. Soudain, le nom prononcé n'éveilla aucune réponse. Elle leva les yeux et le répéta, étonnée, n'ayant pas aperçu de table vide à part celle de Gilberte, malade depuis quatre jours. Le visage des fillettes se figea, et l'on entendit dans le silence épais un « … sent » très faible suivi immédiatement d'un sanglot étouffé. Elle vit dans un brouillard une tête se cacher dans les petits bras croisés sur le bureau, et de gros sanglots agiter le dos d'une élève. Une petite voisine se leva :

« C'est à cause de son père, madame, il est porté disparu. »

Dans le silence pesant qui suivit, Marguerite se leva, livide, et marcha jusqu'à la fenêtre. Elle ne pouvait prononcer un mot. Une voix enfantine s'éleva :

« Madame, on sait pour votre mari… Si vous voulez, on va prendre le livre de lecture. »

Il y eut un léger remue-ménage, quelques chuchotements, puis une voix commença la lecture. Marguerite avait posé son front contre la vitre et pleurait silencieusement. Dans son dos, la lecture se poursuivait, reprise par une voix nouvelle, plus hésitante, butant parfois sur un mot plus long ou plus difficile. Il y avait de courtes pauses, puis la lecture reprenait, portée par une voix différente.

Marguerite laissa la lecture se dérouler, elle sentait que la classe se détendait peu à peu. De plus en plus attentive aux accrocs, elle se mit à formuler tout bas le mot compliqué qui causait l'hésitation. Elle sécha ses yeux, assura son regard en le portant au loin sur l'horizon des collines qui ceinturaient la vallée. Elle revint vers sa table.

« C'est bien, les enfants. Je vous remercie. »

La lecture s'arrêta.

« Prenez votre cahier d'orthographe. Je voudrais seulement vous dire ceci : à cause de la guerre, nous sommes nombreuses à être dans l'angoisse ou dans la peine. Si nous sommes attentives les unes aux autres, alors la peine sera partagée et plus légère pour chacune, peut-être… Je souhaite que notre classe soit comme une sorte de famille où personne n'aura honte de son chagrin. Vous avez manifesté de la gentillesse à mon égard, faites de même pour chacune de vous. Merci. Mettez la date dans la marge. Titre : *Les semailles.* J'écris le nom de l'auteur au tableau... »

Bien que très affectée par la disparition d'Édouard et heurtée par les propos de sa belle-mère, Marguerite s'entêta à décliner l'offre de ses parents de reprendre sa chambre de jeune fille, au-dessus de la boulangerie. Elle gagnait sa vie et n'entendait pas tirer un trait sur ses premières années de femme. Chez elle, elle se sentirait plus libre, bien que, parfois, la solitude lui pesât. Ce n'était pas le peu de temps qu'elle passait au ménage et à la cuisine qui pouvait gêner son travail.

C'était surtout le soir que le cafard la prenait. Parfois, elle essayait de prendre un livre mais, le plus souvent, ses pensées dérivaient. Il suffisait d'un mot, d'une image, pour que son esprit quittât la lecture et revînt au souvenir de sa vie commune avec Édouard. Tout n'avait pas été facile. Les premiers mois surtout. Au jour de leur mariage, Édouard avait presque trente ans. Il avait ses habitudes de garçon et, spontanément, reprenait dans son nouveau foyer ses usages passés. Le dimanche matin, par exemple, il se levait tard, restait au lit, attendant que Marguerite eût éclairé le fourneau, réchauffé le lait, préparé le café. Il appréciait particulièrement que, rapidement lavée et coiffée, elle fasse un saut jusqu'à la boulangerie et ramène des petits pains ou des croissants juste retirés du four. Elle le faisait parfois, sachant lui faire plaisir. Il se levait alors, plein d'appétit, l'embrassait longuement et ils déjeunaient ensemble en prenant leur temps. Elle aimait ces instants où Édouard était détendu et joyeux en sa compagnie. Souvent, à ce moment-là, ils évoquaient l'un pour l'autre des souvenirs de leur enfance, de leur jeunesse. Ils apprenaient à mieux se connaître, regrettant de n'avoir pas partagé ces périodes qui échappaient à leur histoire commune.

Quand, enfin, ils se levaient de table, et que Marguerite avait débarrassé, Édouard se rasait soigneusement, aiguisant fréquemment sa lame sur le cuir tendu de l'affiloir, puis il profitait de l'eau chauffée sur la cuisinière pour faire une grande toilette. Enfin, il s'habillait de propre, nouait sa cravate devant le miroir de l'armoire de leur chambre et enfilait sa veste de sortie. Marguerite ne disait rien, elle s'activait au ménage. Il venait l'embrasser et lui disait simplement :

« Je viendrai te prendre à midi, tu te rappelles qu'on mange chez mes parents. Fais-toi belle. »

Elle se retenait jusqu'à ce que son pas se soit éteint dans l'escalier, puis elle pleurait. Elle se rendait bien compte qu'il avait ses habitudes. Elle comprenait aussi qu'il eût plaisir à retrouver amis et collègues pour l'apéritif du dimanche au café de la Gare, mais c'était plus fort qu'elle, elle ne pouvait retenir ses larmes. Qui plus est, la perspective du repas chez ses beaux-parents et de l'incontournable promenade en famille effaçait d'un coup tout le plaisir du matin.

Elle n'avait pas compris tout d'abord les manœuvres de sa belle-mère. Elle avait même apprécié, les premiers temps, elle qui attachait peu d'importance à la cuisine, les attentions culinaires de Mme Durupt. Ils arrivaient pour mettre les pieds sous la table. Ni Marguerite ni Édouard ne devaient rien faire. Elle les entourait d'attentions, demandant à son seul mari quelques menus services, comme celui de préparer les vins qu'elle pensait nécessaires à l'accompagnement de ses mets.

Une fois à table, elle ne tolérait pas qu'un autre qu'elle se levât pour le service. Au début, Marguerite avait voulu aller à la cuisine chercher de l'eau ou du pain. Sa belle-mère l'avait précédée en s'excusant d'avoir manqué à ses devoirs et Marguerite avait renoncé à toute initiative. Elle avait seulement insisté pour aider à la vaisselle, et Mathilde avait fini par accepter qu'elle l'essuie.

« Vous avez bien assez à faire toute la semaine, avec votre travail. Le dimanche, reposez-vous. Laissez-moi faire, ça me fait tellement plaisir de vous avoir tous les deux. »

Mathilde s'enquérait de son appréciation sur sa cuisine. Est-ce que ça lui plaisait ? N'était-ce pas trop assaisonné à son goût ? Marguerite était l'objet de toutes ses attentions. La jeune femme s'était un temps demandé pourquoi. Un jour, elle avait compris quand la mère d'Édouard avait dit à son fils :

« Regarde, je vous ai préparé ton plat préféré. »

C'était, un dimanche, des tomates farcies, un autre jour, un bœuf mironton, un autre jour encore, une épaule d'agneau. Elle cherchait toute la semaine à se rappeler les plats qu'Édouard avait autrefois particulièrement appréciés. Puis elle s'ingénia à lui rappeler les circonstances de sa vie de garçon où il avait goûté ce plat. Elle le mit à contribution pour découper la pintade ou le gigot :

« Tu savais si bien faire, autrefois. Je te laisse couper. Je vais chercher le légume. »

Peu à peu, elle se préoccupa de l'opinion de Marguerite comme d'une guigne. Il n'y en avait plus que pour Édouard.

« Ça te plaît, mon petit ? Je suis bien contente que tu te régales au moins le dimanche. C'est sûr qu'avec son travail, Marguerite a guère le temps de faire de la cuisine. »

Édouard ne protestait pas. Devant sa mère, il redevenait l'enfant choyé et, prenant dans ses mains celles de Marguerite comme pour s'exprimer aussi en son nom à elle, il répondait :

« Tu te donnes trop de travail pour nous, maman. Mais c'est vrai que tu nous soignes. Tu es toujours un vrai cordon-bleu. »

Mathilde feignait la confusion et tournait vers son fils un regard chargé de tendresse.

« Voyez comme il est gentil, disait-elle à Marguerite. Savez-vous que vous avez trouvé là un bon mari ? Il n'y en a pas deux comme lui. Il a toujours été sensible et affectueux. Vous verrez comme il fera un bon père... »

C'était au tour d'Édouard d'être confus, et pour masquer son embarras il partait d'un gros rire, se penchait vers Marguerite et l'embrassait. C'était un des rares témoignages de leur amour qu'il lui donnait devant sa mère. Habituellement, il était plutôt réservé, et même un peu contraint.

À table, les dimanches, il conversait surtout avec son père. Ils échangeaient les nouvelles du pays, parlaient chacun de leur travail. M. Durupt, comptable, était responsable des écritures d'une grosse maison de quincaillerie et de fournitures industrielles. Bien qu'ayant rarement à faire directement avec les clients, il connaissait tous les artisans et les entrepreneurs de la région. Il les saluait de loin, et, s'il se trouvait qu'il eût à leur adresser quelques mots, il bannissait toujours de la conversation la moindre allusion à la quincaillerie, sur laquelle il se montrait d'une discrétion légendaire.

« Tu comprends, disait-il à Édouard, je sais tout ce qu'ils achètent. Je connais la façon dont ils paient, leurs dettes aussi d'ailleurs. Je dois faire comme si j'ignorais tout. Une maison comme la nôtre, ajoutait-il avec importance, se doit de respecter ses clients. Elle a une longue tradition. »

Édouard et Marguerite approuvaient. Mathilde tenait à ajouter que jamais son mari n'avait eu la moindre observation de son patron qui lui faisait toute confiance.

« C'est un homme d'honneur, disait-elle à Marguerite, une vie de travail sans un accroc. Les Lanfoy peuvent dormir tranquilles avec des employés comme ça. D'ailleurs, ils nous considèrent, et quand j'avais le temps d'aller à la grand-messe, jamais ils ne quittaient le parvis de l'église sans venir nous saluer et demander des nouvelles. C'est pas des gens fiers, vous savez… »

Son mari s'agitait sur sa chaise pour manifester qu'elle en avait déjà trop dit : on ne parle pas des patrons. Et il attirait l'attention d'Édouard en racontant une anecdote curieuse de jeu de boules ou de belote, ses deux passe-temps favoris.

Marguerite comprit vite qu'elle ne pourrait compter que sur elle pour asseoir l'indépendance de leur couple. Elle ne devrait pas prendre de front sa belle-mère, sous peine de créer des tensions entre elle et son mari. Elle se résolut à la plus fine des diplomaties. Il lui fallait trouver les moyens de mettre un peu de distance entre Édouard et son passé.

Elle y songea pendant la promenade digestive. Mme Durupt, au bras de son époux, marchait devant. Avec de feintes hésitations, elle consultait son mari sur l'itinéraire à suivre. En fait, elle savait d'avance où elle les conduirait. Elle voulait tenter de croiser telle personne dont elle était sans nouvelles. Elle voulait passer à tel endroit où on lui avait dit qu'il y avait du nouveau, devant tel magasin, devant telle maison, pour avoir des informations sur la maladie du petit, du grand-père…

Elle parcourait le quartier à la façon d'une reine à l'écoute de ses sujets. C'était elle qui décidait qui l'on saluait des personnes ou des groupes rencontrés. Alors M. Durupt soulevait son chapeau. Elle traversait la rue, en le poussant, lorsqu'elle avait décidé qu'une petite causette s'imposait.

Édouard décrivait à Marguerite les curiosités de son quartier, les domiciles où il était entré enfant avec sa mère ou pour jouer avec un camarade d'école. Il connaissait les gens qui y demeuraient, leur histoire, les malheurs qui les avaient frappés. Marguerite écoutait d'une oreille distraite. Elle échafaudait son plan de bataille. S'il était avéré qu'Édouard aimait la bonne chère, elle avait découvert chez lui deux passions secrètes qu'elle allait mettre à profit. Il adorait danser et faisait grand cas de la musique. Il aimait aussi la bicyclette et se passionnait pour les courses locales, deux activités, deux loisirs qu'elle appréciait également et que Mathilde avait en piètre estime.

Elle profita d'un silence pour lui demander où elle pourrait acheter une bicyclette. Il en fut un peu surpris.

« Tu veux faire du vélo ? Toi, une femme ?

– J'en avais un, tu sais, plus jeune. Il n'est plus à ma taille, et puis va savoir où il est ! Ma mère l'a sans doute donné ou vendu. Je n'en ai pas fait depuis plusieurs années, mais j'aimerais reprendre. Avec toi qui utilises le tien tous les jours, on pourrait sortir un peu le dimanche, voir les environs…

– Ma foi, ton idée me plaît, dit Édouard. C'est vrai qu'à pied on ne va guère loin. Crois-tu que tu pourras suivre ?

– Tu verras bien, dit-elle en éclatant de rire.

– J'irai chez "La Pièce" cette semaine voir ce qu'ils font pour les dames. Je te prendrai un panier à mettre au guidon : on pourra emmener de quoi manger sur l'herbe. Oui, c'est une bonne idée que tu as eue là. »

Ils éclatèrent de rire tous les deux, et Mathilde, inquiète, se retourna pour tenter de comprendre la cause de leur soudaine joie.

Après quelques entraînements, ils voulurent que leur première sortie soit une vraie fête. Ils avaient ensemble préparé leur itinéraire pour la journée. Et si Édouard avait encore quelques inquiétudes sur les capacités de Marguerite, la joie et l'exubérance qu'elle affichait le rassérénaient. Il avait prévu une petite trousse de dépannage pour les crevaisons éventuelles et Marguerite avait préparé le ravitaillement. Fort heureusement, il faisait beau ce dimanche, et le plus dur avait été – Édouard s'en était chargé – d'informer les Durupt qu'on ne sacrifierait pas ce jour-là au rituel du déjeuner en famille. Mathilde en fut contrariée et, lorsqu'elle en connut la raison, préféra se taire que manifester ouvertement son dépit devant cette félonne initiative de sa bru. Elle se contenta de remarquer que monter à bicyclette, pour une femme, n'était sûrement pas le bon moyen d'avoir des enfants et que cela, ajouté à un travail quotidien, ne leur laissait guère d'espoir de connaître leur petit-fils.

Ils avaient, pour ce premier circuit, choisi la plaine. L'itinéraire fixé les mènerait d'abord à Montbrison où l'on ferait la visite de quelques monuments. Ensuite, on gagnerait la campagne pour le pique-nique et la sieste. Puis, par Champs, on rejoindrait Mornand et Montverdun, traversant le pays mythique de Céladon et d'Astrée. Là, on visiterait la Bastie d'Urfé et l'ancien prieuré d'où l'on a une vue magnifique sur la plaine. On pourrait prendre son temps et flâner un peu, le chemin du retour ne comptant que quelques kilomètres.

Ils passèrent un dimanche de rêve. Marguerite s'était montrée sans faiblesse, gaie et enjouée. Plusieurs fois, elle s'était retenue de justesse de comparer, à haute voix, ce joyeux dimanche aux tristes repas habituels chez Mathilde. Édouard, heureux, libéré, avait parlé d'abondance. Il avait été prévenant et attentionné. Il commentait tout, ravi d'apprendre à Marguerite quantité de choses qu'il avait lues dans des revues et des livres d'histoire locale dont il était féru. Il riait de l'étonnement de Marguerite et lui disait :

« Alors, qui c'est l'instituteur ? »

Elle s'esclaffait et disait que ça la reposait de changer un peu.

Près des ruines du prieuré, ils s'étaient attardés, couchés dans l'herbe à l'abri des buissons, à regarder baisser le soleil sur les hauteurs de la montagne noire, rendues plus sombres encore par le contre-jour.

Enfin, ils étaient rentrés au crépuscule et, amoureux, s'étaient mis au lit de bonne heure, les membres las et le cœur chaud.

« On recommencera, dit Édouard avant de s'endormir. Mais la prochaine fois, on attaque la montagne. »

IV

LA CONFIRMATION DU DÉCÈS de son mari ne tarda guère. Quinze jours après la visite des gendarmes, Marguerite trouva dans sa boîte aux lettres un imprimé de la mairie lui annonçant qu'on avait reçu notification de l'acte de décès d'Édouard Durupt, mort pour la France, le 25 septembre 1914 à Herleville, Somme, établi sur la déposition du lieutenant Cabriant, officier au 4e régiment d'artillerie. Transcription en avait été dressée sur les registres d'état civil de la commune. Il lui était demandé de se présenter à la mairie pour obtenir copie de cet acte et recevoir tous renseignements afin d'être déclarée veuve de guerre et d'établir les droits qui y étaient attachés.

Marguerite, qui ne s'était pourtant guère bercée d'illusion, chancela, tant le choc fut terrible. Jusque-là, sa raison avait enregistré les faits. La froideur du style administratif la plongeait d'un coup dans le noir glacé d'un tombeau. Elle jeta le papier sur la table et prit sur le buffet la dernière lettre d'Édouard. Elle la serra entre ses mains tremblantes. Elle avait mal, mais ne pouvait pleurer.

La visite des gendarmes revint à son esprit. Elle se revit tremblante d'appréhension devant la porte close, avec ces deux gendarmes ennuyés. Ils étaient là, debout devant elle, mais elle ne put se rappeler leurs paroles. « Disparu »... c'est tout ce qu'elle se rappelait à présent. Elle eut l'impression d'avoir vécu depuis lors dans un rêve. Elle avait souffert, elle avait pleuré, mais elle était restée, jusque-là, dans le monde des vivants avec leur chaleur vitale, leur amitié ou leur haine, leur gaucherie et leur tendresse. Elle ressentait d'un coup dans sa chair le contact froid de son époux mort. Tout son être se révoltait. Elle se sentait comme aspirée dans un immense entonnoir ténébreux où sa substance se diluait lentement. Pouvait-on survivre avec seulement la moitié de son être ?

Elle se jeta sur son lit et sanglota.

Au petit matin, elle finit par s'endormir. Elle rêva qu'elle était morte, qu'elle se trouvait avec Édouard dans un immense jardin. Il y avait des fleurs, beaucoup de fleurs, des fontaines... Ils s'y baignaient… Ils étaient heureux mais ne ressentaient rien. Ils n'avaient plus de corps ; ils flottaient à l'unisson. Il n'y avait que la présence de l'un à l'autre qui, comme des parfums s'entremêlent et se valorisent sans se confondre, les comblait de joie.

Cette confirmation du décès fut aussi une grande épreuve pour sa belle-mère qui avait fini par se convaincre qu'il s'agissait d'une terrible erreur, ayant reçu entre-temps une courte lettre de son fils datée, il est vrai, du 20 septembre, jetée à la hâte, dans la boîte aux lettres d'un village traversé, où il se plaignait des longs déplacements, à marche forcée, de son régiment, avec les interminables charrois de canons sur des chemins défoncés, le soin aux chevaux d'attelage, l'encadrement des hommes peu aguerris… bref, un incessant mouvement qui ne lui laissait pas un instant, sa responsabilité de maréchal des logis l'obligeant à se tenir près de ses hommes même pendant les haltes et les bivouacs sommaires. Il pleuvait sans arrêt sur l'endroit où ils se trouvaient – sans autre précision, à cause de la censure imposée pour le courrier. Il soulignait aussi un équipement rudimentaire qui les faisait souffrir de l'humidité et du froid. Il priait sa mère d'informer Marguerite qu'il l'embrassait tendrement, et qu'il lui enverrait prochainement une plus longue lettre, déjà commencée, qu'il tenait avec ses papiers dans la poche intérieure de sa vareuse.

M. Durupt avait apporté, un soir, en cachette de sa femme, la lettre à Marguerite.

« De toute façon, je serais venu vous voir, dit-il à Marguerite. Je voulais vous demander de nous excuser pour ce qu'a dit Mathilde l'autre jour. Depuis la visite des gendarmes, elle dit n'importe quoi. Elle a toujours été terrible, j'en sais quelque chose. Au début de notre mariage, j'ai essayé de résister. C'étaient sans arrêt des cris, des scènes terribles. Quand on a eu le petit, j'ai laissé faire… J'ai eu tort, peut-être. Je ne voulais pas qu'il vive dans une ambiance pareille… Elle a tout décidé, pour Édouard comme pour moi. Elle tolérait juste ma belote au bistrot de la Gare deux fois par semaine…

« Je ne vous ai jamais dit, moi, ce que je pensais de vous. Je vous aime bien et je vous estime. Édouard a eu bien de la chance de vous rencontrer. Je sais qu'il vous aimait et qu'il était heureux avec vous. Il ne pouvait pas le dire à la maison, ça aurait fait du pétard avec sa mère. Mais moi, je le sais. »

Il tendit la main et saisit celle de Marguerite qui laissa faire.

« Il n'a peut-être pas été le mari que vous attendiez, mais il vous aimait, c'est sûr. Peut-être qu'il n'a pas toujours su vous le dire, mais vous lui plaisiez, il était fier de vos idées. Vous êtes moderne, vous… et puis instruite… il était fier de vous, notre Édouard. Si seulement il avait vécu… »

Une larme tomba sur la table, il l'essuya rapidement de la manche de sa veste et, affectant de se moucher, essuya discrètement ses yeux avec son mouchoir. Il avait honte de pleurer devant Marguerite.

Elle l'avait écouté, assise devant ses cahiers de l'autre côté de la table. Elle l'avait laissé dire, heureuse, malgré tout, de l'entendre. Elle approcha son autre main et serra ses mains d'homme dans les siennes, longuement.

« Vous avez bien fait de venir, monsieur Durupt. Ce que vous m'avez dit est tellement important pour moi maintenant. J'ai idée que vous avez été souvent le complice d'Édouard.

– Bien obligé, Mathilde était l'autorité, elle tenait tellement de place ! »

Ils se levèrent, et Marguerite l'accompagna jusqu'à la porte.

« Je serai toujours votre ami, dit-il, vous permettez… »

Il l'attira vers lui et l'embrassa.

« Moi aussi », répondit-elle.

Marguerite avait voulu porter le deuil dès la visite des gendarmes. Sa mère l'en avait dissuadée. Maintenant que le décès était avéré, elle porta chez le teinturier son grand manteau de laine, une veste de demi-saison et deux jupes. Elle manifestait à l'égard des réalités de tous les jours une sorte de détachement, d'absence, qui inquiétait ses parents. Elle accepta, encore sur les conseils de sa mère, de garder ce qui était gris. Sombre et uni au début, le gris pourrait, peu à peu, passer à des tons plus clairs et tolérerait un peu plus de fantaisie. Elle n'avait jamais été très formaliste et sa jeunesse s'accommodait mal d'une élégance de veuve mûre.

L'hiver était là maintenant. Une bise glaciale soufflait dans la rue de l'école orientée plein nord et l'on avait l'impression, en passant l'angle de la grand-rue, de pouvoir enfin reprendre son souffle.

Bien que sortant peu, juste pour se rendre à l'école ou à la boulangerie, Marguerite supportait mal les regards fuyants de certaines personnes rencontrées ou les salutations un peu trop appuyées des gens importants de la petite ville.

Elle prit d'abord l'habitude de tenir le plus souvent les yeux baissés, évitant de croiser les regards. Elle souffrit aussi à l'école de la sollicitude un peu contrainte et compatissante de ses collègues.

Elle travaillait… Elle souffrait…

L'hiver passa… comme un mauvais rêve.

Maupin pestait contre la guerre. On avait réquisitionné sa camionnette. Il ne s'en servait plus, car il n'avait pas eu droit aux bons d'essence parcimonieusement alloués. Mais, remisée sur cales à côté du fournil, sa présence silencieuse le réconfortait. Il essuyait parfois de sa main blanche l'arrondi de son aile poussiéreuse et les souvenirs jaillissaient. Elle était comme la lampe d'Aladin dont une caresse éveillait le génie. Cette disparition, ajoutée aux épreuves de sa fille, l'avait atteint.

On le voyait moins souvent au café de la Place. Sa verve s'était tarie. Plus républicain et pacifiste que jamais, révolté des horreurs de la guerre, il en voulait tellement aux revanchards optimistes de l'automne passé qu'il préférait se taire. Il ressassait en lui-même ses convictions humanistes, et la nuit, seul à son four, il refaisait l'Histoire.

Comme le monde serait beau sans ces « enfoirés » de tous poils. Comme c'était bête de gâcher la vie des hommes pour la gloriole de quelques potentats. Ces gens-là n'avaient d'autre idée que d'alimenter de la sueur et du sang des hommes les ogres cachés sous leurs tuniques d'apparat. Ils avaient compris que ces monstres étaient insatiables, et que, mal nourris, c'est contre eux-mêmes qu'ils se retourneraient.

Le boulanger mettait dans le même sac l'Action française et les ensoutanés de rouge ou de noir qui exploitaient les paysans ignorants et consolaient le petit peuple avec leurs promesses de paradis. Eux aussi étaient au service des puissants. Somme toute, le petit père Combes avait bien fait de les sortir de leur douillette quiétude parfumée d'encens.

Certes, on pourrait lui reprocher d'avoir fait baptiser sa fille. Il était jeune à cette époque, il avait cru, lui aussi, à ces traditions ancestrales. C'est ensuite, avec la maturité, qu'il avait compris. Voilà pourquoi il avait encouragé sa fille dans ses études. Il l'avait voulue indépendante, libre. Elle et ses semblables sortiraient le petit peuple de l'obscurantisme. Il relèverait la tête enfin, dans une révolution pacifique, fort de millions d'êtres assemblés sous la bannière du prolétariat en marche.

Il avait confiance en Jaurès. Mais après sa mort, même les socialistes avaient trahi. Parbleu ! ils ont eu la trouille ! L'Union sacrée ! Encore un mot de cureton, nom de Dieu ! Jolie formule pour une nouvelle trahison !

Cela remuait dans ses tripes comme une tumeur maligne qui le rongeait. Si encore il avait pu pétrir tout son saoul, mais on lui mesurait son travail. Il manquait toujours de pain, mais il fallait se battre sans cesse pour quelques sacs de farine. Déjà quelques bourgeoises lui avaient reproché de ne pas leur avoir gardé leur pain, d'autres de leur avoir refusé les brioches pour les fêtes. Avec quoi les faire ? Lui et sa femme avaient décidé de vendre à tous, sans faire de distinction, sans rien mettre de côté sauf la miche qui leur était nécessaire. Et encore leur arrivait-il de la partager avec un malheureux, comme ça, gratuitement, car c'était en dehors du commerce.

Ils avaient du souci pour Marguerite. Ils la voyaient s'absenter de la vie, sans appétit. Si encore cette satanée guerre finissait, on tâcherait d'oublier. Mais les nouvelles du front n'étaient pas bonnes. Les choses s'enlisaient… Ça pouvait durer longtemps. Chaque jour les correspondants de guerre, malgré la censure, décrivaient des horreurs qui venaient retourner la lame dans la plaie encore fraîche et combien douloureuse. Il cachait les journaux à chaque visite de sa fille et si par hasard elle cherchait à s'informer, toujours avec détachement, il lui racontait des histoires en disant qu'il avait justement laissé le journal à Potu qui voulait y jeter un œil.

Un moment, le torpillage du *Lusitania* lui avait laissé espérer un sursaut des Américains et une issue plus rapide. Mais très vite, tout était retombé à la guerre d'usure et de position.

Il n'achèterait plus le journal… À quoi bon ?

Mai arrivait à son terme. Les soirées s'étaient allongées.

Les Maupin, inquiets pour la santé de leur fille – elle était pâle et amaigrie –, renouvelèrent leurs vœux de la voir réintégrer la maison familiale.

« Tu devrais sortir davantage, maintenant qu'il fait bon, lui dit sa mère.

– Sortir ? On me regarde avec curiosité. Je sens qu'on me guette ! À quand le premier faux pas ? Que sera le premier accroc de la jeune veuve ?

– Tu dois t'en fiche, reprit sa mère. Tu as ta conscience pour toi. Tu as aimé Édouard, mais il est mort maintenant. Tu peux lui rester fidèle si tu le penses ainsi, mais tu dois vivre. Nous avons tous besoin de toi. Regarde ton père, dans quel état le souci l'a mis. C'est le printemps, profite, ma fille. Reprends ta bicyclette, tu seras plus libre.

– Tu crois que je peux ?

– Tu peux si tu veux, intervint Maupin. Et ceux qui y trouveront à redire, je les attends. Tu crois que mes idées m'ont fait que des amis ? Va, ma fille, là où la vie appelle. Vaut mieux suivre sa croyance que son portefeuille, va, c'est plus digne. »

Marguerite se laissa convaincre.

Quelque chose en elle voulait vivre, malgré tout. Elle était jeune et avait besoin d'air. Elle commença par regonfler les pneumatiques de sa bicyclette, dans la cave, en secret. Elle regonfla aussi ceux du vélo d'Édouard. Elle pensa qu'elle allait devoir le vendre. C'était dommage de l'abandonner à la rouille. Il n'aurait pas aimé ça.

Essoufflée par l'effort, elle s'assit sur une caisse et resta un long moment immobile. Des souvenirs remontaient en elle. Elle revoyait son mari, de plus en plus souvent maintenant, dans les circonstances heureuses de leur vie passée. Elle souffrait encore de son absence, mais peut-être commençait-elle à faire son deuil. Un deuil rendu plus difficile par l'absence de dépouille, par l'éloignement du décès, par le manque de repères concrets, de rites qui auraient accompagné la sépulture. En accord avec les Durupt, on avait bien fait graver sur la stèle familiale : *À la mémoire d'Édouard Durupt, mort pour la France. Herleville, septembre 1914.* Mais elle n'allait pas au cimetière. Le souvenir de son époux ne s'ancrait pas là. C'est pourquoi elle le revoyait, vivant, toujours. Le plus souvent dans leurs moments d'échanges et de confidences.

La première sortie de Marguerite eut lieu par un superbe après-midi de mai, un jeudi. Elle mangea tôt, sortit sans bruit sa bicyclette de la cave et quitta la ville au moment du repas, alors que les rues étaient désertes. Dans quelque temps, peut-être serait-elle assez forte pour affronter les regards.

Elle rejoignit la petite route d'Arthun par-derrière, évitant d'instinct le quartier du Pont-de-Pierre où résidaient les Durupt. Dès qu'elle eut dépassé les dernières maisons de Boën, elle se sentit plus libre et mit pied à terre pour marcher un peu. Déjà elle était lasse, épuisée par le bref effort qu'elle avait dû fournir pour atteindre le plateau.

Elle repensa aux promenades avec Édouard. Elle avait du souffle alors. Comme tout ce bonheur lui paraissait loin. Comme elle se sentait vieillie en l'espace de quelques mois. Elle coucha sa bicyclette dans le fossé et s'assit sur l'herbe. Plusieurs sorties lui seraient nécessaires pour retrouver sa résistance d'autrefois. Elle repensa à la petite phrase de sa mère sur la santé de son père. Elle ne s'en était pas vraiment rendu compte, enfermée dans son propre malheur, mais lui aussi avait changé. Il avait maigri et portait souvent la main à son estomac avec une grimace douloureuse. Certes, il se faisait du souci pour elle, mais il prenait aussi de l'âge et avait un travail pénible. Peut-être était-il malade, elle lui en parlerait.

Marguerite se leva et marcha lentement, appuyée sur le guidon. Subitement, elle avait envie de rentrer, d'aller cacher sa peine dans le monde clos de son petit appartement et de l'école où elle avait ses habitudes. Offrir sa tristesse au soleil de mai lui apparaissait tout à coup incongru, comme un blessé morbide qui étalerait devant les autres sa plaie sanguinolente. Elle réprima un hoquet de dégoût. Pourtant, était-ce sa faute si elle était blessée ? Avait-elle jamais souhaité autre chose que de vivre heureuse auprès d'Édouard, d'enseigner, d'élever leurs enfants ?

Marguerite sortit chaque jeudi, quand le temps le permettait. Elle avait repris de son assurance.

Un équilibre s'était peu à peu établi, rompu parfois par une crise douloureuse qu'elle surmontait avec courage.

L'une de ces cassures avait duré plus que les autres. Elle avait eu pour origine une visite inopinée, un dimanche matin, alors qu'elle terminait son ménage et s'apprêtait à rejoindre la boulangerie pour aider sa mère à préparer le repas et déjeuner avec eux.

Aux coups frappés, elle était allée ouvrir la porte, pensant à une visite de sa voisine. Elle s'était trouvée devant un homme, jeune sans doute, au moins quant au son de sa voix.

« On m'a dit que je vous trouverais là, dit-il. Vous êtes bien la femme d'Édouard ? d'Édouard Durupt ? » précisa-t-il.

Marguerite hésitait. L'homme se tenait légèrement penché, la manche droite de son veston pendait, manifestement vide. De sa main gauche, il tenait son chapeau à hauteur des yeux, masquant toute la partie droite de son visage.

« Je peux entrer ? » demanda-t-il.

Marguerite s'effaça sans un mot. Il s'avança en clopinant jusqu'à la table et s'assit sans façons.

« Vous me connaissez pas, reprit-il, mais moi je vous connais. Édouard m'a tant parlé de sa femme. On avait fait le régiment ensemble avec votre mari et on s'est retrouvés le jour du départ, en septembre. De Montbrison que je suis. Il vous avait peut-être parlé de moi.

– Oh oui ! répondit Marguerite. Il était si content d'avoir retrouvé quelqu'un de sa connaissance.

– Il m'avait fait promettre que, s'il lui arrivait quelque chose, je viendrais vous voir. J'ai bien failli ne pas pouvoir tenir ma promesse… »

Marguerite, rassurée, avait contourné la table et s'était assise en face de lui. Il avait, en s'asseyant, posé son chapeau sur la table. Elle leva les yeux sur lui et reçut de plein fouet l'énorme cicatrice boursouflée et bleuâtre qui mangeait toute la partie droite de son visage. L'orbite de l'œil, sans forme, sommairement cousue, l'absence d'oreille, l'enfoncement du maxillaire, tout cela grossièrement rapiécé et marqué de veinures sombres. Elle porta vivement la main à sa bouche et réprima une violente nausée.

« C'est pas joli à voir, pas vrai ? jeta l'homme à qui n'avait pu échapper le mouvement de Marguerite. Ne vous en faites pas, reprit-il, je commence à prendre l'habitude. Quand je suis seul, c'est le bras qui me manque le plus. En compagnie, par contre, je donnerais presque l'autre pour retrouver ma tête d'autrefois. »

Il se tourna sur sa chaise et laissa à Marguerite le temps de se reprendre.

« On peut pas toujours se cacher, hein ! Et puis on est pareils tous les deux. On porte au fond la même souffrance, même si nos blessures sont différentes. Mais je suis pas venu pour parler de moi.

« Édouard pensait que ça serait dur pour vous s'il lui arrivait malheur. Il m'a dit plusieurs fois : “Tu lui diras, hein ! tu lui diras bien qu'il faut qu'elle vive, qu'elle continue son travail... Que si elle se remarie, je ne lui en voudrai pas. Tu peux pas savoir comme je l'aime, qu'il disait. Alors qu'un autre l'aime, j'en serais pas surpris. Dis-lui bien que si je suis plus là, elle est libre... et que je serai content si elle a des enfants...” »

Marguerite s'était mise à pleurer, silencieusement.

« Je vois bien que vous l'aimiez, vous aussi... C'est la vérité vraie que je vous dis. Pourquoi je mentirais ? Pour moi, la vie est finie maintenant. On était contents de se retrouver avec Édouard, mais ça n'a pas été long. Il a sauté avec tous ses hommes... toute la batterie. Il a pas souffert, vous savez. On n'a retrouvé que deux corps à peu près entiers, il n'y avait pas le sien... »

Il se leva et ramassa son chapeau.

« Je me nomme Fernand Lebaud, dit-il. Ils ont changé ma tête mais pas mon nom, poursuivit-il avec ironie. Je reste pas loin de la caserne, avec ma mère. On me connaît : la gueule cassée, qu'ils m'appellent. Si des fois vous aviez besoin… Je vais m'en aller à présent. J'avais promis à Édouard, vous comprenez. Il fallait bien que je vous dise. »

Marguerite s'était levée et avait pris sa main.

« Ne partez pas comme ça. Venez avec moi, je mange chez mes parents aujourd'hui. N'ayez pas peur, vous serez bien accueilli. Et puis ils seront contents de voir un ami d'Édouard.

– Je ne sais pas si je peux…

– Venez, insista Marguerite, pour moi. »

Il descendit avec peine l'escalier tandis que Marguerite fermait sa porte. Il mit son chapeau, fortement rabattu sur l'avant droit, et Marguerite prit son bras pour l'aider à remonter la grand-rue.

Juillet arriva, qui désorienta Marguerite. Elle avait, avec peine, organisé sa vie autour de son travail scolaire. Les vacances lui offrirent une liberté dont elle ne sut que faire. Elle consacra quelques jours à revoir ses leçons, à ranger son logement. Ensuite, elle alla tenir compagnie à sa mère à la boutique, voir un peu son père devenu taciturne. Elle essaya de lui parler de sa santé, un soir, devant le four qu'il préparait.

« Tu devrais voir le docteur, il me semble que tu ne vas pas bien.

– Et alors, répondit-il avec brusquerie. Qu'est-ce qu'il y peut, le docteur, sur nos malheurs ? Il me donnera une tisane ? Regarde ce qu'ils ont fait de l'ami d'Édouard, les docteurs. Ta mère ravaude plus proprement une chaussette… Vrai que ça me fait mal tout ça… Toi, tu es jeune, tu prendras le dessus dès la guerre finie. Moi, je crois qu'elle aura ma vieille carcasse, sans même que je quitte mon fournil.

– Je ne te reconnais pas, répondit Marguerite, les yeux noyés. Tu te souviens comme on se disputait quand je revenais de l'école normale ? Tu avais toujours quelque argument pour me faire réfléchir, pour ébranler mes certitudes, mettre à mal mes convictions nouvelles… Tu te souviens pas ?

– Si, si, dit-il songeur, je me rappelle… La vie avait un sens à ce moment. On avait des projets, on croyait en l'avenir, à une vie meilleure pour tous. Tu étais porteuse de cette espérance, tu sais, avec un métier que tu prenais à cœur… Tu continueras, il y aura encore à faire : reconstruire la paix, apprendre aux enfants à s'ouvrir au monde, insuffler aux garçons un autre courage que celui des armes, inciter les filles à sortir des casseroles et des couches… Un autre monde naîtra… Moi, j'ai fini mon combat. Continue, toi, je te passe le flambeau. Je sais que tu le laisseras pas s'éteindre... »

Il la prit dans ses bras et la serra contre lui.

« Allez, dit-il, ne t'en fais pas pour moi. Profite de tes vacances. Je t'aurais bien emmenée à la pêche comme autrefois, mais tu n'as jamais aimé ça. Prends ton vélo, va voir un peu du monde. Tu avais bien des amies, avant. »

Elle reprit ses promenades solitaires, mais n'alla pas chez ses amies d'hier. Elle ne tenait pas à les revoir. La perspective d'évoquer avec elles des souvenirs qu'elle trouvait maintenant si lointains, de les sentir curieuses et compatissantes du passé, la rendait réticente. Elle repensa aux propos de son père. Elle s'était toujours étonnée de ses réflexions. Toute petite déjà, elle admirait chez lui cette observation attentive des choses et des gens. C'est lui qui l'avait ouverte avec délicatesse au monde, avait aiguisé son regard et son jugement. Plus tard, prétextant des parties de pêche, il était sorti avec elle. Ils emportaient un morceau de pain frais et un fromage. Elle, qui n'aimait pas la pêche, glissait quelques livres dans sa musette. Ils s'asseyaient sur la rive du Lignon et, laissant le bouchon disparaître, il lui posait des questions sur ses études, sur ce qu'elle découvrait à la ville, ce qu'on disait là-bas. Parfois même, s'étant assoupie sur un livre trop sérieux pour un après-midi de vacances, elle l'avait, au réveil, surpris plongé dans une lecture attentive de son manuel. Elle n'avait pas manifesté d'étonnement et en avait profité pour s'abandonner à une douce rêverie.

Peu à peu, sa solitude l'avait amenée à un regard différent sur la vie. Si la disparition d'Édouard avait mis un terme à son projet d'épouse et de mère, peut-être l'ouvrait-elle à une autre fécondité. Elle se sentait maintenant disponible. Sa souffrance pouvait sans doute lui permettre d'être plus proche d'autres éprouvés. Ne pourrait-elle pas être utile, aider quelqu'un ? Elle repensa à la fillette de sa classe, dont le père, comme Édouard, avait disparu. Les résultats scolaires de l'enfant avaient fait une chute vertigineuse tout au long de l'année. Que se passait-il chez elle ? Certainement son père était mort, sinon elle eût remarqué quelque chose. Elle se reprocha soudain de ne s'être pas suffisamment intéressée à la petite. Trop repliée sur sa propre souffrance, elle avait été aveugle à celle de son élève. Mélie était de la campagne, ça se voyait, malgré l'uniforme blouse grise censée masquer les différences sociales. Certes, elle l'avait prise à part, l'avait encouragée, puis menacée, sans aucun résultat. L'enfant avait fini l'année d'une façon catastrophique. Sa dernière dictée était d'une orthographe telle que Marguerite avait cru qu'elle s'était moquée d'elle et l'avait humiliée devant ses camarades. Elle en eut du regret, d'autant qu'elle l'aurait encore dans sa classe l'an prochain.

Tout à coup, éloignée de Boën, Marguerite avait hâte de rentrer chez elle, de chercher dans ses fiches l'adresse de la fillette, d'enfourcher à nouveau sa bicyclette pour se rendre chez l'enfant, fût-ce au diable, et de la prendre en charge jusqu'à ce qu'elle ait rattrapé son niveau. Les vacances étaient là, elle aurait tout le temps nécessaire. Elle faillit se mettre à chanter en pédalant à toute allure. Enfin, elle retrouvait une raison de vivre… Était-elle si différente de son père ? Elle rayonnait et dut se recomposer un visage pour aborder les premières maisons de la ville. Une folle impatience s'était emparée d'elle. Déjà, elle échafaudait la façon dont elle s'y prendrait avec l'enfant. Elle s'assombrit soudain en pensant à la mère. Il lui faudrait du tact, aller doucement. Elle réussirait, elle en était sûre… Il fallait qu'elle réussisse.

Marguerite accota sa bicyclette contre le mur bas qui soutenait vers l'extérieur le toit de tuiles rouges de la soue. Elle pénétra dans la cour boueuse sur la pointe de ses bottines. Il avait plu abondamment en ce début juin et de véritables petites mares s'étaient formées, çà et là, où pataugeaient des oies grasses. Elles se mirent à cacarder bruyamment, avec force simagrées d'attaque, pour impressionner l'intruse. Marguerite s'arrêta, hésitante, et appela :

« Madame Guérin ?… Y a-t-il quelqu'un ? »

Au vacarme des oies, Mélie, sa petite élève, apparut sur le seuil de l'habitation. Elle portait sur les bras un bébé aux mains sales et au visage mâchuré, jambes et pieds nus, le haut du corps couvert d'une sorte de brassière de laine.

« Ah ! tu es là, Mélie, attends, je viens. »

Marguerite traversait la cour, contournant les plus grosses flaques, maculant ses chaussures avec assurance pour ne point blesser l'enfant, gênée, qui la regardait venir.

Une femme d'une trentaine d'années sortit de l'ombre d'une voûte et s'arrêta sur le seuil. Elle portait de gros sabots de bois auxquels collait une semelle de paille sale. Elle avait roulé ses mains rouges dans son tablier, pour les cacher, peut-être, ou les essuyer. Elle portait un vieux bonnet de laine, et ses lèvres entrouvertes laissaient deviner une dentition en mauvais état. Elle semblait frappée de stupeur à la vue de Marguerite qui s'était arrêtée à son apparition. Les deux femmes se regardaient avec appréhension, sans animosité cependant. Marguerite sentit que sa visite à la ferme semblait incongrue à la paysanne. Elle n'était pas à sa place ici et pressentit soudain que, si cette démarche parvenait aux oreilles de M. Misette, elle aurait à subir de sérieuses remontrances. Loin de la décourager, cela renforça sa détermination. Elle prit son plus beau sourire et s'avança vers la fermière.

« Vous êtes bien la maman de Mélie, n'est-ce pas ? »

L'autre acquiesça de la tête en tournant ses mains dans son tablier. Son regard exprima tout à coup une certaine méfiance.

« La petite travaille pas bien, pas vrai ? Elle vous a pas manqué, au moins ?

– Non, non, rassurez-vous, madame Guérin. C'est plutôt moi qui suis en faute. Je peux vous parler un moment ? »

La femme hésita, disparut un instant sous la voûte sombre, et ressortit en grattant ses sabots sur le seuil. Enfin, elle précéda Marguerite vers l'entrée d'où les enfants avaient disparu. La pièce, noircie de fumée, était sombre. La porte restée ouverte dispensait l'essentiel de la clarté. Marguerite, avec aplomb, s'approcha de la table, tira un banc et s'assit. D'un geste qu'elle voulut machinal, elle rassembla de la tranche de sa main les miettes éparses laissées par le goûter de l'enfant et en fit un petit tas près de la grosse tourte ronde. La fermière avait pris le temps d'aller glisser une ou deux bûches dans la vieille cuisinière, histoire de s'accorder un léger sursis. Lorsqu'elle revint près de la table, elle resta debout et Marguerite dut, pour lui parler, relever la tête.

« Vous avez eu des nouvelles de votre mari ?

– Pas bonnes. Tout comme le vôtre, madame, il est mort.

– Comment allez-vous faire avec la ferme, les enfants ? Vous voilà seule désormais, et Mélie n'est pas très grande.

– Elle a que onze ans passés, elle m'aide déjà bien les soirs, en rentrant de l'école. Elle s'occupe du petit, de la volaille… Sûr qu'elle a guère le temps de faire ses devoirs. Pourtant, mon homme et moi, on aurait aimé qu'elle réussisse. C'est souvent elle qui fait la soupe pendant que je tire les vaches. C'est qu'il faut être prêt quand le laitier passe. Il tardera pas. Excusez, il faut que j'aille finir. J'ai encore la Rousse et la Grenette.

– Mais bien sûr, j'ai le temps ! Je vais vous attendre ici. Et puis non, je vous accompagne. »

Elle se leva d'un air décidé et suivit la fermière à l'étable. Elle découvrait en elle une force nouvelle que, jusque-là, elle ignorait. Elle ne fut en rien incommodée par la puissante odeur des bêtes. Elle se dirigea sans hésitation dans les quasi-ténèbres et se laissa bercer par le chuintement lancinant des giclées de lait dans le seau de fer-blanc. Elle aperçut, dans un coin où s'entassait une réserve de paille, Mélie, debout, toujours chargée du nourrisson. Marguerite sentait son regard craintif fixé sur elle. Elle s'approcha et lui parla gentiment.

« C'est ton petit frère ? Il a quel âge ?

– Presque six mois, madame. Il est né juste avant la Noël.

– Il s'appelle comment ?

– Paul, madame.

– Et toi ? On t'appelle toujours Mélie, c'est Amélie, sans doute ?

– Oui, madame, mais j'aime bien Mélie, c'est plus court. Papa m'a toujours appelée comme ça. »

Une ombre de tristesse passa dans les yeux de l'enfant, et Marguerite revint lentement vers la mère, guidée par les bruits sourds de la traite. Elle était impressionnée par la taille des vaches, mais rassurée par l'ambiance paisible de l'étable.

« Voilà, dit la fermière en se levant et en ramassant son trépied. Je passe ça dans la *berthe*[1]. Il peut venir à présent, ça sera prêt. C'est qu'il attend pas, le bougre. Si par malheur t'es en retard, il s'en retourne et tu gardes ton lait… et repasse pour les sous. Peut-être, quand j'aurai la pension, je serai moins juste. Pour l'heure, j'ai encore rien touché, et faudra bien payer le fermage à la Toussaint. Déjà que le vieux est venu voir deux fois si je voulais pas céder. Il aurait quelqu'un prêt à prendre, qu'il dit. Mais qu'est-ce que je ferai, moi, avec les deux petits ? Où je logerai ? C'est déjà pas drôle d'être veuve, alors s'ils m'enlèvent le toit et le pain !…

« Tant que je pourrai, je m'accrocherai. On vient juste de finir les foins, grâce au voisinage. Sans eux, je sais pas ce que j'aurais fait. Qu'en plus, avec tous les hommes mobilisés, il reste que les anciens. On trouve même pas un journalier pour les gros travaux. Sûrement, c'est là que le vieux me guettait. Sans nourriture pour l'hiver, il m'aurait fallu vendre les bêtes. Je leur dois une fière chandelle aux voisins. C'est des choses qu'on n'oublie pas, vous savez. »

1. Berthe : *bidon à lait.*

Il sembla à Marguerite que la tiède obscurité de l'étable avait estompé leurs différences. Elles n'étaient plus que deux voix, deux femmes, deux veuves, déjà complices... D'un coup, dans une sorte d'élan de confiance, la paysanne avait déchargé son cœur, confié l'essentiel de ses angoisses. Marguerite sentit que, désormais, elle pourrait faire aboutir son projet. Dès la prochaine visite, elle saurait s'habiller pour être à l'aise et utile. Il y avait si longtemps qu'elle n'avait pas ressenti cette paix qui montait en elle. Elle eut une pensée pour Édouard et ce souvenir n'eut pas raison de sa joie.

V

MARGUERITE SE RENDAIT MAINTENANT régulièrement chez les Guérin. Toutes les vacances, elle s'était consacrée à Mélie, reprenant les devoirs non faits ou bâclés, expliquant à nouveau ce qui avait échappé à l'attention de l'enfant. La petite, mise en confiance, avait progressé rapidement. Le plus souvent, Marguerite s'occupait aussi de Paul, afin que sa sœur ne fût pas dérangée dans son travail.

Quelquefois, à l'arrivée de Marguerite, Mélie disait, ennuyée :

« Je ne pourrai pas travailler aujourd'hui, il faut que j'aide ma mère.

– Eh bien ! nous allons l'aider toutes les deux, répondait Marguerite. Si Paul fait une bonne sieste, nous aurons fini quand il se réveillera et nous pourrons travailler un peu à ce moment-là. »

La veuve avait d'abord protesté, pour la forme.

« Vous pouvez pas faire ça, Marguerite ! »

Elles s'appelaient maintenant par leur prénom, mais ce n'était pas sans mal que l'institutrice avait réussi à vaincre les réticences de Marie. Puis, l'ouvrage commun aidant, les façons s'étaient faites plus simples et naturelles.

Depuis que l'école avait repris, Marguerite passait là tous les jeudis après-midi. Parfois, quand le travail pressait, elle était même venue certains dimanches, mais c'était plus difficile, car ses parents l'attendaient et elle ne voulait pas les peiner.

En échange de ses leçons, Marie lui avait appris à traire les vaches, Mélie à nourrir les cochons et les oies, à dénicher les œufs dans le poulailler. Tous ces apprentissages, souvent laborieux, avaient occasionné de franches parties de rire. C'était une vraie détente pour Marguerite. Loin des regards, loin des contraintes de l'école, elle revivait. L'activité physique la laissait quelquefois douloureuse et raidie sur le chemin du retour, mais pour rien au monde elle n'aurait voulu renoncer à cette amitié née autour des choses les plus simples. Les câlins de Paul, la confiance de Mélie, la verve rugueuse de Marie l'émerveillaient. Elle apprenait à taire sa science livresque pour se mettre à l'écoute de cette connaissance issue de l'expérience, du savoir-faire, de l'observation. Elle riait parfois des expressions employées, des déformations du langage venues du patois. Elle utilisait ces connaissances à l'école pour mieux faire saisir aux élèves certaines nuances. Cela les amusait et les gênait aussi, comme si la maîtresse, qu'on entendait maintenir à distance du petit monde familier où l'on se sentait à l'aise, avait pénétré dans leur intimité et violé les règles du jeu.

Marguerite fêterait l'année nouvelle à la boulangerie. Elle avait, en revanche, voulu passer Noël avec ses protégés. Devant sa détermination, et la joie qu'elle s'en promettait, les Maupin n'avaient pas insisté, trop heureux de voir leur fille renaître à la vie.

« Tu passeras quand même nous embrasser l'après-midi, avait demandé sa mère, des fois que le Père Noël aurait pensé à toi. »

Elle l'avait accompagnée sur le seuil et lui avait glissé tout bas :

« Reste à manger le soir avec nous… pour ton père. Il a toujours tellement aimé passer Noël avec toi. Ce jour-là, il aurait fait n'importe quoi pour que tu sois heureuse. C'est ton tour de le gâter… »

Partagée entre l'école et son travail, la boulangerie et la ferme, Marguerite avait vécu le début de cette nouvelle année dans une certaine sérénité. L'affection qu'elle portait aux enfants, son amitié pour Marie, une impression nouvelle de réussite et d'utilité avaient ranimé son moral. Les vacances arrivèrent sans même qu'elle s'en rendît compte.

Déjà, dans les fermes environnantes, les foins étaient faits. Marguerite avait observé, avec plus d'attention qu'autrefois, les gestes des fenaisons. Un voisin s'était présenté un matin à la ferme de Marie. Elle n'avait pu, cette année encore, trouver de journalier.

On convint des travaux et les foins débutèrent. Marguerite, libérée de l'école, venait presque tous les jours. Elle et Marie s'activèrent à la cuisine pour nourrir tous les faucheurs, puis elles participèrent au fanage et à la récolte. Marie était habituée aux gros travaux et à la chaleur, Marguerite point. Elle découvrit avec surprise ses mains douloureuses et ses reins endoloris, mais elle ne voulut pas laisser paraître sa fatigue. Elle ne connaissait pas la brûlure du sel sur les yeux, l'oppression de l'air brûlant sur la poitrine. En quelques jours elle fut brisée.

Enfin une pause s'annonça. Les vieux sentaient venir la pluie et l'on s'arrêta de couper. Une bonne journée de chaleur suffirait à terminer le séchage du reste des coupes et l'on pourrait tout mettre à l'abri le soir. Ce dernier jour fut terrible pour Marguerite. Il faisait une chaleur suffocante et sans le moindre souffle. On fana toute la matinée, ruisselant de sueur, on mangea tard et Marguerite s'activa à la vaisselle tandis que Marie attelait deux vaches, dressées au joug, à la charrette. Les voisins se rassemblèrent dans la cour, la fourche sur l'épaule. On partit sans attendre, l'attelage fermant la marche, Mélie et Marguerite se donnant la main.

Marie arriva au pré, l'aiguillon sur l'épaule, et arrêta les vaches à l'ombre d'un gros pommier. Elle remonta les chasse-mouches à longues franges sur les yeux des bêtes et écarta la nuée devant son visage. Les insectes assoiffés et inquiets se montraient d'une agressivité redoutable. Elle avait apporté, accroché à la ridelle, un grand bidon d'eau fraîche, teintée d'un litre de vin. Elle le posa à terre, se détacha de l'ombre et vint rejoindre les autres occupés à rassembler le foin en roules, de part et d'autre d'un large passage râtelé où le char s'avancerait. On fit ainsi le tour du champ, puis une sorte de cercle au milieu pour y rassembler le foin qui restait. La soif collait les lèvres et on ne parlait pas. On clignait des yeux au jour aveuglant qui tombait du ciel maintenant voilé.

On se hâta vers la charrette pour commencer le chargement, mais Marie arrêta tout le monde pour servir à boire. Marguerite but un gobelet et n'en ressentit aucun soulagement. Sa gorge était en feu, elle aurait voulu baigner son visage, mais il n'y avait pas d'eau. Déjà les hommes avaient piqué leur fourche à l'entrée des andains et la glissaient, pointes en avant, pour accumuler le foin et finir par soulever, au-dessus de leur tête, d'énormes champignons sous lesquels ils disparaissaient jusqu'à la ceinture et qu'ils apportaient vers le char à petits pas pressés. Marguerite et Mélie ratissaient derrière eux et ramenaient à la roule le peu de foin tombé. Un homme bâtissait, debout au centre du char, et Marie menait lentement ses vaches entre les andains. Le travail avançait.

Quand on eut enfin terminé le char au centre du pré, qu'on l'eut peigné et billé, on reprit ensemble le chemin de la ferme, cette fois Marie en tête. Le ciel s'était assombri. Une légère fraîcheur annonçait l'orage. On s'arrêta dans la cour en attendant que le char fût rentré et on tira de l'eau du puits. On but et Marguerite put enfin baigner son visage en prenant dans le creux de ses mains l'eau d'un seau. Elle s'aspergea le cou et la nuque laissant l'eau fraîche glisser sur son corsage.

Des hommes s'offrirent au déchargement, avant de retourner chez eux pour la traite. Marguerite voulait s'en aller avant l'orage, elle chercha Marie et la trouva qui rentrait les vaches de l'enclos.

« Restez vous reposer demain, dit la fermière. Il va pleuvoir, on se suffira avec Mélie. Vous êtes fatiguée, vous avez pas l'habitude. Je vous ferai dire si on a besoin. Merci encore, dit-elle en l'embrassant. Hâtez-vous, je crois pas que l'orage tarde. »

Marguerite remonta à pied le chemin de terre, menant sa bicyclette par le guidon. Elle atteignait la route quand les premières gouttes tombèrent avec un bruit mat. Elle grimpa sur le vélo et lança sa machine avec peine. Ses jambes étaient lourdes et le vent violent qui se levait face à sa direction la freinait. Elle s'essouffla et descendit pour reprendre sa marche. Il tonnait maintenant et l'on entendait la pluie arriver avec un bourdonnement d'essaim. Rassemblant ce qu'il lui restait d'énergie, elle enfourcha sa bicyclette et força l'allure. Elle allait atteindre le pont quand le déluge la cingla. En un instant, sa longue jupe colla à ses jambes et elle dut finir le chemin à pied. Elle pénétra dans l'allée, ruisselante, et appuya le vélo contre le mur. Elle avait un point douloureux au côté et dut reprendre son souffle avant de pouvoir gravir l'escalier.

Son petit logement lui parut glacé. Elle ferma la haute fenêtre sur la pluie qui battait et se dévêtit pour se laver. Trempée comme elle l'était, elle ne pouvait attendre d'avoir allumé son feu et chauffé de l'eau. Elle se savonna rapidement et se rinça à l'eau glacée. Prise de frissons, elle se sécha et s'habilla pour la nuit. La soirée s'avançait et le logement assombri par l'orage lui parut lugubre. Elle n'eut pas le courage d'allumer la cuisinière et de se préparer un repas chaud. D'ailleurs elle n'avait pas faim, elle ressentait seulement une soif intense. Elle décida de se mettre au lit et se glissa, tremblante, entre les draps. Elle étendit son grand châle par-dessus la couverture et, écrasée de fatigue, s'endormit aussitôt.

Elle s'éveilla en sueur et grelottante à la fois. Elle était essoufflée et une main de fer lui serrait la poitrine. La nuit était profonde et elle dut tâtonner pour craquer une allumette et allumer sa bougie. Elle ressentait douloureusement chacun de ses gestes. Elle s'assit sur le rebord du lit, se drapa dans son châle et se dressa. Ses jambes la portaient à peine. Elle glissa jusqu'au buffet pour lire l'heure au cadran de son réveil. Il était 1 h 10. Elle le prit et le ramena avec précaution sur sa table de chevet. Elle était indécise et avait peur de se remettre au lit. Elle attrapa un oreiller dans un placard, le posa avec difficulté sur le traversin et se recoucha. Elle garda la bougie allumée, espérant que sa lueur chasserait les ombres de la nuit. Les légers efforts qu'elle venait d'accomplir la faisaient trembler et la forte fièvre faisait claquer ses dents.

Elle ferma les yeux, croyant que la danse de la flamme animait la chambre. Le vertige la saisit, plus violent encore. Elle eut peur et appela sa mère. Elle délirait et s'agitait, prise de violents soubresauts.

Tôt levée, la mère Toulet avait allumé son feu et mis son café à réchauffer. Elle descendit, son seau émaillé à la main, vers le cabinet accolé au mur de la cave dans le recoin du jardinet. Elle crut d'abord que l'orage de la nuit avait fait pénétrer l'eau dans l'étroit corridor. Puis elle avisa le vélo boueux de Marguerite et comprit la provenance de la flaque, d'autant plus aisément que l'humidité de la nuit n'avait pas permis aux marches de l'escalier de sécher complètement.

« Eh bien ! ma belle, s'exclama-t-elle, tu as dû prendre une sérieuse rincée ! »

Elle remonta et laissa sa porte entrebâillée pour guetter les bruits domestiques qui l'avertiraient du réveil de Marguerite. Elle prit son café, fit son petit ménage et se prépara à sortir chercher son pain. Elle fut inquiète de n'avoir entendu aucun bruit. Elle frappa à la porte, d'abord quelques coups discrets, et appela à mi-voix :

« Marguerite ? C'est moi, je descends, tu as besoin de rien ? »

Elle frappa plus fort, puis tapa vivement du poing à ébranler la porte et renouvela son appel. Enfin, elle appuya sur la poignée et constata que le verrou était mis. Cela ne ressemblait pas à Marguerite qui, habituellement, se levait de bonne heure. Elle en parlerait à la Suzanne en prenant son pain.

Ayant franchi la porte de la boulangerie, la mère Toulet attendit le premier répit dans le défilé de la clientèle matinale en faisant mine de s'intéresser aux rayonnages d'épicerie sèche. Mme Maupin posa sa miche habituelle sur la banque et demanda :

« Tu veux autre chose, Germaine ?

– C'est pas ça, Suzanne. C'est à cause de ta fille. Elle a dû prendre l'orage, hier au soir. Sa machine est toute pleine de boue dans le couloir et y a des grandes flaques. Sûr qu'elle s'est trempée. Mais ce qui m'inquiète, c'est qu'elle s'est pas levée ce matin. J'ai frappé fort, tu sais, pas le moindre bruit. Ou bien elle est pas là, ou alors elle est malade. T'en penses quoi, Suzanne ?

– Garde-moi la boutique deux minutes que j'aille parler à Maupin. Il va aller voir. »

La mère de Marguerite disparut et la mère Toulet se cala devant le comptoir, tenant des deux mains les anses de son sac, attendant de pied ferme le premier importun qui se présenterait.

Quand la grosse Louise passa la porte de son pas nonchalant et haussa le sourcil en voyant la banque vide, elle eut droit à une petite phrase sans appel :

« Mme Maupin est sortie une minute. T'es pas plus pressée que quand tu marches, pas vrai ? »

Suzanne Maupin ne fut pas longue et servit la Louise tout en faisant un petit signe entendu à la mère Toulet qui se retirait grandie d'importance.

Maupin, la clé dans son poing, la main dans la poche de sa veste en coton bleu clair à petits pieds-de-poule, rejoignit la mère Toulet peu avant l'entrée de la maison. Elle le laissa monter et grimpa lentement l'escalier pour atteindre le palier dès qu'il y aurait du nouveau. Il avait laissé la porte ouverte et elle l'entendit appeler :

« Marguerite ? Réponds-moi, mon petit. »

Entrant dans la chambre, il l'avait crue morte. Elle gisait sur le plancher, immobile, les mains cramponnées aux draps tirés du lit ouvert. Ses traits creusés et cireux n'étaient animés que d'un pincement léger des ailes du nez. Il l'avait soulevée et déposée sur le lit. Elle était glacée.

« Marguerite ? appela-t-il à nouveau. Mon enfant, qu'est-ce qui t'arrive ? »

La mère Toulet s'était arrêtée près de la table de la cuisine et tendait le cou vers la chambre. Il l'aperçut et ordonna :

« Courez chercher le docteur, vite, qu'il vienne à la maison, je l'emporte. »

La vieille femme disparue, le boulanger enveloppa Marguerite dans la couverture et la prit dans ses bras. Elle lui sembla aussi légère que lorsqu'elle était fillette et qu'il la portait, endormie, jusqu'à son petit lit. Il descendit lentement l'escalier et remonta la grand-rue avec son fardeau. Il ne voyait rien ni personne, marchant d'un pas lent et assuré, comme un archiprêtre portant le saint sacrement.

Il entra par la boutique et monta jusqu'à la chambre de Marguerite. Il la déposa avec précaution sur le lit et sa femme qui avait suivi, en gémissant, la lente ascension, la couvrit aussitôt d'une seconde couverture.

La vieille arrivait, sur les talons du docteur, à la boulangerie.

« Ils l'ont sûrement portée dans son ancienne chambre, montez, docteur. Je reste là pour garder la boutique. »

À l'entrée du médecin, les Maupin s'étaient instinctivement retirés des bords du lit et collés contre le mur entre la lourde commode et un haut fauteuil voltaire, dont le velours écarlate était éclairé de deux petites protections de dentelle.

« Eh bien ! dit le médecin sans saluer personne, qu'est-ce qu'elle fait notre Marguerite ?

– Je l'ai trouvée par terre à côté de son lit. J'ai pas pu la réveiller. Elle était toute glacée. Alors, je vous ai fait appeler et je l'ai ramenée ici. »

Le médecin souleva une paupière et dégagea une main pour prendre le pouls, puis il revint vers le meuble et fouilla dans sa serviette. Suzanne Maupin en profita pour intervenir :

« On pense qu'elle a pris l'orage hier soir en revenant de chez cette veuve où elle aidait aux foins. Elle aura pris un chaud et froid... »

Les Maupin, inquiets, suivaient des yeux, en silence, les gestes du praticien et, ignorants de son art, tentaient de lire sur son visage les conclusions de ses observations.

Ayant achevé son examen, le médecin remonta lui-même la couverture et arrêta son geste au cou de Marguerite. Sa mère avait déjà porté les mains à son cœur en croyant voir le mouvement se poursuivre. On entendit dans la chambre le souffle léger d'un soupir sans pouvoir dire si c'était d'angoisse ou de soulagement.

« Installez-la sans la lever, dit-il enfin. Gardez-la bien à plat, couvrez-la et essayez de la réchauffer avec des bouillottes pas trop chaudes, elle s'est beaucoup refroidie. »

Il referma sa serviette, gagna la porte lentement et les attendit sur le seuil. Ils le suivirent et Suzanne tira la porte, levant vers lui un regard interrogateur.

« Difficile de se prononcer pour l'instant, commença-t-il. Peut-être un coup de chaleur au départ, avec un bon de coup de froid ensuite. Elle a dû faire une grosse fièvre dans la nuit et puis sombrer dans l'inconscience. Le cœur est très faible, les poumons pris. Une bonne pneumonie, sans doute. Je ne vous reproche rien, dit-il en se tournant vers Maupin, mais c'était une grosse imprudence de la porter jusqu'ici. Heureusement vous ne l'avez pas dressée. »

Le boulanger écoutait, la tête basse, le visage défait, les muscles de ses bras encore noués de son effort.

Le médecin s'engagea dans l'escalier tandis que les Maupin, immobiles, tentaient de reprendre pied.

Ce fut Suzanne qui émergea la première :

« Descends au magasin et dis à la mère Toulet de monter. Elle m'aidera à installer Marguerite. »

Maupin descendit l'escalier, sans un mot, et Suzanne se dirigea vers l'armoire de leur chambre, l'ouvrit et en sortit trois draps qu'elle jeta sur leur lit en étouffant un sanglot. Entendant monter Germaine, elle tira de la poche de sa blouse un mouchoir dont elle s'essuya les yeux.

« Mon Dieu ! » dit-elle simplement à la vieille qui l'embrassa.

La mère Toulet avait voulu retourner chez elle avant midi. Elle avait proposé de venir veiller Marguerite dès l'après-midi, mais elle avait des choses à faire et elle apporterait un ouvrage afin d'occuper ses mains.

Elle n'avait rien voulu dire à Suzanne Maupin, mais s'était rappelé tout à coup qu'elle était partie, en quête du docteur, devant Maupin et pariait que le boulanger n'avait même pas tiré la porte. Elle voulait aussi manger chez elle avant de prendre son poste.

Elle se disait qu'elle avait tout son temps avant que la boulangerie n'ouvre à nouveau. Elle grimpa les marches comme une jeunesse et constata qu'elle ne s'était pas trompée. La porte de Marguerite était béante, la clef restée en place. Elle entra et fit le tour du logement. Satisfaite de son inspection, elle allait se retirer quand elle aperçut, jetés dans un seau devant l'évier, les vêtements sales et mouillés de Marguerite. Elle emporta le seau devant sa porte et le posa près de son sac, puis revint fermer celle de sa voisine. Toute sa vie elle avait lessivé le linge des autres. « Pauvre petite, pensa-t-elle, je peux bien faire ça pour elle. »

À midi, Maupin avait retiré la clenche de la porte du magasin et rejoint sa femme au chevet de Marguerite. Ils étaient restés silencieux, le regard posé sur le visage inerte de leur fille, tendant l'oreille pour percevoir un souffle presque inaudible. De temps à autre, Suzanne se levait du fauteuil et, glissant les mains sous les couvertures, déplaçait les bouillottes le long du corps inanimé.

Le docteur Dunaud revint vers 9 heures, le lendemain. On n'eut pas grand-chose de neuf à lui apprendre. On avait tenu les bouillottes, comme il l'avait recommandé, on avait réussi à glisser entre ses lèvres quelques cuillères de bouillon, qu'elle avait, semblait-il, avalé puisque ça n'avait pas altéré son souffle léger.

« Je vous ai apporté un petit flacon de digitaline, dit-il à Suzanne, vous avez un compte-gouttes ? »

Elle fit un signe de tête affirmatif.

« Mettez vingt gouttes dans un peu d'eau matin et soir, et faites-lui prendre à la cuillère, comme le bouillon. C'est une très faible dose, mais ça soutiendra le cœur. Pour l'instant, on ne peut rien d'autre. »

Quand, à 3 heures, Suzanne Maupin ouvrit la porte du magasin et la laissa béante derrière le rideau à mouche, elle ne comprit pas tout de suite pourquoi Mélie hésitait sur le seuil.

« Tu veux quelque chose, mon petit ?

– Je viens, c'est pour Mme Marguerite. Comme on l'a pas revue, on a eu peur qu'elle soit malade. Ma mère m'a envoyée chez elle, mais j'ai trouvé personne. Elle est pas là ? »

La petite portait au bras un panier d'osier empli de groseilles, maladroitement recouvert d'un morceau de papier journal.

« C'est pour ses confitures, reprit la fillette en tendant le panier. La mère a pensé que ça lui ferait plaisir. C'est moi qui les ai ramassées ce matin.

– Entre, ma petite, viens que je te dise… »

« J'ai pas pu venir plus tôt, s'excusa Marie Guérin. Je vous connais pas, mais du moment que vous êtes la mère de Marguerite… »

La robuste femme s'était portée au-devant d'elle et, avant que Suzanne n'ait eu le temps de réaliser, elle l'avait serrée dans ses bras et avait claqué deux gros baisers sur ses joues. Elle lui tenait les mains, maintenant. Sa longue marche dans la chaleur de juillet lui avait congestionné le visage et il émanait d'elle un parfum rustique de fenaison et d'étable.

« Mon Dieu ! c'est pas possible ce que m'a dit la petite… Elle a pas voulu revenir, elle garde la maison un moment. Elle fait que pleurer depuis qu'elle est venue. Vous pouvez pas savoir comme je m'en veux. Au début, elle venait que pour la petite… Ça m'a tellement fait plaisir qu'elle la rattrape pour l'école… et puis vous savez comme c'est, elle a voulu aider. Si j'avais su ! oh ! si j'avais su… Si seulement je l'avais retenue le soir de l'orage, je voyais bien que ça tarderait pas. Mais j'ai pensé qu'elle voulait se laver, se reposer… Vous comprenez, on n'a guère de confort à la campagne. J'espère que vous me pardonnerez… Je crois que j'ai manqué. Pauvre Marguerite… »

Elle se tut d'un coup. Elle avait tout dit. Elle baissa la tête et essuya du revers de sa main deux grosses larmes qui coulaient sur ses joues.

« Vous voulez la voir ? demanda Suzanne.

– Je veux pas déranger, dit Marie, mais je voudrais tant qu'elle sente comme on a tous besoin d'elle. »

Suzanne la précéda dans l'escalier et l'introduisit dans la chambre.

Germaine se leva à leur entrée mais on lui fit signe de ne pas bouger. Marie se tint debout au pied du lit et regarda fixement le visage immobile de sa nouvelle amie. Une grande tendresse adoucissait son visage. Entre elle, débordante de chaleur et d'énergie, et Marguerite, inerte, glacée, deux mondes se confrontaient. Elles incarnaient, à elles deux, l'immense distance, si ténue pourtant, qui sépare la vie de la mort.

Au matin du quatrième jour, Marguerite n'avait toujours rien manifesté. Elle demeurait dans le même état léthargique. Le médecin tâta son pouls et hocha la tête. Le rythme du cœur s'était un peu accéléré, mais il était toujours aussi faible. Cette fois, le docteur Dunaud commençait à douter réellement d'une issue favorable.

« On ne peut rien faire d'autre que de prendre patience, glissa-t-il à Suzanne. Il finira bien par se produire quelque chose. »

Traversant le magasin où Maupin somnolait entre le passage de deux clients, assis sur un sac de farine qu'il avait tiré près de la banque, le docteur s'arrêta et lui posa amicalement la main sur l'épaule. Le boulanger avait les traits tirés, une barbe grisâtre de trois jours accusait son âge, sa veste était fripée et sa toque de travers.

« Je suis inquiet, dit, songeur, le médecin. Ça fait quatre jours maintenant. D'habitude, passé trois jours, il y a un mieux. J'ai rien dit à ta femme, tu sais, mais je crois qu'il faut se préparer au pire. Je comprends que ce soit dur… Il vaut mieux s'attendre… »

Il suspendit sa phrase et prit la main droite de Maupin abandonnée, ouverte sur le lino rayé de la banque. Il la serra entre les siennes.

« Vous pouvez compter sur mon amitié, Maupin, vous savez. Je vous aime bien… et j'apprécie votre pain. »

Une femme entra et les courtes phrases du médecin, qui sonnaient comme un glas, n'eurent pas le temps d'atteindre le cœur du boulanger, assommé par son labeur nocturne et des jours de veille et d'inquiétude. Il vit vaguement sortir le docteur Dunaud, servit la cliente, hésita pour rendre la monnaie, et s'affaissa un peu plus sur son sac de farine.

Souvent, Suzanne, seule, parlait doucement à sa fille. C'est si peu fréquent qu'on prenne le temps d'aller au fond des choses avec son enfant, de parler de sa jeunesse, de ses premiers émois...

Elle parla beaucoup de Maupin. Elle l'avait toujours appelé ainsi, sans doute cela remontait-il à leur première rencontre. Elle avait à peine douze ans le jour où son père avait poussé devant lui le jeune apprenti en lui disant :

« Voilà Maupin, le nouveau commis, il a deux ans de plus que toi. Tu seras gentille, il est aussi craintif qu'un jeune lièvre et je tiens pas à ce qu'il se sauve. »

Elle revoyait, comme si c'était hier, les yeux apeurés du garçon et comme il avait rougi quand, par malice, elle avait rétorqué à son père :

« Ce sera mon amoureux, alors ?

– Y a guère de risque ! s'était exclamé son père avec un grand rire, toi, tu dors la nuit, et lui, il devra bien dormir un peu le jour. »

Il était né tout de suite entre eux une grande connivence silencieuse, faite de regards inquiets et furtifs. Puis une solide amitié s'était établie au fil des repas pris en commun et des menus travaux qu'ils partageaient. Ce furent aussi quelques bêtises, accomplies au-dehors, lorsque, parfois, il quittait le tablier pour redevenir un adolescent joueur.

Et puis, c'était devenu de l'amour, un grand amour, nourri de complicité et de tendresse mutuelle. On les avait mariés, ils avaient repris le fonds de commerce. Marguerite était arrivée... Quelle joie cela avait été pour son père, la naissance de Marguerite... Marguerite qui se mourait sans qu'on puisse rien faire.

Comme un poison insidieux, la dernière phrase du docteur Dunaud, quoique amicale, avait fini par remonter jusqu'au cœur de Maupin et s'y planter comme une aiguille de glace qui l'engourdissait. Il tourna dans son fournil une partie de l'après-midi, plia des sacs, rangea, nettoya et, vers 6 heures, descendit chez Potu. Le bistrot serait encore calme, il aurait le temps de boire un verre et de remonter avant que la Germaine quitte la maison.

« Donne-moi une goutte, Potu.

– Tu sais bien que j'en ai pas, c'est interdit. Ça va bien qu'il y a personne », dit-il en se dirigeant vers son arrière-cuisine.

Il en revint une bouteille à la main et servit Eugène. Le verre à peine empli, Maupin le porta à ses lèvres et le vida d'un coup.

« Alors, toujours pareil ? demanda le cafetier.

– Toujours », répondit-il, et il fit signe à Potu d'emplir son verre à nouveau.

Il le vida de la même façon.

« C'est terrible, tu sais, de la voir partir comme ça.

– Tu renonces déjà ? Tant qu'y a de la vie, faut y croire.

– Je sais, je sais… mais Dunaud, ce matin, m'a bel et bien laissé entendre que… Il m'a même avoué qu'il savait plus trop que faire. Même la science renonce, alors tu vois… »

Il avait attrapé la bouteille et s'était rempli un autre verre. Potu protesta :

« Ça suffit comme ça, Eugène. Elle aura encore besoin de toi, ta petite. »

Maupin haussa les épaules, prit le verre et le vida d'un trait comme les deux autres. Puis, craignant l'arrivée d'autres habitués qui lui lanceraient des regards lourds, il salua Potu d'un geste las et remonta, les yeux rivés à terre.

Maupin s'était assis dans la cuisine. Dès qu'il entendit descendre la mère Toulet, il l'accompagna jusqu'au seuil et ferma le magasin. Enfin, il monta lourdement prendre son tour de veille. Il s'assit sur le fauteuil et, se penchant en avant, prit la main de sa fille.

« Ma petite… ma douce petite fille », dit-il à voix basse.

L'alcool lui avait donné un coup de fouet, et les souvenirs remontaient en vagues serrées. Il revit le mariage à l'église où il avait fièrement conduit sa fille par le bras devant une assistance nombreuse et admirative. L'église où il revenait pour la première fois, après des années de méfiance presque maladive. Il n'y était guère allé depuis ses cours de catéchisme où le second vicaire, un jeune homme bileux, contrôlait strictement la présence des enfants à la messe dominicale.

Si, il y était revenu. Pour son propre mariage d'abord et quelquefois ensuite, avec Marguerite petite, pour Noël. Il n'entendait pas priver l'enfant de la féerie de cette fête. Il se revoyait à côté de Suzanne, portant Marguerite dans ses bras afin qu'elle pût mieux voir les fastes liturgiques. Il se rappelait surtout la procession autour de l'église, avec tous les lustres illuminés, ouverte par les plus petits des clergeons, suivis d'une bonne vingtaine d'autres, alignés par taille croissante, vêtus de soutanes rouges et de surplis impeccablement plissés, portant des cierges allumés et chantant à tue-tête *Il est né, le divin enfant.*

Sa pensée revint à Marguerite et une sorte de prière monta en lui :

« Enfant Roi, Enfant Dieu, rends-nous notre fille. Toi dont on vante les miracles, ne peux-tu rien pour notre petite ? »

Il était prêt à confesser tous ses péchés, à s'humilier, à se traîner à genoux. Mais il savait qu'il n'aurait pas de réponse. Il eut honte de sa faiblesse et se révolta.

Après la mort de Jaurès, celle de son gendre, l'immense et inutile tuerie de la guerre, il avait perdu la flamme. Avec Marguerite allait s'éteindre sa dernière raison de vivre. Il ne serait plus qu'un cadavre pantelant, errant parmi les ombres, dans l'attente du coup fatal qui le libérerait enfin et lui permettrait de s'en aller rejoindre l'immense cohorte des éternels insatisfaits.

Par une de ces circonstances extraordinaires, qui ouvrent dans nos vies, lourdes et ternes, des petites lucarnes sur l'au-delà dont la lumière jalonne notre existence, Marguerite toussa le matin même de la mort de son père. Et Suzanne Maupin, bien qu'elle n'en dît jamais rien à personne, considéra toujours que le sacrifice du père avait rendu le souffle à sa fille. Rien de ce qu'avait fait Maupin, tout au long de sa vie, ne l'avait choquée. Elle l'avait toujours aimé tel qu'il était, révolté, taciturne, attentionné, souvent imprévisible, elle l'avait toujours compris, comme s'il était une partie d'elle-même. D'un cœur plus simple que Maupin, elle avait accompagné ses engagements et ses recherches, non comme ceux d'un guide dont elle aurait fait siennes les pensées mais tout simplement parce qu'elle aimait tout en lui, ses qualités et ses limites, sa générosité et ses brusqueries. Qu'il ait mis fin à ses jours ne la heurta pas davantage qu'une idée nouvelle qu'il lui aurait exposée. Simplement, cela déchaîna chez elle une immense souffrance, un vide si profond qu'elle sentit, de suite, que jamais elle ne s'en remettrait. C'est pourquoi, sans doute, vit-elle encore l'intervention de Maupin dans le cours de sa vie, à commencer par l'extraordinaire résurrection de Marguerite, comme premier acte d'amour *post mortem* de son mari.

Lorsque Maupin l'avait appelée vers 2 heures du matin, la tirant de son engourdissement, il l'avait accompagnée par la main à la chambre de Marguerite et l'avait longuement serrée dans ses bras. Ils étaient restés un long moment debout, blottis l'un contre l'autre, en silence. De la main, elle lui avait caressé doucement la nuque, c'était un geste de leur rituel intime. Il disait que ça le délassait. Dans l'espèce de brouillard qui nimbait leur vie depuis quelques jours, elle n'avait pas compris, n'avait pas senti que c'était sans doute un adieu. Il s'était penché sur le lit pour embrasser Marguerite et était sorti en disant seulement :
« Allez, c'est l'heure. »

Quand elle était descendue vers 6 heures, l'absence du parfum et de la chaleur de la première fournée, apportée d'habitude par Maupin sur les rayonnages, lui avait glacé le cœur. Le grand vide avait commencé là. Depuis son premier jour, cette odeur de pain frais accompagnait son réveil. Elle avait couru au fournil, la main sur la poitrine. Elle avait buté contre son corps. Sa main, portée en avant sur cet obstacle, avait immédiatement senti le froid et la raideur. D'un coup, elle avait compris.

« Maupin ! avait-elle dit, Maupin… » et elle avait pleuré silencieusement en serrant contre sa poitrine les jambes raidies.

Rien ne pressait maintenant. Elle lui en voulait un peu d'être parti tout seul, d'avoir rompu la belle harmonie qui les avait unis toutes ces longues années. Elle savait cependant qu'il est des moments de la vie où, même follement aimé, on est irrémédiablement seul.

Elle avait couru chez Potu. Il avait laissé en plan ses volets pour la suivre. Un voisin les avait accompagnés pour prêter main-forte. Ils avaient, non sans mal, coupé la corde et, surpris par le poids du corps, avaient roulé par terre avec le mort. Ils l'avaient, à grand-peine, porté sur le grand pétrin et Potu avait tiré sur le visage défiguré un grand torchon blanc, étendu près de là sur une barre de bois.

« Pauvre homme, avait compati la Germaine, en venant, vers 8 heures passées, prendre sa garde, il aura pas supporté. Te voilà bien seule à présent, ma pauvre Suzanne. »

Elle monta vers la chambre de sa malade, laissant la boulangère accablée, aux allées et venues des clients et des curieux. Elle s'était installée, comme à l'habitude, sur le bord du fauteuil, et avait mis en train son ouvrage. Elle percevait, assourdis, les bruits d'en bas et plaignait intérieurement Suzanne pour cette nouvelle épreuve.

« Elle est solide, se disait-elle, mais quand même… C'est beaucoup d'épreuves à la fois. Savoir comment elle fera pour l'enterrer, Maupin ? »

La première toux de Marguerite lui fit lever un sourcil interrogateur. Elle regarda le visage toujours immobile et crut s'être trompée. Elle poursuivit son ouvrage, portant sur la malade un œil attentif. Elle ne fut pas autrement surprise de voir, quelques minutes plus tard, d'imperceptibles mouvements de cils. Enfin, Marguerite ouvrit les yeux, scruta le plafond de la pièce et laissa retomber ses paupières. Elle avait besoin de temps pour reprendre pied parmi les vivants.

Germaine ne broncha pas, ne dit mot, son regard seul se concentra sur les traits de la malade qui s'animaient imperceptiblement.

« C'est pas vrai, pensait-elle, juste maintenant… et la Suzanne qui est dans tous ses états. Si Marguerite la voit ainsi, ça finira de lui tourner le sang. Je vais faire l'air de rien et attendre qu'elle se rendorme. Après, j'irai doucement préparer sa mère. »

On sentait aux crispations de son visage que Marguerite avait du mal à se souvenir et qu'une douleur quelque part la torturait. Elle toussa de nouveau avec une grimace et eut quelque mal à reprendre son souffle. Elle ouvrit les yeux et chercha du regard autour d'elle. Elle vit Germaine et sembla de nouveau perdre pied.

La vieille s'était approchée et Marguerite la fixa intensément d'un regard fébrile.

« Il faut… il faut prévenir ma mère… Je crois que je vais passer. »

Elle avait dit cela dans un souffle haletant et un brutal accès de fièvre avait rosi ses joues blêmes et faisait perler sur son front une sueur malsaine.

Et si c'était vrai ? Si elle allait partir ainsi, sans qu'elle ait alerté Suzanne ? Brusquement, une sorte de panique s'empara de la mère Toulet. Elle, habituellement si calme et déterminée, se leva sans prendre garde au peloton qui roula par terre, bientôt rejoint par le tricot et les aiguilles qui tintèrent. Elle courut jusqu'à la porte, descendit quelques marches et appela :

« Suzanne ? Suzanne ? »

Son cri résonna dans le grand silence qui pesait dans la maison. Elle acheva la descente, ouvrit la porte de la cuisine, celle du magasin : personne. La maison était vide. Elle eut peur et rassembla son courage pour pousser la porte du couloir sombre du fournil. Elle appela encore d'une voix éteinte et il n'y eut aucun écho.

Elle avança prudemment, laissant ses yeux s'accoutumer à la pénombre du local dont on avait tiré les grosses portes de bois. Elle progressait à l'aveugle, les mains en avant, éblouie par des rais de soleil qui perçaient juste dans sa direction. Son pied heurta un seau de fer-blanc qui se renversa et roula dans un tintamarre incongru. Quand la main de Suzanne, enfin tirée de sa méditation par le vacarme du seau, saisit son bras, elle sursauta et perdit le souffle, comme si c'était la main du mort qui l'avait saisie. Ses jambes la trahirent et elle dut se laisser tomber sur une petite pile de sacs proches.

« Germaine ? » questionna Suzanne.

La vieille reprenait lentement sa respiration.

« Mais réponds-moi, Germaine. C'est Marguerite ?... C'est Marguerite ? » reprit-elle dans un cri.

La vieille faisait non de la tête, mais ses mains tremblantes croisées sur sa poitrine démentaient son geste.

Suzanne la lâcha brusquement et se précipita vers la chambre.

À l'entrée brutale de sa mère, Marguerite ouvrit les yeux et porta vers elle un regard inquiet.

Suzanne se laissa tomber au bord du lit et lui prit les mains. Elle était essoufflée, autant par l'émotion que par sa montée rapide, et ne pouvait parler. Elle tentait de retenir ses larmes et palpait de ses deux mains celles de sa fille en prononçant des onomatopées entrecoupées de sanglots. Enfin elle retrouva un peu de calme et se mit à gémir :

« Mon Dieu ! comme tu nous as fait peur... Cinq jours que tu es restée sans conscience. On t'a crue perdue... »

Marguerite regardait sa mère, à la fois un peu rassurée par sa présence et inquiète de ses propos qu'elle avait beaucoup de mal à suivre. Elle ne se souvenait pas de ce qu'elle avait fait. Elle ne comprenait pas cette absence dont parlait sa mère. Mais l'angoisse de la nuit de l'orage revenait avec l'oppression de sa poitrine et cette toux qui lui coupait le souffle.

« Ne bouge pas, dit-elle à sa fille, j'envoie la Germaine avertir le docteur Dunaud et je reviens. »

Le médecin n'arriva qu'au début de l'après-midi. Il ausculta une nouvelle fois Marguerite, la fit parler, tousser, respirer. Il prescrivit des cataplasmes de farine de lin quotidiens, suivis de frictions à la térébenthine. Il hésita sur la pose de quelques ventouses et y renonça. On verrait dans quelques jours. Il griffonna, à l'intention du pharmacien, une formule à base d'essences de camphre et d'eucalyptus pour faire dans la pièce une fumigation désinfectante. Il recommanda de garder bien au chaud la malade et de ne pas s'étonner ni de la fièvre ni d'une forte transpiration. Normalement, d'ici trois ou quatre jours, on verrait une amélioration. Il repasserait d'ici là.

À Suzanne qui le raccompagnait, il déclara :

« Maupin a manqué de patience. C'est un peu ma faute. J'avoue que moi aussi je l'ai crue perdue. La jeunesse a des ressources qui nous étonnent. Attendez-vous quand même à ce que ce soit long : un mois, deux peut-être, pour qu'elle soit vraiment d'aplomb. »

VI

LE RÉVEIL DE MARGUERITE avait redonné à sa mère une énergie nouvelle. Elle avait été un moment sonnée par la mort brutale de son mari mais, comme un boxeur se remettant debout après avoir, du genou, touché le tapis, elle repartait au combat, pour sa fille, pour la mémoire de Maupin.

Dès le lendemain, après avoir mis à la devanture de la boulangerie un écriteau : *Fermé pour cause de décès,* elle résolut de se préoccuper de l'enterrement de son mari. Déjà, la veille, Potu avait accompli pour elle les formalités les plus urgentes. Il y avait encore deux places dans le caveau familial, elle n'avait pas de souci de ce côté-là. Sa préoccupation consistait plutôt dans les funérailles. Certainement Maupin aurait choisi un enterrement civil. Il aurait su, lui, comment faire. Elle ne savait pas et ne voulait pas qu'on puisse dire qu'elle l'avait laissé partir comme un chien.

Un passage à l'église, même rapide et sans éclat particulier, lui paraissait plus honorable. Elle pensait bien avoir quelques difficultés avec l'archiprêtre qui lui avait plus d'une fois, en confession, reproché les prises de position publiques de Maupin, et l'avait engagée à mettre en œuvre toute son influence pour calmer son prêcheur de mari. Elle n'avait rien dit à son mari, craignant que son intervention ne fasse qu'aggraver les choses.

Elle se résolut à une visite à l'archiprêtre et profita d'une garde de Germaine pour se présenter à la porte du presbytère. À son coup de sonnette, Mlle Lucie, sa fidèle cliente de chaque jour, vint ouvrir la porte, la salua et lui présenta ses condoléances : on savait déjà. Elle se dit qu'ainsi ce serait plus facile, elle n'aurait pas à expliquer et demanda à voir M. l'archiprêtre.

On la pria d'attendre dans la vaste entrée d'une propreté méticuleuse et sentant l'encaustique. M. l'archiprêtre travaillait dans son bureau, on allait voir s'il pouvait la recevoir.

Il le put, et on l'introduisit dans le bureau. C'était un signe d'amitié auquel elle fut sensible, augurant bien de la suite de l'entretien. Elle avait craint un moment qu'il ne la reçût dans le petit salon de réception, à gauche de l'entrée, qu'elle détestait pour son impersonnalité glaciale et dans laquelle elle aurait été peu à son aise.

« Suzanne Maupin ! » s'exclama le prêtre en contournant son bureau et venant à sa rencontre, la main tendue.

« Dire que votre visite me surprend serait un mensonge, poursuivit-il. Je vous attendais, en quelque sorte. Veuillez accepter mes condoléances pour ce deuil brutal. Nous n'aurons plus le plaisir de rompre votre pain... dommage, il était bon. J'espère votre fille hors de danger, on m'a dit qu'elle traversait un mauvais pas...

– Elle a repris conscience seulement hier. Une épreuve terrible, vous savez. Encore quelques jours et le médecin pense qu'elle sera tirée d'affaire. Plus qu'une longue convalescence à surveiller... Peut-être Dieu s'est-il laissé toucher par nos prières.

– Les vôtres, peut-être... Je ne vois pas Maupin invoquer le ciel, c'était un libre-penseur, un positiviste : la science... le progrès... que sais-je encore ?

– Ce n'était pas un méchant homme, et vous le savez bien. L'injustice le révoltait, ça c'est vrai, et ça lui faisait tenir des propos...

– Outranciers, outrancier est bien le mot. Pour un peu, on l'aurait pris pour un… comment dit-on, déjà ?… bolchevik, non ?

– Vous exagérez, monsieur le curé. C'était un homme généreux, attentif à ses semblables… Vous-même, au presbytère, vous avez bénéficié de ses attentions. Il aimait partager, faire plaisir… même…

– Même à ses ennemis… n'est-ce pas ce que vous alliez dire ? Un geste digne d'un chrétien, pas vrai ? Je le reconnais, je me suis régalé de ses pâtisseries et vos paniers étaient parmi les mieux garnis de la paroisse. Il n'était pas rancunier… Heureusement, personne n'a que des défauts. Il avait ses qualités… sans doute. Mais pourquoi diable cette rancune tenace contre la religion ? Remarquez que je n'aurais pas refusé d'en parler avec lui, nous sommes ouverts au dialogue… mais se croire obligé d'en faire la propagande auprès des ouvriers, des ignorants, à qui la République a donné le droit de vote… se mêler de politique quand on est boulanger. La voilà son erreur ! Voyez-vous, Suzanne Maupin, à quoi servirait que nous fassions de longues études, si tout un chacun pouvait penser justement de lui-même, sans rien apprendre ? Penser s'apprend, chère madame, comme faire le pain ou cultiver la terre. C'est un peu plus difficile, c'est tout.

« Charbonnier est maître chez lui, dit-on, boulanger aussi sans doute ! Mais bon sang, qu'il se contente de son fournil. Chacun son métier… n'est-ce pas ?

« Si votre époux avait été plus modeste, il se serait contenté de son travail : un des plus beaux, puisqu'il amène à pétrir de ses mains le pain de tous, le pain dont Jésus, Notre Seigneur, a voulu faire, grâce à notre humble concours, son propre corps.

– Tous ceux qui ont été aux écoles n'ont pas appris à penser juste, monsieur le curé. Sauf votre respect, il y a même des prêtres qui n'ont guère profité de leurs études. Le père de Maupin, ce jeune vicaire, si vite déplacé, a eu beau jeu de séduire la Marinette Maupin et de la rendre grosse. Elle était si docile et si pieuse. On l'a convaincue de ne rien dire, pour pas causer du tort à la religion. Elle s'est tuée aux ménages pour élever cet enfant. Mon père a absolument voulu que je le sache avant notre mariage. Qu'est-ce que ça changeait pour moi ? C'était Maupin, je l'aimais, je l'aime toujours. Savez-vous ce que c'est que d'aimer quelqu'un ? D'aimer, bien au-delà des joies, des souffrances, au-delà de la mort ?

– Nous avons renoncé à cet amour-là, c'est vrai, mais c'est pour un amour plus grand encore, celui de Dieu, des hommes nos frères, des âmes. Quant aux racontars sur la naissance de Maupin, n'importe quelle fille…

– Ce n'était pas n'importe quelle fille.

– On dit beaucoup de choses…

– Croyez-vous qu'elle aurait fait appeler mon père sur son lit de mort pour lui mentir ? Maupin avait dix-sept ans, il ne savait rien lui-même.

– En admettant que cela fût vrai, soyez assurée que M. l'archevêque, à l'époque, a dû prendre toutes les sanctions nécessaires. Le pauvre garçon a sans doute fini sa vie moine reclus dans quelque monastère lointain.

– Un beau soutien pour Marinette ! »

Suzanne sentait son affaire bien mal engagée. Elle ne voulut pas céder sans une dernière tentative :

« Pour l'enterrement, monsieur le curé ? Une simple absoute, à…

– À l'église, hein ? Nous y voilà… Mais ma pauvre enfant, êtes-vous aussi ignorante ? De quoi est-il mort si brusquement, Maupin ? Vous allez me dire qu'il était malade, et j'ai vu moi-même, un jour sur la place, qu'il n'allait pas bien, mais de là à mourir si vite… Je vais vous dire le bruit qui court, et vous me direz le contraire si vous pouvez. Il s'est pendu, votre Maupin. Un suicide, vous savez ce que ça veut dire ? »

Suzanne ne répondit pas. Aux dernières paroles du prêtre, elle avait blêmi et s'était levée.

« Vous ne pouvez pas nous en vouloir, avait repris le prêtre, les yeux rivés sur son bureau. Le suicide est le plus grand des péchés, le péché contre l'Esprit, le déni d'espérance. Pour ce péché, il n'y a pas de pardon. Le pouvoir des clefs, qui nous a été remis, s'arrête à cette suprême offense. Même ma profonde compassion ne m'autoriserait pas un tel geste, car ce serait au scandale des âmes qui me sont confiées. Nous avons déjà la guerre, nous aurions une révolution… J'aurais immédiatement des comptes à rendre à l'archevêché. La moindre des brebis qui m'est confiée est précieuse aux yeux de Dieu. La plus bénigne des blessures sera imputée sur mon compte au jour du jugement. "Malheur à celui par qui le scandale arrive…" »

Il se leva de son bureau et constata que la pièce était vide. Il n'avait pas entendu sortir Suzanne. Il se dirigea lentement vers son prie-Dieu, face au mur où était accroché un grand crucifix de bronze, et s'agenouilla, la tête dans ses mains. Il venait de se souvenir, tout à coup, que cette phrase de Jésus, c'était à lui-même que le Christ l'appliquait. Il avait appris cela, jeune prêtre encore, d'un vieillard qu'il avait eu comme professeur des Saintes Écritures et qu'il avait conservé jusqu'à sa mort comme directeur de conscience. C'était à propos d'un jugement qu'il avait porté sur un confrère qui s'était fourvoyé :

« Ne jugez pas, mon petit, essayez de comprendre et priez pour lui. Quant à la phrase de Jésus que vous citez, sachez que Notre Seigneur l'applique à lui-même, pour annoncer sa mise à mort prochaine, parce que, simple charpentier, il avait osé défier et mettre en cause les notables de la religion établie et s'était proclamé fils de Dieu. C'est une phrase terrible pour nous qui avons charge d'âmes. Ne l'employez jamais ou elle vous jugera ! »

Il s'en souvenait comme si cette conversation datait de la veille, car il en avait éprouvé une grande confusion. Bêtement, après une vie de prudence, après plus de quarante ans d'une carrière cléricale sans faux pas, jouissant de la plus totale confiance de l'archidiacre de Saint-Étienne, il venait de lancer à nouveau cette phrase contre un boulanger et voici qu'elle lui revenait dans l'estomac, à l'étourdir.

D'autres phrases de l'Évangile lui revenaient en mémoire : celle de la brebis égarée et du bon pasteur qui laisse les quatre-vingt-dix-neuf autres pour courir à sa recherche, celle de la prière du pharisien et du publicain, d'autres encore qui mettaient à mal l'attention méticuleuse qu'il avait portée à la conservation de son petit troupeau, à la protection maternelle de ses chères ouailles. S'était-il trompé ? N'avait-il été que ce gestionnaire mal avisé qui enterre le trésor sous une carapace d'observances et d'interdits afin de le rendre au maître dans son intégralité originelle ?

Immobile sur son prie-Dieu, le vieux prêtre se sentit près de défaillir tandis qu'une sueur glacée mouillait ses aisselles. Pourquoi Dieu lui envoyait-il maintenant, dans sa paisible vieillesse, au seuil d'une vie de fidélité et de dévouement, cette terrible épreuve du doute ? Il comprenait maintenant l'avertissement du vieillard de sa jeunesse. Cette petite phrase, il savait maintenant qu'il lui faudrait, jusqu'à sa mort, la sentir glacée, comme un aspic dans la chaleur de son sein. Il savait qu'elle serait l'angoisse de ses vieux jours.

Il se leva et revint à son bureau. Il s'assit, prit un carton de bristol à son en-tête et écrivit d'une plume appliquée :

Madame,

Suite à notre entretien de ce jour, je tiens à vous faire savoir que jeudi prochain, en la chapelle de l'hôpital, je célébrerai une messe privée pour le repos de l'âme du défunt dont vous avez eu la bonté de me parler.

Libre à vous de vous joindre à moi.

Croyez, Madame, en l'assurance de mes prières.

Il signa lisiblement et le glissa dans une enveloppe sur laquelle il écrivit :

Madame Suzanne Maupin
E. V.

Il sortit de son bureau et appela Mlle Lucie.

« Je vais monter, dit-il. Inutile de me déranger, je ne mangerai pas ce soir. Veuillez porter, s'il vous plaît, cette lettre à la boulangerie. Bonsoir. »

Potu se proposa pour partager la seconde nuit avec un voisin. Suzanne en profita pour le mettre au courant de sa démarche et quêta son conseil. Finalement, on décida d'afficher sur la boutique un écriteau :

L'enterrement d'Eugène Maupin aura lieu
au cimetière de la Fabrique,
le vendredi 17 juillet à 11 heures.
Le convoi partira de son domicile
à 10 h 30.
Ni fleurs ni couronnes.

On fit trois copies afin de les afficher, l'une chez Potu, l'autre à la porte du cimetière et la troisième à l'affichage municipal, avec l'autorisation de la mairie.

Quand le corbillard s'arrêta devant la boulangerie vers les 10 heures, des hommes stationnaient déjà dans la rue, devisant à voix sourde. C'étaient surtout des ouvriers d'âge mûr, les plus jeunes étant au front. Ils avaient demandé leur matinée à l'usine, et rares, apparemment, étaient ceux qui travaillaient ce matin. Deux petits groupes de notables s'étaient formés qui manifestaient, par la distance respectueuse qu'ils maintenaient entre eux, la divergence de leurs opinions. Marie Guérin arriva avec Mélie, donnant toutes deux la main au petit Paul qui marchait entre elles. Elles s'arrêtèrent à l'ombre, face à la boutique, et furent bientôt rejointes par d'autres femmes qui portaient chapeaux et fichus. Les élèves de Marguerite s'étaient rassemblés sur la place et arrivaient en troupeau timide.

Le silence s'établit au chargement du corps, puis les deux employés des pompes funèbres sortirent du magasin l'unique couronne et la déposèrent sur le grand drap noir. Potu, le docteur Dunaud et quatre ouvriers, casquette basse, s'avancèrent pour saisir les cordons. Les deux croque-morts s'étaient hissés sur le siège haut et firent avancer le vieux cheval pour mettre le corbillard au milieu de la route où il attendit.

Quand la veuve se présenta, le visage masqué par la grande voilette noire qui tombait des bords du chapeau, et vint, seule, prendre place à l'arrière, il y eut comme un murmure de pitié. Le cortège se forma et s'ébranla au tintement sonore des fers sur le pavé.

« Tout compte fait, expliqua Suzanne à Germaine qui était restée auprès de Marguerite et avait, de la fenêtre, jeté un rapide coup d'œil au départ du convoi, je crois que Maupin aurait aimé. Ce dépouillement, ce silence… un silence, tu sais, y en a pas souvent de pareil, sauf pour une jeunesse peut-être. Et puis, cette poignée de terre que chacun jetait, et qui sonnait sourdement sur le bois… c'était beau. Maupin devait être surpris de tant de monde. Marguerite a rien remarqué ?

– Elle dort autant qu'elle transpire… Je crois pas qu'elle ait rien entendu.

– Dès qu'elle ira mieux, je lui parlerai. Elle avait bien vu son père malade, je lui dirai que ça s'est précipité… Sûr qu'elle l'acceptera pas comme ça… Il faudra pas trop que j'attende. »

Marguerite se remit peu à peu.

Suzanne n'attendit pas qu'elle se lève pour lui annoncer la mort de son père. Marguerite se révolta, puis se réfugia dans le sommeil. Elle était trop épuisée pour lutter. Le repos était certainement le meilleur des traitements.

Elle appréciait les courtes visites, presque quotidiennes, de Germaine, celles de Mélie, une ou deux fois la semaine. Mais elle se fatiguait très vite de la conversation et Suzanne veillait à ce que les visites soient brèves. Elle passait beaucoup de temps auprès de sa fille, silencieuse et attentionnée. La fermeture du commerce l'avait libérée et lui avait permis de reprendre haleine après ces épuisantes épreuves.

Pendant la longue sieste de Marguerite, elle se rendait presque chaque jour au cimetière, s'entretenir silencieusement avec Maupin. Elle parlait souvent de lui avec Marguerite, de tout ce qu'elles lui devaient. Ces souvenirs redonnaient au défunt une stature qu'il avait perdue ces derniers mois et, même si ces retours au passé se terminaient souvent dans les larmes, elles étaient heureuses de les partager.

Suzanne n'avait pas consulté sa fille sur les décisions à prendre pour l'avenir. Marguerite avait sa vie et, pour l'instant, assez à faire pour se rétablir. Elle mûrissait ses décisions en revenant du cimetière, après en avoir parlé à Maupin.

Ainsi avait-elle mis, depuis quelques jours, une annonce sur la vitre du magasin :

FONDS DE COMMERCE À CÉDER.
LOGEMENT POSSIBLE, LOCATION.

Se rendant chaque jour au cimetière de la Fabrique, elle avait repéré, presque à mi-chemin entre la boulangerie et le dernier séjour de Maupin, sur la rue principale, une maison à vendre. La vieille propriétaire, une veuve, ancienne cliente, s'était éteinte juste avant la guerre. Ses enfants étaient établis à Montbrison où la famille avait vécu autrefois, et la mobilisation du plus jeune de ses fils avait retardé la décision, de sorte que la mise en vente venait seulement d'être affichée.

Suzanne avait pris rendez-vous avec le notaire pour une visite de la maison. S'il n'y avait au rez-de-chaussée qu'un grand débarras et une petite entrée d'où partait l'escalier, la maison, étroite et profonde, possédait deux pièces assez grandes au premier, dont une cuisine donnant sur la rue, et trois chambres à l'étage. Un jardin peu large, mais assez long, s'ouvrait sur l'arrière au niveau du premier et se trouvait être un des agréments du logement.

Une chose qui les avait toujours amusés lorsque parfois ils étaient passés devant en famille, c'était la petite plaque de céramique bleue, scellée au-dessus de l'entrée, portant en lettres dorées l'inscription *L'Astrée*. Marguerite leur avait expliqué que c'était le nom de l'héroïne d'un roman pastoral du XVIIe siècle, écrit par Honoré d'Urfé, petit-fils du bâtisseur de la Bastie, le petit château de la plaine. Il descendait de la famille qui avait autrefois son siège au château plus austère des Cornes d'Urfé, dont les ruines dominent encore, non loin de la petite ville, les monts du même nom.

La maison, avec son jardinet paisible, lui avait plu. Le prix était dans ses moyens. Elle avait hérité de quelques valeurs de son père et, avec son mari, n'ayant eu que la charge de Marguerite, ils avaient pu mettre un peu d'argent de côté. Enfin, la vente du fonds de commerce, même si les conditions actuelles n'étaient pas des plus favorables, lui laisserait quelque avance pour vivre de la location de la maison familiale.

Tout cela était résolu et, dès que sa fille serait rétablie, elles déménageraient toutes les deux dans cette nouvelle maison.

Elles uniraient leurs solitudes, et Marguerite, mise au courant du projet, n'avait pas élevé d'objection et avait même demandé à sa mère de s'occuper de libérer son propre logement où elle ne se sentait pas capable de retourner vivre seule.

Tout fut réglé à la fin septembre. Un boulanger de Saint-Laurent qui avait une fillette et deux garçons, dont l'aîné faisait déjà le mitron, avait sauté sur l'occasion d'un fonds de commerce mieux achalandé que le sien, et dont il entendait, dès la guerre finie, faire la meilleure boulangerie-pâtisserie de la ville. Il avait même des vues sur la maison, mais Suzanne n'avait pas cédé. Il serait toujours temps de voir. Elle comptait sur cette location pour s'assurer une petite retraite et les temps ne lui semblaient pas assez sûrs pour tirer une rente d'un placement.

Depuis un peu plus d'un mois, Marguerite se levait, et toutes deux sortaient faire la promenade, dont la plus régulière était d'aller fleurir la tombe de Maupin. Malgré les restrictions, Suzanne déployait des trésors d'imagination pour assurer à sa fille une nourriture reconstituante. Marguerite se portait bien maintenant et envisageait la rentrée scolaire sereinement. Elle avait gardé, cependant, tout l'été, une petite toux sèche qui causait quelque souci au médecin. Il aurait bien envisagé pour sa patiente un séjour de quelques mois dans un lieu de villégiature, à l'air plus sec et sain, mais c'était la guerre…

Quand Marguerite eut repris l'école, Suzanne organisa son jardin. Elle trouva un adolescent du voisinage qui vint, en échange d'un petit salaire, faire les plus gros travaux de nettoyage. Par le portail du haut qui donnait sur un chemin, elle se fit amener une voiture de bon fumier et fit bêcher tout le fond. Elle fit construire, adossé à l'un des murs, un poulailler et installa trois cages à lapins. Bref, elle se plongeait dans la culture et l'élevage ; ça ne lui faisait pas peur. On avait eu autrefois lapins et poules dans la petite cour du fournil avant que Maupin ne la fasse fermer et couvrir sommairement pour y garer son automobile. Elle se promettait d'en tirer de quoi remplacer ce qui était devenu introuvable ou hors de prix. Elle fit remettre en état la pompe de fonte et réserva, près de la maison, une terrasse d'agrément qu'un gros bosquet de lilas, qu'elle disciplina elle-même, ombrageait l'après-midi. Elle gratta et repeignit une table et quatre chaises de jardin qu'elle avait trouvées, après l'achat de la maison, au fond du débarras du rez-de-chaussée maintenant vidé d'une montagne de vieilleries hors d'usage.

Entre le nettoyage et l'installation de la maison, l'aménagement du jardin, les visites au cimetière où elle tenait Maupin au courant de tout, les journées passaient vite, d'autant plus qu'au retour de

Marguerite, le soir, elle se voulait disponible afin qu'elles puissent passer ensemble un moment au jardin ou s'asseoir sur la terrasse, tant que la douceur de l'automne le permettait. Ensuite, Marguerite posait ses cahiers sur la table de la salle à manger, tandis que sa mère préparait le repas.

Sans l'agacement des restrictions et les nouvelles souvent dramatiques que l'une ou l'autre rapportait de ses sorties, on aurait tôt fait, retranché à l'étage de *L'Astrée*, d'oublier la guerre. Peut-être même cette maison commençait-elle à justifier, par son discret agrément, son vocable bucolique.

Suzanne Maupin se rendait chaque matin à la boulangerie y chercher sa miche de pain bis. Non pas que le nouveau boulanger ne sache pas faire du bon pain blanc, goûteux et léger comme de la brioche, mais la fabrication du pain blanc était désormais interdite, la circulation des grains étroitement surveillée et le taux de blutage renforcé. La nouvelle patronne s'en désolait, surtout quand Suzanne se trouvait dans le magasin :

« Si c'est pas malheureux d'être obligés de vendre ça ! Que voulez-vous, ils ne retirent que la moitié du son et puis ils ajoutent je ne sais quoi :

même des pois chiches et des fèves, à ce qu'on dit. Comment faire du pain avec ça ? »

Ce jour-là, Mlle Lucie l'aborda. D'ordinaire elle n'adressait à Suzanne, ainsi qu'à toutes ses rencontres d'ailleurs, qu'un souriant et rapide bonjour.

« M. le curé m'a chargée d'une ambassade auprès de vous, commença-t-elle : il aimerait vous rencontrer mais répugne à vous prier au presbytère, de peur de vous blesser... et si vous aviez l'amabilité de l'inviter, il se ferait un plaisir... »

Suzanne ne sut que penser de cette requête. Cette manière détournée l'intriguait. Elle ébaucha son plus beau sourire.

« Dites à M. l'archiprêtre qu'il me ferait le plus grand des plaisirs en venant bénir ma nouvelle maison. Je l'attendrai... Voyons, nous sommes mardi, eh bien ! demain à l'heure du café, si cela lui convient naturellement. »

La clochette tinta dans l'entrée. Suzanne descendit ouvrir. Le vieux prêtre attendait, une serviette de cuir à la main. Elle l'invita à monter et le guida jusqu'à la salle à manger. Il posa la serviette sur la table.

« C'est bien aimable à vous de me recevoir, commença-t-il, depuis notre dernier entretien, je ne savais trop… J'ai là tout ce qu'il faut pour la bénédiction, reprit-il en posant la main sur sa serviette, cependant je me suis demandé s'il ne s'agissait pas là, de votre part, d'une… facétie.

– Laissez là vos instruments, monsieur le curé. C'est vrai, je plaisantais. J'aurais trop peur que vous ne chassiez, avec les démons, l'esprit de Maupin, à la compagnie duquel, vous le savez, je suis très attachée. Vous vouliez me parler, je suppose ?

– De Maupin, précisément. Figurez-vous que vos révélations ont aiguisé ma curiosité. J'ai mis le nez dans les archives personnelles de mes prédécesseurs. Je les avais soigneusement rangées sans même penser les ouvrir un jour. Savez-vous ce que j'y ai trouvé ?

– Comment le saurais-je ? Vous cherchez à me mettre en appétit ? Je ne suis pas curieuse de leurs affaires.

– Je vous aurais cru plus perspicace, Suzanne Maupin. J'y ai trouvé sinon des preuves tangibles, du moins de forts indices de ce que vous m'aviez dit. En 1864, mon prédécesseur y fait quelques discrètes allusions et note avec soulagement le départ d'un vicaire. Savez-vous comment il se nommait ?

– Je n'étais pas née à l'époque !

– Eugène… Eugène Noirtier ! Presque une preuve, n'est-ce pas ?

– La vérité n'a pas besoin de preuve, monsieur le curé. Néanmoins j'apprécie l'honnêteté de votre démarche… Vous n'étiez pas obligé… Maupin n'a jamais su… du moins je crois. C'est à mon père qu'elle s'est confiée. Elle lui avait toujours été reconnaissante de l'avoir pris comme mitron. N'en parlons plus, voulez-vous… à quoi bon ?

– Comment va Marguerite ? enchaîna l'archiprêtre. Est-elle totalement rétablie ?

– Mon Dieu ! pour l'instant ça va. Le médecin lui ordonne beaucoup de repos. Elle a gardé cette petite toux qui l'inquiète. Il aurait voulu qu'elle passe quelques mois en altitude, pour sécher les poumons… mais la rentrée était là. Et puis, avec la guerre, nous n'avons pas su…

– Il faudrait qu'elle passe en montagne ses trois mois de vacances l'an prochain. Je pourrais, peut-être, arranger ça. Un de mes anciens confrères de l'archiprêtré est responsable d'une grande maison près de Noirétable… Je vous en reparlerai, il faut que je lui écrive, que je me renseigne. Nous avons le temps… »

Tout en parlant, l'archiprêtre s'était levé et jouait avec le fermoir de sa serviette.

L'année scolaire passait tristement pour Marguerite. Certes, la cohabitation avec sa mère lui assurait un confort dont elle n'avait pas bénéficié depuis longtemps mais la confinait également dans une existence qui n'était pas de son âge. À vingt-cinq ans, les épreuves endurées l'avaient prématurément vieillie, sa démarche même n'avait plus le ressort de la jeunesse. À cause de son souffle, qu'elle devait ménager, elle se déplaçait maintenant d'une façon plus posée : un effort brutal ou soudain risquant de déclencher une quinte de toux qui lui coupait la respiration.

Elle était petitement heureuse et ne s'en satisfaisait guère. Oh ! il y avait des joies, de-ci de-là : les visites de Mélie qui se préparait avec application au concours des bourses et au certificat. Elle n'était plus dans sa classe et Marguerite lui parlait rarement à l'école. La petite préférait venir la voir à la maison et, bien que ses visites ne fussent pas très fréquentes, c'était toujours une grande joie pour Marguerite de découvrir ses progrès et de suivre ses résultats. Marie envoyait toujours par sa fille une petite obole : deux ou trois œufs, un litre de lait, un légume, quelques fruits de saison qui provoquaient les reproches de Marguerite puis ses remerciements.

« Dis bien à ta mère que, la prochaine fois, si elle donne encore quelque chose, je te renvoie comme tu es venue. Allez, embrasse-la bien pour moi, et le petit Paul aussi, qu'est-ce qu'il doit changer ! Oh ! que vous me manquez tous les trois ! Dire que je ne peux même pas aller jusque chez vous. La bicyclette m'est défendue, et à pied je crois que je n'en aurais pas la force. Dans quelque temps, peut-être… »

Il y avait aussi les visites de son ancienne voisine. Presque chaque mercredi soir, elle la trouvait en rentrant, discutant avec sa mère, toutes deux attachées à un ouvrage de tricot, car elles œuvraient maintenant pour la préparation et l'envoi de colis aux soldats ou aux prisonniers. Comme elle n'avait pas classe le lendemain, elle pouvait passer un moment avec elles, tout en finissant quelque travail de moindre importance.

Elle trouvait sa vie étrangement rétrécie, mais sentait bien que l'énergie lui manquait pour qu'il en fût autrement. Allait-elle devoir vieillir ainsi, sans autre espérance que celle de vivre entre l'école et la maison, attentive à ménager son cœur et son souffle ?

Deux ou trois fois, Suzanne l'avait vue descendre de sa chambre, les yeux rougis, et l'avait questionnée. Elle répondait que ce n'était rien, que les fumigations lui brûlaient les yeux. Sa mère n'insistait pas, craignant d'être impuissante à la consoler, et tentait une diversion en racontant les nouvelles du matin.

Désiré trouva la lettre calée contre son verre sur la table du soir. L'adresse, d'une écriture régulière et bien formée, lui rappela l'école. Il ouvrit l'enveloppe de la pointe de son couteau avec l'appréhension des gens qui n'ont guère l'habitude de recevoir du courrier.

Boën-sur-Lignon, le 15 avril 1917

Mon cher cousin,

Peut-être serez-vous surpris de recevoir cette lettre. Je ne vous ai guère donné de nouvelles durant ces années terribles qui ont suivi le décès d'Édouard. Peut-être en avez-vous eu par votre tante, je sais qu'elle vous informait autrefois.

Avez-vous appris que j'ai été très gravement malade l'été dernier et ne suis encore qu'à demi remise ? C'est à cette époque que mon père est mort, brutalement, à la suite d'une maladie qui le faisait souffrir de l'estomac et avait beaucoup affecté son moral.

Le médecin souhaiterait que, afin de guérir mes poumons (je garde une toux qui ne veut pas passer), je fasse un séjour assez long en altitude dans un air plus sain et vif que celui de Boën, de plus en plus alourdi par les fumées de la fonderie qui travaille sans arrêt à plein régime, pour l'armement.

Il m'a été proposé un séjour de trois mois dans une maison que vous devez connaître, car elle se trouve non loin de chez vous, je parle de l'Hermitage, dont le supérieur est un ami de notre curé.

Peut-être auriez-vous la gentillesse de me transmettre des informations sur cette maison car, si je dois y passer les trois mois d'été, j'aimerais connaître votre jugement et ne pas m'engager à la légère.

Écrivez-moi à l'adresse suivante, où je vis avec ma mère (qui vous fait ses meilleures salutations) depuis la vente du commerce :

Madame Marguerite Durupt
L'Astrée
Boën-sur-Lignon, Loire

Votre cousine dévouée,
Marguerite.

Désiré n'avait pas conscience du silence attentif qui s'était établi autour de la table. Un afflux de sang avait empourpré son visage à sa première lecture et il en avait besoin d'une seconde pour vraiment réaliser. Depuis des mois, sa tante n'écrivait plus, lassée sans doute d'attendre des réponses qui n'arrivaient pas. Désiré était surpris des nouvelles que lui apportait la lettre. Mais ce qui mettait son esprit en effervescence, c'était que Marguerite allait venir au pays pour trois mois… Il en fut si bouleversé qu'à peine achevé sa seconde lecture, il se leva de table et sortit. Il sentait le besoin de marcher pour apaiser son cœur et calmer ses mains prises de tremblements.

Ainsi, la Providence lui envoyait Marguerite. Il revoyait la grande bâtisse, avec son esplanade, emplie de la foule des pèlerins, animée d'une ambiance joyeuse et recueillie. Autrefois, à la demande de sa mère et de Philomène, le père les emmenait au pèlerinage. Désiré, enfant, les accompagnait, on y écoutait sagement le prêche, on chantait des cantiques et on processionnait longuement dans les allées alentour. On y suivait la petite statue de la Vierge au manteau d'argent, portée par quatre hommes sur son brancard orné de blanc et d'or, au rythme lent du chapelet ou des litanies. On se rendait ensuite à la petite chapelle pour boire, à même la main, un peu de cette eau fraîche et miraculeuse censée guérir quantité de maux et protéger des autres. La mère rapportait chaque année une bouteille emplie à cette source dont elle usait à diverses occasions en élixir, lavage ou désinfection.

On terminait le pèlerinage en escaladant le gros rocher de Peyrotine pour découvrir, au-dessus des sapins, la magnifique échappée sur les monts du Forez, illuminés par le soleil couchant. Les femmes en profitaient pour suivre rapidement le nouveau chemin de croix, qu'on avait inauguré récemment, et tenter d'obtenir en retour quelques grâces dont elles gardaient jalousement le secret.

La marche et l'évocation de ses souvenirs avaient un peu apaisé Désiré. Il examina, avec un bon sens retrouvé, les perspectives qui s'offraient à lui. Il fallait tout organiser pour qu'il puisse avoir assez de liberté pour rendre plusieurs fois visite à Marguerite. De simples visites amicales, en voisin. Ensuite, il espérait qu'elle accepterait de venir passer une journée à Jappeloup. Il se souvenait qu'à son mariage elle en avait manifesté le souhait devant son cousin. Après seulement, il commencerait sa cour. Si elle ne rejetait pas d'emblée sa demande, tous les espoirs seraient permis. Il se prit à rêver…

VII

Marguerite avait pris le train de 13 h 40, accompagnée à la gare par sa mère qui avait emprunté à un voisin une petite carriole à main pour transporter la valise. Elle s'était résolue, sur l'insistance de sa mère qui craignait pour elle l'inconfort et les courants d'air des troisièmes classes, à demander un billet de seconde. On était aux tout premiers jours des vacances et le compartiment était animé par une joyeuse bande d'enfants pâles, excités par le voyage. Ils arrivaient de Lyon avec leurs mères, deux femmes plus âgées que Marguerite, en robes claires, gants beiges et larges chapeaux. Marguerite comprit qu'ils descendraient aussi à Noirétable pour rejoindre une maison de vacances, aérée et mise en ordre par des domestiques envoyés en éclaireurs.

Passé la gare de Saint-Julien, les fillettes rangèrent leurs livres et les garçons, tous alignés dans le couloir devant les vitres ouvertes, respirèrent à pleins poumons la fumée diluée de la locomotive : on arrivait au bon air…

Le train s'immobilisa avec des grincements sinistres et des lâchers de vapeur. Une femme, en tenue de la compagnie, répétait le long des voitures :

« Noirétable, Noirétable, trente minutes d'arrêt. »

Il était nécessaire de refaire de l'eau et de charger le bois nécessaire à la poursuite du trajet en direction de Thiers et de Clermont par les gorges escarpées et sauvages de la Durolle.

Marguerite avait attendu l'arrêt complet pour se lever et tirer sa valise. Elle avait hâte de quitter cette encombrante compagnie. L'effort qu'elle fit déclencha une violente quinte de toux et elle dut s'asseoir pour reprendre son souffle.

Un paysan, venu sans doute chercher les bagages des Lyonnais, l'aida à descendre sa valise. Elle le remercia d'un sourire et se pencha pour la saisir. Il la devança.

« Quelqu'un vous attend ? demanda-t-il.

– La voiture de l'Hermitage, on m'a dit…

– Alors, voilà votre homme, là-bas, avec le petit chapeau tyrolien », et il adressa un grand signe à l'homme qui scrutait la foule.

Il y avait maintenant beaucoup de monde sur le quai, car même ceux qui poursuivaient le voyage étaient descendus pour se dégourdir les jambes, et l'on ne pouvait traverser les voies avant le départ du train. Loin devant, près de la locomotive, cinq ou six hommes s'activaient à charger du bois.

L'homme au petit chapeau s'approcha d'un pas calme et s'inclina devant Marguerite.

« Madame Durupt ? demanda-t-il avec un fort accent bavarois. *Ich bin Bruder* Klauss, Hermitage. Pas attendre... viens avec moi. »

Il saisit la valise et précéda Marguerite en direction d'un haut talus juste en face de l'hôtel de la Gare. Il l'aida à descendre un étroit sentier, à peine marqué dans le remblai. Une voiture bâchée était garée à l'entrée du pont.

« *Ach so !* vous, devant », lui dit-il en glissant la valise entre d'autres colis, par-dessus le portillon arrière.

Il se hissa sur le siège, lâcha le frein et rendit les rênes au vieux cheval. La voiture attaqua la pente et se retrouva bientôt à hauteur du quai. Klauss héla en allemand les hommes qui s'activaient au bois : des compatriotes qui répondirent joyeusement à son appel.

« Amis, prisonniers aussi… travail à forêt. Moi, toujours Hermitage. »

Marguerite aurait voulu répondre, dire quelque chose d'aimable, elle ne le put pas. Elle se trouvait si brusquement confrontée à tant de nouveautés après des mois de confinement qu'elle perdait pied et se sentait terriblement lasse. Elle se contenta d'adresser à Klauss un sourire de compréhension. La pente de la route ne se relâchait pas. Le cheval allait d'une allure paisible, la tête basse.

« Vieux cheval, dit l'homme au chapeau. Longue montée… doucement… *langsam.* »

Ils allaient face au soleil et la bâche de la voiture ne les protégeait plus de son ombre. Il faisait chaud. On dépassa la bifurcation de Vollore-Montagne et on s'engagea enfin entre les maisons de Vérines. À la sortie du hameau, Klauss engagea l'attelage dans une sorte de cour ombragée au fond de laquelle une fontaine gargouillait joyeusement. Marguerite eut un regard inquiet sur la cour et les murs sombres.

« Est-ce que nous sommes arrivés ?

– *Nein, nein,* répondit l'homme, moitié chemin. Boire et reposer. »

Le cheval s'était avancé jusqu'au *bachas*[1] et buvait lentement. Klauss sauta de voiture et vint aider Marguerite. Puis il leva la planche du siège et retira du coffre un bidon de soldat, coiffé d'un gobelet. Il alla rincer le récipient à la fontaine et le rapporta plein à Marguerite.

« Très froide… boire lentement. »

Deux gorgées suffirent à la jeune femme. Elle rendit le godet, toussa et fit quelques pas, les mains posées sur ses reins douloureux. Par prudence, elle chercha une trouée de soleil et exposa son dos qu'elle sentait humide.

Ayant empli la gourde et bu posément, Klauss vint la rejoindre et s'appuya contre une murette. Le cheval tira la charrette vers un pan de mur pour atteindre quelques touffes d'une végétation clairsemée.

Malgré toute sa bonne volonté, Marguerite n'était pas à l'aise avec ce prisonnier allemand. Non qu'elle craignît quelque chose ; il avait l'air d'un brave homme. Mais à cause de la langue peut-être, dont elle ignorait tout, elle n'arrivait pas à distinguer l'homme de son peuple, de sa nation, de l'armée responsable de la mort d'Édouard. Revenait à chacun de ses propos cette impression de se trouver en face du meurtrier de

---

1. Bachas : *bassin de fontaine.*

son mari. Elle s'en voulait de cette réaction dont son père lui aurait certainement fait reproche.

Elle s'essaya à l'imaginer chez lui. Y avait-il quelque part, loin d'ici, une épouse qui attendait, sans nouvelles, un hypothétique retour ? Avait-il des enfants ?

« Avez-vous des enfants ? » demanda-t-elle.

Il ne comprit pas la question et Marguerite dut imiter le geste de bercer.

« *Ach so, Kinder ? Ich ? Nein, ich habe kein.* J'ai pas, non… pas… madame. *Ich bin ein Mönch.* »

Il tira de sa poche un portefeuille usagé et lui tendit une petite photo sépia. Marguerite vit un jeune moine en tenue de bure, souriant entre ses parents, devant un majestueux bâtiment : un monastère sans doute.

« Vous êtes moine ? s'exclama-t-elle.

– *Ja,* moine, *gut, gut… das ist mein Kloster, mit meiner Eltern.* Pareil Hermitage. Travail, prière… *Krieg ist nicht gut,* guerre pas bon. Pas connaître français, dommage !

– Mon mari est mort à la guerre.

– Mari ? mort soldat ?… Guerre *furchtbar.* Il lui prit la main et ajouta : Moi prier. »

Le silence se fit entre eux moins lourd, un fil ténu les reliait maintenant. L'homme se leva et fit manœuvrer l'attelage. Le cheval se remit en route du même pas tranquille. Chacun sembla alors se retirer dans un monde intérieur, d'où peut-être une petite lueur conférait une existence à l'autre.

On croisa trois fardiers, tirés par des bœufs, lourdement chargés de bois de chauffe, qui descendaient vers la gare. Klauss salua d'un signe chacun des trois bouviers qui précédaient leurs bêtes, l'aiguillon sur l'épaule.

On atteignit la Tavanie et le cheval prit de lui-même le chemin pierreux et pentu qui montait vers l'Hermitage. On entrait maintenant dans la grande forêt qu'on ne quitterait plus jusqu'au replat où avait été plantée l'imposante maison. L'ombre des sapins conservait encore la chaleur du jour, mais déjà on traversait des zones fraîches qui faisaient frissonner Marguerite. On déboucha enfin sur l'esplanade au moment où le soleil s'apprêtait à la quitter. La lourde bâtisse donna à la jeune femme une impression de forteresse.

La façade principale, austère, orientée au levant, était plongée dans l'ombre. Le pignon sud, encore éclairé par le couchant, s'illuminait de taches de lichen mordorées. Il n'y avait, à bonne hauteur, que trois ouvertures assez modestes, en ogive, sans doute les vitraux de la chapelle dont les verres colorés paraissaient noirs de l'extérieur.

La voiture contourna le bâtiment surmonté d'un clocheton élancé et s'arrêta devant une entrée secondaire. Klauss aida Marguerite à descendre et déchargea sur le perron les différents paquets, puis il saisit la valise et invita la jeune femme à le suivre.

Ils empruntèrent un couloir sombre jusqu'à un escalier de pierre. Les murs étaient nus avec, à chaque palier, une statuette de pierre ou de bois évoquant la Vierge ou quelque saint qu'elle ne put nommer. À chaque étage, des portes de bois battantes isolaient l'escalier glacial du reste de la maison. On s'arrêta au second et Klauss lui tint la porte. Il la précéda dans un long corridor qui s'ouvrait de part et d'autre du palier et desservait quantité de portes semblables, teintées au brou de noix. Il en ouvrit une sur la gauche et s'effaça pour la laisser entrer.

La chambre était assez grande et d'une simplicité monacale. Les murs, badigeonnés de chaux, étaient d'une froideur glaciale, seuls le parquet et le plafond, ainsi que les quelques meubles du même bois de sapin bruni, donnaient un peu de chaleur à la pièce. Une cheminée de petites dimensions saillait d'une des cloisons et la double fenêtre, garnie de volets intérieurs, ne dispensait à la pièce qu'une lumière atténuée.

Klauss posa la valise près de l'armoire et se dirigea vers la fenêtre qu'il ouvrit.

« Beau, dit-il en montrant le paysage illuminé par le couchant. Matin soleil, très bon... »

Marguerite avait jeté sur ses épaules le lainage qu'elle portait à son bras. Elle s'assit sur le lit, désemparée, prise subitement d'une terrible envie de pleurer.

« Fatiguée ? demanda le frère. Voir toilettes, après, reposer. »

Elle se leva péniblement et repéra la porte à l'imposte vitrée qu'il lui désigna. Il la raccompagna à sa chambre et lui montra sur la porte le petit numéro en émail : le 19.

« Je sonner cloche pour manger. *Auf Wiedersen.* »

Il sortit en tirant la porte et Marguerite se sentit abandonnée. Elle s'étendit.

Comment avait-elle pu se lancer dans cette aventure ? Après un voyage épuisant, elle se sentait prisonnière d'un monde inconnu et menaçant, à des heures de marche du premier médecin. Et si elle faisait une rechute ? Qui la soignerait ? Klauss ne pourrait même pas comprendre qu'elle avait besoin d'un docteur ! Elle mourrait là, dans la plus grande solitude. Elle essuya quelques larmes et pensa comme un maigre réconfort que, sans doute, Désiré viendrait la voir… Elle lui demanderait son aide pour partir… Elle trouverait bien une raison… Comme elle regrettait le jardinet de Boën et la présence réconfortante de sa mère. Elle pensa qu'il fallait lui écrire, mais pour l'instant elle ne le pouvait pas. Elle se sentait glacée jusqu'à la moelle et tira sur elle une grosse couverture matelassée qui recouvrait le lit. Depuis son entrée dans la maison, elle toussait davantage qu'à l'accoutumée. Elle se recroquevilla et s'endormit.

Les battements de la cloche du repas la tirèrent en sursaut du sommeil profond dans lequel elle avait sombré. La lumière du dehors semblait ne pas avoir changé. Elle n'avait pas dormi longtemps. Elle consulta la montre de gousset de son père posée sur la table de nuit : 19 h 30. Elle pensa d'abord ne pas descendre, puis la perspective d'un potage brûlant, avant de se remettre au lit, l'emporta. Elle défroissa sa robe, se coiffa et descendit, roulée dans son châle. Le bruit des voix la guida, un demi-étage plus bas que l'accès qu'ils avaient emprunté tout à l'heure. Une grosse porte fermait l'entrée principale et, fixée dans l'angle, une cloche de bonne taille servait au signal des repas. Sur la gauche d'une large voûte basse, fermée par une porte vitrée à deux battants, filtrait l'écho d'une conversation. Elle frappa et entra. C'était une magnifique salle voûtée, garnie d'une demi-douzaine de longues tables cirées, avec aux murs deux ou trois tableaux anciens et sombres. L'une des tables était dressée sur une nappe de vichy rouge. Trois hommes l'attendaient, debout dans l'allée centrale, dont Klauss, de loin le plus jeune ; à son entrée, l'un des deux hommes en soutane s'avança vers elle, la main tendue.

« Je suis l'abbé Gouttenoire, le supérieur de cette maison. Mon cher ami, l'archiprêtre, vous a chaudement recommandée, madame Durupt. Soyez la bienvenue parmi nous. »

Il serra la main de Marguerite entre ses deux mains osseuses et l'entraîna vers ses compagnons.

« Vous connaissez déjà le frère Nicolas, il assure les plus rudes besognes. Que ferions-nous sans lui, à notre âge, privés de nos compagnons les plus alertes et d'hommes de main ? Voici l'abbé Cossin, plus ancien que moi dans la maison, mais un peu plus jeune cependant. Il est notre économe et réalise des miracles quotidiens pour garnir notre table... Il était enseignant à Saint-Étienne, il parle fort bien l'allemand. »

Il n'avait pas lâché la main de Marguerite et la conduisait maintenant vers la table garnie.

« Cela permet à Klauss de se sentir moins seul. Ce pauvre frère Nicolas travaillait à la coupe, dans les bois alentour, avec une brigade de prisonniers. Dès qu'il le pouvait, avec l'autorisation des gardes, de braves territoriaux qui auraient préféré le travail avec leurs prisonniers que de porter le fusil, il venait assister à la messe ou à l'office. Quand nous avons su, nous avons fait une démarche au bureau de la main-d'œuvre et nous avons obtenu qu'il soit affecté ici. Il est notre homme de confiance, notre homme de peine aussi, confié à notre vigilante garde… voici trois mois déjà.

– Il n'a pas repris l'habit ? demanda Marguerite.

– Il ne veut pas, tant qu'il sera ici. Il tient à rester comme ses compatriotes. Souvent, il leur rend visite en forêt ou à leur cantonnement du Petit Hermitage. Il se charge de leur courrier, écrit des lettres pour ceux qui ne savent pas, leur rapporte de Noirétable un médicament ou quelques petites choses indispensables. Grâce à lui, les prisonniers ont un peu de réconfort. Vous mangerez pour l'instant en notre compagnie… si elle ne vous pèse pas trop. Plus tard, quand il y aura du monde, vous ferez comme bon vous semble. »

Une religieuse, au visage rougeaud cerné d'une coiffe blanche, et ceinte sur son habit gris d'un grand tablier de toile bleuâtre, dont un pan était relevé dans la ceinture, était entrée en silence, portant une soupière de faïence qu'elle posa sur la table. Elle sourit aimablement à Marguerite et se retira sans un mot.

« Sœur Gertrude, notre cuisinière, précisa l'abbé Gouttenoire. Elle vit en petite communauté sur l'autre côté de la maison, avec trois autres religieuses qui s'occupent du linge et du ménage, et dont l'une est aussi âgée que moi et marche avec une canne. On ne les voit guère, à part à la messe quotidienne le matin à 6 h 30 et à l'office du soir. Nous essayons de nous rassembler, à 8 heures et demie, pour dire vêpres et complies. C'est un moment important, et beaucoup des retraitants y participent. Je crois que la messe sera un peu matinale pour vous qui devez vous reposer, mais peut-être le soir vous joindrez-vous à nous ?

– Ce sera volontiers, monsieur l'abbé, répondit Marguerite. Je ne voudrais pas gêner cependant. Je connais mes prières mais ne suis guère pratiquante.

– Nous sommes là, à l'écoute de nos frères, les hommes, reprit le supérieur. C'est notre mission dans ce lieu solitaire : les écouter, recevoir leurs confidences, leurs peines, leurs espérances, prier avec eux, pour eux. Ranimer ou raffermir leur foi. C'était le rôle de cette mission royale, qui envoya ici Messire du Nouy et ses compagnons en 1654. Nous poursuivons l'œuvre entreprise, vivant le même isolement qu'eux, la même simplicité. Vous verrez, lors des pèlerinages, cette population simple et tenace exprimer sa foi. Oh ! bien sûr, elle est parfois fondée sur les ruines d'un paganisme profondément ancré au fond de leur conscience. J'aime cette maison car elle est bâtie, à l'image de leur foi simple, sur un haut lieu symbolique des religions primitives et païennes... »

Un silence s'établit, et le vieux prêtre reprit :

« Excusez-moi, je vous lasse. Nous en reparlerons... Nous aurons le temps... Allez vous reposer, mon enfant, vous êtes épuisée. Avez-vous tout le nécessaire ? »

Marguerite le remercia, salua chacun et monta. Elle se mit au lit et s'endormit aussitôt. Elle n'entendit même pas la cloche de la chapelle sonner l'office.

Le lendemain, Marguerite s'éveilla dans de meilleures dispositions. Elle avait dormi comme une enfant et les rais de soleil qui filtraient au travers des fentes des volets de bois l'attirèrent à la fenêtre, qu'elle ouvrit. L'air était vif, mais la caresse du soleil agréable : elle eut envie de sortir. Il était un peu moins de 7 heures et elle pensa que tout le monde était rassemblé à la chapelle. Après une rapide toilette, elle s'habilla et descendit. À côté de la cloche des repas, elle tira la lourde porte et déboucha sur une vaste terrasse, devant l'entrée principale.

Le soleil inondait la façade et le bâtiment lui parut moins austère. Les fenêtres, petites et carrées, étaient nombreuses et si certaines s'alignaient avec régularité, d'autres, décalées, cassaient la monotonie. Un fronton à deux colonnes, partiellement encastrées, rehaussait la porte principale et portait dans sa partie supérieure la date de 1669. Plus haut encore, au centre, un blason représentait trois sapins plantés sur des rochers avec un signe qu'elle ne put déchiffrer et des fleurs de lys. Elle découvrit encore, sous le blason, une autre date : 1746.

Tout au bout de la terrasse, l'énorme rocher de Peyrotine dressait sa masse sombre. Marguerite se promenait lentement, ravie par le chant des oiseaux. Curieusement, la vivacité de l'air ne la gêna pas et elle n'eut pas le réflexe de repli des épaules dont elle avait pris l'habitude pour contrôler sa toux. Au contraire, elle aspirait lentement mais avec avidité ce souffle chargé d'une légère amertume et d'un subtil parfum de résine.

L'abbé Cossin apparut à l'angle de la chapelle, plongé dans la lecture d'un petit livre. Il marchait lentement et sourit en silence à Marguerite, lorsque leurs pas se croisèrent.

C'est avec regret qu'ils montèrent les quatre marches, lorsque eut tinté la cloche du petit déjeuner. L'air plus chargé et humide de la salle fit tousser Marguerite.

Désiré atteignit l'Hermitage vers 11 heures. La messe se terminait. C'était dimanche et la célébration rassemblait le voisinage, des femmes et des enfants surtout. Il attacha son cheval à un arbuste et resta près de lui, dans l'ombre des sapins. De loin, il vit sortir Marguerite. Elle fit quelques pas sur l'esplanade et replia son châle sur son bras. Il la trouva changée, mûrie, et plus désirable encore qu'il ne la voyait dans ses rêves. Un homme l'avait rejointe, un peu plus âgé que lui. Son cœur battit la chamade. Il les regarda marcher ensemble et échanger quelques propos avec force gestes. Ils se dirigeaient vers la croix qui marque le départ du large chemin de la fontaine. D'instinct, Désiré s'était reculé contre sa monture, un froid terrible l'envahissait et alourdissait ses mouvements. Il demeura figé, jusqu'au moment où l'homme s'apprêta à quitter Marguerite. C'est alors qu'elle vit le cheval et

Désiré. Elle eut comme une hésitation et cria à l'adresse de l'homme qui s'éloignait :

« Klauss, Klauss, c'est mon cousin. »

L'homme s'était arrêté et regarda Marguerite courir vers l'ombre qui l'engloutit. Elle avait presque rejoint Désiré lorsqu'elle stoppa brusquement son élan à quelques pas de lui. Elle se rendit compte, et cela la fit rougir et la mit mal à l'aise, qu'elle avait failli se jeter dans ses bras. Confuse, elle lui tendit une main maladroite. Ils étaient contraints tous les deux et cela intrigua Klauss qui s'approchait.

« C'est frère Nicolas, dit-elle, un prisonnier allemand, un moine, il est affecté à l'Hermitage. Le cousin de mon mari, reprit-elle à son adresse. Il est paysan près d'ici.

– *Ach so,* père de moi paysan aussi… moi, un peu. »

Il avait tendu une poigne chaleureuse à Désiré.

« Manger ici ? demanda-t-il à Marguerite.

– Il peut manger avec nous ?

– *Ja, Ja,* prévenir… » et il s'éloigna vers la maison.

Un silence gêné avait suivi le départ de Klauss. Marguerite s'écarta pour cueillir quelques fleurs, puis, en se redressant :

« Voulez-vous que nous descendions jusqu'à la source avant le repas ? J'ai tellement de choses à vous dire ! »

Ils descendirent lentement l'allée ombragée. Elle parla, avec réserve au début, et questionna Désiré sur la ferme, les travaux, le pays. Il répondit longuement à ses invites, expliqua la mobilisation d'Antoine à l'automne, la réquisition des bêtes, son inquiétude à l'approche des gros travaux, dépourvu qu'il se trouvait de bras et d'espoir de voir arriver les journaliers habituels.

Il évoqua pour elle ses pèlerinages d'enfant à l'Hermitage, s'étonna de reconnaître les lieux avec autant de précision. Puis, peu à peu, Marguerite se fit plus diserte ; elle parla de Marie, de son travail à la ferme, de la difficulté de chacun, des paysans surtout à assurer un travail, pourtant nécessaire lui aussi à l'effort de guerre. Ils parlaient l'un et l'autre, en mêlant les mois et les dates. Ils racontaient non des faits, mais des expériences. Ils offraient leur vie, leur vécu, à l'oreille attentive qui leur avait tant manqué.

Ni l'un ni l'autre n'évoqua le souvenir d'Édouard bien que chacun y pensât. Ils s'étaient échauffés à tant de paroles et burent avec plaisir à la source.

« Je viens en boire chaque jour, dit-elle. Est-ce l'air ou l'eau ? Je ne tousse déjà presque plus. Je me promène, je me repose, je lis, je jardine, j'aide un peu à la marche de la maison. Elle aussi manque de personnel.

– La mère croyait beaucoup au pouvoir de cette source, dit Désiré en trempant la main dans le petit bassin près duquel ils étaient accroupis. Elle en rapportait chaque année un grand flacon à Jappeloup. »

Il se leva et tendit la main à Marguerite. Elle s'y accrocha pour se redresser. Il la garda dans la sienne pour la conduire jusqu'au banc rustique où ils s'assirent. Il la sentait amicale et confiante, c'était pour lui un immense bonheur que d'être là, à ses côtés. Jamais il n'avait ressenti de tels sentiments. Il lui jetait parfois un regard de biais et s'étonnait de la douceur de son visage, de la finesse de sa peau. Il lui semblait n'avoir vu que des figures hâves ou cuivrées selon la saison et burinées des cicatrices du temps et de la vie au grand air. Même les visages d'enfants, qui lui revenaient en mémoire, étaient marqués aux pommettes par la tache rosée qu'y imprimait l'âpreté du climat.

Tandis qu'ils remontaient vers la table du repas, Marguerite lui parla de Klauss et des deux prêtres. Elle rit en expliquant à Désiré ses impressions du premier jour et comment elle avait pensé à lui pour sa libération. Ils en riaient encore en atteignant l'angle de la chapelle où l'abbé Gouttenoire les rejoignit.

« À la bonne heure, s'exclama-t-il, j'aime cette gaieté, elle va si bien à la jeunesse. Une visite ? »

Marguerite fit les présentations.

« Vous mangez avec nous, je pense. Allons, j'entends la cloche. »

Un couvert de plus était mis à la table pour le visiteur, les retraitants se tenaient debout devant une autre table et attendaient, silencieux, que le vieux supérieur eût dit la prière.

Une fois assis à table, il présenta Désiré à l'abbé Cossin qui traduisit pour Klauss.

« Jappeloup, vous dites ? Ce nom me dit quelque chose. Je regarderai ma carte. N'est-ce pas sur l'Auvergne ?

– Pas loin, admit Désiré, mais nous sommes de la paroisse de Saint-Jean.

– De Saint-Jean-la-Vêtre ? Savez-vous que c'est un de vos concitoyens, un maître maçon du nom de Matthieu Majoux, qui a bâti cette maison. Il a mis deux ans et termina en 1748, pas seul, je pense, il devait y avoir nombre de compagnons et de charretiers : regardez ces murs, voyez l'enfoncement des fenêtres. L'épaisseur au niveau des caves passe trois mètres ! Je me passionne pour l'histoire, expliqua-t-il, en particulier celle de cette région où j'ai toujours vécu. J'étais curé d'Arthun, avant d'être nommé ici. Bien entendu, j'étudie l'histoire de l'Hermitage. C'est une grande maison, vous savez, un des grands pèlerinages de l'Auvergne, avec, à une époque, deux maisons filles : Salers et Banelle. La société comptait près de trente missionnaires au XVIIe siècle. Grandeur et décadence... Nous ne sommes plus que deux vieillards à maintenir la flamme... et sans transition il demanda : Vous produisez du lait, je suppose ?

– Oui, nous faisons des fourmes surtout. Mais la guerre a pris presque la moitié du troupeau. En 14, j'avais dix-huit vaches de lait, sans compter les chèvres et les brebis. Il y faut du monde.

– Une grosse ferme, apprécia l'abbé Cossin, il n'y en a guère d'aussi importantes par ici. »

Et il traduisit pour frère Nicolas qui jeta vers Désiré un regard admiratif.

« Avant la guerre, nous faisions aussi des coupes de bois. Il y avait des hommes disponibles, l'hiver. C'était un rude travail. Vous l'avez fait aussi », dit-il à l'adresse de Klauss.

Le traducteur se pencha vers le moine qui hocha la tête.

« Dur, dit-il, travail dur. »

Klauss fit traduire quelques phrases sur la ferme de ses parents en Bavière et celle du monastère. C'était aussi une exploitation importante qui faisait un fromage réputé en Allemagne.

La conversation prit ensuite un tour plus banal sur la dureté des temps.

Marguerite et Désiré passèrent l'après-midi dans les allées forestières et il parla des bois, des coupes, du travail en forêt. Il connaissait bien les essences et leur usage, leurs lieux favoris d'implantation, les expositions qui favorisaient tantôt la taille, tantôt la hauteur, tantôt la résistance. Il montrait à Marguerite tout ce qu'une forêt laisse voir à un œil exercé. Grâce à lui, elle découvrit plusieurs traces d'animaux. Il lui montra des nids et ils virent une aire de repos de chevreuils, dans une clairière. Désiré semblait intarissable sur la nature. Chaque pas découvrait un territoire à explorer, un terrain d'observations inépuisable.

Ils ne virent pas s'écouler les heures et Désiré s'alarma tout à coup. Le soleil avait baissé sans qu'il en prît conscience. Ils regagnèrent l'Hermitage au plus direct, coupant à travers bois ; Marguerite, incapable de s'orienter, marchait sans inquiétude derrière le guide attentionné qui écartait les ronces et lui ouvrait le passage.

Elle suivit des yeux la silhouette lourde de l'homme et du cheval jusqu'à la courbe du chemin. Elle répondit au grand signe du bras qu'il fit avant de disparaître. Elle tendit l'oreille pour écouter s'éteindre le bruit des sabots sur la pierraille. De nouveau, elle se sentit seule et abandonnée. Elle revint, à pas lents, vers la bâtisse et regagna sa chambre. Elle était lasse et s'étendit. De nouveau, ce soir, elle avait froid, de cette morsure interne qui prend les os avant de pénétrer la chair et vous laisse grelottant sous le plus douillet des édredons.

Elle repensa au plaisir qu'elle avait eu de voir Désiré, à la joie de cette journée passée à ses côtés. Il avait promis de revenir au plus vite. Elle attendrait… elle l'attendrait. Comme Boën lui paraissait étroit et mesquin, tout à coup. Comme ces vastes espaces étaient apaisants. Il lui sembla avoir mordu à un fruit inconnu dont, désormais, l'âpre saveur ne s'effacerait plus de ses lèvres.

« Jamais je n'aurai la force de redescendre », pensa-t-elle.

La cloche de la chapelle annonça l'heure de l'office et des pas ébranlèrent le plancher du corridor. Elle se leva et hésita. Puis, préférant ne pas rester seule, elle remit à plus tard la lettre qu'elle voulait écrire à sa mère, et prit la direction de la chapelle.

Bien qu'elle fût là depuis presque deux semaines, Marguerite ne s'ennuyait pas, sinon d'une nouvelle visite de Désiré qu'elle attendait avec impatience. Il avait fait un temps superbe depuis son arrivée et, à part un jour d'orage qui l'avait obligée à se reposer, elle avait beaucoup marché et rejoint plusieurs fois le versant ouest dominant Vollore où la vue était plus dégagée. Elle s'était approchée des fermes pour observer, de loin, les paysans s'activant aux foins. Elle pensait alors à Jappeloup et imaginait la maisonnée au travail.

Elle pensa aussi à Marie, certainement en plein travail elle aussi, à Mélie dont elle avait reçu quelques jours plus tôt une courte lettre lui annonçant son succès au concours des bourses et son très bon classement au certificat. Elle aurait du plaisir à les revoir, elle et son frère qui changeait à vue d'œil. Marguerite ne s'inquiétait pas pour sa mère qu'elle imaginait profitant de son petit jardin, et dont elle n'était pas fâchée, malgré tout l'amour qu'elle lui portait, d'être séparée un peu après cette longue année de cohabitation.

Comme il pleuvait toujours ce matin, elle chaussa des bottines, prit un livre et sortit munie de son parapluie. Elle avait résolu d'aller lire dans la petite chapelle de la Vierge, près de la source, à demi tapissée d'ex-voto et de témoignages de gratitude. Il y avait toujours là, peut-être à cause de la guerre, quantité de cierges qui brûlaient en noircissant le plafond. Elle s'y sentait bien, elle y pourrait lire et réfléchir tranquille.

Désiré arriva l'après-midi. Les fenaisons arrêtées par la pluie, il s'était libéré tandis que les autres, à l'abri du grand auvent, tapaient les faux et réparaient les râteaux. Il était parti dès le repas terminé, ayant craint de s'imposer une nouvelle fois à la table de l'Hermitage. Il avait serré dans une musette trois grosses fourmes et une terrine de leur fabrication, car il se doutait que nourrir tout ce monde pendant l'été, avec les restrictions et les contrôles, ne devait pas être aisé, bien que l'Hermitage bénéficiât certainement auprès des fermes environnantes d'un ravitaillement moins difficile.

Marguerite descendit de sa sieste et profita d'une accalmie pour faire quelques pas sur l'esplanade. Elle entendit de loin le pas du cheval et son cœur se mit à battre. Elle se raisonna : sans doute Klauss avait-il profité d'un moment de liberté pour visiter ses compatriotes. Elle attendit l'apparition du cavalier avec la crainte d'une déception.

Tout de suite, elle reconnut le cheval et se retira afin de ne pas donner à Désiré l'impression qu'elle l'attendait. Elle marcha rapidement vers le bâtiment afin de déboucher de l'angle du clocheton après que le cheval eut atteint la place. Désiré dégrafa sa grosse capote grise empesée par la pluie et descendit. Il la plia et la lança sur la selle. C'est en se retournant qu'il vit apparaître Marguerite qui feignit la surprise.

Elle vint à sa rencontre... Il l'attendit, en prenant son temps pour attacher les guides.

« Je ne vous attendais pas, avec un temps pareil. Je suis contente que vous soyez venu. Vous devez être trempé. Voulez-vous entrer à l'abri ?

– Au moins pour déposer ça, répondit-il en montrant la musette. J'espère que vous aimerez. C'est des choses de chez nous. »

Ils n'avaient pas tardé à ressortir, se trouvant trop à l'étroit dans la grande salle voûtée où l'on servait les repas. Il ne pleuvait plus, mais une sorte de brouillard gris stagnait sur la forêt. Ils montèrent vers le petit cimetière. Désiré répondit aux questions de Marguerite sur l'avancement du travail. Oui, les foins progressaient. On en aurait de reste, bien qu'il n'y en eût pas comme certaines années. On ne ferait pas tout, on mettrait les bêtes à l'automne, pour enlever le plus gros.

Il manquait deux hommes et on n'avançait pas. L'an prochain peut-être ça irait mieux, on disait que la guerre ne s'éterniserait pas, maintenant qu'on avait repris l'offensive. Mais ce n'était pas demain qu'on remplacerait les bras disparus. Désiré avait entendu parler d'une machine tirée par un cheval et capable, par une mécanique, de couper les foins et aussi les blés. C'était un charron qui l'avait fabriquée pour pallier le manque de main-d'œuvre. Dès qu'il aurait le temps, Désiré se renseignerait et irait voir.

« Vous vous rendez compte, conclut-il, c'est la coupe qui nécessite le plus de travail. Si je pouvais avoir ça l'année prochaine, le temps qu'on gagnerait ! Et puis, ajouta-t-il, optimiste, si une machine peut couper, pourquoi une autre ne fanerait pas ?

– Vous voilà plein de projets, Désiré… je vous envie. »

Il sentit le regret.

« Je vous sens triste, aujourd'hui. Le temps sans doute ? C'est tellement moins agréable pour sortir. Nous autres, on est habitués, printemps et automne sont souvent humides, l'eau est nécessaire, autant que le soleil. On apprend à faire avec, ça repose un peu des gros travaux.

– Croyez-vous que la pluie soit moins fréquente à Boën ? Qu'elle y soit plus agréable ? Non, je crois que j'envie vos contraintes et vos libertés, celles du temps qu'il fait, du travail qui exige et qui libère, des décisions à prendre, des projets à construire... J'ai pourtant une profession estimable, je l'aimais... Il y a bien des satisfactions à instruire des enfants, à les tirer hors de l'ignorance, à les voir s'épanouir. J'éprouve de la joie à les voir réussir. Ah ! j'allais oublier de vous dire : vous savez, la petite Mélie, la fille de Marie chez qui j'allais aider, eh bien ! figurez-vous qu'elle est très bien classée au certificat, dans les premières du canton. Elle a aussi réussi le concours des bourses. Elle pourra faire des études, comme moi. Devenir institutrice peut-être... c'est son rêve. J'en suis heureuse, car si je n'avais pas été là, après la mort de son père, elle aurait coulé comme une pierre.

– Vous voyez, intervint Désiré, la main tendue en avant en signe d'affirmation, vous voyez bien que vous êtes utile. Combien d'autres en aiderez-vous ?

– Oui, je sais, c'est un travail indispensable. Mon père disait que l'instruction, seule, est capable de sortir le peuple de la dépendance des notables et de l'obscurantisme de la religion. Sans doute n'avait-il pas raison sur tout... mais il était tellement fier que je sois institutrice...

– Votre père était un homme de bien. Je ne l'ai pas beaucoup connu, mais j'ai tout de suite éprouvé de l'estime pour lui… Béraud, le maire, aussi, le considérait. Ils se sont vus à l'enterrement de mes parents, vous n'aviez pas pu venir. J'ai bien regretté… C'est les meilleurs qui partent… » conclut-il avec banalité.

Ils avaient atteint le petit cimetière et, sans même y penser, Désiré poussa la grille et s'effaça pour laisser entrer Marguerite. Souvent lourdaud, par négligence ou provocation, il avait pourtant reçu de sa mère une bonne éducation et avait toujours vu son père attentif à la politesse et la présentation, même auprès de ses hommes. À Jappeloup, on appartenait aux notables, même si l'on s'en voulait indépendant.

Habitués aux cimetières tristes et uniformes, ils trouvèrent celui-ci chaleureux, même sous la grisaille. Ils lurent les épitaphes alignées le long du muret de granit. Toutes celles de gauche commençaient par R.P. et ils mirent un moment à trouver le sens de ces initiales : Révérend Père. Les dates de décès étaient pour la plupart anciennes.

« J'aimerais reposer ici, dit Marguerite. L'endroit est tellement intime, tellement calme. Tout à fait propice au repos éternel.

– Qu'allez-vous dire là ! sursauta Désiré. Vous n'avez pas trente ans et vous parlez de repos éternel ! C'est pas possible. Vous pouvez encore aimer, avoir des enfants, rendre un homme heureux…

– Quel homme ? répondit-elle tristement. Celui que j'aimais est mort… Ma vie est scellée », acheva-t-elle tout bas.

Elle avait détourné la tête et Désiré comprit qu'elle pleurait. Il dit très faiblement, comme dans un souffle :

« Moi, si vous vouliez, Marguerite. Je vous aime… »

Elle n'entendit pas ou peut-être fit-elle semblant de ne rien entendre. Sans doute le moment n'était-il pas venu.

Désiré était sorti seul, en silence, du petit cimetière. Il n'avait pas même poussé la porte de la chapelle dont la façade dépouillée fermait le petit enclos à l'opposé de la grille. Il était sorti, pour laisser Marguerite à sa peine. Il s'était approché du ruisseau et regardait l'eau déborder d'une cuvette marécageuse parsemée de joncs. Son cœur aussi venait de laisser échapper le flot de ses sentiments si longtemps contenus. Il n'avait pas choisi le moment. Il aurait préféré un instant plus serein, plus propice sans doute. Peut-être

Marguerite n'avait-elle pas entendu. Il s'était dit qu'il ferait sa demande plus tard, après qu'elle eut visité Jappeloup. Il pensait à un moment du crépuscule où, au terme d'une bonne journée d'amitié, la confidence serait plus facile… Peut-être avait-il gâché sa chance, en liant son sort au souvenir de son cousin.

Il fut surpris quand la voix de Marguerite jaillit juste dans son dos. Il ne l'avait pas entendue venir et n'avait pas entendu tinter la grille.

« Vous avez raison, dit-elle. Cette réflexion était stupide et vous l'avez cueillie comme il se devait. Excusez-moi, je vous prie… il y a encore des moments douloureux. Je suis contente d'être venue ici. Je crois que ce pays m'aide à voir plus clair. Voilà près d'un an que je suis malade, peut-être encore plus moralement que physiquement. Voici venu, grâce à vos montagnes, le temps de la convalescence. M'emmènerez-vous, un jour, à Jappeloup ?

– C'est promis, dit-il avec flamme. Dès que les foins seront finis, je prendrai la voiture et viendrai vous chercher. Vous passerez la journée avec nous. Autrefois, avant la guerre, nous fêtions toujours la fin des gros travaux après la moisson, un dimanche d'août, avant le départ des journaliers pour les vendanges. Cette année, nous fêterons la fin des fenaisons. Pourquoi attendre ? J'ai hâte que vous connaissiez ma maison. Je suis sûr qu'ils sont tous impatients de vous connaître. J'ai bien dû leur dire que je venais ici vous voir.

– Croyez-vous que ma venue ne les gênera pas ? Ne vaudrait-il pas mieux une visite discrète, à un moment de travail ?

– Sûr que non ! Ils croiraient que j'en ai honte. Ils sont ma maison… Ils sont Jappeloup, comme moi-même, qu'est-ce qu'une maison sans son âme ? C'est cette âme qui tient les murs debout. Sans elle, ce n'est qu'un tas de pierres, un nid d'orties et de chardons.

– Eh bien ! c'est d'accord, approuva Marguerite. L'autre dimanche, peut-être ? Ce sera le dernier de juillet.

– Va pour dimanche en huit, répondit Désiré, à moins qu'il pleuve. Mais je suis sûr qu'il fera beau, vous verrez. Je serai là avant 8 heures, vous serez prête ?

– N'ayez crainte. Je vous attendrai… »

VIII

LE SAMEDI SUIVANT, Marguerite exprima le désir d'accompagner Klauss à Noirétable. Il devait amener à la gare deux retraitantes sur le départ et procéder à certains achats au marché. Elle aussi ferait quelques courses. Ils partirent tôt, et Marguerite grimpa à l'arrière de la voiture bâchée et s'assit sur une des petites banquettes latérales. La fraîcheur du matin était agréable.

Klauss gara la voiture près de la gare et accompagna les deux femmes, chargé des valises. Marguerite remonta seule vers la place de l'Église où se tenait le marché. Ils étaient convenus d'une heure de rendez-vous et elle avait tout le temps de flâner en faisant ses emplettes. Elle chercha d'abord l'échoppe d'une couturière, en trouva une et y entra. Depuis la dernière visite de Désiré, elle avait envie d'une tenue nouvelle. Une femme et deux aides d'une quinzaine d'années s'affairaient dans une débauche de tissus. Une des deux cousettes se tenait agenouillée au pied d'un mannequin de crin et le faisait tourner lentement sur son trépied de bois pour ajuster le bas d'une robe. La femme posa son ouvrage, se leva et vint à sa rencontre. Elles convinrent d'un modèle, d'un prix et d'un unique essayage le samedi suivant. Marguerite allait choisir son tissu et l'apporterait tout à l'heure.

Bien qu'il fût encore tôt, il y avait déjà foule sur le marché, et l'on était obligé de se fondre dans les flots qui se créaient à chaque passage rétréci. Elle se laissa guider par le mouvement et fit ainsi un premier tour des étalages. Elle jetait de droite et de gauche de rapides coups d'œil et repéra ceux qu'elle voulait revoir. Il y avait un joyeux méli-mélo de choses variées qui voisinaient sans la moindre logique, au gré de l'arrivée des forains.

Elle revint vers un éventaire d'étoffes et s'y arrêta. Elle rêva devant des tissus clairs ou colorés qu'elle aurait aimé porter. Sans doute étaient-ils exposés pour la parade, car la clientèle, qui s'arrêtait et tâtait les fibres, s'intéressait davantage à du drap gris ou noir. Elle avisa un imprimé à fleurs grises, rehaussées d'une pointe de mauve.

Ce tissu lui plaisait et elle le posa sur elle, pour tenter d'en voir l'effet dans un vieux miroir.

Agrémentée d'un discret collier et d'une ceinture noire, une robe un peu ample serait à son goût et assez sobre pour rester dans un deuil déjà ancien. Elle se décida. Il y avait, un peu en arrière des autres bancs, une marchande de chapeaux et de casquettes qui avait calé son étal contre le mur de l'église. Marguerite se glissa dans un étroit passage laissé libre et regarda. La vendeuse était assise sur un tabouret et semblait totalement absente de l'animation ambiante. Elle leva sur Marguerite un regard las, sans bouger de son siège.

« Voyez si quelque chose vous plaît, mademoiselle. Tout est là. »

Marguerite avisa un chapeau de paille, muni d'un long ruban gris. Elle fit apparaître sur le bord de son sac le tissu de la robe pour s'assurer de l'harmonie des tons. Puis, ayant tenté d'en voir l'effet dans un petit miroir monté dans un cadre de bois, elle se décida, paya et glissa le chapeau dans son sac.

Elle trouva plus loin un éventaire de fanfreluches où elle s'attarda à choisir une ceinture et deux ou trois bijoux de peu de valeur mais de belle apparence. Satisfaite, elle continua à flâner pour le plaisir, avant de se rendre chez la couturière et de gagner le lieu de son rendez-vous.

Comme il l'avait promis, Désiré arriva vers 8 heures. Ayant attelé la voiture, il n'avait pas pu emprunter le chemin de la Petite Croix, par endroits difficilement praticable, et avait dû faire le détour par le Phaux et la Fressinie : presque deux heures de voyage, sans forcer le cheval. Marguerite attendait sur l'esplanade, guettant le chemin. Elle étrennait sa nouvelle robe et s'était coiffée du petit chapeau ; elle se sentait comme rajeunie par cette modeste coquetterie. Elle avait mis sur ses épaules le grand châle noir, car il avait plu dans la nuit et la température avait baissé : un brouillard lumineux mais assez épais recouvrait l'Hermitage.

« Ça va se lever, avait dit l'abbé Cossin au petit déjeuner. Il fera beau mais, sans doute, moins chaud qu'hier. »

On lui avait souhaité une bonne journée, et elle avait gagné la terrasse, sachant qu'à son retour elle trouverait la porte de l'entrée de service ouverte, car on n'en tirait jamais le verrou, les sœurs fermant l'accès de leur retraite par la clôture d'une lourde porte intérieure.

La voiture, annoncée par son bruit, émergea du brouillard, comme tirée hors de ce monde à demi solide par l'effort du cheval. L'attelage exécuta un grand cercle sur l'esplanade. Désiré l'arrêta près de Marguerite et, sans descendre, gardant les rênes en main gauche, il se pencha pour lui tendre la droite et l'aider à monter.

Ils se sourirent, sans rien dire, et Désiré mit le cheval à la descente. Était-ce le brouillard ? l'appréhension ? Il y avait entre eux, ce matin, une distance qu'ils avaient du mal à franchir, et le silence leur paraissait préférable à l'échange de banalités. Au-dessous de la Fressinie, la brume s'éclaircit mais le plafond bas était encore plus sombre.

« Est-ce qu'il va pleuvoir ? demanda Marguerite.

– Non, répondit Désiré, mais ce matin la brume est longue à se lever. Il faudrait monter jusqu'au pic Pelé pour trouver le soleil. C'est le plus haut point de la région. La vue y est magnifique, on voit tout le tour, c'est pas loin de Jappeloup, je vous y mènerai. Ce matin, il doit être entouré d'une mer de nuages et on doit seulement voir au loin, d'un côté les monts d'Auvergne et de l'autre les Alpes encore blanches de neige.

– Comme j'aimerais voir ça ! s'exclama Marguerite.

– Les matins d'automne sont parfois ainsi, répondit-il. On se croirait sur une île déserte, coupé de tout. Même à Jappeloup quelquefois, la brume s'étend juste en dessous. On croit le reste du monde englouti... le soleil que pour nous... on est les maîtres du monde...

– Est-ce là un de vos rêves ?

– Non... seulement une façon de parler, mes rêves sont tout autres... »

On traversa la Bitortie et le Phaux. À partir de là commençait la longue montée vers Jappeloup. Un peu avant le hameau d'Hauteville, on entra à nouveau dans le brouillard. Il était maintenant moins épais, plus lumineux et parfois déchiré en longues écharpes. Il ne disparut tout à fait qu'en approchant de Pragnot et Marguerite fut heureuse de sentir la chaleur du soleil. Désiré nommait les hameaux et les fermes, parfois un nom de lieu : la Côte, la Goûte, d'autres fois le nom ou le sobriquet de l'occupant : chez Cadet, chez la Marganne, chez Jean-Frère...

Passé le Got et Champitière, de nouveau le silence pesa, Désiré inquiet des impressions de Marguerite ; elle, emplie d'appréhension par ce premier contact avec Jappeloup.

Elle avait eu tort de s'inquiéter. L'accueil fut chaleureux, bien qu'un peu réservé, car Lozère avait cru bon par quelques réflexions bien senties de laisser entendre qu'il avait deviné les projets de Désiré.

« C'est quand même la veuve de son cousin, avait protesté Philomène, il lui faut bien la visiter et la recevoir quand elle se trouve si près.

– Ah bah ! Vous verrez bien que j'ai raison, avait repris le journalier, moi, l'avenir je le sens. Et puis d'abord, quelle autre femme l'a jamais fait courir, le maître ? Allez, dites ce que vous voulez, si elle se tient pas de dire non, à cause de l'isolement, c'est votre future maîtresse qui vous visite... Faites bonne figure et mettez du linge propre, il faut faire honneur à Désiré... Si ça marchait pas, c'est à nous qu'on le reprocherait. »

Ces propos, que personne de Jappeloup n'eût osé tenir, n'avaient rien appris ni à Phi ni à Antoine ; ils avaient protesté seulement pour Rose et Firmin, pour leur donner le temps, car ils sentaient bien que, chez eux, les paroles de Lozère avaient déclenché une véritable panique. Firmin s'était mis à balancer la tête avec ses grognements des mauvais jours. Rose se taisait, mais son visage s'était tendu et ses yeux scrutaient avec attention le visage des anciens. Bien que le maître ne lui eût encore rien dit, elle se demandait s'il y aurait encore place pour elle à Jappeloup. Si tout cela était vrai, n'allait-elle pas devoir chercher une autre maison ? Elle n'avait rien dit, qu'aurait-elle eu à dire d'ailleurs ? Le maître agirait comme il l'entendrait… Elle avait fait au mieux ce qu'on attendait d'elle. Quand on n'aurait plus besoin d'elle, elle devrait trouver ailleurs. Bien sûr, elle avait été heureuse à Jappeloup, elle s'y sentait chez elle, c'était devenu sa maison, mais le rôle du maître n'était pas de se préoccuper du bonheur des domestiques.

Dès qu'elle l'aperçut, majestueuse, dans le cadre paisible du vallon, la bâtisse de Jappeloup séduisit Marguerite. L'approche en révélait la stabilité, la force paisible, à l'image de la stature un peu lourde de son propriétaire.

Le porche franchi, la vaste cour, en pente légère, dégageait une forte impression de sécurité, avec les hauts murs qui protégeaient du vent, la longue façade abritée par un large avant-toit soutenu par trois avancées de mur, le grand hangar fermant la partie haute avec ses énormes piliers de bois grossièrement équarris. Le soleil était chaud maintenant, et l'ombre légère du gros bouleau sous lequel on avait sorti la lourde table et les bancs était attirante.

Au bruit de la voiture, Phi s'était avancée sur le seuil de l'entrée principale, essuyant ses mains aux pans de son tablier noir. Antoine sortit lentement de l'ombre du hangar et s'avança pour prendre le cheval par la bride. Déjà, Désiré était descendu et tendait la main à Marguerite.

« Voilà Antoine, dit Désiré, c'est comme mon oncle... Je l'ai toujours connu, et voici Philomène, poursuivit-il en entraînant Marguerite vers la porte, c'est comme une marraine, elle s'occupe de la maison en plus des fromages. C'est beaucoup pour elle maintenant... C'est Marguerite », dit-il d'une voix plus forte à l'adresse des deux domestiques, sans rien ajouter d'autre.

La jeune femme avait serré la main d'Antoine au passage et sentit l'hésitation de la vieille. Alors, elle se porta en avant pour l'embrasser.

« Bienvenue, madame, j'espère que vous avez pas trouvé le voyage trop long. L'Hermitage, c'est pas à côté... surtout avec la voiture. Allez seulement vous asseoir à l'ombre, que vous devez être fatiguée... Je vous apporterai de l'eau fraîche.

– Lozère n'est pas là ? demanda Désiré.

– Il est parti au pré relever Firmin et Rose, pour qu'ils viennent m'aider. Ils tarderont pas.

– Venez, dit-il à Marguerite, que je vous montre mon petit domaine. »

Quand ils revinrent de leur visite, la Pigne et Firmin dressaient la table et Désiré les présenta à la jeune femme. Elle sentit leur réserve et n'insista pas. Elle avait pris plaisir à visiter l'étable vide et le fenil empli de foin odorant. Elle avait pu comparer avec la petite ferme de Marie et s'étonner des dimensions de Jappeloup. L'intérieur de la maison, avec sa grande salle à l'odeur aigrelette, l'entrée rustique avec son râtelier à fusil, donnant sur la cuisine d'hiver aux dimensions plus modestes, lui avait semblé nécessiter quelques aménagements. Certainement, on ne s'était guère, jusqu'ici, préoccupé de ménage et d'agrément. La rusticité dominait partout, mais un peu de courage et de goût lui semblait pouvoir ramener cette maison forte, aux relents moyenâgeux, à une habitation confortable.

Désiré ne l'avait pas conduite à l'étage, il s'était contenté de montrer l'escalier en citant les trois chambres, dont celle de ses parents restée inoccupée depuis leur décès. Marguerite ne les avait rencontrés qu'une fois, lors de ses noces. Elle avait appris par Édouard leur brutale disparition. Elle en avait un souvenir vague, mais l'impression qu'elle en gardait était à l'opposé de celle laissée par ses beaux-parents.

Au repas, Marguerite s'ingénia à amener chacun à parler de son travail, ses questions furent pertinentes et elle utilisa, le plus naturellement du monde, les mots du terroir appris chez Marie. Elle parla de son amie : de sa petite ferme, de sa difficulté à mener seule son ouvrage, de ses enfants. Elle évita d'aborder son propre métier d'institutrice. Désiré fit raconter à Antoine ses convois. Lozère et lui furent les plus bavards. Phi, quant à elle, ne resta guère à table, ayant toujours quelque chose à surveiller ou à préparer dans sa cuisine. La Pigne, souvent debout, allait et venait entre la table et la cuisine, jetant vers Marguerite, à la dérobée, des regards scrutateurs. Firmin avait pris, quant à lui, le parti de dévisager ouvertement l'intruse et son visage, d'abord fermé, reflétait peu à peu une béate admiration.

Dire que Marguerite avait, en une journée, fait la conquête de Jappeloup serait mentir. Sans doute n'avait-elle pas déplu, mais les réticences et les interrogations des uns ou des autres n'étaient pas levées pour autant. Si la Pigne considérait sa venue comme une menace, les autres ne la voyaient guère adaptée à la vie de la ferme. En un sens, ils comprenaient que Désiré en soit épris : elle était jeune, assez belle et instruite, mais elle leur paraissait, tant par la fragilité de sa silhouette que par son éducation, peu préparée à la rudesse de leur existence.

Quand, le casse-croûte terminé, chacun s'en fut à la traite après avoir salué Marguerite et que l'heure fut venue pour elle de prendre le chemin du retour, elle demanda à Désiré s'il n'était vraiment pas possible de passer par ce chemin de la Petite Croix dont il lui avait parlé et de faire le détour par le pic Pelé. Elle avait cru comprendre que le voyage en serait beaucoup plus court, et qu'il lui permettrait de voir ce fameux sommet au soleil couchant.

« C'est possible à cheval, dit Désiré mais, avec la carriole, il ne faut pas y penser. C'est seulement un sentier jusqu'à l'autre versant. Ensuite, oui, le chemin est bon, mais de ce côté rien à faire.

– Et si vous me preniez sur le cheval avec vous ? Je ne suis jamais montée sur un cheval. Il nous porterait ?

– Sans doute, répondit Désiré, mais ce serait guère confortable. Et puis votre robe...

– Je me fiche du confort et tant pis pour la robe. Oh ! s'il vous plaît, Désiré, ça me ferait tellement plaisir.

– Tenu, dit-il en partant d'un grand rire, vous l'aurez voulu. Je vous mène en croupe au Vimont. Vous n'aurez qu'à bien vous tenir à moi, on gardera le pas. Vous verrez, c'est un fameux point de vue. »

Marguerite sauta de joie et plaqua un gros baiser sur la joue de Désiré.

« Merci, dit-elle, vous ne savez pas comme vous me faites plaisir. Il me semble avoir dix ans de moins. Oh ! comme je suis heureuse !

– Vous êtes une vraie gamine ! Est-ce que vous faites souvent des caprices comme ça ?

– J'avais oublié qu'on pouvait en faire, mais c'est si bon ! Vous m'en voulez ? »

Il répondit d'une façon détournée :

« Eh bien ! petite fille, allons seller le cheval. »

Hissée en croupe, Marguerite fut d'abord impressionnée par la hauteur. Elle pensait que ça ressemblerait un peu à la bicyclette : il n'en était rien, et, raide, elle se cramponna des deux mains aux épaules de Désiré.

« Serrez-vous contre moi et passez les bras autour de ma taille. Détendez-vous, n'ayez pas peur, on ira doucement. »

Quand il rendit les rênes et que le cheval se mit au pas, elle poussa un petit cri et se colla au dos de Désiré qui sourit :

« Dans cinq minutes, ça ira mieux, vous verrez, laissez-vous bercer. »

De fait, elle ne fut pas longue à trouver agréable le balancement souple de la croupe du cheval et à mettre son corps à l'unisson du mouvement. Gênée, au début, par le contact chaud du dos du cavalier, elle finit par l'oublier et s'intéressa au paysage. Le cheval allait d'un pas tranquille.

À la Petite Croix, dans un vaste replat de pâtures communales, on fit une pause près du petit monument de granit, et Marguerite dut porter sa main en visière, contre la lumière du soleil bas, pour contempler à contre-jour le détail des sculptures. Le monument ne portait pas de date. On n'avait chevauché qu'un bon quart d'heure et Désiré annonça qu'il n'y avait guère plus pour atteindre le pic Pelé. Ensuite, même sans forcer l'allure, atteindre l'Hermitage ne prendrait pas plus d'une heure. On avait le temps et ça ne le gênait pas de faire le chemin du retour à la nuit. On décida de faire à pied le sentier qui démarrait en pente légère sur la droite et pénétrait dans le bois de Malerases. Marguerite ouvrit la marche et Désiré suivit, tenant son cheval par la bride. Sur le bas de pente, quelques sapins dominaient une forêt clairsemée de bouleaux chétifs et de pins tordus. Désiré expliqua que le vent, le givre, la neige souvent abondante, tordaient et pliaient les troncs et ne permettaient pas aux arbres une croissance normale. Marguerite eut de la peine à imaginer ce paysage dans le gros de l'hiver avec, au dire de son compagnon, la végétation sertie dans une épaisse gangue de givre et recouverte d'une couche de neige plus haute que sa tête. Elle s'arrêta plusieurs fois pour cueillir des myrtilles et des framboises sauvages. On déboucha bientôt sur la lande de bruyère, plus ouverte, semée de-ci de-là de bosses couvertes de fétuque ovine.

On pouvait maintenant marcher de front, sauf dans certains passages de tourbières où il fallait chercher des points d'appui plus fermes et parfois franchir d'un bond des mouilles où l'on risquait de s'enliser jusqu'aux genoux. C'est pour en franchir une assez large que Marguerite accepta la main tendue de Désiré. Ils poursuivirent main dans la main, feignant l'un et l'autre de ne s'être aperçus de rien, comme si cette attitude leur était venue naturellement. Le chemin, élargi, contournait maintenant le dôme du sommet et le soleil couchant les éclairait de face et les éblouissait.

Désiré passa les rênes du cheval autour d'un petit genévrier, à l'écart du chemin, et aida Marguerite à gravir le talus de terre noire et poudreuse. Ils foulaient un paillasson épais d'herbe folle que les troupeaux n'avaient plus pâturé depuis la guerre. Le vaste replat du sommet leur apparut, çà et là émaillé de hautes tiges de gentianes d'un vert passé. Lorsqu'ils se tournèrent, dos au soleil, le couchant léchait de ses dernières lueurs un paysage immense et grandiose. Jamais Marguerite n'avait joui d'un tel spectacle.

Une luminosité de pêche baignait la coulée, déjà un peu assombrie, de la vallée verte et la vaste cuvette aux formes douces et sensuelles du pays nétrablais. Au-delà des monts d'Urfé, la plaine du Forez se laissait deviner par la distance de l'arrière-plan. Ensuite, s'étendaient, comme un immense troupeau rassemblé pour la nuit, les ondulations plus claires des montagnes du Matin. Le panorama était immense et d'une paix absolue. Le regard, émerveillé, ne savait où se poser.

« Le mont Blanc ? demanda la jeune femme en tendant le bras vers les lointains ! Tu le vois, Désiré ? »

Seul, posé tel un diamant sur un ruban de satin beige, le majestueux sommet élevait sa minuscule pyramide étincelante au-dessus de l'horizon, détaché du reste des Alpes noyées par la brume, comme porté par une étrange lévitation.

« Le mont Blanc, je vois le mont Blanc : 4 807 mètres, le plus haut sommet des Alpes. Oh ! que je suis heureuse ! »

Elle dansait en récitant sa leçon et tout d'un coup, sans crier gare, elle vint, comme une chatte, se blottir en frissonnant dans les bras de Désiré. Il la reçut contre son corps échauffé et eut honte de ne pouvoir dissimuler à ce contact la raideur de son sexe, exacerbé par cette longue intimité qui venait de leur être offerte. Il referma sur elle ses bras puissants et la retint, le temps que leurs lèvres hésitantes se rencontrent et qu'un long baiser exprime leur désir…

Enfin l'étau se desserra et il prit sa main.

« Viens voir l'autre versant, viens… »

Ils allèrent vers une sorte de gros éperon rocheux au granit érodé et couvert de lichens. Un étroit passage serpentait entre les blocs énormes et conduisait à la pointe d'où la vue plongeait sur l'ombre naissante d'un vaste plateau aux fermes éparses. La lumière rose et diffuse du couchant découpait sur l'horizon en ombres chinoises la longue chaîne des puys d'Auvergne. Le puy de Dôme dominait l'ensemble de sa forme ovoïde et puissante. C'était le seul que Désiré pouvait nommer.

Lozère, lui, pouvait en désigner une bonne douzaine, avec son doigt progressant vers le sud : le puy de Sancy, le puy Mary… Mézenc, Gerbier de Jonc, terminant sa litanie par le mont Lozère, à l'énoncé duquel sa voix se teintait de mélancolie, et l'Aigual, avec, loin derrière, la mer qu'il n'avait jamais vue mais vers laquelle il s'était promis qu'un jour il marcherait. Alors seulement, lui qui avait parcouru mille lieues en tous sens, il connaîtrait sa limite. Qu'y avait-il au-delà ? Une autre vie ? Une autre mort ?

Le silence s'était fait lourd tandis que Désiré songeait au journalier. Non pas qu'il eût oublié Marguerite qu'il protégeait serrée contre lui, mais ce bonheur dont les portes semblaient s'ouvrir devant lui avait ramené à sa mémoire ces propos du compagnon. N'avait-il pas lui aussi atteint ce point extrême où la vie bascule et où, malgré l'incertitude de l'avenir, on fait le pas ultime ?

La luminosité avait baissé et l'immense panorama perdait peu à peu tout relief et tout éclat. Marguerite entraîna Désiré vers le pied du piton. Là, sous une sorte de surplomb où l'ombre se nichait, tout près du roc encore tiède, au creux d'une petite cuvette herbue, entre de gros blocs délités, elle s'assit et attira Désiré.

Ils s'unirent avec une violence animale et un désir trop longtemps contenu pour être assouvi en une seule étreinte. À peine apaisée, la passion renaissait au premier baiser, à la moindre caresse, les jetant à nouveau dans la lutte amoureuse. Au début, elle s'était contenue, un peu contrainte par le ciel profond où son regard se perdait… Désiré était rapide, mais sauvage et fort. Marguerite se sentait fouaillée jusqu'au tréfonds de son âme, elle ressentait cette fougue maladroite comme l'aveu d'une fraîcheur amoureuse encore intacte.

Jamais, avec son mari, elle n'avait ressenti une telle innocence, une offrande aussi spontanée. Les étreintes d'Édouard étaient plus appliquées, plus mesurées, plus calculées aussi. Jamais non plus ils n'avaient fait l'amour hors du lit conjugal. Passé le seuil de la maison, l'extérieur était pour Édouard le domaine du paraître, pour Désiré, au contraire, la nature était le lieu de la liberté, de la vie.

Ils tombèrent épuisés, l'un contre l'autre, essoufflés par leurs ébats. Enfin, leurs lèvres se tendirent dans la pénombre pour un dernier baiser, et ils s'adossèrent au rocher. Puis Désiré se leva et s'éloigna.

« Je reviens », avait-il dit, et Marguerite ne s'étonna pas, elle glissa sur ses épaules, après avoir ôté les brins d'herbe accrochés à la laine, le grand châle qu'elle avait étendu sur l'herbe. Elle lissa ses cheveux et ramassa le petit chapeau qu'elle passa à son bras.

Elle s'écarta de quelques pas et vit la lune, dans sa forme pleine, déjà haute. Soudain, au-dessus d'elle, un long hurlement aux modulations inhumaines jaillit, qui glaça Marguerite. Elle leva les yeux, frissonnante, et ne vit, dressée sur le bloc le plus élevé, que la silhouette de Désiré, découpée avec netteté par la clarté froide de la lune.

Désiré ne revint à l'Hermitage que le dimanche suivant. Ils avaient, d'un commun accord, décidé de laisser écouler ce délai avant de se revoir et de prendre une décision. Pour l'un comme pour l'autre, ce fut une semaine interminable. Marguerite avait passé des heures à errer dans les bois environnants, sa pensée sans cesse ramenée à Jappeloup. Elle était restée aussi longuement assise à la petite table de sa chambre, à écrire. Elle avait fini par rédiger trois lettres, qui lui avaient donné beaucoup de mal. Une assez courte, à M. l'inspecteur d'académie, pour solliciter un congé, une autre à M. Misette, son directeur, pour l'informer de sa demande, la troisième enfin, la plus longue et la plus difficile, à sa mère. Elle les avait laissées sur sa table, dans l'attente de sa prochaine rencontre avec Désiré. Elle ne les enverrait qu'après.

Désiré, de son côté, avait alterné les moments d'exaltation et d'impatience, poussant ici ou là quelques coups de gueule retentissants qui avaient mis sa domesticité dans l'embarras, hésitante qu'elle était entre réflexion cinglante et silence embarrassé. Le silence avait prévalu et seul Lozère avait osé, ayant attendu un moment de calme où il se trouvait seul avec lui, lui adresser un avertissement :

« Tu es injuste, Désiré. Tu es heureux et tu cries sur ton monde comme s'il te faisait du tort. Tu es amoureux, c'est bien, mais garde un peu de patience pour ta maison. Je te l'ai dit déjà, méfie-toi de la bête qui rôde, elle te jouera un tour… »

Désiré l'avait interrompu avec violence :

« C'est pour Marguerite que tu dis ça ?

– Non pas, c'est une femme que je sais pas si tu en es digne. Méfie-toi de la bête, mon petit, je la sens qui rôde… N'attire pas le malheur sur ta maison.

– Arrête tes radotages, vieux jaloux, oublie un peu ta "putain" de bête et laisse-moi mener ma vie. »

Il rompit net et marcha à pas décidés vers la maison, plantant là le vieil homme, qui caressa longuement son menton mal rasé.

Comme à son habitude, lorsqu'il y avait du courrier pour elle, le facteur, une vieille connaissance, poussait la porte pour faire tinter la clochette et appelait du bas de l'escalier :

« Suzanne, une lettre… et la voyant apparaître, au sommet de l'escalier, il ajouta : … de Marguerite, je crois. Allez, à la revoyure. »

Suzanne Maupin était descendue et avait ramassé la lettre posée sur la troisième marche de l'escalier.

Elle remonta, la lettre en main, mit ses lunettes et s'assit à la table de la cuisine. C'était bien une lettre de Marguerite. Elle commençait à s'inquiéter un peu, car la dernière lettre reçue était datée de la semaine précédente et Marguerite lui annonçait sa visite à Jappeloup, sans autres précisions. Elle avait hâte de savoir…

Elle fut, d'entrée, surprise par le ton solennel employé par sa fille : « Ma chère maman » n'était pas sa formulation habituelle. Suivaient ensuite d'assez longues considérations sur leur vie commune de cette dernière année, sur la lassitude qu'elle éprouvait vis-à-vis de son travail, sur la morosité de sa vie dans la petite ville. Elle lui faisait part de son désir de fonder un nouveau foyer, sans doute d'avoir des enfants, ce qui devenait urgent, vu son âge. Suzanne lut tout cela avec patience, approuvant au fond d'elle ces sages réflexions.

« Enfin, dit-elle en tournant la feuille, la voilà revenue à la réalité. »

Elle parcourut rapidement le début de la page suivante, n'en crut pas ses yeux, et reprit posément depuis la première ligne, en suivant du doigt sa lecture, car son émotion lui faisait mélanger les phrases. Elle alla jusqu'à la signature et resta un moment interdite. Elle tenta de se remémorer le garçon un peu lourdaud qu'elle avait rencontré pour la première fois aux noces de sa fille et pour la seconde fois à l'enterrement de ses parents, où il avait été particulièrement silencieux. À part cette impression massive qui s'imposait, elle ne put retrouver ses traits. Et Jappeloup... perdu dans la montagne. Marguerite, recluse là-haut, à peine passé vingt-cinq ans... Elle était abasourdie.

Elle se leva, enfila un gilet, plia la lettre, la glissa dans la poche, descendit et claqua la porte. Il fallait qu'elle parle à quelqu'un pour réaliser ce qu'il lui arrivait. C'est en marchant qu'elle pensa à la mère Toulet. Elle alla directement chez elle et frappa, encore essoufflée, à sa porte.

« Ah ! tu es là, Germaine, dit-elle dès que la porte s'ouvrit.

– Entre, Suzanne, voilà quelque temps que je t'ai pas vue. De mauvaises nouvelles ? demanda-t-elle en la voyant tirer la lettre de sa poche.

– Tu diras pas, gémit Suzanne, je crois qu'on nous a jeté un sort. C'est pas possible autrement. Écoute ça. »

Elle chaussa les lunettes qu'elle tenait entre ses doigts et commença.

« Je te passe le début, encore qu'il y aurait des choses à dire, mais écoute-moi ça. »

Elle fit la lecture lentement, appuyant sur certains passages, s'arrêtant pour reprendre haleine. Germaine écoutait, silencieuse, hochant parfois la tête d'un air réprobateur. Suzanne reprit avec rage la dernière phrase :

« "Je t'écrirai bientôt la date du mariage." Tu crois qu'elle a encore son bon sens ? Dire qu'on l'a tirée des griffes de la mort ! Tu crois pas qu'on aurait mieux fait de la laisser mourir ?

– Allons, ma pauvre Suzanne, tu t'emballes. Cherchons plutôt ce qu'on pourrait faire. Peut-être tu pourrais monter la voir. Parler avec elle, la raisonner, est-ce que je sais, moi ?

– Tu me vois partir là-haut faire une scène ? La braquer peut-être. Je sais même pas quoi lui répondre…

– Il y a bien une chose, mais tu vas pousser des cris : la Mathilde, c'est sa tante à Désiré. Peut-être qu'en la mettant au courant…

– Tu penses vraiment ce que tu dis ? demanda Suzanne.

– Est-ce que je sais, moi ? J'essaie de t'aider… Tu cherches à l'empêcher, ce mariage, non ?

– Je l'empêcherai pas à ce prix ! Jamais ! Cette garce a déjà été mêlée que trop à la vie de ma fille. Oublie ça, ma pauvre, et tiens ta langue, que si elle l'apprend, je te dis pas… Il faut que j'y réfléchisse, dit-elle. Allez, je me sauve, j'ai pas seulement pensé à prendre mon pain ce matin, et motus, hein ? Passe un de ces jours. »

En début d'après-midi, la lettre dans sa poche et un petit bouquet en main, Suzanne se rendit au cimetière. Elle devait consulter Maupin avant de prendre une décision. Comme si elle avait craint sa réaction, elle n'aborda pas tout de suite le sujet. Elle commença à parler à voix basse de choses et d'autres, tout en disposant le bouquet.

« Attends, dit-elle tout à coup, je reviens, il faut que j'aille tirer de l'eau pour ces fleurs… »

Elle s'éloigna vers la fontaine avec, à la main, le vieux pot en terre qu'on cachait derrière la stèle. Elle revint et prit encore, en silence, le temps de l'arrosage. Elle jeta ensuite un coup d'œil circulaire pour vérifier que le cimetière était désert et s'assit sur le rebord de la tombe. Elle ne fut pas longue à se revoir dans la petite cuisine de la boulangerie avec Maupin.

« J'ai quelque chose à te dire, commençait-elle, c'est au sujet de Marguerite. Tu sais qu'on l'a envoyée là-haut, vers Noirétable, pour se refaire une santé. Eh bien ! elle a rencontré plusieurs fois ce cousin d'Édouard, tu te rappelles, ce Désiré qui a hérité d'une grosse ferme après l'accident de ses parents. Il est toujours garçon et lui a proposé le mariage… et figure-toi qu'elle a dit oui. Elle a résolu de l'épouser. »

Elle imagina sans aucune peine le sursaut de son mari.

« Ah ! tu trouves aussi que c'est une bêtise, reprit-elle, c'est bien ce que je pensais. Elle devrait attendre un peu. La guerre finie, elle aurait pu marier un instituteur, enfin, quelqu'un comme elle, quoi ! Ils auraient pu quitter Boën si ça lui pèse, être nommés ensemble dans quelque village, pas trop loin. Une vie normale, enfin.

« Je t'en fiche, voilà qu'elle va s'amouracher d'une espèce de sauvage, à des lieues du moindre village, tu vas pas me dire ! Et puis, l'hiver là-haut, ça doit être quelque chose, pour ce que ça lui a réussi, l'agriculture ! »

La clochette du magasin aurait tinté, elle serait sortie un moment pour servir un client, deux peut-être, aurait échangé quelques phrases banales, histoire d'être aimable, puis serait revenue et l'aurait trouvé silencieux, songeur, assis à la table, un coude posé sur le plateau, calant sa tête penchée, signe d'une profonde réflexion. Elle aurait renoué le dialogue interrompu :

« Tu trouves que j'exagère ? Je sais que ce garçon ne t'a pas déplu, qu'Édouard l'appréciait, qu'il a du bien, mais tout de même !

« Tu vas me dire que la petite est têtue et que ça servira à rien de s'opposer à ce qu'elle a résolu. Qu'on fera que se fâcher et que si jamais elle a besoin de moi, elle voudra plus me parler… En un sens, tu as sans doute raison… Il n'empêche, tu as toujours été faible avec la petite, voilà le résultat… »

Elle sentait bien que ça se serait passé ainsi. Et dans le fond, passé sa première réaction de révolte, cette réponse était aussi la sienne. Maupin avait cité, une fois, cette phrase qu'il avait sûrement entendue autrefois à l'église : « L'amour comprend tout, excuse tout. » Bien sûr, c'était à propos de sa fille. Ils ne s'étaient jamais beaucoup chamaillés à son sujet… D'ailleurs, elle n'avait pas été vraiment difficile à élever. Passé l'âge des caprices, à part quelques bouderies d'adolescente, Marguerite s'était conduite honnêtement. Oh ! bien sûr, il y avait le commerce, on n'avait guère pris le temps de l'écouter, de parler avec elle… Elle avait fait ses études, avait mené sa vie, sans histoires, jusqu'à son mariage avec Édouard, un parti raisonnable, mis à part la belle-mère.

Sûr qu'aujourd'hui elle la surprenait, sa mère… Elle le lui dirait dans sa lettre, elle lui dirait aussi que son père et elle-même auraient préféré une autre vie pour elle. Avait-elle bien pesé toutes les conséquences de sa décision ? Ne s'engageait-elle pas à la légère ? Elle souhaitait vivement que son mariage ne finisse pas comme une « danse du Forez ». Elle terminerait en lui disant que, malgré tout, si elle persistait dans son choix, elle se rendrait au mariage, et qu'elle espérait des nouvelles assez rapidement.

Suzanne dut patienter encore une bonne semaine avant de recevoir une nouvelle lettre. L'expression en était beaucoup plus naturelle et Marguerite s'y excusait du ton de la dernière, expliquant que, malgré plusieurs tentatives, elle n'avait pas réussi à l'écrire autrement. Elle disait qu'elle avait envoyé à l'académie sa demande de congé et prévenu M. Misette. Elle remerciait sa mère pour sa compréhension et l'assurait qu'elle avait bien réfléchi et que c'était cette vie-là qui la rendrait heureuse ; elle avait été bien reçue à Jappeloup et avait déjà, dans sa tête, plein de projets pour rendre la maison confortable. Elle espérait bien, d'ailleurs, y recevoir sa mère, dès que tout serait en ordre. Elle avait hâte de mettre ses desseins à exécution, car elle commençait à s'ennuyer à l'Hermitage, malgré l'amabilité de chacun.

Ses projets matrimoniaux y avaient été bien accueillis et l'abbé Gouttenoire, sous réserve d'obtenir l'accord du curé de Saint-Jean et de l'archiprêtre de Boën, avait accepté avec plaisir de célébrer leur mariage et, puisque Marguerite y résidait provisoirement, il ne pensait pas que cela puisse soulever d'objection. On avait donc fixé la date, après avoir réglé avec M. Béraud, le maire de Saint-Jean, les formalités obligatoires. Bien sûr, il y aurait une publication à Boën. Peut-être les Durupt seraient-ils mis au courant, elle espérait que cela ne causerait pas d'ennuis à sa mère, mais elle ne pensait pas devoir les informer personnellement. Désiré et elle avaient rendez-vous chez le notaire de Noirétable ce premier samedi pour le contrat. On s'en tiendrait au régime de la communauté réduite aux acquêts, ainsi que l'avait recommandé sa mère.

Bref, le mariage civil aurait lieu le dernier samedi d'août à Saint-Jean et le mariage religieux le lendemain à l'Hermitage. Désiré avait choisi Antoine comme témoin, et elle-même, n'ayant pas de connaissances particulières dans la région, le maire lui avait proposé de demander à l'épouse de l'instituteur, qui avait accepté.

Ainsi donc, Marguerite comptait sur la venue de sa mère. Elle lui avait réservé une chambre à l'Hermitage et M. Béraud se chargeait de l'attendre au premier train, le samedi matin à Saint-Julien. Klauss, avec l'accord du supérieur, descendrait Marguerite à Saint-Jean et les remonterait toutes les deux à l'Hermitage où elles seraient sur place pour la cérémonie du dimanche. On ne savait pas encore si on mangerait sur place, en apportant tout le nécessaire, ou si l'on trouverait ailleurs.

C'était signé :
Avec ma plus tendre affection, ta fille, Marguerite.

Il y avait un post-scriptum :
Ne mets pas, s'il te plaît, la robe que tu portais en 1912. Une robe très simple suffira, mais n'oublie pas un lainage assez chaud, car les soirées sont fraîches.

IX

VOICI DONC MARGUERITE DEVENUE la maîtresse de Jappeloup. Déjà, elle s'était opposée à Désiré qui entendait qu'elle commandât à tous de la façon qu'il l'avait fait lui-même après la disparition de ses parents, sans la moindre souplesse. Elle l'avait repris dans l'intimité, préférant de loin trouver peu à peu sa place, au gré des événements.

« La véritable autorité ne se décrète pas, avait-elle déclaré, elle s'impose d'elle-même. »

Les moissons lui avaient permis de seconder Phi aux laitages et à la cuisine. Plusieurs fois, elle avait trait les chèvres avec la Pigne et, vu que le maître n'avait parlé de rien, Rose était devenue moins méfiante et semblait s'apprivoiser rapidement. Marguerite s'était vite rendu compte que Firmin était à ses pieds et cherchait à lui plaire en devançant ses désirs autant qu'il le pouvait.

Elle avait appris à mieux connaître la maison et sortait volontiers avec Désiré, ou Rose quand elle gardait le troupeau, afin de découvrir les terrains attachés à la ferme. Elle avait dressé pour elle, au grand étonnement de Désiré qui l'avait ensuite beaucoup aidée, une sorte de carte des parcelles avec leur nom, leur singularité et leur usage.

Les bêtes aussi firent l'objet de son attention. Et si elle demeurait encore impressionnée par le gros bétail, elle s'était très vite trouvée à l'aise avec les animaux plus petits et, comme beaucoup de filles de la campagne, elle avait lié avec eux une sorte de complicité maternelle et joueuse.

Désiré, non sans une certaine réticence, avait accédé à sa demande de descendre au marché de Noirétable un samedi sur deux. Elle avait plaisir à y rencontrer le monde et trouvait toujours quelques petits achats à faire pour améliorer le quotidien de Jappeloup. Ainsi avait-elle décidé l'embellissement de la cour par quelques plants de fleurs que Firmin l'avait aidée à mettre en terre.

Elle avait commencé également un grand rangement des chambres : vidé les placards, trié le linge, déménagé certains meubles. Ils avaient, Désiré et elle, pris possession de la vaste chambre des parents, dont la fenêtre donnait sur la cour. Elle l'avait réaménagée à son goût et avait tenté d'en atténuer l'austérité avec la pose d'un rideau de reps de couleur soutenue dans lequel elle avait également réalisé un couvre-lit. Elle avait ôté de la cheminée les chandeliers et le grand crucifix, qu'elle avait remisés dans un placard, et les avait remplacés par un vase que, pour l'instant, elle se contentait de garnir de fleurs sauvages ou de ramures décoratives.

Le moment le plus délicieux avait été l'époque de la rentrée des classes où, comme une élève indisciplinée faisant l'école buissonnière, elle ne cessait de penser aux contraintes qu'elle avait évitées. En ces jours-là, la seule pensée d'être ici, libre de son horaire, libre de s'isoler, libre de chanter, lui apportait une immense joie. Elle se sentait comme rajeunie et partait traire avec la Pigne, bras dessus bras dessous, en chantant des rengaines ou esquissant un pas de danse au rythme des sons qu'elles tiraient du seau du plat de la main.

Phi avait finalement accepté dans son travail le secours de Marguerite, et les deux femmes s'étaient mises à parler. Sans trop de questions, Marguerite avait pu apprendre beaucoup sur Désiré, son enfance, ses parents. Elle avait peu à peu réalisé qu'elle entrait dans une maison aux traditions anciennes, une sorte de dynastie solidement établie et conservée en ménageant la descendance. Gustave n'avait eu qu'une sœur, morte à vingt-quatre ans, peu avant l'arrivée de Philomène, qui était une lointaine cousine et qu'on avait prise comme domestique quand son père, veuf depuis longtemps, était mort lui aussi après une longue suite de revers. Elle avait encore une sœur mariée à un paysan de la Limagne du côté de Pont-du-Château. Elles ne s'étaient guère revues, car son aînée était déjà partie quand elle avait soutenu son père et rejoint Jappeloup.

Malgré une bonne aisance, c'était une maison où depuis longtemps on comptait. Sans doute le vieux souvenir de temps très durs, la rusticité du lieu, la crainte de lendemains difficiles, tout avait contribué à cette âpreté au travail et au gain, à cette économie de tous les instants. Ce n'était pas de l'avarice, car on rétribuait justement et, parfois même, on était capable de s'offrir un petit plaisir, une petite gratuité. On aimait seulement ne pas se sentir la lame sur la gorge et se dire qu'on disposait d'une petite avance, en cas d'année difficile ou de revers imprévu.

Phi ne savait pas lequel des aïeux avait construit ou acheté la ferme. Elle disait seulement qu'il y avait longtemps et qu'elle s'était transmise et agrandie au fil des générations. Sans doute y avait-il eu quelque oncle ou tante sacrifiés à la maintenance du domaine, priés d'aller chercher leur pain ailleurs ou plus certainement apportant à l'œuvre commune le fruit de leur travail, assurés jusqu'à leur décès du gîte et du couvert. L'effort de chacun aboutissait à cette sorte d'opulence qu'on enviait dans le pays, sans trop y trouver à redire, car personne n'avait souvenir de choses malhonnêtes ou de biens mal acquis. On s'étonnait seulement que certains eussent la chance, année après année, de réussir là où d'autres achoppaient, de n'avoir pas à nourrir, mais était-ce vraiment une chance, une nombreuse famille.

Marguerite comprenait qu'en l'épousant, Désiré avait un peu desserré le nœud qui avait lié tant de générations. Enfant unique, héritier mâle, lui-même avait sans doute bénéficié d'une certaine largesse, d'une tolérance qu'on n'aurait pas acceptée plus tôt. Mais l'atavisme et l'exemple l'avaient, malgré tout, modelé pour le travail et l'entêtement. Il ne serait pas l'héritier, né bien vêtu, qui dilapiderait le bien amassé par ses prédécesseurs, il ne naissait pas ce genre d'homme à la campagne, pas ici du moins. Marguerite l'avait compris quand Désiré lui avait parlé de ses espérances de voir naître à leur foyer au moins un garçon… Un garçon, elle l'avait compris, qui serait paysan et maître de Jappeloup.

Marguerite s'interrogeait parfois sur la raison qui avait amené Désiré à l'aimer – dès la fête de ses épousailles, elle le savait maintenant – et à l'attendre toutes ces années, sans qu'il y eût beaucoup d'espoir. Elle se disait qu'elle aurait mieux vu à sa place une petite femme rondelette, pleine de santé et rompue aux gros travaux, comme Marie peut-être. Elle se donnait alors l'impression, quel que fût son bonheur d'avoir été choisie, d'être une sorte de fantôme égaré parmi des êtres à la stature mieux assurée. Elle pensa un jour que, peut-être, Désiré avait été influencé par le choix d'un cousin qu'il admirait, qu'il avait été incapable de voir son propre avenir autrement que par les yeux d'un autre. Cette pensée la peina et elle se dit que la destinée était bien étrange, qui réalisait un vœu que les désirs les plus fous n'auraient, à eux seuls, pu faire aboutir.

Déjà, Lozère avait bouclé sa musette et on l'avait vu disparaître de son pas lourd et régulier. C'était maintenant au tour d'Antoine, sa permission échue, de quitter Jappeloup. Désiré lui avait proposé de le mener à la gare de Noirétable en profitant de la livraison des fourmes. L'automne était là, le premier pour Marguerite. Souvent, le gros du travail terminé, elle rejoignait Rose à la garde du troupeau. Elles papotaient, se

racontaient leur histoire et Marguerite, l'air de rien, reprenait les leçons oubliées de sa jeune compagne.

Elle avait entrepris de la remettre à la lecture et Rose, au début du moins, avait vivement regimbé, profitant de la moindre difficulté pour fermer le livre et dire que « ça lui servait de rien, que les livres, c'était pas pour elle ! » Elle sautait sur ses jambes et courait, les chiens sur les talons, détourner les chèvres de quelque projet malicieux. Puis elle revenait, essoufflée, s'asseyait et, songeuse, reprenait le livre. Elle n'avait pas de mauvais souvenirs de l'école, quittée trop tôt, mais l'âge était passé et la mémoire, guère entretenue, se faisait plus rétive. Marguerite prenait son temps, riait avec l'adolescente de ses erreurs et de ses hésitations. Elle expliquait avec patience et encourageait à chaque progrès accompli.

« Tu vois comme ça va mieux déjà ; cet hiver, c'est toi qui nous feras la lecture.

– La lecture ? À Jappeloup ? Le maître dirait qu'on fainéante…

– Tu verras, j'ai des projets. Et je suis sûre que même lui n'y trouvera pas à redire. C'est encore un secret, ne va pas me trahir, je veux transformer la petite cuisine. En faire une pièce de confort, avec de bons sièges, une bibliothèque où j'installerai mes livres, un coin pour la couture et le

tricot, un petit nid bien chaud pour les jours de froid et de neige.

– C'est tout encombré de vieilles choses et on n'y va jamais, même l'hiver.

– Firmin et toi, vous m'aiderez. On montera toutes les vieilleries au grenier. J'ai commandé quatre fauteuils dans une fabrique de Noirétable. Je veux que ce soit fait avant la Noël. Je veux faire la surprise à Désiré. J'espère que tu tiendras ta langue… On commencera un jour de chasse… Il m'a dit qu'elle était de nouveau autorisée et qu'il comptait bien participer à quelques battues car le gros gibier pullule, paraît-il, et commence à faire des dégâts. C'est le maire qui lui en a parlé. Il compte rassembler tous les hommes disponibles et profiter des permissionnaires chargés de famille qui viendront sans doute pour les fêtes… »

La première neige tomba le jour de la Toussaint. Désiré avait tenu à descendre à l'office et à se rendre sur la tombe de ses parents. Une légère pluie fine guettait le monde à la sortie de l'église, et c'est serrés l'un contre l'autre, sous le grand parapluie noir de Désiré, qu'ils firent leur visite au cimetière. Lorsqu'ils traversèrent le village, après avoir gravi la pente du grand virage qui longe le mur du cimetière, ils furent arrêtés

par Béraud qui descendait de la mairie. Il insista pour les entraîner à l'auberge.

Le maire les précéda entre les tables garnies de buveurs, tendant la main de droite et de gauche. Désiré suivait, serrant quelques mains qui se tendaient. C'étaient presque tous des hommes d'âge mûr. Il y avait là cependant, assis à côté de son père, le fils du Camille, un garçon simplet âgé d'une trentaine d'années, auquel le visage couvert d'acné donnait un air de perpétuel adolescent étonné. Un homme retint la main de Désiré et lui présenta un jeune homme habillé en soldat.

« Tu reconnais mon Léon, dit-il, il est en convalescence. Un éclat d'obus… dans la cuisse. Une chance encore !… Il aurait pu y laisser la jambe ! Ça le fait boiter, mais ça l'empêchera pas de repartir. Satanée guerre, va, et c'est pas fini à ce qu'on dit : l'ennemi s'accroche. »

Désiré tendit la main au jeune homme. Il n'était pas très à l'aise, il avait perçu l'allusion et voyait les regards se porter avec curiosité sur Marguerite qui fermait la marche. Ils trouvèrent un bout de table inoccupé et s'assirent. Béraud proposa un café à Marguerite et commanda. Mis à part la grosse Fernande qui allait et venait de sa cuisine aux tables, Marguerite était la seule femme de l'assemblée. Elle sentait des regards furtifs passer sur elle. Béraud sentit sa gêne et demanda :

« Alors, vous vous habituez là-haut ?

– Je m'y trouve bien », répondit-elle.

Béraud n'insista pas.

« T'as des nouvelles d'Antoine ? demanda-t-il en se tournant vers Désiré.

– Ça va », répondit-il, laconique.

Béraud parla de son projet de battue, il comptait sur Désiré pour garder l'affût. Les plus vaillants suivraient les chiens et feraient les rabatteurs.

« Sans compter qu'un peu de gibier nous fera pas de mal ! » conclut-il.

Puis la conversation tourna sur les coupes. Dès la fin de la guerre, il y aurait de l'ouvrage. Désiré laissa entendre qu'il verrait. Son équipe était désorganisée par la guerre. Quand Antoine sera revenu…

« Tu vas pas me lâcher ? s'emporta Béraud.

– C'est pas ça, reprit Désiré, mais il y aura tant à faire. Aujourd'hui, on peut pas savoir. Allez, on en reparlera, dit-il en se levant, faut qu'on remonte. »

Ils marchèrent vers la sortie tous les trois, mais Béraud fut arrêté à une table. Il leur serra la main et les laissa partir.

Passé Pragnot, la pluie se changea en grésil. Ils trouvèrent Jappeloup revêtu d'une fine couche de neige. C'était une neige d'automne qui aurait disparu le lendemain. Elle donnait comme un signal : il convenait d'achever, à l'extérieur, tout ce qui restait en plan.

« C'est l'hiver », dit Désiré.

Cette remarque réjouit Marguerite. Sans trop savoir pourquoi, elle se faisait une joie de ce premier hiver à Jappeloup. Elle avait l'impression que la maisonnée, le travail ralenti, allait hiberner, à l'écart de tout, et se pelotonner dans une douce intimité qui les rapprocherait les uns des autres. Elle serait la fée de l'hiver… Il était temps qu'elle mette en route son projet.

Quand elle avait demandé à Désiré, un vendredi de décembre, de prévoir une grande bâche pour leur marché du lendemain, il s'était étonné. Elle lui avait simplement dit qu'elle avait commandé des choses qui craignaient la pluie. Il n'avait pas insisté.

Depuis une quinzaine, avec l'aide ponctuelle de la Pigne et de Firmin, elle avait déménagé au grenier le vieux lit au sommier grinçant, éliminé les chaises les plus laides pour en garder cinq, assorties et encore solides, et fait réduire en bois de feu une grande penderie de bois blanc emplie de vieilleries et d'anciens vêtements sentant le moisi. Il avait fallu trier, laver, emballer ce qu'on pouvait conserver et brûler le reste. Phi aussi était dans la confidence. Passé un premier mouvement de stupeur, elle n'avait pas été la dernière à faire des propositions et s'était ralliée avec amusement au clan des conspirateurs.

Préparant son fusil dans l'entrée, Désiré avait constaté l'astiquage de la porte. Il s'était contenté de remarquer qu'elle était plus belle qu'il ne pensait et qu'on avait fait là du joli travail.

« Si tu veux faire briller comme ça toute la maison, avait-il dit à Marguerite, sûr que tu manqueras pas d'ouvrage ! »

Il ne l'avait pas dit, mais il en avait ressenti du plaisir. Il lui semblait que Jappeloup avait retrouvé une âme.

Sans qu'il le sût, on avait fait subir à la table de merisier et aux cinq chaises paillées le même traitement de jouvence. Le vieux vaisselier, par contre, avait quant à lui nécessité une cure plus complète. On avait dû le lessiver longuement dans la cour, afin d'en éliminer l'épaisse couche de suie, le laisser sécher, caché dans le fond de la remise. On l'avait ensuite teinté au brou de noix et enduit généreusement de deux couches de cire que Rose et Firmin avaient lustrées avec persévérance. Il était beau maintenant et Marguerite se proposait d'y disposer ses livres. Tout cela avait nécessité une bonne dose de patience et de ruse pour ne pas être surpris par un retour inopiné du maître. Chacun tenait à la surprise, comme Marguerite le souhaitait.

Lorsque, leur marché terminé, elle demanda à Désiré de se rendre avec la voiture à l'atelier où l'on fabriquait des sièges et des petits meubles et où l'on garnissait et tapissait des fauteuils, il leva vers elle un sourcil interrogateur.

« J'ai commandé des sièges pour Noël », dit-elle simplement.

Il ne répondit pas, mais Marguerite perçut une moue dubitative. Qu'avait-on besoin de chaises à la ferme ? Il y avait à la grande table deux bancs solides. Un tabouret bas, en bois, près de l'âtre, à l'usage presque exclusif de Phi, et deux ou trois chaises paillées pour les visiteurs. C'était vrai qu'à cause de sa jambe qui demandait à être étendue, il en occupait toujours une en bout de table… Sans doute Marguerite trouvait le banc inconfortable, mais on pouvait arranger ça, glisser le banc, sans pour autant se lancer dans des dépenses.

Devant la porte béante de la petite fabrique, il arrêta la voiture et laissa Marguerite descendre seule. Cette affaire ne le concernait pas et il tenait à le montrer. Peu après que Marguerite eut pénétré dans la petite fabrique, un homme aux vêtements couverts de copeaux et de sciure en sortit. Il porta une main au ressort de la capote déployée et se pencha.

« Oh ! Désiré ! Tu descends pas ? On te charge de suite. Viens boire un canon, va. »

Il dut suivre l'homme dans un coin de l'atelier où une table servait au casse-croûte et sur laquelle trônait un litre de rouge entamé, coiffé d'un verre à la retourne. Il connaissait l'homme, un client de Béraud. Ils parlèrent sans conviction du temps et de la guerre, sans porter attention au va-et-vient de deux employés qui chargeaient la voiture et couvraient soigneusement de la bâche les sièges attachés. Tout fut bientôt prêt et Marguerite s'en vint rejoindre les deux hommes.

« C'est bien comme vous vouliez ? lui demanda le menuisier.

– C'est parfait, vous avez fait ma note ?

– Vous repasserez… rien ne presse. On se voit bien des fois avec Désiré. Je lui donnerai à l'occasion…

– C'est mon affaire, coupa Marguerite. Je repasserai à quinzaine. C'est moi qui vous réglerai. On peut rentrer, dit-elle à l'adresse de Désiré, au revoir. »

Elle se dirigea vers la porte, tandis que les deux hommes échangeaient une sorte de grimace.

« Te voilà pourvu », dit l'homme, sans que Désiré puisse deviner s'il parlait de l'épouse ou des meubles.

Il tendit la main et gagna la voiture. Il avait l'impression d'être humilié. Sans un mot, il fit manœuvrer le cheval, grimpa sur le banc, raccourcit les rênes et les rendit, la voiture s'ébranla. Dans le silence qui durait, Marguerite pensa qu'elle s'y était mal prise et chercha le moyen de rattraper sa bévue.

À plusieurs reprises, elle tenta d'amorcer le dialogue. Elle n'obtint en réponse que de sourds grognements. Ennuyée, elle garda, elle aussi, le silence et attendit. Désiré s'était muré en lui-même. Ce ne fut qu'après Pragnot qu'il lui lança un regard en coin. Elle se décida :

« Écoute, Désiré, je m'y suis mal prise, c'est trop bête. Je voulais te faire la surprise. C'était notre cadeau de Noël. »

Il eut un triste sourire et dit doucement, sans tourner la tête :

« Tu connais sûrement le cadeau qui me ferait plaisir…

– Je sais, Désiré, un peu de patience. »

Désiré avait abandonné l'attelage devant l'entrée.

« Tu feras décharger et dételer par Firmin. »

Il était monté changer de vêtements et avait disparu du côté de l'étable en attendant l'heure du repas. Il boudait, attendant l'occasion de faire un éclat. À Marguerite qui se désolait, Phi avait déclaré que ça passerait. Qu'il ferait sûrement quelque colère et qu'on n'en parlerait plus.

Dès la fin du repas, expédié dans un silence lourd et tendu, Désiré avait décroché son fusil et avait pris la direction des bois. Il ne rentra qu'à l'heure de la traite, à la nuit tombante. Marguerite avait, à contrecœur, fait porter les fauteuils dans la pièce aménagée. Elle avait perdu le goût et eut du mal à trouver leur place. On les déplaça plusieurs fois, on remua les autres meubles, sans parvenir à un ordre satisfaisant. On appela Phi à la rescousse et, finalement, chacun, découragé, s'assit au milieu du désordre pour réfléchir.

« On n'arrivera à rien aujourd'hui, finit par déclarer Marguerite. Il faut que je réfléchisse. »

On tira la porte et cacha la clef.

« Allons ! au travail avant qu'il revienne, déclara Phi, sinon gare ! »

Désiré, les jours suivants, demeura triste et silencieux. Malgré le temps maussade et froid, la traite finie, il entassait quelques victuailles dans sa musette et partait à pied, la cognée sur l'épaule.

Marguerite venait l'embrasser et demandait :

« Où vas-tu aujourd'hui ?

– Je monte à la Theille, y a du bois de feu à couper. »

C'était tout, il partait sans autre parole. On mangeait sans lui à midi. Il ne revenait que pour la traite du soir, tirant sa jambe ankylosée. Après la soupe, il montait se coucher et ronflait déjà lorsque Marguerite entrait dans la chambre.

Au troisième jour, Marguerite n'y tint plus et se fit expliquer le chemin du bois. Seul Firmin s'y était déjà rendu mais il ne sut pas expliquer et voulut l'accompagner. Elle refusa :

« C'est moi que ça regarde, montre-moi seulement de quel côté il faut aller. S'il travaille, j'entendrai bien la cognée. »

Elle prit la direction indiquée, vers le haut du vallon, bien au-dessus des pâtures. Le ciel était bas et elle fut entourée de brouillard avant même d'entrer dans les bois. Elle ne tarda pas à percevoir les échos d'une frappe vigoureuse. Elle suivit un sentier qui semblait la diriger vers le bruit encore lointain qu'elle avait entendu. Comme une citadine encore peu habituée à l'endurance nécessaire aux longues marches, elle était montée vite et dut s'arrêter pour reprendre haleine. Son cœur tapait fort dans sa poitrine et, cernée par le brouillard et la forêt, elle sentit l'angoisse monter en elle. Elle s'était assise sur un rocher, tendant l'oreille au battement des coups. Elle appréhendait sa rencontre avec Désiré. Elle ne savait pas ce qu'elle allait dire.

Depuis samedi, elle avait découvert un autre homme : un caractère secret, violent, susceptible, d'une fierté chatouilleuse. Sous l'écorce rustique se cachait une âme tourmentée, peut-être fragile. Elle l'avait blessé par sa démarche et sentait qu'il ne lui serait pas facile d'effacer ce qu'il avait ressenti comme un affront. Elle l'avait peiné par cette cachotterie puérile. Elle s'en voulait de cette maladresse. Elle ne savait plus comment elle allait faire maintenant pour l'introduire dans son projet. L'hiver était là et la fée avait cassé sa baguette magique. La vie n'était pas un jeu. Elle s'était laissé leurrer et Désiré aussi sans doute qui s'éveillait, désenchanté, d'un rêve de vieil adolescent solitaire.

Elle prit conscience, tout à coup, que la frappe régulière avait cessé. Elle se dressa d'un bond, incertaine de la direction à prendre. Un hurlement lointain aux modulations plaintives et presque désespérées la glaça soudain. Répercuté par l'écho et assourdi par le brouillard, il lui sembla venir de partout et de nulle part. Prise d'une véritable panique, elle partit en courant, le visage et les mains griffés par les basses branches sèches et raides des sapins et en criant comme une folle : « Désiré, Désiré… »

Les appels étouffés l'avaient alerté et il s'était porté à la rencontre de Marguerite. Il s'arrêta pour tendre l'oreille et situer son trajet, puis il dégringola entre les troncs pour recouper son élan.

Sa main se referma sur son bras, et cela provoqua chez elle un cri d'effroi. Il la ramena de force contre sa poitrine tandis qu'elle cherchait encore à s'échapper. C'est seulement alors qu'elle le reconnut et s'écroula contre lui, à bout de souffle. Il lui caressa le visage en répétant doucement son prénom. Enfin, elle se détendit et murmura :

« Désiré, oh ! Désiré, comme j'ai eu peur ! »

Il ne disait rien et attendait qu'elle se soit calmée. Il l'avait assise sur une vieille souche et s'était agenouillé face à elle. Il avait tiré son gros mouchoir, mouillé un coin d'un peu de salive, et essuyait les griffures sanglantes des joues de Marguerite. Enfin, il resta immobile et la regarda au fond des yeux.

« Tu t'es perdue ?

– Je me guidais sur le bruit, et puis je me suis arrêtée pour souffler et, tout d'un coup, je me suis rendu compte que je n'entendais plus rien. Je ne savais plus où aller… et puis la forêt, le brouillard m'ont affolée, j'ai couru, j'ai crié… J'ai eu peur, tu sais. C'est fini maintenant, tu es là. »

Elle ne dit rien du hurlement douloureux. Elle eut peur qu'il prétende n'avoir rien entendu et qu'il se moque.

Il s'était approché d'elle et avait saisi ses mains dans les siennes. Elle tendit ses lèvres pour un baiser de retrouvailles qu'il accepta. Il lâcha ses mains et la tint serrée contre lui, longuement.

« Désiré… » dit-elle doucement.

Il relâcha un peu la pression de ses bras et la regarda de nouveau.

« Désiré… j'ai été stupide, pardonne-moi. Je t'ai blessé devant cet homme l'autre jour, et puis je t'ai peiné avec mes cachotteries. Je voulais te faire la surprise, mais c'était bête, c'est ensemble que nous devons construire notre nid, partager nos projets, ensemble que nous devons bâtir l'avenir. Je me suis tellement sentie seule depuis la mort d'Édouard, j'ai dû faire face, prendre sur moi, décider. J'ai voulu me charger de la maison, je pensais que tu avais d'autres soucis, que ça ne comptait pas vraiment pour toi… Je faisais fausse route. Tu as bien fait de réagir… Pardonne-moi. »

Dès qu'elle avait commencé à parler, il l'avait écoutée, immobile, le regard accroché à une fourmilière qu'il ne voyait pas.

« Oublions tout ça, dit-il simplement, j'ai réagi comme un enfant, je crois que j'étais jaloux. On va descendre et tu m'expliqueras… »

C'est finalement grâce aux idées de Désiré qu'on avait réussi l'aménagement de la pièce. Alors qu'il se révélait impossible et inesthétique de regrouper les quatre fauteuils, ni devant la cheminée ni nulle part ailleurs, il avait fini par proposer d'en mettre seulement deux en regard de l'âtre et de disposer les deux autres de part et d'autre d'une petite table dans un angle, près du vaisselier-bibliothèque. La table avait retrouvé sa place naturelle dans la lumière de la fenêtre, et l'on pouvait maintenant s'atteler aux détails de décoration. Sans attendre Noël, il avait tenu à essayer le soir même la nouvelle installation et avait chargé Firmin d'apporter, dans l'angle de l'âtre, la provision de bois nécessaire. Il avait allumé le feu, et Phi fut chargée d'y veiller pendant la traite afin qu'il fasse bon pour s'y retrouver la soupe avalée.

L'ambiance, ce soir-là, fut, dans ce refuge douillet, chaleureuse et fraternelle, chacun ayant participé au rangement. On y avait traîné Phi presque de force, car elle prétendait qu'elle avait encore à faire. On l'avait installée, malgré ses protestations, dans l'un des fauteuils de l'angle et Marguerite, afin que ses mains ne s'ennuient pas, lui apporta une grosse pelote de laine fine et les minces aiguilles à chaussettes. « Désiré, dit-elle, en avait besoin. » Loin d'être dupe, elle se mit au travail, sous le regard intéressé des deux jeunes femmes. Firmin s'était assis sur l'angle de pierre de la cheminée et caressait le chat venu se blottir entre ses jambes. Marguerite vint rejoindre Désiré, face aux flammes, et lui prit la main. Il leva son visage vers elle et eut un sourire en voyant les traces des égratignures.

« Sais-tu, dit-il, que si tu n'avais pas été assez proche de moi pour que je t'entende, nous serions peut-être encore tous à ta recherche. Les bois n'en finissent pas de ce côté et tu aurais eu tôt fait d'attraper le versant de Jeansagnière ou de la Valla. Il nous aurait fallu crier des Placiaux jusqu'à la loge de Tire-Bœuf. Adieu le coin du feu !... Écoutez tous et retenez ça : le brouillard et la tourmente de neige, sur nos Hautes Terres, sont des pièges terribles. Le brouillard change les bruits, les fait paraître proches ou lointains selon le cas. La tourmente efface les traces et vous aveugle. Dans l'un et l'autre cas, les repères disparaissent, et même les hommes d'expérience ont bien du mal à se retrouver. En général, en gardant son calme, on finit par arriver quelque part, mais avec la fatigue, et surtout si le froid est vif, on perd peu à peu ses esprits, on pense aux histoires d'autrefois, aux diableries des vieux, aux mauvais tours de la *galipote*[1]. On s'affole, on va d'un côté, on hésite, on croit revenir sur ses pas et on s'égare un peu plus.

« Phi doit se rappeler, dit-il en se tournant vers elle, j'étais enfant encore, cette histoire du père… Raconte-leur, Phi.

– Oui, oui, raconte », s'écrièrent les autres.

Phi leva la tête, prit une des minces aiguilles qu'elle avait mises en réserve, piquées à la base de son chignon, s'en gratta la tête, prit une longue inspiration et commença :

« On venait juste de fêter la Chandeleur, c'était une nuit de tourmente glaciale avec un vent de tempête qui secouait la maison. Ça devait être vers les 11 heures, peut-être minuit, les chiens se sont mis à hurler, que ça en a réveillé toute la maisonnée. De la fenêtre, le père a tenté de les calmer plusieurs fois, rien à faire : ça reprenait de plus belle à peine qu'il se taisait. Il a allumé la bougie, s'est habillé et il est descendu, la mère sur les talons. Ils ont éclairé les lampes d'en bas,

1. Galipote : *esprit malin facétieux.*

dehors ça continuait de japper. Quand je suis descendue, serrée de près par le petit – Désiré, je veux dire –, le père décrochait son fusil, la mère ne voulait pas qu'il sorte seul et était allée secouer l'Anselme dans l'étable.

« “T'as pas entendu les chiens ? qu'elle lui a dit. Viens, il se passe quelque chose.”

« Elle lui avait mis la lanterne dans la main, avait ouvert la porte et l'avait vivement repoussée derrière les deux hommes pour empêcher la bourrasque neigeuse de glacer la maison. Elle avait collé son visage à la fenêtre et grattait le givre pour essayer de distinguer leurs ombres dans la cour. Les deux chiens grondaient férocement, dressés contre le lourd portail et grattant le bois de leurs pattes. Les deux hommes tendaient l'oreille et hésitaient. Une fois tournée la lourde barre et le portail entrouvert, la maison perdait sa meilleure défense.

« Sur un mot du père, resté là, fusil en main, l'Anselme était allé quérir l'échelle sous la remise et l'avait dressée contre le mur. Ils étaient aveuglés par les tourbillons de neige et leurs mains étaient engourdies par le froid. Gustave, plus jeune et mieux chaussé, échangea le fusil contre la lanterne et se hissa sur l'échelle, il passa une tête prudente au-dessus du mur, puis, s'élevant un peu plus, il tendit la lanterne de l'autre côté, se penchant pour essayer de distinguer quelque chose. Rien ne bougeait, la menace restait invisible.

« Il redescendit, reprit son fusil et fit débloquer le portail. À peine le battant tiré, les chiens se glissèrent par l'entrebâillement et filèrent en aboyant vers le bois, puis revinrent, désorientés, la truffe fouillant la neige. Les deux hommes s'étaient avancés prudemment, la lanterne haute. Les traces, s'il y en avait eu, avaient été balayées et comblées par la tourmente qui accumulait la neige contre le mur et le portail, à hauteur du ventre. Le père, canon levé, essayait de fouiller l'obscurité du regard. On avait beau plisser les yeux, on ne voyait pas à trois mètres tant la danse des flocons était épaisse. Anselme, les pieds glacés par la neige qui emplissait ses sabots, s'était avancé de droite et de gauche le long du mur. Il revenait vers l'entrée quand il poussa un juron, s'affalant de tout son long dans la neige en laissant échapper la lanterne. Le choc avait soufflé la flamme et on entendit claquer le verre brûlant au contact de la neige glacée.

« Dans l'obscurité, le père, le doigt crispé sur la détente de son arme, entendait le domestique pester en essayant de retrouver ses sabots et de se remettre debout.

« “Bon Diou de bon Diou ! grognait-il en fouillant la neige de ses mains, et il ajoutait en patois : J'ai buté sur une diable de chose qui veut pas me rendre mon sabot.”

« Il y eut un long silence, puis on entendit à nouveau sa voix, mal assurée cette fois :

« “Maître Rouzan... y a quelque chose là, une bête, *saye pô...* une grosse bête, je sens des poils... ça bouge pas... Ah ! voilà mon sabot, *nom da gu* ! Rappelez les chiens, on reviendra au jour...”

« Le père siffla les chiens qui se rapprochèrent, tête basse, et d'un coup se précipitèrent en grognant vers la chose un peu dégagée par Anselme. Le père ne voulut pas se recoucher sans en avoir le cœur net. Il envoya le domestique chercher une autre lanterne et monta la garde en l'attendant. Les chiens s'étaient tus et il les entendait gratter la neige et renifler bruyamment. Il s'approcha et tendit la main pour avoir une idée du pelage. C'était une fourrure épaisse, au poil raide, qui rappelait celle du loup. Il en avait vu et touché bien des années plus tôt, lorsqu'on avait fini par cerner et abattre, sous les ordres d'un lieutenant de louveterie acharné à leur perte, les derniers qui hantaient encore la région.

« Anselme revenait avec la lumière. C'était assurément le pelage gris-beige d'un loup mais, dans l'espace de neige tassé par le piétinement du domestique et des chiens, une manche de fourrure s'allongeait, avec au bout une main d'homme dont les chiens avaient arraché et déchiré le gros gant de peau.

« L'homme était inanimé, peut-être mort. Ils le dégagèrent sommairement et le rentrèrent dans la cour. Les chiens suivirent et on força la neige pour fermer le portail. Ils passèrent chacun une main au creux de l'épaule de l'inconnu, le tirèrent jusqu'à la maison et l'abandonnèrent, encore couvert de neige, étalé de tout son long sur le carreau près de la porte. Le gros capuchon de la pelisse avait glissé et découvrait le visage de l'homme, avec son épaisse moustache gainée de glace. Ses traits étaient tirés, sa lèvre inférieure, la seule visible, était bleue, sa peau, je m'en souviens, avait la couleur de la mort.

– Il… il… était… mort ? » demanda Firmin le visage altéré.

Une réprobation unanime avait jailli.

« Mais laisse Phi continuer, s'indigna Rose.

– C'est une histoire vraie que je vous dis, mais laissez-moi souffler une minute… »

Désiré profita de la pause pour ranimer un peu la flamme et déposer quelques bûches sur les braises.

« J'avais peut-être quatre ou cinq ans, pas vrai, Phi ? J'étais fasciné par cet homme-loup, avec son pelage magnifique, tout luisant de glace et de neige, et cette odeur sauvage qu'il dégageait. Je le revois comme si c'était hier, avec ses longues bottes de cuir noir, étendu, immense, immobile… »

Désiré laissa peser un instant de silence, puis déclara, taquin :

« Phi a l'air fatigué, il est tard, on pourra pas se lever… Elle finira demain. »

Marguerite protesta au nom de tous, car la Pigne et Firmin n'oseraient pas contredire le maître, mais ils avaient tous les deux laissé entendre un non de dépit.

« On ne peut pas rester ainsi, il faut nous dire la suite, Phi, supplia-t-elle, sinon on fera tous des cauchemars épouvantables.

– Oh ! la suite est bien simple, l'homme n'était pas mort, on s'en rendit compte rapidement. Il était grand et fort et ce devait être une solide nature. On lui avait ôté ses bottes et sa longue pelisse et, comme j'avais ranimé le feu, on le tira devant la cheminée, afin qu'il se réchauffe. Je dois reconnaître qu'il fut long à sortir de son engourdissement. Tous, nous étions autour à guetter quelque signe, et j'avais mis de l'eau à chauffer pour préparer une bonne tisane, car tout le monde avait eu froid. Gustave avait tiré du placard la bouteille de gnôle et Anselme et lui en avaient déjà pris une bonne rasade pour se remettre de leurs émotions. De guerre lasse, Gustave, revigoré par l'alcool, se pencha soudain vers l'homme et lui allongea deux bonnes claques. Bientôt, il ouvrit les yeux et nous regarda sans comprendre. On le tira pour lui donner une position plus humaine, le dos calé au chevet de l'âtre. Il sembla prêt de défaillir à nouveau et Gustave se précipita avec un verre pour glisser entre ses dents quelques gorgées de goutte. Il s'étrangla mais reprit rapidement des couleurs et nous regarda, étonné.

« L'homme s'expliqua. Il était marchand de bois à Lyon. Son mandataire habituel étant gravement malade, il avait décidé de venir lui-même par le train pour une importante soumission des Eaux et Forêts, en mairie de Noirétable. Il avait emporté facilement deux grandes coupes. Il avait logé à La Chaumière, le meilleur hôtel du bourg, et, tôt le matin, il avait loué un cheval pour aller se rendre compte sur place des lots qu'il avait achetés. Il y avait un peu de neige et il faisait froid, mais il était équipé et serait, pensait-il, de retour vers midi, car les coupes n'étaient pas très loin.

« Les choses en allèrent autrement. Il atteignit sans difficulté la plus importante, entre la fontaine des Chambougnats et le pic de la Rochette. Il repéra les marques, évalua le travail et s'en fut satisfait. Il s'enquit alors de la seconde, du côté des bois Saint-Jean. Il tourna un moment à cheval. Un vent aigre s'était levé, tirant de lourds nuages, et bientôt tout fut envahi d'un brouillard épais qui le gêna dans ses recherches. Un homme d'expérience aurait renoncé et laissé le cheval retrouver d'instinct le chemin de l'écurie. Lui, jeune encore et entêté, persuadé d'être près du but, était au contraire descendu de cheval et s'était avancé dans le touffu, à la recherche des marques.

« Il les trouva, fit rapidement le tour et l'estimation de la coupe, sans prendre garde à la poussière de neige que le vent portait maintenant. Il se dit, enfin, qu'il était temps de rentrer et, cette promenade l'ayant mis en appétit, il se voyait déjà assis à la table de l'auberge, devant quelque assiette garnie de charcuteries du pays ou de potée fumante. Il aurait le temps l'après-midi de se mettre en quête d'une équipe de bûcherons et d'une scierie bien équipée. Voilà une affaire qui serait promptement réglée.

« Le vent portait maintenant une neige drue qui avait tôt fait de masquer les traces... Toujours est-il qu'il ne retrouva pas son cheval où il croyait l'avoir laissé. Il se dit qu'avec le brouillard il s'était mal orienté et commença les recherches appelant et flattant l'animal. La faim commençait à le tenailler, il avait froid maintenant. Il s'était mis à monter, à descendre, puis à courir vers la trouée d'une clairière qu'il croyait reconnaître mais, au bout du compte, il réalisa qu'il ne trouverait plus l'animal et que de plus il s'était perdu. Il tira sa carte, s'orienta tant bien que mal à la mousse des troncs et, constatant la distance qui le séparait de Noirétable, pensa se diriger vers la Chamba, ce village peu éloigné d'après sa carte, où il trouverait bien un voiturier d'occasion pour le ramener.

« Il se mit en chemin, attentif à son orientation. Mais avait-il mal apprécié l'endroit où il se trouvait, avait-il dévié de sa route sans s'en rendre compte ? Toujours est-il qu'il marcha deux bonnes heures, tantôt dans les bois, mieux protégé de la bise mordante, tantôt sur la lande de bruyère où la couche de neige gelée craquait sous ses pas et rendait sa marche épuisante. Plus que la faim qui l'avait tenaillé jusque-là, l'épuisement l'avait gagné. Il marchait maintenant plié en deux contre la bourrasque de neige et la peur commençait à le gagner. Maintenant, il devait s'arrêter souvent pour reprendre haleine. Il restait debout, ballotté par la tempête, serrant de sa main gantée le col de sa pelisse.

« Les yeux plissés pour tenter de deviner devant lui, aveuglé par la tourmente, il avançait, se jetant parfois dans des fourrés dont il n'arrivait à ressortir qu'à quatre pattes, brisé de fatigue. Puis l'obscurité était venue, et avec elle la plus folle des angoisses. Il s'était dit, alors, que sa seule chance désormais était de descendre, toujours descendre. Il avait glissé, boulé dans des ravins à la végétation inextricable. Il ne sentait plus le froid mordant, la dérision de ses efforts avait affecté sa conscience et un fou rire sur lequel il n'avait pas prise l'avait secoué longtemps. Puis il s'était pelotonné dans un creux, avait rabattu sa capuche sur son visage et s'était dit qu'il allait dormir, qu'ensuite il marcherait encore…

« Il ne savait pas s'il avait dormi, mais une sorte de révolte l'avait tiré d'un affreux cauchemar et l'avait remis en route, rampant d'abord, puis à quatre pattes, puis debout, titubant. À demi conscient, il avait tout à coup buté contre le mur de la maison. C'était la fin, cette fois, il ne pourrait pas franchir cet obstacle. Il était tombé à genoux dans la neige, frottant le mur de sa tête et de ses mains en poussant une plainte animale. Il pleurait maintenant sur des images désordonnées, où se mêlaient les visages de ses enfants, de sa femme, de sa mère. La mort était là, qui venait lentement vers lui, accompagnée d'une meute de chiens qui allaient le mettre en pièces. Il les entendait, tout proches, et voulut fuir encore, se remit debout dans un effort surhumain et, appuyé de tout son corps contre le mur, il tenta de progresser le long de l'obstacle. Il avança de quelques mètres dans la neige profonde, ensuite l'appui se déroba, il tomba et perdit connaissance.

« C'est là que les hommes l'avaient retrouvé, près d'une heure plus tard, déjà recouvert par la neige. Les chiens, qu'il croyait ceux de la mort, avaient flairé l'odeur de fauve de sa pelisse au travers du portail et lui avaient sauvé la vie en sonnant le branle dans la maison. »

« Bien entendu, reprit Phi, c'est pas cette nuit-là qu'on a su toute l'histoire. C'est plus tard, car l'homme, M. Zelter qu'il s'appelait, est revenu ici une paire de fois avec Béraud, le scieur, car, de fil en aiguille, avec Gustave, ils ont travaillé souvent pour lui. Il était reconnaissant, cet homme, et jamais il n'est venu les mains vides. Il y avait toujours quelque cadeau et un beau jouet pour Désiré. Peut-être vous me croirez pas, concluait-elle, mais chaque fois, en arrivant, il allait caler sa tête, debout contre le mur, près du portail et il restait là un moment à se souvenir. Ce doit être un vieil homme maintenant, il avait quelques années de plus que Gustave.

« Le plus drôle de l'histoire, j'allais l'oublier, c'est qu'après qu'il eut englouti la soupe, la cochonnaille et tous nos restes du souper – je vous jure qu'il avait un solide appétit –, on l'avait conduit ici, dans cette pièce, où il y avait, jusqu'à peu, le lit où étaient morts, l'un après l'autre, le père et la mère de Gustave. Il est tombé d'une masse sur le lit et c'est Berthe et moi qui avons tiré sur lui la grosse couverture, alors qu'il ronflait déjà. On était tous épuisés et ensommeillés, et chacun est allé se coucher. On s'endormait déjà quand un cri de Berthe nous a fait sursauter.

« “Mon Dieu ! le petit ! Il est pas dans son lit, il a disparu !”

« Tous, il nous fallut redescendre, allumer les lampes, fouiller la maison… rien. Gustave s'apprêtait à ressortir, avec la lampe tempête, affolé à l'idée de retrouver l'enfant dehors, gelé, qui s'était peut-être glissé dans la cour par curiosité, au moment du manège avec l'homme. On tremblait tous de crainte et, machinalement, je me suis portée vers l'âtre rassembler les tisons épars et les couvrir de cendres, ce que j'avais oublié de faire vu les événements de la nuit. Le petiot était là, couché en chien de fusil sur un pan de la pelisse qu'on avait mise à sécher, accrochée au dossier d'une chaise ; il dormait comme un ange, son petit visage enfoui dans la fourrure de loup. On respira et Gustave ramena sur lui l'autre pan et déclara simplement :

« "Laisse-le dormir, *vaï,* il aura pas froid. Ça sera jamais que sa seule nuit dans une aussi belle fourrure !" »

Phi s'était tue, mais son verbe planait toujours dans la douce atmosphère de la pièce. Un sourire attendri flottait sur tous les visages ensommeillés. On dut se secouer pour gagner les chambres. Firmin rejoignit sa paillasse de feuilles de frêne dans la chambrette glacée, mais, Antoine loin, il se sentit trop seul pour dormir. Il descendit sans bruit, ses sabots à la main, vers l'étable où la présence animale l'apaisa. Il étala un peu de paille, déploya sa couverture, la roula autour de son corps et s'endormit.

X

On se réunissait assez régulièrement dans la pièce, maintenant. On n'avait pas su lui donner de nom, on n'en avait pas trouvé qui lui convienne, alors on disait « la pièce » ou bien « là-bas » tout simplement, et chacun comprenait. On avait passé toute une soirée à écrire une longue lettre à Antoine, afin qu'il la reçoive avant Noël. Rose l'avait écrite de sa main, non sans protester :

« Mais je fais plein de fautes et j'écris mal !

– Nous les corrigerons ensemble, avait répondu Marguerite. Tu feras un brouillon avec les idées de chacun et puis je t'aiderai. »

L'adolescente s'était assise à la table, avec une grande feuille de papier, et avait écouté, le crayon en l'air. Firmin avait voulu parler d'abord, puis Phi s'était mise à faire des réflexions sur la guerre et avait plaint Antoine qui devait se sentir bien seul ; enfin, Désiré avait dit qu'il leur manquait.

« Mais attendez, s'était exclamée Rose, comment vous voulez que j'écrive tout ça ? »

On avait fait silence un moment, écoutant, entre deux sifflements des bûches, le bruit du crayon sur le papier et le cliquetis, à peine perceptible, des aiguilles de Philomène. C'était le bruit léger du bonheur.

On en était venu à bout pourtant. Laborieusement, Rose avait corrigé son brouillon, les joues empourprées par l'effort de concentration, puis elle l'avait recopié « au propre » et avait relu la lettre à haute voix. Désiré l'avait complimentée et Marguerite avait dit :

« Tu vois bien que tu es capable, Antoine sera content. »

Pendant qu'elle adressait l'enveloppe, on s'était mis à parler d'Antoine, de son retour. La guerre ne durerait pas toujours sans doute. Désiré commençait à mûrir des projets. Au printemps, il partirait quelques jours voir ces fameuses machines. Son regard se perdait parfois derrière les flammes, et il pensait à Jappeloup : maintenant rassuré, il était fier de sa maison, sûr qu'il avait fait le bon choix. Désormais, il lui semblait que le nid était prêt, et que, bientôt, dans la douceur de cette ambiance la vie déposerait le plus beau des cadeaux.

Noël arrivé, Marguerite avait tenu, bien qu'il n'y eût pas d'enfant dans la maison, à ce qu'on installe et décore un sapin, sur la petite table de la pièce. On avait ressorti d'un carton quelques santons de terre, qui n'avaient pas vu la lumière depuis des années, et on les avait disposés sur le plateau. Chacun s'était savonné et habillé pour la veillée, Marguerite leur avait lu un conte de Noël et Phi avait chanté en patois, accompagnée en sourdine par Désiré, une sorte de cantique sur la naissance de l'Enfant Dieu, tandis qu'on allumait quelques bougies au grand ravissement de Firmin. Ce soir-là, on avait remplacé la soupe par un vrai réveillon, pris sur la table de merisier, et chacun avait goûté au vin bouché que Désiré avait ouvert pour l'occasion. Malgré l'absence d'Antoine et le souvenir de la guerre, ce fut une soirée merveilleuse. On se coucha tard, et Marguerite, montée la dernière, joua au Père Noël en déposant sur la table du déjeuner un petit cadeau pour chacun.

Deux ou trois fois, l'hiver montra ses crocs. On eut en janvier et en mars d'abondantes chutes de neige et en février une quinzaine rigoureuse avec de fortes gelées. Il n'y avait guère de lait ; on nettoyait, on pansait, on surveillait, on lâchait les vaches une à une pour un aller-retour à l'abreuvoir. Bien qu'Antoine lui manquât, Désiré avait, mal secondé par Firmin, procédé à quelques réparations du matériel et à de petits aménagements dans la maison, souhaités par Marguerite. Phi passait le plus clair du temps que lui laissaient le ménage et la cuisine à tricoter ou à coudre dans la pièce où l'on entretenait désormais le feu en permanence.

Souvent la Pigne et Marguerite étaient là aussi, penchées sur un devoir, une leçon ou quelque travail d'aiguille. L'après-midi, presque chaque jour, quel que fût le temps, toutes deux sortaient pour une longue promenade. Elles s'en revenaient, la goutte au nez, le visage en feu et les doigts gelés malgré les gants de laine. Marguerite était maintenant parfaitement rétablie et jouissait avec délice de ces longues marches. Souvent, à leur retour, elles trouvaient tout prêt le lait bouillant qu'on buvait à petites gorgées, cassé d'un filet de café de chicorée et d'orge, avant d'aller soigner les brebis et les chèvres. Marguerite appréciait ces merveilleuses journées d'hiver et profitait du calme de la saison, pour écrire de longues lettres à sa mère et d'autres plus courtes à Marie et Mélie dont elle attendait des nouvelles avec impatience.

Elle avait rédigé, pour Désiré, quelques demandes de renseignements auprès de charrons sur les nouveaux matériels de fenaison. Après avoir étudié les réponses et les explications, il s'était décidé à prendre, fin avril, le train pour Feurs où s'organisait une démonstration. Déjà, ce matériel avait servi dans la plaine, la saison dernière, et les premiers utilisateurs seraient là pour conseiller et convaincre. S'il n'était pas spécialement ravi de partir deux jours, il était tout excité à l'idée de voir et d'apprendre à mener ces mécaniques et en parlait, presque chaque jour, comme si elles étaient l'avenir de Jappeloup.

Au cœur de ce havre de paix, l'irruption de Béraud, le visage grave, dans la matinée du 16 avril, les frappa tous de stupeur. Désiré sortit sous la pluie à sa rencontre, la main tendue.

« Entre à l'abri, Jules, on t'attendait pas. »

Jules serra la main et, la gardant dans la sienne, retint Désiré sous l'avant-toit, loin du regard des femmes.

« Je préférerais être ailleurs, tu sais, Désiré. Une mauvaise nouvelle…

– Antoine ! s'écria Désiré, dis, c'est pas l'Antoine ? Il avait attrapé Béraud aux épaules et le secouait : Dis-moi que c'est pas vrai, Jules, parle, nom de Dieu ! parle. »

Béraud avait baissé la tête, il ne voulait pas voir les larmes qui inondaient les yeux de Désiré et il tenait à cacher les siennes. Ils ne pouvaient pas entrer ainsi et s'assirent côte à côte sur le banc de bois.

« Il est mort ?

– Le 8, j'ai reçu ça ce matin. »

Il tenait à la main une lettre avec un long en-tête noir que Désiré ne put lire tant ses yeux étaient noyés.

« Comment ?

– Il est mort à l'hôpital, à Châteauroux, des suites d'une fracture du crâne. Y a eu une panique dans son wagon. Des chevaux affolés ont cassé leurs entraves, il a été piétiné avec trois compagnons. C'est des chevaux américains, tu sais, ça fait des semaines qu'ils voyagent… Ça me fait de la peine, va, et je comprends la tienne.

– Il a toujours pensé qu'il reviendrait pas… Pourtant convoyer des chevaux, ça l'avait rassuré un peu. Il avait envoyé une carte, y a pas si longtemps… une carte de Nantes. Pauvre ! Sûr qu'il va nous manquer. »

Leur émotion contenue, ils s'étaient levés pour franchir le seuil de la cuisine. Il fallait informer les autres. Ils trouvèrent les trois femmes assises à table qui pleuraient. Firmin s'était terré dans son coin et poussait de sourds gémissements, balançant son torse d'arrière en avant, le regard perdu dans le vague.

Désiré n'eut rien à dire, tous avaient compris. Il tira du placard deux petites écuelles et le litre au verre teinté. Phi s'était levée pour approcher la cafetière et servir le café.

« Pauvre, fit-elle, il le savait, lui. Dire qu'on se moquait… c'était pour lui redonner courage. »

Devant le silence de Désiré, Béraud crut bon de donner quelques précisions coupées par de longues aspirations de café bouillant. On ne l'écoutait pas, chacun avait en mémoire son propre souvenir du discret et fidèle compagnon. Jappeloup ne serait plus comme avant. On s'était cru à l'abri, mais la guerre était venue jusque-là, sournoisement, presque en cachette.

On avait peu reparlé de la mort d'Antoine mais, peu à peu, il avait fallu, chacun pour soi, chacun à sa façon, faire le deuil de son amicale présence. Son absence avait désormais perdu ce qu'elle contenait encore de promesse et d'espérance.

Finalement, malgré ce coup du sort, et plus encore à cause de lui, Désiré avait maintenu son voyage, prévoyant pour les foins un cruel manque de bras. Il y avait maintenant urgence. Pour le reste, on se débrouillerait, et puis maintenant on pouvait compter sur Marguerite.

L'été passa, puis l'automne.

On arrivait de nouveau aux portes de l'hiver. Pour la Toussaint, cette année 1918, tout le monde voulut descendre. Marguerite laissa à Phi la place sur le siège à côté de Désiré et grimpa avec Rose et Firmin sur la plate-forme arrière où l'on avait bricolé un plateau pour s'asseoir.

À l'église, Désiré s'était glissé dans les bancs, à gauche, à côté d'une connaissance, et Firmin était resté debout au fond. Les femmes avaient trouvé place ensemble, dans la travée de droite qui leur était réservée. À la sortie de la messe, ils se regroupèrent pour la visite au cimetière. Plus tard, sans doute, on obtiendrait le retour de la dépouille d'Antoine, Désiré y pensait. On lui donnerait une place près des maîtres.

Pour l'heure, rassemblés devant la tombe des parents, c'est surtout à lui qu'on pensait. Marguerite, qui l'avait peu connu malgré tout, s'interrogeait sur le grand vide qu'il semblait avoir laissé. Elle se rappela que Désiré lui avait présenté Antoine comme son oncle. Il ne lui avait jamais reparlé ni de l'oncle ni de la tante de Boën. Peut-être ne voulait-il pas lui remettre en mémoire le souvenir d'Édouard.

Il ne pleuvait pas encore, mais le vent était sauvage et les nuages menaçants : un vrai jour de Toussaint. Comme l'arrière de la voiture n'était pas bâché, on ne s'attarda pas. Désiré n'aimait pas trinquer au bistrot et la présence de Firmin et des femmes le pressait de se remettre en route. Ils avaient fait leurs devoirs envers les morts, restait la vie…

Il n'était pas midi. Le tocsin les atteignit au bois de la Theille, entassant le bois de feu coupé l'année précédente, qu'on voulait rentrer avant l'hiver. Firmin, le premier, tendit l'oreille et dressa le bras en direction de Noirétable. Désiré s'immobilisa. Le vent portait du nord. Dans le silence, on distinguait nettement les coups redoublés de la sonnerie d'alerte. On n'aimait pas l'entendre sonner. Habituellement, on l'écoutait battre puis s'éteindre, et l'on s'interrogeait alors sur le malheur qui frappait. Ce jour-là, elle ne s'arrêtait pas, soutenant la tension des oreilles attentives. Puis, l'un après l'autre, les clochers de la Vallée Verte se mirent aussi à tinter, confondirent leur chants, formant un joyeux carillon.

« La guerre, cria Désiré les bras au ciel, la guerre !… »

Firmin le regardait, étonné, ne comprenant plus rien.

« La guerre est finie. Elle est finie… Vite, viens. »

Laissant tout, il avait saisi la main du garçon et l'entraînait dans la pente, dévalant au plus court.

Tiré trop vite, Firmin se déhancha comme un pantin et boula dans le taillis. Désiré se retourna et partit d'un grand rire. Firmin se releva, rit aussi et repartit aussi vite qu'il le put.

Rose et Marguerite revenaient de la cave à fourmes lorsqu'elles entendirent le son des cloches. Elles n'avaient pas eu conscience de sa progression et s'interrogeaient, inquiètes. Elles entendirent de loin les cris de Désiré qui les avait aperçues mais ne purent comprendre. Instinctivement, elles s'étaient portées, intriguées, dans sa direction. Sans plus se soucier de Firmin, il descendait à grands pas inégaux. Il était essoufflé et ne criait plus, et, dès qu'il se fut approché, elles virent son sourire et l'attendirent, rassurées.

Il arriva comme un boulet, attrapant Marguerite par la taille et l'entraînant comme une toupie.

« Non, Désiré, non ! arrête. »

Il avait retrouvé assez de souffle pour protester.

« Arrête ? Arrête ? criait-il en esquissant lourdement des pas de danse, mais pourquoi j'arrêterais ? La guerre est finie, tu entends, la guerre est finie. »

À sa surprise, Marguerite s'était dégagée avec violence et s'était retournée, les mains portées sur son ventre. Cassée en deux, elle fut secouée de spasmes mais ne put vomir. Elle se laissa tomber sur les genoux et tenta de retrouver le sourire.

« Ce n'est rien, dit-elle. C'est fini. »

Elle leva les yeux vers Désiré qui, soudain soucieux, se penchait sur elle.

« Tu es sûr ? questionna-t-elle. C'est si important ! C'est une telle nouvelle !

– Ça sonne comme quand elle a commencé, Marguerite. Ça serait quoi d'autre ? Écoute… écoute, ça sonne de partout. »

Elle s'était remise debout en s'appuyant à son bras. Tous trois écoutèrent, ravis, cette joyeuse musique. Firmin les avait rejoints, rouge comme un coq, et avait pris, sans façon, la main de Rose dans les siennes.

« Descendez vite mettre Phi au courant, tous les deux, je suis sûre qu'elle n'a rien entendu. »

Marguerite les regarda s'éloigner, retenant Désiré par le bras :

« Désiré, reste un peu, il faut que je te parle… »

Il la dévisagea, inquiet.

« … Ce sera pour le printemps, dit-elle simplement, au mois de mai. »

Mai débutait dans un enchantement des yeux et des corps. Et si les matinées restaient fraîches, à cause de la forte rosée que le soleil pompait lentement, passé 10 heures, une douce chaleur baignait le plateau. L'après-midi, on hésitait entre le soleil, presque trop vif, et l'ombre encore fraîche. L'herbe avait jailli d'un coup dans les pâtures émaillées de fleurs. Rose gardait. Le troupeau était calme, tout à l'ivresse de se rassasier de l'herbe tendre et odorante.

Elle s'était installée non loin du bois qui dominait la pente et le long duquel passait un chemin qui s'en allait vers les terres. Assise près d'un petit groupe de bouleaux dont le feuillage encore léger tamisait le soleil, elle avait tiré de son sac de toile un ouvrage au crochet que Marguerite avait commencé pour elle et dont elle lui avait montré les points. Elle n'était encore guère experte et la tension irrégulière du fil de coton faisait friper le napperon. Elle retendait alors sur ses genoux et l'étirait de ses mains, satisfaite malgré tout de son travail. Durant l'hiver, avec Phi et Marguerite, elle avait déjà appris à tricoter et avait réalisé une brassière de laine blanche pour le bébé.

Elle sentit la faim, posa son ouvrage et se leva pour regarder le troupeau. D'un bond, les chiens furent près d'elle, attendant ses ordres. Elle n'en donna pas et ils s'assirent avec un bâillement sonore. Repues, les bêtes s'étaient regroupées et couchées pour ruminer à l'aise. Même les chèvres habituellement turbulentes, sans doute fatiguées par ces premières chaleurs, se tenaient tranquilles. Soudain, les chiens s'éloignèrent sans donner de la voix et elle comprit que Firmin arrivait.

Bien qu'on ne fût pas très loin de la ferme, afin d'éviter de rentrer les animaux quand on les gardait tout le jour, le garçon lui apportait son repas. Phi disposait tout dans un panier, le plat chaud dans une petite terrine, calé au fond dans un chiffon de laine. Rose appréciait cette attention. À dix-sept ans bientôt, elle avait un solide appétit. Elle avait beaucoup grandi et pris des formes gracieuses dont même Désiré s'était aperçu.

« Quand tu es arrivée, tu avais l'air d'un chat écorché. Te voilà une vraie fille à présent », lui avait-il dit un jour où, à table, la conversation s'était portée sur elle.

Souvent, Firmin ajoutait quelque chose au panier : une petite attention personnelle. Suivant la saison, ce pouvait être trois noix ou quelques châtaignes, mises de côté sur sa part ; plus souvent une poignée de mûres ou de myrtilles qui lui tachaient le creux de la main. Ce jour-là, il avait cueilli au bord du chemin un bouquet de grandes renoncules d'un jaune éclatant. Il les avait entourées de quelques feuilles de fougère et les tenait dans son poing, le bras raidi. Il posa le panier près de Rose et lui tendit les fleurs. Elle était toujours émue par les petits cadeaux de Firmin.

« C'est pour moi ? demanda-t-elle en tendant la main.

– Pour… toi, répondit Firmin.

– Tu es gentil, attends que je te fasse une bise. »

Il se pencha vers elle en retirant sa casquette et elle déposa un baiser sur son front. Il était fréquent qu'elle le remerciât de cette façon, comme on le fait avec un enfant. Il en éprouvait toujours une certaine confusion et oubliait de remettre sa casquette.

« Allez, retourne vite, que tu seras en retard pour le dîner. Et merci pour le panier », cria-t-elle, alors qu'il se hâtait déjà vers la ferme en se dandinant.

Elle posa le bouquet à côté d'elle, s'assit et attira le panier entre ses jambes.

Après le repas, Désiré avait mis Firmin à curer la bergerie. Il reviendrait l'aider plus tard lorsque, le plus gros du fumier sorti, il faudrait déplacer les mangeoires.

Il y avait une quinzaine, déjà, que Marguerite était descendue à Boën, chez sa mère, pour attendre la naissance. On avait pris cette décision après consultation du docteur Dunaud qui l'avait toujours suivie. Il en avait coûté à Désiré de se résoudre à voir son enfant naître ailleurs qu'à Jappeloup, mais la sécurité de Marguerite avait emporté la décision. Il avait encore en mémoire le cas, loin d'être unique, de la mère de la Pigne, et préférait ne pas prendre de risque, ni pour l'enfant ni pour la mère.

Il était monté directement par le bois pour voir les seigles semés à l'automne. On labourait un vaste replat, protégé du nord, fumé et retourné en octobre, où les céréales pouvaient mûrir en août pour être récoltées et battues avant l'humidité de septembre.

Désiré s'avança entre les jeunes pousses, en cueillit une et tâta la tige. On ne sentait pas encore l'épi mais les plants étaient vigoureux et d'un vert franc. Il fut satisfait et traversa le champ, attentif à ne pas écraser les céréales. Il rejoignit le chemin de terre qui coupait à travers le bois et longeait la pâture.

Il descendait lentement, dans l'ombre des sapins, et fut ébloui d'un coup par le soleil en abordant l'éclaircie des prés. Il s'arrêta et porta la main à son feutre pour en abaisser le rebord sur ses yeux. Il vit arriver les chiens et se baissa pour une caresse. Il les flatta de la main pendant qu'ils tournaient en se frottant contre lui pour lui faire fête. Il leva alors son regard vers le troupeau et vit les vaches groupées vers le bas en train de paître. Les chèvres s'étaient dispersées à la lisière du bois et certaines, dressées sur leurs pattes postérieures, tendaient le cou pour atteindre les jeunes frondaisons. Il chercha des yeux la Pigne.

C'est en se relevant qu'il la vit. Elle lui était jusque-là cachée par le ressaut du talus. Elle ne l'avait pas entendu et n'avait manifestement pas pris garde au départ des chiens. Elle était étendue, le haut du corps à l'ombre légère des bouleaux et, dans une attitude encore enfantine, avait relevé son tablier pour exposer ses jambes nues au soleil. Désiré s'immobilisa, silencieux, les chiens sur les talons. Il était seulement à quelques mètres d'elle. Elle ne bougeait pas, peut-être dormait-elle.

Il tenta de repousser l'idée qui lui traversait l'esprit. À cause de la grossesse de Marguerite, voici plusieurs semaines qu'ils n'avaient pas fait l'amour. Il en souffrait. Depuis leur mariage, son appétit sexuel s'était aiguisé. Lui, qui autrefois pouvait vivre comme un moine, était à présent souvent traversé de désirs amoureux. Sa forte nature connaissait des accès de violence qu'il avait toujours eu du mal à maîtriser. Il sentit confusément qu'il était trop tard, qu'il aurait dû se manifester avant que son membre raidi n'ait tendu son pantalon et que ses pensées ne se brouillent. Il fut sur elle avant qu'elle puisse se dresser, elle cria :

« Non... »

Elle tenta de tirer son tablier sur ses jambes. Elle ne le put, il était lourd et fort. Les chiens, étonnés par la courte lutte, s'étaient mis à aboyer près d'eux et il les tança vertement. Elle poussa juste un cri quand il la déflora. Ce fut rapide. Comme à son habitude, sa saillie fut brutale et brève. Il se releva haletant et remonta ses bretelles sur ses épaules. La Pigne s'était recroquevillée. Elle ne pleurait pas. Elle ne bougeait pas. Elle portait un regard vague vers l'horizon. Son corps semblait s'être replié, refermé sur la douloureuse pénétration. Désiré s'agenouilla près d'elle.

« Je t'ai fait mal ? » demanda-t-il.

Elle ne répondit pas. Plus que la douleur physique, ce qu'elle ressentait venait d'une étrange blessure au tréfonds de son âme. Une partie d'elle-même, faite de confiance aveugle, de spontanéité, de sentiments presque familiaux, venait de mourir brutalement. Son enfance, peut-être, s'éteignait là. Cela lui donnait une nausée qu'elle retenait à grand-peine.

« Pardonne-moi, dit-il, j'ai perdu la tête, ça recommencera pas. »

Il se releva en piétinant les fleurs de Firmin, sans y prendre garde. Il ramassa son chapeau et s'éloigna d'un pas indécis. Il s'en voulait, il aimait bien Rose. Il aurait voulu la prendre dans ses bras, la consoler. Il sentait bien que c'était impossible. Alors il s'éloigna, la tête basse, vers la maison.

Rose resta longtemps immobile, ses bras enserrant ses genoux. Elle se sentait vide et pourtant la nausée demeurait. Elle dut se lever et marcher pliée en deux jusqu'au bois où elle vomit, calée contre un tronc. Son estomac soulagé, elle se sentit mieux. Elle prit quelques inspirations et se redressa. Tout à l'heure, elle devrait rentrer sans rien laisser paraître. Elle savait que Phi avait l'œil. Elle marcha lentement en se tenant très droite, les chiens couchés à l'ombre suivaient des yeux chacun de ses gestes. Elle se baissa et rassembla les fleurs dispersées : elle ne voulait pas que Firmin les trouve ainsi piétinées. Elle sentait le besoin de se laver, d'effacer l'odeur de l'homme encore présente à ses narines. Elle descendit à pas mesurés jusqu'au ruisseau.

Rose jeta, l'une après l'autre, les renoncules abîmées dans le courant. Elle les regardait partir, avec regret, comme si c'étaient ses années de jeunesse à Jappeloup. Elle y avait été heureuse. Elle devrait y retrouver sa place, d'une façon nouvelle, différente. Elle quitta ses chaussures, ôta sa culotte de toile salie, releva son tablier et descendit dans l'eau. Ses pieds se crispèrent dans l'eau glacée. Elle les laissa se détendre quelques instants, s'accroupit et se lava. Elle se releva et, se penchant, baigna son visage dans l'eau glacée. Enfin elle entreprit de laver sa culotte et, sortant du ruisseau, l'étendit sur un arbuste. Elle s'assit et laissa ses pieds sécher au soleil. Morose, elle pensa à son père qu'elle n'avait pas vu depuis des mois. Elle essaya de retrouver les traits de sa mère, déjà estompés dans sa mémoire. Elle la revoyait toujours, suante et criante, les cheveux défaits dans la délivrance impossible du quatrième qui lui avait été fatale. Elle pensa à Marguerite, à sa grossesse, à la naissance attendue. Comment faisait une femme pour aimer un homme ? pour l'aimer vraiment ?

« Désiré est là ? demanda Béraud à Phi, apparue sur le seuil au bruit de la voiture.

– Ils tarderont pas, c'est presque 7 heures. Entrez seulement, vous boirez quelque chose en attendant. »

Béraud bloqua le frein et sauta de la carriole.

Phi prit son temps pour servir à boire et resta debout près du maire. La question lui brûlait les lèvres mais elle craignait de se faire retourner et traiter d'indiscrète. Enfin elle lança d'un air détaché :

« C'est pour Marguerite ? »

Béraud hocha la tête sans répondre. Phi en fut alarmée.

« C'est pas une mauvaise nouvelle, au moins ?

– Que non ! Que non ! dit Béraud en souriant de son inquiétude. Elle faisait des contractions, alors on a appelé la sage-femme. C'est sa mère qui a téléphoné. D'après ce qu'elle dit, la naissance tardera pas, mais elle avait pas fait les eaux. C'était vers 5 heures. Je suis monté au plus vite. Bon Diou que vous êtes loin ! On n'a pas idée de rester si loin de tout. »

La Pigne ramenait le troupeau. Elle abandonna les vaches vers l'abreuvoir et, traversant la cour, conduisit les brebis et les chèvres à la bergerie dont elle tira le portillon. Les hommes n'étaient pas loin.

Dès qu'il aperçut la voiture de Jules, Désiré se hâta et distança Firmin. Sa silhouette massive marqua le pas dans l'embrasure de la porte et ses yeux fouillèrent la pénombre. Béraud se leva et marcha vers lui.

« Tu brûles d'impatience, dit-il. T'as pas encore d'héritier, mon garçon !

– Parle, bon Dieu ! t'as pas fait ce chemin pour rien ! »

Béraud le poussa dehors et lui expliqua ce qu'il avait entendu de la mère Maupin.

« C'est pas qu'elle est inquiète, mais j'ai idée que ça se passe pas franc comme ça devrait. Je crois que tu devrais descendre, ça serait mieux que tu sois là. Et puis, c'est peut-être fait maintenant. Ne laisse pas trop longtemps ton fils à ces deux femmes », conclut-il avec un gros rire.

Désiré hésitait entre l'inquiétude et la joie.

« Je prendrai le train demain, à la première heure. Tu vas manger un morceau avec nous et tu me descendras. »

Désiré était assis sur la banquette aux lattes de bois, les coudes posés sur les genoux, la tête entre ses mains. Il avait posé son chapeau à côté de lui. Maintenant qu'il allait retrouver Marguerite, l'inquiétude avait pris le dessus. Il avait passé la nuit chez le maire et n'avait guère dormi, étendu tout habillé sur un lit de fer au sommier creux. Ils avaient parlé tard, avaient bu un peu. Il avait la tête lourde et une sourde angoisse lui nouait l'estomac.

Le train ralentit. Il se crut arrivé et se leva. Il se tint contre la porte du compartiment, le nez collé à la vitre, attendant l'arrêt. Il y eut une légère secousse qui le déséquilibra. Il se retint à la poignée et ouvrit la portière. Il posait le pied à terre quand il avisa le panonceau *L'Hôpital-sur-Rochefort.* Des voyageurs venaient vers lui, il s'effaça pour les laisser monter, se hissa et claqua la porte.

Il y eut un sifflement et le train s'ébranla dans une majestueuse lenteur. Debout, il regarda un instant la rivière, puis d'un coup tout s'effaça et l'obscurité d'un tunnel le surprit debout, sans repères. Il tâta la banquette et s'assit, non sans bousculer un homme qui grogna. Il s'excusa et resta immobile dans le noir. Quand le jour revint, il tourna la tête vers le paysage qui défilait.

Bientôt, le train ralentit à nouveau.

« Ah ! voilà Boën ! » dit l'un des voyageurs.

Désiré attendit sur le siège que le train s'arrêtât et il descendit.

Sur le quai, il hésita, fouilla ses poches à la recherche du ticket, le tendit à un employé, puis traversa la grande salle verte au carrelage coloré où trônait dans un angle une bascule aux cuivres luisants.

Face au bâtiment de la gare, sur l'autre rive du Lignon, les maisons de la petite ville s'étageaient, présentant au levant leurs hauts murs austères. Désiré renonça à se diriger vers le pont de pierre pour éviter, en remontant vers le bourg, de longer le jardinet de sa tante. Il descendit par un chemin vers la rivière et trouva une passerelle qui lui donna accès à une sorte de promenade. Là, une rue étroite montait vers l'église dont le clocher dominait les toits.

La place de l'Église, très inclinée, était traversée de ressauts pour éviter, sans doute, un ruissellement trop rapide des eaux de pluie. Cela créait, devant les nombreuses boutiques qui en animaient le pourtour, une sorte d'escalier monumental, où chaque devanture étroite, décalée de ses voisines, occupait une marche. Il avisa un bistrot dont la porte grande ouverte laissait voir l'éclat du zinc et entra boire un café.

« La Suzanne ! s'exclama Potu, en réponse à la question de Désiré, la boulangère ? Si je la connais ? Je l'ai presque vue naître. On n'a jamais passé deux jours sans se voir elle ou son mari, le pauvre. »

Le cafetier poussa sur le comptoir une tasse fumante accompagnée d'un bol empli de morceaux inégaux de sucre roux.

« Un homme, ce Maupin, reprit-il en hochant la tête. La guerre, avec la mort de son gendre, et puis la maladie de sa fille qu'on a cru perdue, ça lui a brouillé le sens, le malheureux. Vous l'avez connu ? demanda-t-il à Désiré en lui portant un regard appuyé.

– Un peu, répondit celui-ci, j'avais de l'amitié pour lui. Je crois que c'était un brave homme.

– Avec des idées peut-être trop fortes pour lui, elles l'ont démoli ; mais je crois qu'elles sont pas mortes, ses idées, elles feront leur chemin en leur temps, vous verrez. C'était… c'était… une sorte de prophète… mais il avait pas la patience… »

Désiré avait posé la cuillère et buvait à petites gorgées le café brûlant.

« Justement, la Marguerite est venue chez sa mère pour accoucher. Elle s'est remariée du côté de Noirétable, à ce qu'on m'a dit, dans une grosse ferme du haut pays, ça lui va guère, pour une fille de la ville avec un bon métier. Vous êtes venu pour la naissance ? s'enquit-il.

– Oui, dit simplement Désiré, l'enfant est né ?

– Je crois, dit Potu, soudain sur ses gardes. J'ai vu redescendre le docteur. C'était tard, peut-être bien 10 heures. Vous êtes un parent ?

– Le père », répondit Désiré en posant une pièce sur le comptoir.

Potu aurait voulu disparaître. Il plongea sa tête grisonnante vers son tiroir-caisse et poussa la monnaie vers Désiré.

« Pardonnez-moi, dit-il, j'ai répété bêtement ce qu'on m'a dit. J'aurais dû me douter, et compliments pour la naissance, monsieur. »

XI

DÉSIRÉ REMONTA jusqu'à la grand-rue et tourna à gauche. Il jeta un coup d'œil à l'ancienne boulangerie Maupin et poursuivit jusqu'à une haute maison dont la porte d'entrée était la seule ouverture au niveau de la rue. Au-dessus de la porte, la plaque de lave émaillée, d'un bleu tendre, ne passait pas inaperçue. C'était bien la maison que Suzanne Maupin avait achetée pour s'y retirer après avoir cédé la boulangerie. Désiré n'osa pas tirer le cordon, de peur de réveiller le bébé ou Marguerite. Il appuya sur la clenche et la porte s'ouvrit sur un haut escalier droit avec un tintement de clochette. Sur la gauche, une porte entrouverte donnait sur une sorte de débarras. Il appela à mi-voix :

« Madame Maupin ? » et il attendit au bas des marches.

Une porte s'ouvrit enfin et la mère de Marguerite apparut.

« Ah ! Désiré ! monte, mon garçon. »

Elle ne l'attendit pas sur le seuil, et Désiré dut s'orienter au bruit pour la rejoindre dans une cuisine où elle s'activait. Près d'un évier, dans une bassine aux eaux rougies, du linge blanc trempait.

« Alors ? demanda Désiré.

– Aide-moi d'abord à porter ça au jardin. J'ai pas pu le faire toute seule avant que tu arrives. Ne t'inquiète pas, il y a toujours du sang, tu sais. Marguerite se repose. »

Ils empoignèrent la bassine et, traversant le palier du haut, la portèrent par une porte cintrée dans un jardin qui s'ouvrait à hauteur de l'étage et s'allongeait, en pente légère, entre deux murs coiffés de tuiles rondes. Ils posèrent leur fardeau à côté de la pompe de fonte au grand levier de fer ouvragé.

« Viens, dit-elle, je vais faire du café. »

Elle resta debout devant la cuisinière et commença à parler en vidant à petits coups l'eau de la bouilloire dans le filtre de la cafetière en tôle émaillée. L'odeur du café se répandait dans la pièce. D'un geste machinal, elle releva ses cheveux embroussaillés.

« Tu as un fils, dit-elle, un gros garçon, mais Dieu que ça a été dur !

– Un garçon ! » s'exclama Désiré en essayant de dissimuler sa joie.

Marguerite lui donnait un fils, un successeur, un maître pour Jappeloup. D'un coup sa pensée quitta la pièce et son esprit fut emporté, comme par un flot torrentiel, vers ses Hautes Terres…

« Quand je suis allée téléphoner, reprenait-elle, le docteur était déjà là. La sage-femme l'avait fait demander, elle était inquiète pour le passage qui se faisait pas. Le travail avait commencé depuis le matin, mais ça n'avançait pas. Marguerite s'épuisait. Ensemble, après des massages et du repos, ils l'ont fait pousser à nouveau, c'est seulement à ce moment-là qu'elle a fait les eaux. »

Le café était passé maintenant, Suzanne Maupin retira la cafetière du feu et la posa sur la table. Elle resta debout face à Désiré qu'elle ne regardait pas. Ils étaient absents l'un à l'autre, comme retirés sur leurs images intérieures.

Lui entendait l'explication comme dans un rêve, hochait la tête pour manifester qu'il écoutait, mais il avait du mal à suivre ce récit qui le mettait mal à l'aise. Il voulait voir son fils, voir Marguerite. Il faillit dire que ça suffisait, qu'il ne voulait plus rien entendre, mais il se sentait trop loin pour se faire entendre de Mme Maupin qui poursuivait :

« On voyait la tête à présent, mais ça suffisait pas. Il a fallu inciser, puis mettre les fers. Mon Dieu ! que ça a été dur ! Puis j'ai entendu le petit cri de l'enfant. Il fallait terminer avant qu'il ne s'étouffe. Ils ont forcé, à déchirer la mère. Marguerite était si pâle et immobile que je l'ai cru morte. Elle a même pas pu crier quand l'enfant est sorti. Il était tout bleu et ne bougeait pas. La tête tellement marquée par la morsure des fers qu'elle en était aplatie. On sentait les os de sa tête qui se chevauchaient. C'était terrible. Finalement, ils ont réussi à ranimer le bébé. Et pendant que la sage-femme continuait à s'occuper de lui, le docteur a recousu Marguerite. J'ai pas quitté son chevet, vous savez, dit-elle en employant le vous comme si, soudain, elle s'adressait à un étranger. Je lui tenais la main. Peut-être que je lui parlais, je sais plus. C'est un miracle qu'ils soient vivants tous les deux. »

Ils restèrent un long moment immobiles, en silence ; il fallait du temps pour que les mots remontent jusqu'au cœur.

« Comment est-elle maintenant ? demanda enfin Désiré.

– J'entends le petit, vous allez les voir. »

Alors seulement, le père entendit, venant de l'étage, les vagissements faibles de son fils.

Il suivit la femme dans l'escalier de l'étage, attentif à ne pas faire de bruit. Les pleurs du nouveau-né s'étaient affermis et provenaient d'une chambre dont la porte était ouverte. Suzanne Maupin ouvrit une autre porte et l'invita à entrer. Marguerite était étendue, très pâle, dans un grand lit de bois. Un oreiller lui soutenait la tête. Elle ouvrit les yeux et eut un faible sourire résigné.

« Il est vivant », articula-t-elle.

Désiré s'approcha, s'agenouilla près du lit et lui prit la main. Elle était froide et presque sans vie. Il la regardait avec intensité, profondément ému, lisant sur ses traits les traces de la lutte démesurée.

Il emprisonna sa main dans les siennes comme pour la réchauffer.

« Je regrette, dit-il, même pour un fils j'aurais pas voulu te voir comme ça. »

Elle dégagea sa main et la porta dans les cheveux drus de Désiré. Il pencha la tête et l'appuya doucement sur le sein gonflé. Il avait oublié sa joie et se sentait honteux d'être resté en dehors de ce combat, de n'avoir pas été là, inutile peut-être mais disponible pour au moins souffrir avec elle.

À Jappeloup, cela aurait été différent. L'activité de la maison aurait été tout entière suspendue dans l'attente du premier cri de la vie. Tous, êtres et choses, auraient fait bloc, unis dans la même souffrance, crispés dans la même attente. Il savait cependant qu'à la ferme le drame aurait été inévitable.

« J'aurais dû être là… »

La porte s'ouvrit et Mme Maupin entra, l'enfant dans les bras. Désiré se leva et porta les yeux sur la petite tête cramoisie et déformée.

« Ça reviendra, a dit le docteur, c'est l'affaire de quelques semaines. »

Elle le tendit à Désiré.

« Prenez-le, que je prépare Marguerite. »

Il tendit des mains maladroites et tint gauchement le nouveau-né à hauteur de son visage, cherchant un regard encore absent dans une toute petite figure marquée de traces bleues sur une peau rouge et fripée.

Debout dans la chambre, il assista à la première tétée. Le médecin devait repasser en fin d'après-midi, après ses consultations ; Désiré voulait le voir. Il informa Suzanne Maupin qu'il repasserait vers 5 heures et reprit lentement la grand-rue en direction du centre.

Certainement, après avoir rencontré le docteur, et si tout se passait bien, il prendrait un train le lendemain. Il ne pouvait rester ici. Simplement, il voulait voir Marguerite un peu mieux avant de repartir. Il se sentait vide, fatigué. Il était près de midi et il pensa qu'il lui fallait manger quelque chose. Il entra dans l'ancienne boulangerie Maupin et acheta une petite miche. Dans une épicerie voisine, il fit emplette d'une saucisse sèche et d'un fromage qu'il glissa dans sa poche et descendit d'un pas résolu vers le café de la place.

Le cafetier qui servait des extraits de gentiane à un groupe d'hommes au comptoir le suivit du regard jusqu'à la petite table du fond où il s'assit. Les autres, qui lui tournaient le dos, ne lui prêtèrent aucune attention.

Désiré posa la miche sur la table et sortit de sa poche le petit paquet de nourriture et son couteau. Le bruit des conversations au comptoir lui était désagréable. Pour manger, il attendrait que le groupe s'en soit allé. Il demanderait du vin… Il repensa à Marguerite, à ce petit monstre écorché qu'on lui avait présenté comme son fils. Il aimait Marguerite, mais l'avait-il jamais vue que dans un rêve de bonheur à sa mesure ? pour assurer la pérennité de sa maison et de sa race ? Ces gens n'avaient-ils pas raison d'affirmer qu'elle s'était fourvoyée sur les Hautes Terres ? Quand il l'avait vue si brisée, si pâle, il avait eu l'impression de l'avoir sacrifiée de ses propres mains, comme ces enfants ou ces vierges qu'on égorgeait autrefois au bord de la cupule sacrificielle du grand rocher de l'Hermitage, voués aux libations des dieux altérés et irascibles de la fécondité.

L'ombre de Potu se portant sur la table lui fit lever la tête. Il n'avait pas entendu partir les hommes.

« Vous voulez du vin pour manger ? Vous serez tranquille à présent, jusqu'à l'heure du café. Je vais casser la croûte moi aussi, c'est le moment. »

Désiré avait acquiescé de la tête. L'homme retourna à son comptoir et apporta un verre et deux bouteilles de vin. Il en laissa une devant Désiré et posa l'autre sur une table voisine. Il sortit ensuite par une petite porte battante et revint avec un plateau qu'il posa sur la table puis disparut à nouveau.

Désiré se servit un verre, trancha un large morceau de pain et de saucisse et commença à manger. Potu revint au bout d'un moment avec un grand bol de soupe fumante. Il s'assit, prit la bouteille de vin et en versa deux ou trois goulées dans la soupe brûlante. À Jappeloup aussi les hommes faisaient chabrol. Il prit enfin sa cuillère et se mit à manger lentement, les yeux baissés, comme s'il était seul.

« La naissance a été difficile, pas vrai ? fit Potu quand il eut fini sa soupe.

– Sûr, lâcha Désiré. C'est un garçon et la mère est sauve.

– À la bonne heure ! La Suzanne en a eu son compte, pas vrai. On va arroser ça », dit-il en prenant sa bouteille et en emplissant les deux verres.

Ils trinquèrent et burent lentement.

« Ça fait rien, reprit le cafetier, je crois que le Maupin aurait été content d'avoir un petit-fils. Sans doute qu'il l'aurait un peu gâté ! Quelle misère ! dire qu'on a encore trinqué ensemble le soir de sa mort.

– De quoi qu'il est mort ? demanda Désiré.

– Ne me dites pas que vous savez pas, s'exclama Potu. Vous, son gendre !

– Je sais qu'il était malade et que ça été rapide. Pour le reste, on n'en parle pas. J'ai pas voulu poser de questions. Je suis pas sûr que ma femme en sache plus. Elle était mourante à l'époque, on a dû lui dire longtemps après, peut-être pas tout.

– Sûr qu'il était malade ! Il était malade de l'estomac et de la tête surtout. Et puis si vous aviez vu comme il avait maigri après la mort de son gendre – excusez-moi, c'est d'Édouard que je parle – et pendant la maladie de sa fille. Quand il est passé un soir m'annoncer que le docteur lui avait dit que sûrement elle était perdue, il a réclamé de la gnôle, j'aurais pas dû, c'était interdit depuis la guerre. Il m'a fallu aller chercher la mienne, derrière, j'en avais pas au comptoir. Lui qui buvait jamais d'alcool, juste un petit blanc, parfois, en apéritif. Je vais vous dire, monsieur, ce soir-là, je l'ai vu mort. »

Ils mangèrent un moment en silence, mastiquant lentement, puis l'homme reprit :

« C'est peut-être pas à moi de vous l'apprendre, monsieur, mais, Maupin, il s'est pendu. Quand la Suzanne s'est levée à 6 heures et qu'elle a pas senti l'odeur du pain chaud en descendant l'escalier, elle a tout de suite pensé au malheur. Elle a couru au fournil, comme elle était, en tenue de nuit. Il était là, accroché à une solive, les pieds frôlant le sac de farine sur lequel il avait grimpé. Il avait pas même brassé, pas même allumé le four, rien. La vie était sortie de lui déjà avant son geste. Sa femme a déboulé ici comme j'ouvrais les volets du café. On est remontés ensemble avec un voisin. On l'a dépendu. Pauvre ! ajouta-t-il après un long soupir.

« Voyez-vous, monsieur, souvent je prenais ses discours à la rigolade, pour pas faire des histoires avec les clients, mais je vais vous dire : c'était un homme que beaucoup le valent pas, même des plus haut placés et qui mourront dans leur lit. Son petit-fils pourra en être fier, quand bien même. Il devra pas rougir de ça. »

Désiré claqua son couteau et passa sa langue sur ses dents. Ils avaient fini leur repas dans un silence lourd. Enfin Potu se leva pour aller chauffer le café. Il revint bientôt avec deux tasses et une grosse cafetière. Puis retourna chercher du sucre avec deux cuillères.

Il servit le café et se rassit lourdement :

« Savez-vous ce qu'il disait ? »

Désiré fit non de la tête.

« Il disait qu'il y a que deux choses qui font marcher les hommes : l'argent et le pouvoir. On voit bien qu'il avait raison.

– Y a aussi l'amour, contesta Désiré, pourtant peu habitué aux débats d'idées.

– Oh ! l'amour ! reprit Potu, l'amour, la haine ! Il disait que ça faisait mourir autant que vivre. Ceux qui courent pas après le pouvoir ou l'argent, il leur faut bien du courage pour vivre, allez. Ceux-là, c'est les “pauvres cons”, ils sont dans la main de Dieu… ou du diable, c'est comme on croit. Je vois bien que je suis comme lui, moi aussi, le pouvoir et l'argent, je m'en moque. Pour ce qui est de l'amour, je vis avec le souvenir de ma pauvre femme et on n'a pas eu d'enfants, alors, l'amour, moi, il me tue à petit feu. Je me contente des petits plaisirs de chaque jour : les amis, une promenade, un quartier de soleil s'il fait frais, d'ombre quand il fait chaud. Il faut rien chercher d'autre, monsieur, c'est juste bon pour se faire du mal.

« Si on lui avait laissé sa voiture encore, c'est qu'il l'aimait cette ferraille. C'était sa part de rêve, sa liberté. »

Des clients entrèrent pour le café. Potu emporta la grosse cafetière et les servit puis s'en revint vers Désiré.

« Il en avait pas besoin de cette voiture.

– Ça devait coûter quelque chose, intervint Désiré.

– Je vais vous dire pourquoi il l'a achetée, moi. C'était pour rendre service à un ami qui en avait hérité. Maupin lui a racheté la voiture pour lui faire un petit capital. La Suzanne était pas trop contente, d'ailleurs. Maupin rigolait. “C'est pour promener la bourgeoise”, qu'il disait !

« Et puis, il s'y était attaché, surtout quand la petite était là-haut et qu'il allait la ravitailler le jeudi. Je l'ai accompagné une fois. “Ça a que deux vitesses, qu'il m'expliquait, sur le plat, on règle les gaz et ça marche tout seul, dans les côtes, on tient appuyée la pédale qui est là, à côté du frein, ça démultiplie, mais là, faut pas être pressé, et pas trop mettre les gaz, parce que ça chauffe plus vite qu'un cheval, et mieux vaut avoir sa réserve de flotte !" »

Plusieurs clients étaient partis en faisant sonner quelques pièces sur le zinc, ça n'avait pas arrêté Potu. Il avait pris des couleurs en parlant. Il semblait que, depuis la mort de Maupin, il n'avait plus adressé la parole à quiconque tant il avait besoin de raconter. Il se leva enfin.

« Je vous lasse peut-être, monsieur, je parle, je parle… C'est que je vous vois comme de la famille. Vous me semblez un homme de bien, je crois que Marguerite sera pas malheureuse avec vous. Donnez-y le bonjour de Potu, et à la Suzanne aussi, ça fait bien une bonne semaine que je l'ai pas vue.

« Allez, conclut-il pour lui-même, laissez-moi aller *bassouiller* ma vaisselle. »

Désiré quitta la petite table, jeta un coup d'œil à la pendule et sortit en saluant Potu. Il fronça les paupières sur le seuil, ébloui par la lumière. Le discours du vieil homme l'avait étourdi. Il disposait encore de deux longues heures avant de retourner à *L'Astrée*. Il descendit vers le Lignon d'un pas pesant. Il avait mis les poings dans les poches de sa veste et sa silhouette s'en trouvait alourdie. Il remonta la promenade qui se terminait en terrain vague, sans doute gagné sur l'ancien lit de la rivière, parsemé de blocs inégaux. Il en avisa un tout près de la rive et s'assit. Le murmure de l'eau le ramenait à une certaine paix.

Il se souvint de son oncle, à qui il aurait souhaité parler un peu de ses parents : le père aurait été content, la mère aussi sans doute. Cependant, il estimait qu'elle n'aurait pas approuvé son mariage, puis sa pensée glissa vers son cousin. Édouard, lui, savait causer, dire le mot qu'on attendait, se présenter à son avantage. Il l'imagina avec Marguerite et se sentit soudain lourdaud. Il ne l'avait pas même embrassée ce matin.

« Tout à l'heure, se promit-il, je lui porterai des fleurs. »

Il n'avait jamais été à l'aise dans ses vêtements de sortie. Son large torse se sentait contraint dans sa veste. Non pas qu'elle fût trop étroite, mais sans doute n'était-elle pas taillée pour un homme rompu aux exercices musculaires. Il l'ôta et la déposa à plat, près de lui. La campagne avait sculpté son corps, modelé sa démarche, limité son esprit aux ruses du combat quotidien. C'était cela, les paysans ! Ils n'étaient bien que sur leur terre, les poumons emplis de l'air âpre de leurs grands espaces.

Non, il ne regrettait pas cette appartenance, pas même pour ceux de sa maison qui la partageaient. Il craignait seulement pour Marguerite qu'il avait entraînée hors du monde pour lequel elle était préparée et aussi pour ce petit qui n'était pas né dans la rudesse du granit, n'avait pas pris son premier souffle à l'air vif du plateau.

Certes, Marguerite semblait à l'aise à Jappeloup. Elle avait introduit à la ferme des idées nouvelles, des besoins inconnus jusqu'alors, elle avait ouvert Jappeloup au monde, à la beauté des fleurs, aux histoires de la vie. La présence de Marguerite s'était fait sentir au-delà des espérances qu'il en avait. Et bientôt une vie nouvelle, celle de son fils, s'éveillerait à Jappeloup. N'était-il pas comblé ?

La crainte le reprit à cette constatation. C'est pour cela qu'il voulait voir le docteur : avoir des assurances sur Marguerite, sur l'enfant.

Il ne savait rien des nouveau-nés, mais cette naissance difficile lui laissait au cœur une sournoise inquiétude.

Désiré attendait dans la cuisine. Suzanne Maupin avait accompagné le docteur à l'étage. Assis en travers, un coude sur la table et sa jambe étendue, il avait entendu quelques tintements d'ustensiles et le bruit assourdi des voix.

Il avait porté la main à la poche intérieure de sa veste et avait sorti son portefeuille où se trouvaient, dépliés et simplement glissés entre les deux rabats, quelques gros billets. Il en avait tiré un tout à l'heure, en remontant, pour régler les fleurs et avait glissé la monnaie dans la poche de son pantalon. Il avait porté le bouquet à Marguerite avant l'arrivée du docteur. Elle avait souri et il l'avait embrassée. Elle était toujours aussi pâle, mais ses traits s'étaient détendus. Elle avait dormi et sa mère, qui avait tiré un fauteuil dans l'entrée des chambres pour s'y reposer, avait surpris à plusieurs reprises une grimace de douleur sur le visage détendu par le sommeil. Le bébé aussi avait dormi. Il n'avait réclamé à manger que vers 4 heures.

Les pas dans l'escalier alertèrent Désiré qui se leva et sentit ses traits se durcir ; sans doute avait-il pâli. Mme Maupin leur proposa à boire. Ils refusèrent et elle disparut à nouveau.

« Alors ? demanda Désiré.

– À moins de quelque complication toujours possible, répondit le médecin, je crois qu'elle s'en tirera. Heureusement qu'elle s'est refait une santé depuis sa maladie. Il y a seulement deux ans, elle n'aurait pas supporté ça. Pour ce qui est de la chose, dit-il en jetant un coup d'œil sur Désiré, il vous faudra être patient, mon garçon. C'est pas demain qu'elle acceptera un homme sans douleur. Prudence, aussi : un autre accouchement comme celui-ci lui serait fatal. Il vaudrait mieux qu'elle n'ait pas d'autre enfant. Le cœur est fatigué : deux grosses épreuves en pleine jeunesse ! Évitez-lui les efforts. Ce qui m'étonne, c'est que ça ne lui ait pas coupé le lait… C'est bien pour le petit. C'est pas dit qu'il aurait accepté une nourrice. Et puis le temps de la trouver… Rien ne vaut le lait de la mère, vous savez.

– Il vivra ? intervint Désiré.

– Il vit, c'est déjà ça, un beau gars de plus de sept livres ! J'ai bien cru devoir le sacrifier pour la mère, hier. S'il s'était mal présenté, il serait mort. Les fers l'ont marqué, c'était tellement serré. Il aurait fallu une césarienne, mais c'était trop tard. La tête ne m'inquiète pas, ça reviendra, vous verrez. Le problème, c'est l'asphyxie, le cordon a dû être écrasé, et puis on l'a tellement secoué qu'il a crié *in utero*, dans le ventre, quoi, et qu'on n'a pas réussi à le tirer tout de suite. Il a fallu le ranimer. Il aurait peut-être mieux valu… »

Désiré, tendu, pâlit encore.

« Vous pensez que…

– Il peut y avoir des séquelles. Le cerveau est fragile, il souffre vite… Ne vous inquiétez pas, allez, c'est plus solide qu'on croit, un bébé. Et puis la vie est pleine de ressources. À la campagne, même un benêt trouve sa place, même un idiot. Dans une quinzaine, ils seront chez vous et vous n'y penserez plus. Excusez-moi si j'ai été brutal, on parle trop vite, des fois. »

Désiré tendit des billets sans rien dire. Le médecin leva la main pour protester sur la somme. Puis il prit deux billets et en sortit un de moindre valeur qu'il tendit à Désiré. Celui-ci l'ignora et le médecin le posa sur la table. Il serra la main de Désiré et descendit seul l'escalier. Deux larmes discrètes coulèrent sur les joues du jeune père. Il les essuya vivement, attendit le claquement de la porte et sortit sans bruit à la suite du docteur.

Il vérifia que le médecin avait pris quelque distance et s'en alla en sens opposé. Il marcha au hasard, les yeux noyés. Par bonheur, on sortait assez vite de la ville et personne ne le croisa d'assez près pour voir son trouble. Il boitait bas et se sentait très fatigué. Il passa devant la grille d'un cimetière. Ce lieu lui parut comme un asile, un endroit propice pour apprivoiser sa douleur, il poussa le vantail et entra…

Il pensa d'abord à Firmin, à sa gentillesse, à son dévouement, puis les traits ingrats du plus jeune fils du Camille vinrent à son esprit et ne voulurent plus en sortir. Voilà, sans doute, ce que serait son fils à lui : un idiot, le médecin avait dit le mot, un simple d'esprit comme disait Phi par pitié. Il faillit presque hurler pour arracher la boule qui lui nouait la gorge et l'étouffait. Il se contint, s'assit sur le muret d'une tombe et prit sa tête dans ses mains. Pourquoi ? Pourquoi ?... Il n'arrivait pas même à accrocher une mauvaise phrase à cette courte interrogation. Confusément, des pensées de toute nature se télescopaient dans son esprit. Il serait responsable de la ruine de Jappeloup. Il n'aurait pas même été capable d'assurer l'avenir. Il n'y aurait qu'un idiot baveux pour continuer l'œuvre dont des générations avaient rêvé, à laquelle ils avaient consacré toute leur force, toute leur vie.

Pourtant, cet enfant, ils l'avaient conçu avec amour, dans la confiance, dans l'espérance d'un bonheur sans nuages. Pourquoi n'avait-il pas pu franchir la porte de la vie sans y laisser la meilleure partie de son être ? Non, Marguerite n'était pas en cause, elle avait, jusqu'au bout, préparé un solide héritier de plus de sept livres, c'est ce qu'ils avaient dit. Lui, Désiré, ne savait pas combien devait peser un bébé, un beau garçon, avait dit le docteur. Qu'avait-il fait pour mériter ça ? Et quelle était la justice de Dieu pour faire porter par le fils la faute du père ?

Depuis un moment, une pensée lui venait à laquelle il tentait désespérément d'échapper. À peine l'avait-il entrevue que sa conscience tentait de la renvoyer aux ténèbres. Elle remontait sans cesse, maintenant. Oh ! ce n'était pas la première fois qu'il y pensait à cette violence qu'il avait portée sur la Pigne. Plusieurs fois, ces dernières semaines, sans trop s'y attarder, avec la honte au cœur, il s'était demandé comment il avait pu faire cela ? Comment il n'avait pas su éviter cette brusque folie ?

Il n'avait pas d'excuse, la Pigne n'avait jamais eu d'autre coquetterie que sa belle santé et son insolente jeunesse. Certes, c'était le mois où la sève monte avec une vigueur intense, éclatant les bourgeons préparés avec patience depuis des mois, c'était le mois où la nature se fait indisciplinée et exigeante, le mois des premières chaleurs, du renouveau… le printemps. Mais par le passé, il avait connu d'autres façons de calmer le feu, ça n'était pas une histoire.

Non, cette fois, il avait manqué. Et cela, juste au moment où Marguerite se préparait à l'épreuve. Dieu l'avait puni. Leur entente serait un beau souvenir, terni à jamais par cette issue terrible.

« J'ai accompagné le docteur, mentit Désiré, et puis je me suis arrêté au café de la place.

– Chez Potu ? s'exclama Suzanne. Je me demandais bien où vous étiez passé. C'est un ami, vous savez.

– Ah bon ! s'étonna-t-il sans conviction.

– Mon pauvre Maupin y passait presque chaque jour. Il ne vous a pas connu, je pense. Je lui dirai à l'occasion que vous êtes le mari de Marguerite. »

Désiré se promit de mettre, avant de partir, le cafetier dans la confidence. Il devrait faire l'innocent, ne pas le trahir.

« Vous allez manger ici ce soir. Vous pourrez vous étendre dans le salon. Il y a un canapé. Il faut que vous m'aidiez à faire prendre un bouillon à Marguerite. Le docteur l'a recommandé et pour l'instant elle ne veut pas. Demain, vous partirez si vous voulez. Je vous mets pas à la porte, mais je pense pas que vous souhaitiez rester là.

– Je remonterai demain matin. Je suis inutile ici. Je sais que vous aurez soin de votre fille et du bébé. C'est plus sûr qu'ils restent encore un peu. Vous n'aurez qu'à écrire un mot ou téléphoner à Béraud. Je trouverai un voiturier pour venir les prendre. Merci, ajouta-t-il en lui saisissant les mains, merci. »

XII

On s'attendait à le voir revenir enjoué et ravi, il arriva, en début d'après-midi, inquiet et maussade. À part une portion du trajet, de Saint-Jean à Ventuel où une charrette l'avait pris qui se dirigeait vers le Chaffal, il avait fait le chemin à pied, tirant la jambe et, la veste sur le bras, il avait abondamment mouillé la chemise. Il était las, affamé, assoiffé, mangea peu et but plus que de raison. Il avait seulement dit à Phi en s'asseyant :

« Il est né avant-hier, vers 10 heures le soir, ça a été difficile, il est gros, à ce qu'on a dit, il a fallu le tirer. Il a manqué tuer sa mère. Elle doit rester là-bas encore deux ou trois semaines, elle écrira… »

Il monta s'étendre. Phi n'osa rien demander de plus.

Pendant quelques jours, on ne le vit guère à la maison et les repas, pris le plus souvent en silence, ne s'éternisaient pas. Désiré partageait son temps entre l'étable, où se préparaient encore deux vêlages, et la remise, où il graissait, étudiait, préparait la faucheuse livrée depuis peu. Il était fasciné par les longs doigts de fer, qui faisaient comme un long peigne et la lame aux tranchants acérés sur lesquels il passait le doigt pour en jauger le fil. Il avait répété les gestes nécessaires : l'abaissement du levier pour mettre la lame en position de coupe, l'enclenchement du crabot pour lui transmettre le mouvement des grandes roues de fer. Il avait démonté et remonté la lame plusieurs fois, manœuvre nécessaire à chaque affûtage. Il se sentait prêt, avec au cœur l'appréhension de la nouveauté.

En l'absence de Désiré, Phi avait expliqué aux jeunes le peu qu'elle savait. Devant leurs questions, et pour se rassurer peut-être, elle avait un peu arrangé les choses.

Une lettre arriva de Boën, que Désiré leur laissa lire. Marguerite n'annonçait pas encore son retour, mais elle donnait des détails sur sa santé et les premiers jours du bébé. Elle faisait du nouveau-né une description amusante et chacun fut soulagé de la savoir déjà mieux. On voulut faire confirmer ces nouvelles par le père, mais celui-ci restait évasif ou éludait la question, prétextant son ignorance à l'égard de ces choses.

Néanmoins, de ce jour, Désiré se détendit et l'atmosphère se fit plus légère. Il approuva même la suggestion de Phi de nettoyer la maison et de la rendre plus accueillante pour le retour de Marguerite.

Firmin, armé d'un piochon, entreprit de désherber les plates-bandes créées sous la direction de sa maîtresse et qu'on avait quelque peu négligées depuis son départ. En deux ans, les rosiers s'étaient épanouis et égayaient de leurs fleurs rouges l'austérité de la cour. Le long du mur du porche, où l'ombre dominait, on avait réalisé un alignement de roses trémières et, vers la façade de la maison, plusieurs petits massifs étaient voués aux fleurs annuelles.

Désiré et la Pigne sortirent au soleil tous les meubles du petit salon. Ils lessivèrent le plafond et les poutres, imprégnées d'années de suie, et donnèrent aux murs, grâce au badigeon de chaux, une nouvelle jeunesse. Le dallage à petits carreaux de terre rouge fut soigneusement récuré, et Désiré accepta même qu'on l'enduise de cire. Il avait fallu renouveler plusieurs fois l'opération afin d'obtenir un joli luisant, mais chacun reconnaissait que la pièce avait désormais l'air confortable d'une maison bourgeoise. Phi lava et repassa les rideaux. Rose nettoya l'abat-jour de pâte de verre et astiqua les cuivres de la suspension à pétrole. Enfin, on cira et astiqua tous les meubles avant de les remettre en place.

« Marguerite sera contente », avait conclu la Pigne toute fière du résultat.

On avait aussi nettoyé la vaste cuisine et lavé tous les sols, même les planchers de l'étage et l'escalier, à grande eau additionnée de potasse.

Quand, enfin, on reçut la lettre de Marguerite fixant son retour et que Désiré, ayant retenu le taxi pour le jour convenu, fut parti pour Noirétable, l'excitation monta encore d'un cran pour les derniers préparatifs. Au soleil couchant, la voiture s'annonça sur le plateau par deux brefs coups de trompe. Marguerite était seule à l'arrière, portant l'enfant dans ses bras, car Désiré s'était fait déposer au passage pour remonter le cabriolet. Elle demeurait trop fragile pour une bonne heure de route au grand air et le bébé était encore si petit : il entrait dans sa quatrième semaine.

Marguerite appela Phi et lui tendit l'enfant. Elle ne pouvait encore descendre de la voiture sans le secours de ses deux bras accrochés aux poignées. Elle se tira vers l'ouverture, posa à terre ses deux pieds et, soutenue par la Pigne, se redressa avec un sourire grimaçant. Les cahots du voyage avaient réveillé les douleurs assoupies.

« Mon Dieu ! que je suis contente de vous revoir ! dit-elle en embrassant chacun.

« Regardez ce que je rapporte », dit-elle en reprenant le paquet de linge que Phi lui tendait.

Elle écarta la couverture blanche qui protégeait l'enfant et découvrit à tous le petit visage rose endormi émergeant des linges et d'un bonnet de coton qui cachait ses cheveux et ses oreilles.

« Il est… il est pe… tit ! » s'exclama Firmin.

On rit et on soutint Marguerite jusqu'à la maison. Le chauffeur de la voiture avait déposé les bagages près de l'entrée. Il attrapa sous son siège une manivelle qu'il introduisit vers l'avant et d'un coup vigoureux remit en route son moteur. Il recula lentement sous le porche, fit demi-tour et quitta Jappeloup.

Désiré arriva juste pour le repas. On avait accompagné Marguerite jusqu'à la chambre des maîtres où un berceau de bois, soigneusement dépoussiéré et ciré, avait pris place. On ne l'avait mis là que depuis la naissance, car on craignait encore, sans y croire vraiment, les prédictions malheureuses des préparations trop hâtives.

Les foins étaient finis. Déjà, on avait récolté les seigles. La faucheuse mécanique avait révolutionné le travail. Tandis que Désiré coupait, aidé d'un homme pour dégager les bourrages inévitables, Firmin et Lozère fauchaient les bordures et les mouilles où la machine ne passait pas. On avait « tombé » en une soirée ce qu'on mettait d'habitude quatre ou cinq jours à faire. Par contre, le fanage avait nécessité tous les bras disponibles, tant la surface à brasser s'était agrandie. Les journaliers avaient protesté que ça changeait le travail, que ça faisait moins propre, mais Désiré était ravi et envisageait déjà pour l'année suivante l'acquisition d'une faneuse dont il avait déjà vu les premiers modèles. La coupe des seigles avait demandé plus d'organisation encore, car les hommes devaient suivre la machine pour saisir et lier les bottes, mais la coupe était nette et rapide. On avait fait, avec deux hommes de moins, le même travail qu'autrefois.

On était le troisième dimanche d'août, une de ces journées magnifiques où la nature est gorgée de la chaleur de l'été finissant.

C'était une tradition, depuis longtemps établie, de fêter la fin des gros travaux de l'été par un repas de fête, avant le départ des saisonniers. Le soir même parfois, le lendemain le plus souvent, ils prenaient leur baluchon et se mettaient en route vers quelque pays de vendange ou de cueillette de fruits d'automne. Le travail habituel achevé, chacun s'en allait faire toilette et mettre une chemise propre. Quand il faisait beau, on sortait la grande table de la cuisine dans la cour, sous le gros bouleau.

Il y avait déjà plus de deux mois que Marguerite était de retour. Elle s'était maintenant remise. Le petit Louis, dont la tête garnie de mèches brunes gardait encore quelques traces des épreuves de l'accouchement, profitait bien et sa mère en oubliait parfois ses inquiétudes. Elle s'était installée près de la porte, à l'ombre de l'avant-toit, et lui donnait le sein tandis que la Pigne et Firmin faisaient des allers-retours joyeux et incessants entre la cuisine et la grande table sur laquelle ils dressaient le couvert. L'adolescente, espiègle et excitée sans doute par ce jour exceptionnel, faisait enrager Firmin en le taquinant sur sa lenteur. Elle avait passé une robe à fleurs, à courtes manches, que Marguerite lui avait donnée et qui, à peine retouchée, lui allait à ravir. En attendant le repas, Désiré avait entraîné les deux journaliers dans une partie de quilles sur le replat du chemin.

Phi, dans sa cuisine, surveillait à la fois son four, ses sauces qui mijotaient sur la fonte du poêle et la broche où dorait un chevreau qu'on avait sacrifié pour l'occasion. Il faisait dans la cuisine une chaleur d'enfer. S'épongeant le front du torchon passé dans sa ceinture, elle vint prendre une bouffée d'air frais sur la porte et jeta un coup d'œil au bébé que la mère tapotait pour son rot puis, de loin, inspecta la table.

« Mon Dieu ! dit-elle en s'adressant à Marguerite à mi-voix, on dirait que la petite est grosse ! »

La Pigne, affairée à l'extrémité de la table, découpait sa silhouette de profil sur la clarté du mur, et la robe, plus collante que l'ordinaire tablier de tous les jours, venait de la trahir.

Marguerite jeta un regard vers la petite et s'adressa à Philomène :

« Occupe Firmin à la broche. Je vais aller coucher Louis, je lui parlerai. »

« Firmin, mon garçon, appela Phi, viens, j'ai un travail pour toi. »

Le garçon entra. Rose, seule tout à coup, perdit brusquement son entrain, déplaça encore quelques objets et revint lentement vers la porte, les mains jointes dans son dos. Marguerite pensa qu'elle ne se doutait pas de son état.

La Pigne s'arrêta devant elle. Elle glissa son doigt dans la main du bébé qui le serra. Elle rit.

« C'est drôle comme il serre. Il a fait son rot ?

– Il vient de le faire. Tu veux le coucher ?

– J'ai peur de pas savoir, dit-elle, je voudrais pas lui faire du mal. »

Marguerite lui mit l'enfant dans les bras. Elle en fut confuse et rosit. Son geste, d'abord un peu contraint, s'assouplit.

« Tu t'es bien occupée de tes frères et sœurs chez toi.

– C'était pas pareil, dit la Pigne, et puis ils étaient pas si petits.

– Viens, je t'accompagne. »

Avec précaution, Rose porta l'enfant dans la pièce où l'on descendait son berceau le jour. Elle voulut le rendre à sa mère, mais celle-ci l'invita du geste à le coucher. Elle le fit avec adresse et Marguerite lui dit :

« C'est pas difficile, tu vois, il faut bien que tu apprennes !

– Je m'occuperai de lui quand vous pourrez pas ? demanda-t-elle.

– Bien sûr ! Mais c'est pas ce que je voulais dire.

– Oh ! pour le reste, j'ai bien le temps ! s'exclama Rose.

– Crois-tu ? dit Marguerite. Phi et moi, on a l'impression que tu es enceinte. Tu as eu tes règles récemment ? »

Rose avoua n'avoir pas fait très attention.

« Y a quelque temps que non déjà, dit-elle.

– Tu as un amoureux ?

– Oh non ! » protesta-t-elle.

Puis, baissant la tête, elle demanda :

« Vous allez me renvoyer ?

– Il n'est pas question de ça, Rose, mais il faut faire attention.

– C'est pas ma faute, vous savez. Je voulais pas, il m'a forcée. Une fois, rien qu'une fois, vous croyez que c'est possible que je sois grosse ? »

Elle éclata en sanglots et Marguerite la prit dans ses bras. Louis, pas encore endormi, se mit à pleurer. Sa mère le berça d'une main. Presque aussitôt, il se calma.

« Qui est-ce ? demanda Marguerite. Tu n'as pas pu te défendre ? »

La Pigne fit non de la tête.

« C'était à la pâture ? »

Rose acquiesça.

« Quelqu'un qui vient ici ? Que l'on connaît ? »

Rose protesta.

« Tu as eu peur. Tu aurais dû le mordre, lui déchirer la figure. »

Rose ne dit rien mais ses sanglots redoublèrent.

De la cour, on entendit la voix de Désiré appelant sa femme.

Elle l'embrassa.

« Reste un peu là, va, sèche tes larmes. Ne laisse rien paraître. On n'en parlera plus. Il faut oublier ça. Pense seulement au bébé à venir. Que tout se passe mieux que pour moi. Je t'aiderai. Pour l'instant, c'est notre secret. »

Et comme on entendait un nouvel appel du maître, elle sortit en tirant la porte derrière elle.

On fit preuve d'un bel appétit. La Pigne, qui aidait Phi au service, avait passé son tablier sur sa robe pour ne point la salir, et ses gamineries du matin avaient cédé la place à une certaine réserve. Elle se déplaça beaucoup, attentive à devancer les besoins de chacun et à suivre à la lettre les consignes de Phi et de Marguerite. Désiré servait à boire. Enfin, tandis que le café passait, Rose alla chercher la grosse tarte aux myrtilles, préparée de la veille et que l'on avait mise au frais recouverte d'un torchon.

Ce fut une belle explosion de joie. Désiré emplit à nouveau les verres. On dégusta en silence, puis les conversations reprirent avec le café et la prunelle que le maître sortait aux grandes occasions.

Le compagnon tira alors sa blague à tabac et se mit à rouler une cigarette. Il y eut un moment de silence tandis qu'on observait son savoir-faire, puis des rires et des éclats de voix quand il la tendit au maître et que celui-ci se mit en devoir, malgré les protestations de son épouse, d'en faire une à son tour. S'y reprenant à plusieurs reprises, il finit par présenter un petit boudin bosselé, qu'il alluma au briquet qu'on lui tendit. On l'applaudit et on regarda avec amusement les volutes et les ronds de fumée qu'il en tira.

Désiré s'était proposé pour mener paître les bêtes l'après-midi. Il y avait la fête à Pragnot, la première depuis la guerre, et il avait proposé aux domestiques de s'y rendre et d'y prendre un peu d'amusement. On y organisait des jeux de force et d'adresse, on y faisait de la musique, on y dansait, et c'était parfois l'occasion pour les saisonniers de faire la rencontre d'une femme esseulée qui ne faisait guère la coquette pour donner et prendre un peu de plaisir. Certes, cette année, beaucoup de jeunes manquaient mais, passé le deuil, il fallait bien reprendre le cours de la vie, et puis on avait besoin de se divertir, de parler à nouveau d'avenir…

La Pigne irait aussi, elle raffolait de ces sorties. De plus, elle s'entendait avec Firmin qui, à l'extérieur, ne la quittait guère. Ils veillaient l'un sur l'autre en quelque sorte, et s'il avait la force d'écarter un importun, elle avait assez d'aplomb pour empêcher les gamins de l'ennuyer ou de se moquer de lui. On aida Désiré à lâcher les vaches et on sortit le petit troupeau de chèvres et de brebis. La veste sous le bras, ils allaient se mettre en route quand Firmin se mit à pousser des cris et s'assit sur le bord du chemin. Les deux hommes s'arrêtèrent.

Rose se tenait à l'écart du petit groupe et, au grand désespoir de Firmin, faisait mine de ne pas vouloir descendre. Marguerite et Phi durent l'encourager :

« Allez, va, c'est de ton âge ! Tu nous raconteras… » et Phi, joignant le geste à la parole, lui retira son tablier qu'elle bouchonna sous son bras et la poussa en avant.

Rose saisit en passant la main de Firmin et rejoignit les hommes en sautillant.

Marguerite, laissant le petit à la garde de Phi, voulut accompagner son mari. Elle rentrerait avant l'heure de la tétée et, dès que le bétail eut pris le chemin de la pâture, elle se pendit au bras de Désiré et ils montèrent ensemble vers les bois.

Le troupeau, affamé, se tenait tranquille. Tête basse, les animaux emplissaient leur panse avec application, se déplaçant lentement. Les chèvres, comme toujours en avant-garde, choisissaient la meilleure pousse, la plus parfumée, la plus tendre. Les vaches suivaient, arrachant d'un large coup de langue une grosse poignée d'herbe qu'elles avalaient goulûment. Les chevaux et les brebis broutaient à l'écart.

Ils s'étaient arrêtés sur le haut de la pente, à l'ombre d'un bosquet. Le soleil était chaud, mais l'air léger des plateaux rendait l'après-midi fort agréable. Désiré s'étendit et baissa son chapeau sur ses yeux. Les chiens se couchèrent près d'eux. Marguerite s'assit près de son mari, arracha une tige de graminée et lui chatouilla le visage. Il grogna, leva son chapeau et lui sourit. Elle l'embrassa tendrement.

« Allez, je te laisse dormir. Je garde un moment, après il faudra que je redescende pour la tétée. »

Elle se tint debout, à l'écart, surveillant le troupeau. Puis elle s'assit à l'ombre et contempla le plateau.

Le moutonnement des collines créait une succession de plans. Certaines croupes étaient élevées, d'autres plus arrondies. La plus haute, vers l'ouest, avait le reflet violacé d'une lande à bruyère, elle était coiffée d'un monticule de rochers délités et gris, verdis çà et là par les lichens. Vers l'est, où le rebord du plateau se couvrait de forêt, la vue s'échappait sur la Vallée Verte, puis l'ondulation des collines reprenait, formant un camaïeu de verts plus ou moins sombres, troué parfois par la tache rouge fané d'un gros hameau ou d'un village. À l'horizon s'étalait une sorte de plateau aux teintes jaunâtres : les monts du Lyonnais. À l'arrière-plan, dressé au-dessus d'une ligne de brume, le mont Blanc paraissait suspendu dans le ciel, étincelant de ses glaciers : dans deux jours on aurait la pluie.

Taquiné par les mouches, Désiré se redressa sur ses coudes. Il vit le regard de Marguerite errer sur les lointains.

« Tu regardes vers ton pays ? Tu regrettes ?

– Tu es fou, j'aime ce paysage, je ne m'en lasse pas, ni de toi d'ailleurs. Tu m'aimes ? »

Il fit mine d'hésiter.

« Je ne sais pas, finit-il par répondre en riant. Il paraît que c'est très dangereux de dire à une femme qu'on l'aime. »

Il se leva, la prit par la taille et l'embrassa longuement.

« Je t'aime, lui glissa-t-il tout bas dans l'oreille, je t'aime à la folie… depuis la première fois que je t'ai vue. Et puis, ajouta-t-il, j'ai tellement besoin de toi… »

Elle lui sourit avec une légère coquetterie dans le regard.

« Je dois y aller, Louis ne tardera pas à avoir faim.

– Laisse-le crier… Reste encore, il fait si bon.

– Et Phi me fera la tête. »

Elle s'arracha à son étreinte et leurs mains restèrent unies un instant puis se lâchèrent à contrecœur.

Assis, les mains jointes sur son genou replié, Désiré, s'aidant d'une main posée à terre, se leva et descendit vers les bêtes. Les chiens le suivirent. Il alla chasser les chèvres du bosquet qu'elles commençaient à malmener. Elles remontèrent et se remirent à brouter. Désiré se pencha sur le ruisseau et y plongea la main. L'eau était maigre, mais lumineuse et douce. Le sable grossier du lit scintillait des reflets de mica. On aurait dit de l'or à la pelle. C'était son or à lui, un or de pacotille. Il en saisit une poignée qu'il laissa filer dans sa main. Il était de cette race des orpailleurs qu'aucun effort ne rebute, inébranlable dans la certitude que la récompense est au bout de la peine, peut-être dans la peine même. La sueur est l'essence même de l'homme, son or, son pain. C'est de cette sueur que l'homme féconde sa terre. Qu'était-il besoin de l'abreuver de sang ?

Il n'avait pas l'habitude de rester seul et inactif. Il craignait ces pensées vagabondes que l'oisiveté engendre. Une réflexion du nouveau journalier sur la guerre, dans les jours précédents, l'avait blessé. Il ne l'avait pas faite méchamment. S'il avait dit que Jappeloup avait été presque épargné par la guerre, c'était, il l'avait compris, pour souligner combien d'autres en avaient souffert. C'était vrai qu'elle s'était acharnée sur certaines familles. L'homme avait cité le cas d'une femme de sa connaissance que la guerre avait laissée veuve et dont elle avait pris les quatre fils. Certes, il pouvait faire figure de privilégié. « Tu as perdu seulement un domestique », avait dit l'homme. Il ne pouvait savoir la place que tenait Antoine à Jappeloup et combien il leur manquait à tous.

L'homme ignorait que Désiré n'avait pas accepté de gaieté de cœur l'exemption définitive, lorsque, à dix-huit ans, le conseil de révision l'avait déclaré inapte, avec un bossu, deux chétifs chroniques et les trois ou quatre idiots du canton. Cette mesure l'avait mis à l'écart, coupé presque définitivement des autres jeunes de son âge. Il n'avait pas pu participer à leurs fêtes, il n'avait pas pendu sa bouteille décorée de tricolore à la poutre de l'auberge. Il savait bien aussi que pour les filles le claironnant « bon pour le service » avait une autre signification.

L'homme ne pouvait pas savoir non plus combien son genou l'avait fait souffrir, l'avait réellement handicapé pendant plus de dix ans, au point que ses parents, convaincus qu'il ne pourrait pas rester à la terre et vu son peu de disposition pour les études, avaient voulu le placer comme apprenti chez l'horloger de Noirétable, où il pourrait travailler assis. Désiré avait protesté, supplié, la boutique lui étant apparue comme une prison avec cette multitude de gros yeux ronds et vitreux qui tapissaient les murs étroits et le raidissaient d'angoisse. Il avait besoin d'air, de lumière, de nature. Il resterait à Jappeloup. De ce jour, il ne s'était plus plaint de son genou, même quand il souffrait le martyre. Il s'était endurci à cette douleur, l'avait apprivoisée peu à peu.

Non, il n'avait pas fait la guerre. Il n'en ressentait pas de honte. Ce qu'il en avait entendu n'avait pas éveillé chez lui d'admiration pour les militaires, pas même pour les poilus. Il les plaignait, plutôt.

Il n'avait pas honte, non plus, d'avoir épousé la veuve d'un de ces morts de la guerre. Il regrettait seulement que ce mort fût son cousin. Il regrettait son aplomb, sa verve. Jamais, après sa mort, il ne put repenser à lui comme à l'époux de Marguerite.

Il lui revint en mémoire les longues lettres de la tante entassées dans une boîte de biscuits, dans l'armoire de sa chambre. Quand Marguerite, en mettant de l'ordre, lui avait demandé ce qu'elle contenait, il lui avait répondu sans la moindre gêne. Elle n'avait pas insisté, ne l'avait pas ouverte et avait seulement demandé :

« Tu as gardé ça ? »

Oui, il les avait conservées. D'abord, après les avoir parcourues, il les avait remises dans leur enveloppe et les avait glissées dans le tiroir de la table de sa chambre ; elles s'y étaient dispersées au fil des mois, c'était à peu près le rythme de leur arrivée. Il lui aurait fallu les rassembler et les détruire. Il ne l'avait pas fait. Ensuite, après la mort d'Édouard, il n'avait pas osé. Alors, un jour, il avait entassé ce courrier dans une boîte de fer-blanc qu'il avait déposée dans l'armoire, sans plus y penser.

Désiré avait eu de la peine à la mort d'Édouard. D'abord, il avait souffert d'être là, lui, loin de l'enfer des canons. Pour des tas de raisons sur lesquelles il ne s'attardait pas, il aurait préféré cent fois être mort à ses côtés. Plusieurs fois, il s'était éveillé la nuit en nage, avec le souvenir d'un rêve affreux où il tentait de retenir par le bras son cousin avalé par une terre humide et noire, comme un jour où, enfant, il l'avait tiré d'une tourbière où il s'était aventuré. Il se dressait alors sur son lit, le souffle court, et il lui fallait de longues minutes pour calmer un cœur qui lui battait les tempes comme la peau d'un tambour.

Oui, il avait compris la douleur de sa tante et les lettres décousues qui suivirent, emplies de plaintes, coupées de soupirs presque perceptibles, de révolte et de cris inaudibles, mais cette peine n'excusait pas sa fureur contre Marguerite et les injures qui avaient suivi leur union.

Pendant tout ce temps, attentif à ses souvenirs, il était resté immobile, un genou en terre au bord du ruisseau, le regard perdu dans les reflets mordorés du soleil sur l'eau. Il se redressa avec peine et, autant par jeu que pour chasser le vague à l'âme qui l'avait envahi, il poussa longuement le hurlement du loup, qu'adolescent il s'était appliqué à reproduire.

Mémoire ancestrale ? Atavisme des races ayant servi de proie ? À part les bovins dont le plus grand nombre s'était couché pour ruminer à l'aise, son cri fit passer sur le troupeau une vague d'inquiétude. Brebis et chèvres avaient dressé la tête, immobiles, le nez au vent, l'oreille aux aguets, les muscles prêts à la détente d'une fuite salvatrice. Désiré s'en amusa. Il était temps de rentrer pour la traite. Sur son ordre, les chiens rassemblèrent les bêtes et les poussèrent avec hargne vers le chemin. Désiré les calma, et l'on se dirigea paisiblement vers la ferme.

XIII

Lorsque, vers la mi-novembre, le regard de Désiré se porta sur la Pigne qui sortait de la bergerie un seau à la main, le mouvement de son bras qui levait le merlin s'en trouva figé. Il resta un instant comme frappé de stupeur. Rose avait eu le temps de percevoir son trouble et, inquiète, baissa les yeux. Elle passa, l'air de rien, et Désiré, qu'une sorte de sueur froide avait glacé, se remit au travail. Il fendait le bois dans la cour et, par bonheur, Firmin, qui finissait la traite, ne l'avait pas encore rejoint. À l'intérieur, Marguerite s'occupait du bébé et Phi du caillage.

S'il était encore, parfois, tourmenté par sa faute, jamais il n'avait envisagé sa conséquence. La graine mise en terre, il fallait pourtant se résoudre à voir pousser la plante. Manifestement, Rose était enceinte et Phi et Marguerite ne pouvaient l'ignorer. Pourquoi ne lui avait-on rien dit ?

L'esprit en ébullition, il frappait avec une violence inouïe, éclatant les bûches dont les moitiés volaient. À plusieurs reprises, il planta si profondément le merlin dans le billot qu'il pesta sans retenue. Pour l'heure, il avait besoin de décharger ce trop-plein d'énergie qui l'avait envahi. Ensuite… ensuite, il verrait. Il avait besoin de réfléchir. Il avait peur. Il lui fallait être prudent. Marguerite n'avait pas pu le duper depuis des jours, des semaines peut-être, qu'elle devait être au courant. Elle n'avait rien manifesté. La petite, sans doute, ne l'avait pas encore trahi. Il en parlerait à Phi, l'air détaché, comme d'une chose naturelle. Après, il aviserait pour s'entretenir avec Marguerite.

Il macéra dans l'attente jusqu'au surlendemain. Aucune occasion ne se présenta où il pût disposer d'un peu de temps tranquille seul avec Philomène. Mal à l'aise, il évitait Rose, craignant de croiser son regard ou que le sien ne fût attiré vers le témoignage évident de sa faute. Sûrement, si Phi ou Marguerite le surprenait, il rougirait et risquait de se livrer. Enfin, ce jour-là, en début d'après-midi, ayant occupé Firmin à l'empilement du bois et les deux jeunes femmes étant sorties avec Louis, il fit le tour par l'étable et entra, un sac de jute à la main, par la petite porte de la cuisine, comme s'il voulait seulement traverser la salle. Phi terminait le rangement et se retourna au bruit de ses sabots.

« Je te croyais à ranger le bois avec Firmin, lui dit-elle.

– J'y étais, mais on avait laissé les coins à la porte de l'étable.

– Rose et Marguerite sont sorties promener le petit.

– À propos de Rose, se risqua Désiré, je savais pas qu'elle avait un amoureux, et il me semble qu'ils ont avancé les choses.

– Ah ! tu t'es rendu compte. Marguerite attendait pour t'en parler. C'est pas d'hier, tu sais. D'après ce qu'elle a dit, ça devrait être pour février. Ça ira pas trop mal, pour dire. Elle sera déjà plus libre pour le printemps. Et puis Marguerite dit que pour un ou deux, ça pèsera pas mieux sur le travail. Elles se remplaceront suivant les besoins.

– Quand même, reprit Désiré, songeur, je comprends pas que Marguerite m'ait rien dit.

– Qu'est-ce qui pressait ? Elle attendait que tu te rendes compte. C'est fait maintenant… elle t'en parlera. D'autant qu'elle voudrait – mais elle te mettra bien au courant –, te demander quelque chose.

– Quelle chose ? demanda-t-il, alerté.

– Elle te dira. C'est ta femme. Je vais pas faire la commère à mon âge.

– Et l'amoureux ? On peut savoir ? questionna-t-il d'un air faussement détaché.

– Y a pas d'amoureux, s'emporta Philomène. Un beau salaud de passage, c'est tout ! Elle s'est fait violenter, à ce qu'on a compris. Sûr qu'à présent, ça fait un beau brin de fille. »

Désiré n'osa pas insister. Il n'osa pas non plus jouer devant Phi le maître indigné et vengeur. Il n'était guère plus avancé et préféra dévier vers une autre issue :

« Son père, demanda-t-il, il est au courant ?

– Ça, j'en sais rien. Pour lui non plus, y a rien qui presse. »

Il passa le reste de l'après-midi à retourner les propos de Phi dans sa tête, sans arriver à trancher s'ils représentaient pour lui un avertissement, une menace ou de simples précisions. Il lui faudrait maintenant attendre que Marguerite, informée de sa question par la vieille, se décide à lui parler. Quelle était donc cette demande qu'elle voulait lui faire ? N'avait-elle gardé le silence que pour le laisser s'enferrer et mieux pouvoir le confondre ? Devrait-il nier, au risque de voir apparaître dans trois mois une frimousse qui apporterait un cinglant démenti ? Devrait-il avouer et prendre sur lui toute la faute, au risque de détruire une relation d'amour patiemment construite ?

Pendant deux longues journées encore, il sua d'angoisse. Il maudissait ce merveilleux jour de mai où la fraîcheur appétissante de la Pigne l'avait fait sombrer dans un gouffre affreux. Plus le temps passait et moins il voyait d'issue. Il était presque résolu à provoquer l'éclat et à renvoyer Rose chez son père. Il était sûr que ça peinerait les femmes et qu'il n'échapperait pas à de vives réactions de la part de Marguerite. Il lui faudrait vivre avec le poids, non seulement d'une faute, mais également celui d'une dramatique injustice. Avait-il encore le choix ?

Il fut réellement sidéré lorsqu'un soir, dès que Phi les eut rejoints, Marguerite aborda le sujet du ton le plus naturel. Elle avait longuement réfléchi à la meilleure façon de ne heurter personne, sans pour autant laisser envahir sa maison de silences inquiétants et de blessures secrètes. Elle savait que l'innocence de Firmin serait blessée par la nouvelle et qu'il convenait de l'amener avec douceur à l'accueillir sans réaction désespérée. Elle savait aussi qu'il y avait chez Rose une révolte qui devait être apaisée. Il fallait encore permettre à Phi de surmonter l'aversion causée par la sordide origine de la grossesse. Elle n'était pas inquiète de la réaction de Désiré.

Elle était sûre qu'il serait solidaire et assumerait l'avenir avec tolérance et bonté.

Dès qu'elle eut pris la parole et déclaré qu'elle voulait leur parler ensemble d'une chose grave, elle sentit chacun se raidir. Elle rit et reprit :

« Ne vous crispez pas, j'ai dit grave, je n'ai pas dit dramatique. »

Bien que sonnant juste, son rire ne trouva pas d'écho et il n'y eut pas le moindre soupir de soulagement.

Si chacun était tendu, Désiré, lui, était atrocement crispé dans son fauteuil et gardait résolument tourné vers le feu un visage vidé de son sang. Heureusement, Marguerite était restée debout derrière lui pour leur parler.

Elle prépara habilement Firmin qui fit un gros effort pour suivre et ses réponses embarrassées, parfois amusantes, ne firent apparaître que des sourires contraints. Elle parla de Rose, de sa transformation, du mystère merveilleux qui se passait dans son corps. Elle parlait avec aisance, comme de ce qu'elle aussi avait vécu si récemment. Elle ne fit pas d'allusion à la violence, ni à l'homme, sinon d'une façon détournée pour dire qu'il n'avait pas d'importance. Enfin elle déclara qu'on devait soutenir et entourer Rose, qu'il restait encore une étape importante et difficile à laquelle il fallait qu'on se prépare tous. Il n'y avait aucune raison pour que, vu la jeunesse et la bonne santé de la jeune mère, tout ne se déroule pas bien. Elle avoua que l'accouchement avait été terrible pour elle et qu'elle avait bien cru ne pas revenir. Phi, très émue, avait tiré son mouchoir et essuyait discrètement ses larmes.

Marguerite termina en disant qu'elle était heureuse d'accueillir bientôt une vie nouvelle à Jappeloup et qu'elle était sûre que chacun partageait cette joie.

« Il ne me reste qu'une chose à régler, conclut-elle : c'est une question à Désiré. »

Depuis un moment, Désiré, rasséréné, avait baissé la garde. Cette dernière phrase l'atteignit comme un direct à l'estomac. Son cœur fit un bond et s'arrêta dans sa poitrine.

Le maître de Jappeloup serait-il d'accord pour céder son ancienne chambre à la future maman et aider à la préparer pour l'heureux événement ?

Désiré s'étouffa et devint écarlate. Le coup avait été rude. Et si rien n'était réglé, du moins cela lui laissait-il du temps.

« Accordé ! » plaça-t-il entre deux profondes inspirations.

Il se fit un grand silence et la Pigne éclata en sanglots dans les bras de Marguerite.

Malgré son installation dans sa nouvelle chambre et l'indépendance qu'elle y gagnait, malgré les attentions protectrices de Firmin qui lorgnait vers son ventre avec ravissement comme s'il avait été le responsable de cette merveille à venir, ces derniers mois de grossesse ne furent pas une période heureuse pour Rose. Alourdie et gênée par son fardeau, elle perdit peu à peu son entrain, prit ses distances avec Marguerite et rabroua violemment, à plusieurs reprises, son pauvre simplet de chevalier servant. Marguerite s'en inquiétait. Comment le bébé serait-il accepté si la grossesse ne l'était pas ?

Louis tenait sa place maintenant, à huit mois passés : il était grand, gros et lourd. Sevré du sein désormais, il gardait un solide appétit et la nourriture demeurait à la fois son plus grand plaisir et la principale source de ses colères. Cette disposition ravissait Phi mais inquiétait plutôt Marguerite. Il ne manifestait guère d'autre intérêt et ne portait pas beaucoup d'attention à son entourage, même à sa mère. Il se tenait assis, mais boulait facilement, et restait de longs moments à téter son pouce avec un regard éteint.

Phi, qui était venue à Jappeloup plusieurs années avant la naissance de Désiré, tentait de rassurer Marguerite :

« Berthe disait la même chose de son fils : petit, il ne pensait qu'à la soupe. »

C'était possible, chaque enfant s'éveille à son rythme, mais ça ne suffisait pas à apaiser l'inquiétude de la mère. Elle le montrerait à un médecin qui connaissait bien les enfants. Elle irait à Montbrison, à Saint-Étienne si nécessaire. Elle voulait savoir si l'accouchement pouvait avoir laissé des séquelles. Elle verrait au printemps, peut-être que, d'ici là, Louis marcherait.

Désiré, lui, ne s'intéressait pas vraiment à son fils. Marguerite s'en était vite rendu compte et, bien que ce fût pour elle une amère déception, elle pensait que ça viendrait plus tard, lorsque l'enfant serait capable de s'ouvrir à son monde.

On avait pris contact avec une veuve des Étivaux qui, sans faire profession d'accoucheuse, avait la réputation de s'y entendre dans ces choses. Elle avait dit qu'elle monterait, qu'on n'aurait qu'à venir la chercher quand ce serait le moment. Elle connaissait la Pigne, mais n'avait pas fait d'autre commentaire. C'était rassurant de pouvoir compter sur elle, car plus le moment approchait, plus chacun mesurait ses limites. Phi ne connaissait de l'affaire que l'eau chaude, les récipients et le linge nécessaire, elle n'avait jamais participé de près à un accouchement.

Quant à Marguerite, le sien était encore trop proche pour qu'elle pût disposer de la liberté d'esprit nécessaire.

Au soir du 12 février, vers les 11 heures, Phi frappa discrètement à la porte de la chambre des maîtres. Rose, prise de violentes douleurs, venait d'appeler à l'aide. Marguerite s'enveloppa dans son châle et toutes deux allèrent se rendre compte. La Pigne était assise dans son lit, les mains sur son ventre douloureux, le souffle court. Certainement, le moment était venu.

Elle laissa Phi auprès de Rose et s'en fut réveiller Désiré. Elle eut du mal à le tirer du premier sommeil. Enfin il grogna.

« Chut ! ne réveille pas le petit, c'est Rose, il faut que tu ailles chercher la femme, ça tardera pas. »

Il peina à s'habiller dans le noir et descendit à moitié débraillé dans la salle où Marguerite venait d'éclairer la lampe. Il acheva de se vêtir, chaussa ses brodequins, les laça et serra ses guêtres.

« Sûr qu'il neige toujours, dit-il, ça sera pas facile de joindre les Étivaux, on sera pas de retour avant une bonne heure. Chauffe-moi du café du temps que j'attelle. »

Il enfila sa veste, prit la lampe tempête que Marguerite avait posée sur le coin de la table et sortit.

Il ne se trompait pas, la neige tombait, régulière et silencieuse. Les chiens alertés sortirent de l'abri de la remise et vinrent tourner en gémissant autour de lui.

« Allez, couchés ! » dit-il d'une voix molle.

La neige lui atteignait le haut du mollet et il hésitait entre le traîneau et la voiture. La voiture serait plus rapide et plus confortable, mais le traîneau avec son étrave serait plus sûr, de nuit, à la descente, et puis la trace serait faite, ça lui gagnerait du temps pour le lendemain. Il s'en alla vers l'étable et revint, tenant le cheval par la bride, atteler le traîneau. Il s'arma ensuite d'une pelle pour dégager l'aire du portail et l'ouvrit, puis fit une trace rapide vers la maison et entra en tapant ses semelles sur la marche de pierre.

Phi lui servit son café.

« Ne sois pas trop long, lui dit-elle, que si la Matru n'est pas arrivée à temps, je sais pas ce que nous ferons avec la petite.

– Laissez faire les choses ; pour un premier, c'est toujours un peu long, à ce qu'on dit. Avec cette neige, j'en ai pour une bonne heure, et le temps que je la tire du lit, faudra prendre patience. »

Il vida son bol, se leva du coin de banc où il s'était assis.

« Allez, j'y vais ! »

Il avait accroché la lampe tempête sur un montant de bois, assez haut pour que la neige soulevée ne l'atteigne pas. Il avait conduit le cheval par la bride jusqu'au départ du chemin, s'était assis, la jambe pendante, sur une traverse et, d'une légère secousse, avait lancé la bête. On sentit l'effort nécessaire au décollage des patins, puis on n'entendit plus que le frottement de la neige sur le bois de l'étrave et, très amorti, le claquement léger des sabots. Dans la lueur diffuse du fanal, Désiré ne distinguait que la croupe sombre et ondulante et les rouleaux de neige tassée qui venaient mourir aux arêtes de l'étrave. Il faisait confiance au cheval pour suivre le chemin. La nuit était très noire mais assez douce. Il rabattit son feutre sur ses yeux pour les protéger de la morsure des flocons, essaya de fermer le col de sa veste et glissa sa main libre dans sa poche. Dans une demi-heure il atteindrait les Étivaux.

Il était calme. Il pensait maintenant que si la Pigne n'avait encore rien dit, elle garderait définitivement le secret. Il lui en saurait gré quand le moment serait venu. Une chose cependant lui faisait souci : que la ressemblance de l'enfant fût si frappante qu'elle n'éveille les soupçons. Il connaissait la Matru, elle passait pour être discrète et même secrète à ce qu'on disait. Elle avait la réputation de savoir bien des choses à propos des herbes ou d'autres moyens d'éviter une naissance, et nombreux étaient les hommes qui, laissant entendre des choses pas très nettes de telle ou telle femme du pays, levaient la main pour dire : « Ah ! si la Matru disait ce qu'elle sait… »

Désiré n'avait jamais attaché d'importance à ces propos. Il n'aimait pas les commérages. Leur isolement les tenait, en général, à l'écart des racontars et même des nouvelles importantes qui, quelquefois, leur parvenaient avec un grand retard. En effet, Phi descendait rarement et Marguerite n'ayant pas de connaissance au pays, ils n'apprenaient guère au marché de Noirétable que les événements déjà anciens et dont tout un chacun, marchands et clients, était au courant, et qu'ils évoquaient entre eux sur un ton de confidence, simplement pour laisser croire à une sorte de relation d'intimité.

Il eut tout à coup l'idée que s'il avait vraiment mesuré, dès le début, la conséquence de son acte, il eût peut-être visité plus tôt la Matru. Désormais, les choses étaient faites. Voilà que lui, le vieux solitaire, allait se retrouver d'un coup avec deux enfants. De Marguerite il avait un garçon, peut-être Rose allait-elle lui donner une fille. Depuis sa tante, qu'il n'avait pas connue, il n'était pas né de fille à Jappeloup.

Il jura soudain en découvrant dans la lueur du falot l'angle d'une maison. Le cheval avait, comme à l'ordinaire, tiré sur Pragnot et, perdu dans ses pensées, Désiré n'avait pas pris garde à la fourche du chemin. C'était la ferme du « Clami ». Derrière la porte de la grange, le chien donna de la voix. Avec toute cette neige, Désiré hésita à tourner près de la maison. Il mit le cheval au trot et descendit jusqu'à Pragnot faire demi-tour, sans manœuvre, devant la petite auberge.

Il ne fut pas long à revenir à la fourche où le chemin bifurquait vers la Rochette et la Roussie. La masure de la veuve était l'unique maison des Étivaux. Dès qu'il s'approcha, il entendit les chiens, alertés sans doute par les abois déclenchés à Pragnot. L'espace était restreint et Désiré descendit pour diriger le cheval à la bride et mettre le traîneau dans le sens du retour. Il n'eut pas besoin d'appeler. La lueur d'une chandelle apparut à une petite fenêtre qui s'ouvrit à l'étage.

« Ah ! c'est toi, Désiré… Attends une minute, je descends. »

La femme vivait seule depuis le début de la guerre. Son fils, encore garçon, un peu plus âgé que Désiré, était parti dès 14 et n'était jamais revenu, sans qu'on ait jamais su s'il était mort ou prisonnier. Des quatre autres, placés jeunes depuis fort longtemps, elle n'avait jamais reçu de nouvelles. Elle ne possédait que deux chèvres et deux chiens faméliques, en compagnie desquels elle battait la campagne, chacun y cherchant sa pitance. On la voyait parfois monter vers les communaux de la Petite Croix, le bâton à la main, la besace toujours prête à accueillir le produit d'une cueillette ou de quelque menu larcin. On laissait faire, c'était plus digne que l'aumône.

Elle ne fut pas longue. On entendit le claquement de ses sabots sur le plancher, puis elle tira la porte et fit entrer Désiré.

« Reste pas dehors par ce temps, dit-elle. Alors, c'est le moment ? Elle n'attendit pas de réponse et reprit : Juste une minute que je prenne mes affaires. »

Ce disant, elle secoua sa musette au-dessus de la table pour vérifier qu'elle était vide et y enfourna, sous le regard étonné de Désiré, un grand torchon de lin écru dans lequel elle avait roulé une boîte en fer-blanc contenant un vieux rasoir à lame brillante, des ciseaux, des aiguilles et une bobine de fil noir. Elle y déposa encore diverses choses que Désiré ne vit pas, puis elle alla tirer d'un placard un bocal de verre à demi empli d'une sorte de crème blanche comme du saindoux et deux pattes de lapin, puis elle rabattit la poche vide, passa la bretelle sur son épaule et s'enroula dans un vieux châle.

« J'ai une couverture et un parapluie pour vous », dit Désiré.

Elle esquissa un petit geste pour signifier qu'elle pouvait s'en passer, attendit que Désiré eût ouvert la porte, rappela ses chiens qui s'engagèrent sous la table en geignant, souffla la bougie, sortit et tira la porte. Elle donna un tour de clef, la glissa dans un trou du mur et s'installa sur la traverse la plus large du traîneau. Désiré déplia la couverture et l'en couvrit. Puis après lui avoir tendu le parapluie ouvert, il reprit sa place sur le traîneau et lança le cheval.

Il neigeait toujours.

Bien que la trace fût faite, le cheval tendait le col à remonter la lourde étrave. Avec le temps qu'il avait perdu ils ne seraient pas arrivés avant la première heure du matin, ça ferait deux bonnes heures que le travail avait commencé. Ils avaient d'abord gardé le silence, éloignés par l'obscurité, puis la Matru s'était mise à chantonner, sans dire de paroles, un air triste et lent, comme une berceuse un peu funèbre. Ça avait agacé Désiré qui s'était retourné vers la vieille. Elle avait compris et s'était tue.

Puis tout à coup, crevant le silence, sa voix atteignit Désiré :

« C'est y vrai ce qu'on dit de la petite, qu'elle aurait été violentée par un vagabond de passage ? »

Désiré prit son temps pour répondre. Il craignit de se laisser surprendre.

« C'est ce qu'elle a dit. C'est bien possible, après tout, la pâture est isolée. Une fois surpris, on peut toujours appeler, on n'a guère de chance de trouver de l'aide. »

Elle garda le silence un moment puis reprit :

« Tu vois, Désiré, moi je crois pas à cette histoire. Je la vois souvent de loin, la petite. Elle a toujours les deux chiens avec elle. Est-ce qu'ils auraient laissé s'approcher un vagabond sans rien dire ? Tu crois que la petite les aurait calmés pour laisser un malapiat venir lui conter fleurette ? »

Elle laissa s'écouler un long silence pendant lequel Désiré eut loisir de sentir fondre son peu d'assurance.

« Pour moi, reprenait-elle, y a qu'une explication : ça peut être que quelqu'un que les chiens connaissaient. Sans doute le Firmin qui se sera pris pour un homme, va même savoir si ça durait pas, ou bien alors… »

Désiré avait tiré brutalement sur les rênes et le traîneau s'immobilisa brusquement. La vieille, les bras engoncés dans la couverture, manqua bouler entre les traverses. Elle jura :

« Bon Dieu ! Qu'est-ce qui t'arrive, Désiré ? T'as vu le diable ? »

Il s'était mis debout et s'approchait de la femme, le regard mauvais.

« J'ai pas vu le diable, mais je le sens. Tu pues autant que lui, vieille garce. T'as bien deviné, cet enfant, c'est le mien. Une fois, une seule fois, j'ai perdu la tête. Inutile de te fatiguer en sous-entendus. Voilà toute la vérité. Je veux pas que Marguerite le sache, tu entends ? Si tu dis un mot de trop, je te tuerai. »

La Matru ne semblait pas impressionnée par la menace de Désiré. Elle s'offusqua :

« Pour qui tu me prends, Désiré ? Tu dois savoir que je sais me taire… surtout s'il y a quelque chose à y gagner.

– Si tu tiens ta langue et que personne ne se doute de rien, tu auras ce que tu voudras.

– Une vache ? »

Désiré resta sidéré devant l'énormité du prix.

« Une vache ! Tu veux une vache pour un accouchement ?

– Pas pour l'accouchement, reprit-elle, pour toi, il sera gratuit, je t'en fais cadeau. La vache, c'est le prix du silence, Désiré. Tu seras tranquille… le prix du silence. »

Il ne répondit pas tout de suite. Certes, le prix demandé était exorbitant, mais il pouvait y faire face. Son hésitation venait de ce qu'il avait du mal à comprendre la façon dont la vieille s'exprimait. Avait-elle tant que ça l'habitude de monnayer son silence ?

« C'est d'accord, finit-il par dire, tu l'auras ta vache, mais il te faudra attendre la foire de printemps, je te donnerai pas une des miennes.

– Ça me presse pas, vois-tu, Désiré Rouzan, j'ai à peine de foin pour mes chèvres. Tu me verras bien à la foire, je serai pas loin, je te ferai un signe. Ne t'avise pas de m'offrir une carne. »

Sur cet avertissement, elle se cacha sous le parapluie et Désiré remit l'attelage en route.

« Alors, les choses avancent ? demanda la Matru à Philomène qui venait de descendre au bruit de leur arrivée.

– Sans doute, je sais pas... Vous avez été longs. On a juste mis une alèse dans le lit et on a fait un peu de feu dans la chambre pour qu'il fasse moins "cru". Elle a toujours des contractions violentes, elle croit qu'elle va mourir.

– C'est toujours pareil, allez, donne-moi un café, Phi, et je monte. Je pense que t'as préparé une seille avec de l'eau froide, du sel et des torchons. »

Elle s'était défaite de son châle et vint se réchauffer les mains dans l'âtre où l'eau chauffait.

Elle frottait ses mains l'une contre l'autre et bougeait ses doigts pour les assouplir.

Elle s'assit à table pour boire tranquillement son café, y mit trois sucres, le remua lentement et le but à petites gorgées. Sa lenteur et son flegme irritaient les deux autres et Désiré s'était mis à arpenter la pièce. On aurait dit qu'elle s'ingéniait à faire monter la tension.

« T'as pas une petite goutte, Désiré, pour me donner du cœur ? »

À regret, Désiré ouvrit le placard et lui versa un fond de tasse.

« T'es pas trop généreux, dit la vieille en vidant la tasse d'un trait. T'as peur que je m'embrouille ? »

Enfin, elle attrapa sa musette et commença à monter les marches.

« Qu'on me laisse tranquille, j'appellerai pour l'eau chaude… Ah ! j'oubliais, donnez-moi une demi-tasse de gnôle, pour la petite et pour le cordon. Et puis de l'eau de Cologne, si vous avez, pour la friction du bébé. »

Phi lui présenta la tasse.

« Madame est là-haut, lui dit-elle, elle te donnera l'eau de Cologne. »

On entendit quelques mouvements de porte et Marguerite descendit, pâle et tendue.

« Cette femme, dit-elle à Désiré, tu es sûr que…

– Elle passe pour savoir, mais je t'avoue qu'elle ne fait rien pour inspirer confiance.

– On aurait peut-être dû faire venir...

– Qui ? demanda Désiré. Le médecin ? Descendre jusqu'à Noirétable en pleine nuit, avec la neige... Il serait arrivé trop tard. T'inquiète pas, c'est pas le premier qui naît à Jappeloup. »

Ils s'étaient assis à table, tous les trois, et Phi se leva pour apporter des bols et du café. On entendit distinctement un long hurlement de la Pigne, puis un silence oppressant s'établit dans l'attente d'une nouvelle plainte. Désormais, Jappeloup se recueillait, guettait le premier cri, le cri de la vie.

À presque 3 heures du matin, on l'entendit, ce cri. Ils se dressèrent d'un même mouvement de la table sur laquelle ils somnolaient. La Matru apparut un instant au sommet de l'escalier et demanda que Désiré monte un seau d'eau chaude.

« C'est un garçon », lança-t-elle avant de disparaître à nouveau.

Phi et Marguerite, soulagées, battirent des mains, remplirent le seau d'eau chaude, puis s'embrassèrent en riant.

Désiré prit le seau, monta lentement l'escalier et disparut dans le couloir.

« Regarde le petit, Désiré, lui murmura la vieille, on pourrait pas s'y tromper. Rassure-toi, dans quelques heures il y paraîtra plus, il aura pris sa vraie figure. Allez vous coucher maintenant, dis-leur que je veillerai jusqu'au matin, que la petite est trop fatiguée, après elles pourront le voir. »

Désiré sortit à reculons, il avait vu sur la petite mine rouge et fripée son portrait si flagrant qu'il en restait éberlué. Comment l'enfant pourrait-il changer si vite ? Il regarda vers Rose, très pâle, qui entrouvrait les yeux et lui adressa une sorte de sourire, un compliment peut-être.

XIV

Ainsi était né Félix. On l'avait déclaré à la mairie et fait baptiser le premier dimanche de sa naissance, après la messe. Rose n'avait pas pu descendre, c'était trop tôt. Elle lui avait donné le prénom de son père pour lequel elle avait dicté une courte lettre à Marguerite. Elle les avait désignés elle et Firmin comme parrain et marraine. Les deux avaient accepté ces rôles avec un immense plaisir. Dès le quatrième jour, au soir, et malgré les protestations de Marguerite, elle avait voulu se lever et descendre un moment à la cuisine. Elle avait pris du bouillon avec eux, s'était assise dans un fauteuil puis, soutenue par Marguerite qui avait à s'occuper des deux bébés, elle était remontée s'étendre, son ventre lui faisant mal.

Deux jours après, elle était descendue pour le repas de midi. Ce fut une grande joie pour tous de la retrouver à leur table. Phi et Firmin, aux petits soins pour elle, ne la quittaient guère des yeux, et Marguerite débordait d'activité pour faire face à la bergerie et aux exigences sans cesse renouvelées des deux petits. Rose la remercia et s'enquit des chèvres et du temps. Elle n'avait pas mis le nez dehors depuis plusieurs jours et languissait. Elle se leva ensuite chaque jour un peu plus longtemps, apprenant de Marguerite les soins à donner à son enfant. Elle fit même l'imprudence, un après-midi, bien couverte et appuyée sur Firmin, de traverser jusqu'à la bergerie et d'appeler ses biquettes au portillon pour une caresse. Elle voulut s'arrêter un instant dans la cour pour regarder et toucher la neige. Puis elle rentra, les joues déjà colorées. En effet, le froid était venu, pénétrant, avec une bise continue.

C'est dans la nuit suivante, après la seconde tétée, vers 2 ou 3 heures, qu'elle se leva pour appeler Phi. Elle avait le front brûlant, son linge et sa couche étaient trempés de sueur et elle se plaignait d'atroces douleurs abdominales.

« Tu auras pris froid, ma fille, en sortant si tôt. Je vais chercher de l'eau et une serviette pour te rafraîchir un peu.

– Je tousse pas, observa Rose, j'ai très mal à la tête et au ventre, comme des coliques, un peu comme quand ça a commencé. Je crois pas que c'est normal. »

Phi descendit et, réveillée par le grincement des marches, Marguerite sortit de sa chambre pour s'informer. Immédiatement, entendant les explications, elle fut inquiète. Elle fit de son mieux pour tranquilliser Rose qui s'affolait. Celle-ci avait saisi sa main et la serrait dans une prière suppliante.

« Sauve-moi, Marguerite, je veux pas mourir… Je veux pas partir comme ma mère en laissant mon petit.

– Repose-toi, petite sœur, n'aie crainte, je suis là. Dès le matin, j'enverrai Désiré quérir le docteur à Noirétable. On te soignera, moi aussi j'ai besoin de toi. »

Phi l'avait longuement bassinée d'eau froide, elle avait posé sur son front une serviette bien rafraîchie. La température semblait baisser un peu. Rose avait grelotté un moment puis s'était calmée. Les femmes se retirèrent et regagnèrent, glacées, leur lit refroidi.

Au matin, Rose ne put faire téter le petit Félix. Il fallut aller tirer un peu de lait de chèvre frais qu'on eut le plus grand mal à lui faire prendre, mais que, finalement, il accepta, le trouvant sans doute préférable aux tiraillements de la faim.

Désiré, réveillé tôt par Marguerite, s'était alarmé lui aussi. Firmin tiré de son sommeil, ils avaient expédié la traite, y compris celle des chèvres et, avant les premières lueurs du jour, Désiré, l'estomac seulement lesté d'un bol de café tiède, un quignon de pain dans sa poche, avait lancé le cabriolet en direction de Noirétable.

Le médecin n'arriva qu'en début d'après-midi, sans presque avoir pris le temps de manger, lui non plus. Il avait dû, avant de suivre Désiré, recevoir dans son cabinet de nombreux patients qui s'étaient incrustés, malgré la demande qu'il leur avait faite de revenir le lendemain. Il en était parti seulement trois, peut-être pas les moins souffrants. Il avait aussi, profitant du cabriolet de Désiré tout attelé, procédé à deux visites qui ne pouvaient attendre le soir. Enfin, ils étaient partis et, en chemin, le docteur s'était enquis de la malade. Désiré avait dit ce qu'il savait, il était inquiet et avait hâte d'arriver. Il forçait un peu le cheval, attentif cependant aux dérapages rapides des grandes roues aux bandages glissants. Ça ne semblait pas déplaire au médecin, assez jeune, cramponné d'une main au montant de fer du dossier et tenant de l'autre son chapeau malmené par le vent de la vitesse.

« Vous êtes un as, monsieur, complimenta-t-il Désiré, lorsque l'attelage dut réduire sa vitesse. Il y a longtemps que nous devrions être dans le fossé. Soyez prudent tout de même. Où se trouve Jappeloup ? »

Désiré expliqua et le médecin reprit :

« C'est une chance que vous ayez eu la patience de m'attendre, monsieur. Jamais je n'aurais pu arriver là-haut tout seul. »

Malgré la capote descendue au plus bas et la couverture tirée sur leurs genoux, ils arrivèrent glacés à la ferme et acceptèrent avec reconnaissance un bol du café que Phi leur avait tenu au chaud sur un coin tiède de la fonte.

À l'annonce de leur arrivée, Marguerite était descendue. Elle dit quelques mots au médecin et le conduisit à la chambre de Rose.

L'examen ne dura pas longtemps. Il se pencha sur le berceau, jeta un coup d'œil au nouveau-né endormi puis s'approcha du lit de Rose. La fièvre intense, une rapide auscultation des bronches et des poumons, l'odeur fétide qui se répandit dans la chambre lorsqu'il eut soulevé le drap pour palper l'abdomen, eurent vite confirmé ses craintes.

« La fièvre puerpérale, expliqua-t-il de retour en bas, c'est une infection de l'utérus consécutive à l'accouchement. On en voit encore, malheureusement. L'évolution est très rapide, dit-il, l'infection se généralise... Il n'y a que la quinine pour soulager un peu et faire baisser la fièvre. Je vais vous en laisser un rouleau. Vous mettez deux comprimés à fondre dans une cuillère à soupe, faites bien dissoudre en remuant. Vous pouvez en donner deux toutes les quatre heures. Faites-la boire, tisane ou bouillon. Veillez-la, si vous pouvez, elle est si jeune... »

Il se tourna vers Désiré.

« C'est votre fille, monsieur ? »

Désiré fit non de la tête puis demanda :

« Est-ce qu'on doit prévenir son père ?

– Voire, s'il n'est pas trop loin...

– Voulez-vous prendre quelque chose ? » offrit Désiré, montrant la nourriture déposée sur la table et à laquelle il n'avait pas touché.

Le médecin s'assit, saisit une pomme à la peau fripée et la croqua en mastiquant lentement.

« Allez, dit-il à Désiré, prenez une pomme, vous aussi. Je suis sûr que vous n'avez rien mangé depuis ce matin, et partons, l'obscurité sera vite là. Le temps que vous passiez à la pharmacie, vous ne serez pas de retour avant la nuit. Les routes sont dangereuses de ce temps. »

Il ramassa sa serviette, salua Phi et Marguerite et sortit sur les talons de Désiré.

D'un coup, Jappeloup se trouva plongé dans une ambiance lugubre, seulement rompue de temps à autre par les pleurs ou les cris des enfants. Marguerite et Phi se relayaient au chevet de Rose. Elle geignait constamment et délirait en s'agitant, le visage ruisselant de sueur. Elle ne trouvait un peu d'apaisement que deux petites heures à peine après la prise du médicament. Un moment, elle tourna son pauvre visage décomposé vers Marguerite et dit d'une voix à peine perceptible :

« Je m'en vas, Marguerite. Dommage, on s'entendait bien. »

Marguerite, assise près du lit, caressa sa main, incapable de mentir ni de prononcer un mot. Aussi bien elle que Phi gardaient en permanence leur mouchoir dans leur main, essuyant au plus vite les larmes qui perlaient pour ne point leur laisser le temps de devenir des pleurs qu'elles ne maîtriseraient plus.

Désiré, du bureau de la Poste, avait réussi à joindre par le téléphone quelqu'un du Brugeron. Il ne sut pas qui lui répondit, peut-être le maire ou le postier, c'était un homme en tout cas. À sa demande de faire une commission à M. Giraud, le père de Rose, il s'entendit répondre qu'une bonne moitié du village était clouée au lit par la grippe espagnole qui avait fini par les atteindre avec une bonne année de retard, qu'il n'avait personne sous la main pour faire la commission et que l'homme en question était d'ailleurs lui aussi malade ainsi qu'au moins deux de ses enfants.

« Écrivez, lui dit-il, ça sera plus sûr. »

La communication s'interrompit et Désiré resta un moment le combiné sur l'oreille, jusqu'à ce que la préposée l'interpelle :

« C'est fini, monsieur, raccrochez, s'il vous plaît. »

Il paya et sortit. Déjà le jour avait baissé. Ayant fait son achat à la pharmacie, il se remit en route. Il se sentait affreusement las et triste et laissa le cheval aller son pas.

Désiré céda aux deux femmes le soin de veiller la Pigne. Non pas qu'il plaignît sa fatigue, mais, malgré sa grosse peine, il ne trouva pas décent de rester seul auprès d'elle. Ayant mis Marguerite au courant des mauvaises nouvelles du père Giraud, il alla seul à l'étable et à la bergerie pour panser et tirer les bêtes. Rose passa la nuit et la journée du lendemain. Elle grelottait de fièvre et fondait à vue d'œil, à peine si on la reconnaissait. Sur le soir, les enfants endormis, Marguerite la trouva plus calme mais complètement épuisée. Elle resta à lui parler, comme à une enfant, de la neige, du printemps, lui rappela les facéties des chèvres. Rose semblait l'écouter. Parfois, une sorte de sourire allumait furtivement son regard. Un moment, elle pressa sa main et Marguerite se pencha sur elle, pensant qu'elle allait passer. Rose n'avait plus le moindre souffle et elle dut lire sur ses lèvres : « Le père… » lui avait-il semblé.

« Ne t'inquiète pas, dit-elle doucement, ton père est prévenu, il ne tardera pas, Désiré est parti le chercher…

« Désiré… » sembla répéter Rose. Elle exerça encore une faible pression sur la main de Marguerite, ses traits se tendirent, elle eut une courte inspiration, un léger râle et se figea. C'était fini.

Passé les démarches, la cérémonie et l'inhumation dans la tombe d'Antoine dont on avait pu obtenir le retour du corps, la disparition rapide et dramatique de la Pigne avait frappé la maisonnée d'une sorte de stupeur. On répondait aux exigences de l'instant : le bétail, le caillage, les enfants, les repas pris du bout des lèvres, chacun muré dans sa tristesse. Phi semblait avoir vieilli de dix ans et ses gestes s'étaient ralentis, comme si chacun d'eux, qu'elle accompagnait d'un profond soupir, lui demandait un effort démesuré. Marguerite, avec un courage admirable, prenait sur elle, malgré sa peine, pour l'aider au mieux et s'occuper des enfants. Désiré et Firmin passaient leur temps entre l'étable et la bergerie où les naissances s'annonçaient. Il faudrait très vite trouver quelqu'un. Désiré en avait parlé d'ailleurs à Béraud, lors de l'enterrement ; il n'avait ni le temps ni la tête à se mettre lui-même en recherche.

Il y avait eu ensuite, vers la fin de mars, la visite de cet homme, arrivé un matin, vers la fin de la traite, qui s'était timidement arrêté à la porte de l'étable, entendant le tintement des seaux. Il avait appelé d'une voix couverte :

« Monsieur Rouzan ? Monsieur Rouzan ?

– Oui », avait crié Désiré, et l'homme avait tressailli à sa voix.

Il s'était un peu avancé mais était resté sur le seuil, tournant son béret entre ses mains.

Désiré parut, essuyant ses mains humides sur le fond de son pantalon. L'homme était vêtu d'un mauvais costume déformé, une sorte de « clémentel » aux manches luisantes et aux genoux marqués ; il était voûté et ses cheveux embroussaillés étaient blancs. Ses traits étaient encore jeunes, quoique très creusés, mais son allure était celle d'un vieillard. Il portait en bandoulière une sacoche de toile verdâtre. Il ne disait rien et Désiré reprit :

« ... C'est un peu tôt pour la saison, mon brave, je veux bien vous prendre quelques jours, il y a toujours un peu d'ouvrage, mais il vous faudra d'abord reprendre le chemin...

– C'est pas ça, répondit l'homme, vous me remettez pas ? Je suis le père de Rose. »

Il y eut un silence lourd, puis Désiré s'excusa :

« Mais oui, bien sûr, à contre-jour je vous avais pas reconnu. Attendez-moi un instant, je vous accompagne à la maison. »

Il avertit Firmin d'avoir à finir seul la traite et le pansage, revint vers l'homme et le prit amicalement par le bras.

« Si vous saviez comme elle nous manque... Elle était notre soleil, notre vie... Une petite qu'on remplacera pas. Comme c'est triste...

– C'est triste, oui, dit le père, elle m'a bien manqué aussi quand j'ai dû la laisser partir, une bonne petite... oui, une bonne petite. »

On avait fait asseoir l'homme, Phi lui avait servi du café et s'en était retournée pleurer dans la souillarde. Marguerite et Désiré s'étaient assis près de lui. Il raconta qu'il revenait de l'Hermitage pour accomplir, dès que son état le lui avait permis, le vœu qu'il avait fait durant la grippe pour la guérison des siens. Il avait brûlé un cierge dans la chapelle, près de la source, et avait passé la nuit en prière devant la petite statue noircie de la Vierge. Il n'avait pas les moyens de faire poser une plaque comme il y en avait tant déjà, il avait offert ce qu'il avait, un peu de fatigue et de sommeil. La Vierge les avait protégés. Il n'avait perdu que la troisième qui, déjà, était malingre et mal portante. On ne pouvait pas se plaindre, il y avait eu tellement de morts au Brugeron, comme à La Chambonie ; des femmes, des enfants, des hommes en pleine force, certains tout juste revenus de la guerre… des vieillards bien sûr. On enterrait chaque jour, souvent deux à la fois.

On sentait qu'il hésitait à parler de Rose.

« J'ai bien reçu vos lettres, dit-il enfin, en se tournant vers Marguerite. C'est gentil à vous, elle se plaisait ici, ma petite Rose, et je crois que vous l'aimiez bien. Alors, elle a eu un petit ? »

Déjà, Marguerite avait grimpé l'escalier et redescendait, portant le petit Félix dans ses bras.

« Votre petit-fils », dit-elle simplement.

Un grand sourire s'épanouit sur le visage de l'homme, mangé d'une barbe courte et blanchâtre.

« Sainte Vierge, qu'il est beau !… »

Il avait tendu les bras et saisi le bébé dans ses longues mains ; avec adresse, sans la moindre gêne, il l'avait appuyé contre sa poitrine et lui caressait la tête de sa joue râpeuse. Bien qu'éveillé, le nourrisson ne protesta pas. Peut-être les petits sentent-ils tout de suite l'odeur de l'amour.

« Un beau petit, reprit l'homme, je raconterai ça aux autres, ils seront contents. Dommage qu'on ne puisse pas le prendre, mais pour l'instant…

– Je suis sa marraine, intervint Marguerite, n'ayez aucun souci, il n'est pas question qu'il s'en aille. Qu'en feriez-vous en effet ? Je l'élèverai. Voyez notre petit Louis, dit-elle en montrant l'enfant qui tétait son pouce dans un coin, il a neuf mois, ça fera comme deux frères. »

L'homme remercia, il était ému.

« Vous êtes vraiment des braves gens, dit-il, c'est pas si souvent qu'on voit de la bonté, même si les églises sont pleines les dimanches. Je fais le sonneur et le sacristain, voyez-vous, les gens, je les vois de près. À la messe, ils paraissent bons, mais la semaine, y a plus que les sous… »

On mangea, puis l'homme accepta la proposition de Désiré de l'emmener en voiture sur la tombe de sa fille.

De retour du cimetière, il refusa par contre qu'on le ramène jusque chez lui.

« Je dois achever mon vœu, dit-il, on doit toujours aller au bout de ses promesses. »

On dut se résoudre à le laisser repartir à pied, sa musette copieusement garnie par Phi et Marguerite. Désiré lui tendit une enveloppe.

« C'est les gages de Rose, dit-il ; ce qu'on lui devait. »

L'homme refusa.

« Gardez pour le petit, dit-il, ça coûte, je pourrai pas... »

Il fallut se battre pour glisser l'enveloppe dans une poche de la musette. L'homme les serra chacun sur son cœur, les embrassant affectueusement comme des parents proches. Il glissa même un mot de consolation à Phi sur sa petite Rose qui était sûrement heureuse près du bon Dieu. Il allait sortir quand il se ravisa brusquement.

« J'allais oublier », dit-il en fouillant la poche intérieure de sa veste.

Il en tira une petite médaille de la Vierge en métal blanc qu'il tendit à Marguerite en expliquant :

« C'est pour le petit, je l'ai achetée pour qu'elle le protège. Vous la mettrez sur lui ou sous son oreiller. Ça sera peut-être le seul souvenir qu'il aura de nous. »

Il sortit et tira la porte, les laissant à la fois abasourdis et émerveillés.

Puis il y avait eu, début avril, cet appel du maire pour combler le manque de main-d'œuvre. Désiré avait dû se rendre à l'école des sœurs : une religieuse de la même congrégation, la supérieure d'un orphelinat des monts d'Urfé, était venue pour le placement sur la région de quelques-uns des plus âgés de ses pensionnaires. Il y avait là une fille dont elle ne savait trop que faire, délurée et très mûre pour son âge. On l'avait déjà employée trois mois à la cuisine de la petite école de Saint-Jean, mais elle avait fait tourner en bourrique la sœur cuisinière et excédé la responsable qui ne voulait plus la garder.

Peut-être sur une ferme, son fort tempérament serait-il mieux employé et un peu d'isolement serait bénéfique. Désiré la rencontra et accepta de la prendre à l'essai. Il n'avait guère le choix, il fallait absolument quelqu'un pour le printemps. Très vite, elle s'était révélée impossible, insolente et grossière. On s'était vite rendu compte que ça n'irait pas, mais qu'il faudrait quand même la garder au moins jusqu'à l'automne. Désiré attendait avec impatience la fin juin, espérant de l'arrivée des saisonniers un souffle de renouveau et de détente.

Désiré était descendu seul à la foire de la mi-avril, chacun ayant suffisamment à faire. Il y était allé à contrecœur, ayant quelques affaires à régler dont une lui pesait particulièrement. Il était parti tard et avait annoncé un retour rapide.

Il avait tourné longtemps sur le foirail, s'arrêtant devant certaines vaches et les jaugeant d'un regard exercé. La vieille, de loin, discrètement, l'avait guidé vers un marchand de bestiaux de La Bouteresse qu'il ne connaissait pas. Il avait observé les bêtes présentées, en avait choisi une, avait passé la main au pli de la cuisse pour mesurer l'attache du pis, tâté la veine mammaire, soupesé les quartiers et palpé les trayons. Enfin, il avait regardé les aplombs. Il estima qu'elle devait avoir environ quatre ans et n'avoir vêlé qu'une seule fois. Elle était manifestement pleine, mais sa mamelle était encore flasque et fripée. C'était une belle bête, il l'aurait bien prise pour lui. Il eut de la peine à tourner son regard vers la Matru, assise à l'écart, sur une borne de pierre. Elle branla lentement la tête en signe d'assentiment. Le maquignon revenait lentement, observant de loin Désiré qui se portait à sa rencontre.

« Elle vous plaît, la Bisette ? demanda-t-il. Dans un mois vous aurez le veau et le lait… Une jolie bête, non ? »

Désiré prit une mine dubitative.

« Va savoir avant le vêlage, dit-il. Des fois, c'est tout perdu !

– C'est sans problème, mon ami. Je la tiens de l'automne, je l'ai gardée l'hiver, pour le lait de la famille. Elle est pleine d'un bon taureau. »

L'homme souriait, sûr de son fait.

« Douze cent cinquante, lui glissa l'homme à l'oreille, en tendant la main. Allez, tope, c'est une affaire. »

Désiré avait levé les bras au ciel :

« Sûr, tu me prends pour une baderne, je m'en vais voir du côté du Nani, il sera sûrement plus raisonnable. »

Il avait planté l'homme avec sa main tendue et remontait l'allée à pas mesurés.

Le maquignon avait repoussé son chapeau, s'était gratté la tête, avait soulevé le pan de sa large blouse noire et tiré de la poche de son pantalon un petit carnet et un bout de crayon. Il griffonna un chiffre sur le papier et courut après Désiré.

« Ça te va comme ça, dit-il en lui montrant le papier, je peux pas faire mieux. C'est 11 heures, je veux pas la ramener prête à faire le veau. »

Désiré hésita encore.

« Je peux pas mieux, reprit l'homme, allez, tope, nom de Dieu ! et je te paie à boire. J'y gagne rien, que le lait qu'on a bu dans l'hiver, et encore je compte pas le foin. Tu vois bien qu'elle a pas manqué, cette bête. Si tu paies de suite, je t'enlève encore cinquante et tu l'emmènes. On m'attend, tu vois. »

Désiré vit la Matru qui tournait, cachée derrière trois paysans en grande discussion.

« Cent ! dit-il.

– Tu m'étrangles », cracha le maquignon en topant.

Ils restèrent à l'écart, le temps de compter les billets, puis ils revinrent vers les bêtes ; l'homme détacha la vache et tendit la corde à Désiré.

« Emmène-la vite, va, que j'ai déjà des regrets. On trinquera une autre fois. »

Désiré s'éloigna en direction d'une ruelle discrète, suivi de loin par la vieille.

Il s'arrêta, faisant mine, devant un homme qui passait, d'attacher la vache à la ferrure d'un muret. La vieille l'avait rejoint, un léger sourire triomphant sur les lèvres. Devant elle, Désiré ressentait une sorte de dégoût.

« Une jolie bête, se força-t-il, tu dois être contente.

– C'était convenu comme ça, répondit la vieille, j'ai tenu ma promesse…

– Si tu tiens pas ta langue, maudite, tu le paieras cher.

– Pour ce qui est de moi, t'as pas à t'inquiéter, mon garçon. Mais pour la petite, tu es tranquille à présent.

– Pour la petite ? s'étonna Désiré.

– Tu vas pas me dire que tu as cru que c'était arrivé comme ça ? reprenait la vieille avec un petit sourire moqueur.

– C'est toi ? hurla Désiré, en la saisissant au col.

– Eh là ! doucement, mon gars, t'étais d'accord, hein ? J'ai fait le travail, t'as payé le prix, on est quittes. Tu croyais quand même pas que je t'avais demandé une vache rien que pour me taire. C'est pour la confiance que je parle jamais, je demande rien en échange. Pour le reste, c'est autre chose. »

Elle avait pris la corde pendante et s'éloignait, suivie docilement par la vache. Elle n'eut pas un regard en arrière et disparut à l'angle du hangar du marchand de matériaux, bois et charbon.

Désiré s'était appuyé des deux mains à la murette. Il était frappé de stupeur, atterré, honteux, ruisselant d'une sueur glacée, le visage pâle et défait. Quelque passant l'eût pensé malade et aurait appelé à l'aide.

Il venait seulement de comprendre où l'avait entraîné la maudite. Cette vache, c'était la condamnation de Rose. Il avait, comme un parfait idiot et un vulgaire criminel, troqué la vie de la

Pigne contre une vache. Il n'avait pas saisi les sous-entendus de la Matru. « Le prix du silence », avait-elle dit. Enferré dans ses craintes égoïstes et puériles, il n'avait rien compris, pas même alerté par la démesure du prix, le prix du silence…

Une rage folle l'avait saisi, son visage devint tout à coup aussi rouge et congestionné qu'il était blanc un instant plus tôt. Il frappait de ses deux poings sur les pierres saillantes, mettant en sang ses doigts et la tranche de ses mains sans ressentir la moindre douleur. Il n'avait qu'une envie, courir après la vieille, l'étrangler lentement de ses mains puissantes et la regarder mourir à petit feu, comme ils avaient vu mourir, moins de deux mois plus tôt, leur petite Rose, écrasée de fièvre et de souffrance, à l'aube de sa jeunesse.

Entendant un bruit de pas à l'entrée de la ruelle, dans un effort presque surhumain, il se domina et se mit en marche. Il s'enfila dans une impasse étroite et sombre et s'assit sur un vieux seau percé, abandonné là au milieu d'autres immondices. Il ressentait maintenant un chagrin immense, une peine terrible et profonde qui broyait sa poitrine et lui tirait d'énormes larmes qu'il lui était impossible de retenir. Il se contenait pour ne pas laisser éclater en hurlements sonores les gros sanglots qui se formaient dans sa poitrine et le secouaient tout entier.

Il lui fallut plus d'une heure pour retrouver un peu de calme. Son esprit raccrochait maintenant les fils de l'écheveau embrouillé de ces dernières semaines.

Quand il rentra de nuit, d'une humeur maussade, sentant la vinasse, le bas du pantalon et les pieds trempés, les mains couvertes d'ecchymoses, les femmes, inquiètes de son long retard, refoulèrent leurs questions et baissèrent la tête. Seule, dans la cour, l'Amédée, un sourire coquin aux lèvres, soutint son regard et se permit une réflexion sur sa foire. Désiré lui lança un regard aux lueurs de meurtre qui lui fit ravaler son sourire et s'esquiver. Il monta se changer et, sans un mot, rejoignit Firmin à l'étable.

Avec la traite, le silence et les gestes habituels lentement répétés, il retrouva un peu de paix. La tête reposée au flanc d'une vache, les mains douloureuses appliquées aux trayons, il revit défiler les dernières heures de cette terrible journée. Il ne regrettait rien. Après sa longue prostration, il avait d'abord bu, seul, presque d'une traite, une chopine entière de vin aigre et épais dans un petit bistrot à l'écart de l'animation de la foire. Il n'y avait personne, hormis la patronne et son mari, un petit journalier sans doute, qui achevaient leur repas à une table du fond. Il était ensuite allé chercher son cheval, avait attelé la voiture et pris la route. Il voyait clair à présent. Il était calme, résolu, lucide et froid.

Il dut cependant s'arrêter en route pour rendre le mauvais vin qui lui pesait sur l'estomac. Soulagé, il établit minutieusement son plan. La vieille était partie depuis presque deux heures. Elle allait lentement. Certainement, elle était remontée au plus court par la route du Phaux et des Versannes. Passé le second hameau, près du chemin du Cros, elle monterait par le raccourci vers Blayou et Pragnot. Elle devrait s'arrêter pour se reposer et laisser brouter sa vache. Sans doute, elle prendrait le temps d'admirer sa bête, de la flatter, de faire connaissance.

Lui quitterait la route après le Phaux et, comme à son habitude, monterait par Hauteville et les bois de la Côte. Il laisserait l'attelage caché dans le chemin forestier, juste en haut de la petite descente. Il gagnerait par le bois la fourche du chemin de Blayou, s'y tiendrait caché et guetterait la femme. Il savait qu'ensuite elle traverserait Pragnot et gagnerait le sentier qui descendait franchir le ruisseau de Goutte-Bargeon et qui, par l'étroit vallon, lui permettrait de rejoindre presque directement les Étivaux, en économisant le long détour par le Got.

Bien dissimulé derrière un buisson, il avait attendu longtemps et cru un moment que la vieille l'avait devancé. Enfin, elle était apparue, marchant lentement, traînant ses sabots d'un air las, sa vache derrière elle. Il s'était hâté de gagner la rivière en se cachant. C'est au petit pont, aux deux grosses dalles plates, qu'il voulait la surprendre, l'endroit était habituellement désert et bien abrité des regards par un taillis épais.

Un peu en arrière, il la regarda venir et se dressa devant elle de l'autre côté du passage, juste quand ses sabots sonnèrent sur les dalles de granit. Surprise, elle eut un haut-le-corps et s'immobilisa, tandis que la vache, sur son élan, s'était tournée en travers et lui barrait la retraite.

Elle s'était rapidement reprise.

« Tu veux m'enlever la bête. Désiré ? C'était le prix, tu étais d'accord.

– C'était pas le prix du silence, diablesse, c'était le prix du sang, de la vie. Tu m'as trompé avec tes boniments. Tu me dégoûtes, je te hais. Emmène ta vache en enfer si tu veux, garde-la, elle t'appartient. »

À ce moment, elle dut apercevoir son destin dans le regard de Désiré. Il vit naître la terreur dans ses yeux. Elle n'avait guère de chance de lui échapper, mais ses yeux chafouins s'affolèrent à chercher une issue. Elle crut la trouver vers l'amont et sauta sur la rive, avec une agilité dont il ne l'aurait pas cru capable. Elle fit trois pas rapides, oubliant le nœud passé à son poignet. Il n'eut pas à la poursuivre, la corde s'était tendue d'un coup et la fit pirouetter d'une façon lamentable. Elle s'étala de tout son long dans le lit du ruisseau. Elle était empêtrée dans sa blouse mouillée collant à ses membres. Elle tenta de se redresser mais, une nouvelle fois, se trouva bloquée. Elle essaya de faire glisser le nœud. La corde trempée ne glissa pas, ses doigts tremblaient. Son visage était devenu livide et ses yeux exorbités. Elle grelottait de froid et de peur.

Il n'avait pas eu à se presser. Il s'était approché, soucieux de ne pas imprimer la trace de ses chaussures dans le sable et la boue humides. Il s'avançait sur les pierres moussues, attentif seulement à ne pas glisser. Puis il avait marché dans l'eau basse, sur le fond caillouteux du lit. Il avait saisi la vieille par les cheveux et l'avait tirée pour l'étendre dans l'eau de tout son long ; la vache avait suivi, placide, étrangère à l'exécution. Étendue sur le ventre, la Matru ne criait pas, on entendait seulement une sorte de halètement précipité. Elle essayait désespérément d'accrocher de ses mains sales les touffes de joncs du rivage. Désiré la tira encore jusqu'à une cressonnière qui occupait une petite anse envasée. Il laissa la main de la vieille saisir une grosse touffe de cette salade de fontaine, comme on l'appelait, et l'arracher. Alors, il lui plongea le visage dans l'eau et l'y maintint d'une seule main, jusqu'à ne plus sentir aucun mouvement, aucune résistance, aucun soubresaut. Il tenait son autre main fermée derrière son dos pour l'empêcher de se saisir d'un gros galet et de réduire en bouillie cette tête qui lui faisait horreur, comme elle l'aurait fait de celle d'une vipère malfaisante.

Il arracha deux ou trois touffes de cresson sauvage qu'il lui glissa dans l'autre main, maintenant entrouverte. Il contempla froidement son œuvre et remonta le lit de la petite rivière jusqu'à un endroit rocheux et sec où il sortit de l'eau. Il ne lui restait plus qu'à rejoindre discrètement sa voiture en passant par les bois, loin des maisons et des chiens. Un moment, alerté par le craquement d'une brindille, il dut se tapir sous un buisson. Ce ne fut qu'une fausse alerte, peut-être quelque animal délogé. Il atteignit la voiture essoufflé et en sueur. Il fit reculer le cheval pour remettre l'attelage sur le chemin, grimpa sur le siège et reprit haleine. Il revit le visage de Rose. Il se dit qu'il l'avait aimée... non pas d'amour, mais comme on aime la vie, la joie, la jeunesse. C'était tout ça qu'il avait vengé. Il n'avait pas ressenti de plaisir, pas même celui du chasseur à piéger sa proie. Il se sentait seulement libéré d'un poids énorme, mais le cœur lourd d'une tristesse infinie.

XV

Si Jappeloup s'était trouvé relativement préservé durant les premières années de guerre et n'avait guère eu à souffrir que de la réquisition d'un cheval, de sept vaches et de quelques brebis, en revanche, ces dernières années l'avaient profondément marqué et les événements récents en avaient passablement bousculé l'organisation et la vie. Désiré et Marguerite durent mobiliser toute leur énergie pour maintenir à flot un navire qui prenait l'eau de toutes parts.

Depuis le début de la guerre, l'argent des coupes ne rentrant plus et les charges s'étant alourdies, sans compter quelques dépenses importantes auxquelles on avait dû faire face, les réserves financières avaient fondu. Désiré rechignait à engager sur la ferme le petit capital apporté par Marguerite. Elle en avait d'ailleurs utilisé une bonne partie pour aménager la maison, renouveler du linge et équiper chacun des vêtements neufs nécessaires.

Depuis son mariage surtout, Désiré n'avait pas été regardant. Le prix des choses avait terriblement augmenté et l'argent ne valait plus guère. Il s'en était vraiment rendu compte lors de la foire de printemps. Si on voulait remettre la ferme à niveau et assurer son avenir dans les conditions nouvelles, il faudrait racheter des bêtes, poursuivre l'acquisition de machines, limiter une main-d'œuvre devenue rare et chère. Il voyait tout cela… mais pour l'heure, avec deux nourrissons à la charge de Marguerite dont il fallait ménager la santé, Phi qui n'arrivait à surmonter ni sa tristesse ni l'usure de ses vieilles jambes, sans l'appui d'Antoine et de Rose, les deux anciens piliers de l'exploitation, il ne se sentait pas armé pour un nouvel élan. Firmin, privé de l'aimable compagnie de la Pigne et de la tranquille amitié d'Antoine, avait régressé de plusieurs années et perdu son peu d'autonomie. Il passait maintenant de longs moments immobile, près du petit Louis dont il semblait apprécier le calme enfermement.

Que dire enfin du maigre secours apporté par l'Amédée Bernard ? Si son comportement à la maison avait vite tourné à l'affrontement avec Phi qu'elle traitait de vieille folle et Firmin dont elle se moquait, son attitude avec les bêtes avait rapidement perturbé le troupeau. Elle avait, le bâton toujours à la main, « ensauvagé » les brebis et les chèvres, au point que la traite de ces dernières, à laquelle Marguerite participait encore, était devenue très difficile, et que chaque jour apportait désormais son lot de petites catastrophes – poursuites et bousculades, bagarres, seaux renversés – et d'énervements.

Quand enfin on sortit les bêtes, on pensa qu'au moins elle allait se rendre utile et que chacun serait soulagé de moins la voir. Là aussi, il fallut déchanter. Les chiens, non tenus, firent à leur fantaisie, courant les bêtes, et il arriva qu'on passât tout un soir à chercher deux vaches affolées qui s'étaient réfugiées dans les taillis au-dessus de la Roussie. Désiré, rouge de colère, l'avait avertie le soir même d'avoir à rassembler ses affaires et qu'il la descendrait dès le lendemain matin. Elle l'avait regardé avec une telle ironie provocante qu'il l'avait giflée et que Marguerite avait dû s'interposer.

On n'eut pas de regret de la voir partir. Elle n'en manifesta pas de s'en aller. Après l'avoir remise à la responsable de la petite école, que ce retour désespéra, Désiré s'en fut à la scierie visiter Béraud qui le relança pour les coupes.

« Je voudrais bien, répondit-il, mais il faut trouver des hommes à présent. Moi aussi, ça m'arrangerait. Laisse-moi du temps, il faut tout remettre en route. Avec cette coquine, j'ai même plus personne pour garder... Je sais pas ce que je vais faire. »

Ils parlèrent un moment d'autrefois, puis Béraud donna les nouvelles du pays.

« T'as su pour ta voisine ?

– Qué voisine ? demanda Désiré.

– La Matru, pardi, celle des Étivaux. On l'a retrouvée morte dans le ruisseau de Goutte-Bargeon, vers le petit pont, tu sais, juste sous chez elle. Elle a dû avoir une faiblesse en tirant de la salade de fontaine.

– Pauvre, dit Désiré d'un air pénétré.

– Oh ! tu sais, elle est guère pleurée, je crois même que beaucoup sont pas mécontents. Elle en savait trop, mais ce qui fait parler, c'est cette vache...

– La Matru n'avait pas de vache, reprit Désiré, seulement deux chèvres. Je l'ai jamais vue passer qu'avec ses deux chèvres et ses deux chiens.

– Justement, c'est bien la question. Elle avait une corde nouée à son poignet avec une vache au bout. Une belle bête, prête à faire le veau. Sûr qu'elle l'avait remontée de la foire, on l'a vue passer au Phaux et à Pragnot... Ça fait parler. Ça se dit qu'elle a pu faire chanter quelqu'un et que peut-être… Ma foi, conclut-il, elle l'aura cherché, je vais pas déplacer le brigadier pour des ragots. J'ai placé la vache et les chèvres chez le Nani, on les vendra pour le bureau de bienfaisance et on n'en parlera plus. On sait même pas si elle a encore quelqu'un de vivant. »

À Jappeloup, Désiré dit ce qu'il avait appris de Béraud : la Matru était morte. On l'avait trouvée noyée dans le ruisseau en dessous de chez elle. Un malaise, sans doute, l'avait terrassée tandis qu'elle ramassait de la salade de fontaine. Il passa sous silence l'énigme de la vache.

Il dut garder les bêtes, ce qu'il n'avait plus fait depuis son enfance. Il eut l'impression de gâcher son temps, mais que faire ? Il emportait avec lui une pioche plate et le tranchoir à motte et en profita pour nettoyer un ancien pêchoir, curer les rigoles et refaire les petits canaux d'irrigation qu'on ouvrait à la fin de l'hiver ou dans l'été pour favoriser la repousse. Pris par ce travail qui occupait ses bras, il se contentait, le plus souvent, d'un coup d'œil rapide au troupeau et, si besoin, d'envoyer les chiens.

Quand ils donnèrent de la voix, tournés vers le brouillard du côté de la Petite Croix, il leva les yeux, surpris et un peu inquiet. À part la Matru qui, autrefois, redescendait par là, en traversant ses terres, jamais personne n'arrivait de ce côté. Au-delà du brouillard épais qui stagnait sur les sommets à cause des grosses pluies de la veille, c'était l'autre versant, celui de l'Auvergne. On allait, comme l'eau, chacun de son côté, sans guère franchir la crête. Les maisons, à pied, n'étaient pas loin pourtant, La Chamba était à peine plus éloignée que Pragnot.

Les chiens calmés, Désiré entendit bientôt des appels et ne tarda pas à voir apparaître au loin, sortant de la brume, deux enfants qui se tenaient par la main et hésitaient à la vue du troupeau. Ils avaient maintenant repéré Désiré et venaient vers lui. À leur approche, il constata qu'il s'était trompé. C'étaient un garçonnet et sa mère. Une jeune femme aux allures d'adolescente vieillie, frêle et émaciée.

Désiré avait réuni ses mains au sommet du manche.

« Dites, monsieur, vous n'auriez pas vu trois brebis et deux chèvres ? On les cherche depuis hier au soir.

– Ma foi, j'ai rien remarqué… Je travaillais. Des bêtes perdues ? demanda-t-il.

– C'étaient nos bêtes, dit la femme. J'étais retournée à la maison faire la soupe, le petit gardait encore un moment après la grosse pluie. Il s'est laissé distraire, le brouillard est venu. Il a entendu les bêlements affolés et notre petit chien est parti comme une flèche. Il a couru derrière, c'est alors qu'il les a aperçues, deux bêtes énormes à ce qu'il dit, des chiens sans doute. »

Tandis que la femme parlait, le petit s'était mis à pleurer et s'essuyait les yeux de son poing.

« Il a eu peur, le pauvret, reprenait la femme. Ils ont égorgé notre chien et couru les brebis. On en a retrouvé une, morte, toute déchirée. Son agneau qui était avec elle a disparu.

– J'ai rien entendu, dit Désiré. C'était de ce côté ?

– Non, vers le petit bois du Bourlier. On est des Surdiaux. Vous êtes monsieur Rouzan, sans doute. Vous connaissiez mon mari, je crois. Il m'a parlé de vous. Régis Combe qu'il s'appelait. Il était fagotier ; avec mon père, ils vous voyaient dans les bois, autrefois.

– Je me souviens, dit Désiré, ils avaient un mulet noir et une petite charrette.

– Oui, oui, c'est ça. J'ai vendu le mulet ce printemps avec la charrette. Il nous manquait plus que ce malheur. »

Elle s'était mise à pleurer, elle aussi. Désiré ne savait que dire. Ils avaient l'air épuisés tous les deux et si maigres qu'il avait peur qu'ils ne s'effondrent sous ses yeux.

Sans même réfléchir, il proposa :

« C'est d'abord midi, descendez manger la soupe avec nous, on cherchera ensuite. Ça sert à rien de se rendre malade. »

Il envoya les chiens, ramassa ses outils, et les entraîna vers Jappeloup, à quelque distance du troupeau.

La femme et l'enfant, intimidés, s'étaient arrêtés près du porche tandis que Désiré et les chiens poussaient le petit bétail vers la bergerie. Désiré tenait le portillon ouvert tandis que brebis et chèvres se bousculaient pour entrer. C'est alors que cinq bêtes se dérobèrent et s'égaillèrent dans la cour à la fureur des chiens habitués à être obéis. Elles étaient là. Perdues, elles s'étaient jointes au troupeau et y avaient discrètement trouvé refuge. Le jeune garçon s'était précipité, il entourait leur cou de ses bras et répétait leurs noms, pleurant et riant à la fois du trop-plein d'émotion. Désiré s'amusa un instant de sa joie et entra prévenir Marguerite qu'on avait des invités.

Ils furent aussi vite rassasiés qu'ils avaient paru affamés. Habitués sans doute à des repas frugaux, la soupe les avait déjà comblés et c'est à peine s'ils grignotèrent encore quelque chose, malgré les incitations pressantes de Désiré. Ce dernier, attendant que la soupe tiédisse, avait raconté l'histoire et son heureuse conclusion. On avait ri de bon cœur. Restait la perte d'une brebis et d'un bel agneau. Ça semblait pour eux une perte importante, qui laissait entendre un grand dénuement. Marguerite demanda l'âge de l'enfant.

« Presque sept ans, répondit la femme.

– Il n'est pas à l'école ?

– Je l'envoie bien encore l'hiver, madame. Mais, suivant que j'ai un peu d'embauché de-ci de-là, il faut bien qu'il s'occupe des bêtes. Même quand mon père était encore là et qu'on partait tout le jour aux fagots, il manquait. Comment voulez-vous qu'on fasse ?

– Vous faisiez des fagots ? questionna Marguerite. Mon père était boulanger, je me souviens de la charrette du fagotier. Il venait chez nous deux fois la semaine, il fallait beaucoup de bois, dit-elle, une certaine nostalgie dans la voix.

– Oh ! déjà avant la guerre, on en faisait moins. Les boulangers encore… Pour le reste, c'était déjà le charbon. Ça s'était perdu moins vite que la charbonnille. Mon père, il était charbonnier aussi. On vivait dans les bois, au gré des coupes et des brûlages. C'est ce qu'il m'a dit, moi je m'en souviens pas. On faisait des fagots avec les rameaux, le petit bois en somme. Rien de perdu. Quand le Régis est parti, je m'y suis remise avec le père. Il était vieux, usé. Il marchait tout cassé. On faisait ce qu'on pouvait, on avait de la demande : les marchands réclamaient. Pensez, les mines étaient noyées, à ce qu'on disait. Ça nous a permis de vivre du temps de la guerre, tant qu'il a pu. Mon mari est mort à Verdun, à la fin de 16, mon père l'année dernière à l'automne. Toute seule, je pouvais plus. Elle essuya une larme du dos de sa main. On n'est plus que nous deux, à présent… »

Tous écoutaient, Marguerite approuvait d'un léger mouvement de la tête, les yeux baissés sur la table. Elle ne voulait rien dire, pour ne pas blesser Désiré. C'est lui qui demanda :

« Vous avez un peu de terre ?

– Rien qu'un jardin, à côté de la maison. Pour les bêtes, il faut les mener le long des chemins, aux communaux quand on peut. Des fois, on me demande pour des travaux : du nettoyage, une grosse lessive, je tonds aussi. Dans quelques années, mon Jeannot sera grand, ça sera plus facile. »

L'enfant suivait distraitement la conversation. Repu, il avait, de ses grands yeux, longuement observé chacun, revenant plusieurs fois sur

Firmin qui l'intriguait. Puis un bras posé sur la table, il avait détaillé la salle du regard. Elle lui semblait immense et jamais il n'avait vu un chaudron de cette taille : son éclat cuivré le fascinait.

Quand le moment fut venu de partir, Mme Combe les remercia et Désiré les accompagna pour ouvrir la porte de la grange où l'on avait enfermé le petit troupeau. Déjà, poussant les bêtes, ils avaient franchi le porche quand Marguerite rejoignit son mari.

« Je pensais que tu allais lui proposer de venir. Elle pourrait garder, nous aider. Tu m'as assez dit qu'il te fallait trouver quelqu'un.

– J'ai pas osé, répondit-il, j'ai pensé qu'elle refuserait. Ils ont leur petit troupeau… et puis c'est une femme, il faudra la payer un peu plus.

– Je ne crois pas qu'elle aurait refusé. J'ai besoin de quelqu'un moi aussi, Phi se fait vieille. C'est pas si loin, elle descendrait le matin, on n'aurait pas à la loger. Je paierai de moitié si tu veux. »

Il la regarda, surpris et choqué.

« C'est pas ça, reprit-elle gênée, mais je sais qu'on est juste à présent. Si tu dois encore acheter une machine…

– J'attendrai. »

Il réfléchit encore une minute et se décida.

« Tu as raison, dit-il, soudain convaincu. Elle amènera son petit troupeau, c'est pas trois brebis de plus, on a assez grand, elle les reprendra à l'automne. Va lui demander, va… »

Grâce à ce renfort inattendu, à celui de Lozère et d'un autre compagnon, on passa l'été et son cortège de gros travaux. Jeannot était retourné à l'école jusqu'aux vacances, mais dès la fin juin il descendit avec sa mère. Il l'accompagnait à la pâture et pouvait, quand on arrivait à libérer Firmin, garder avec lui. Il avait rapidement lié amitié avec les chiens et savait s'en faire obéir. On pouvait alors compter sur la femme pour le caillage et la maison.

Louis marchait, maintenant. Ça n'avait pas été sans mal. De Firmin à Marguerite, de Jeannot à Maria sa mère, tous s'y étaient brisé les reins. Il avait pris peu à peu de l'assurance et, si sa démarche restait pataude, il y avait gagné en indépendance. Son esprit s'était ouvert à la découverte des objets. Avec un sens aigu de la propriété, il profitait de l'inattention des adultes pour dérober et dissimuler dans son tablier quantité de petites choses avec lesquelles il disparaissait dans quelque recoin où, dans le plus grand silence, il passait de longs moments dans la contemplation de l'objet. On avait ainsi retrouvé, dans des endroits impossibles, des couverts, des bobines, des clefs… Bref, toutes les petites choses qui s'étaient, un jour ou l'autre, trouvées à sa portée.

On était désormais attentif à ses chapardises. Marguerite l'avait grondé mais, quand on s'adressait à lui, une faculté peu commune éteignait complètement son regard et il balançait sa tête de droite et de gauche dans un « non » continuel. Peu à peu, se voyant souvent spolié de son butin, il ne réapparaissait qu'après avoir mis l'objet dans une fente, un trou, où la plupart du temps il était définitivement perdu. C'est ainsi qu'on avait vainement cherché la clé de la cave, le tire-bouchon, des ciseaux et une bonne moitié des petites cuillères, sans compter tout ce dont pour l'instant on n'avait pas eu besoin et dont on n'avait pas encore constaté la disparition.

Marguerite, voulant profiter avant l'hiver de la présence de Maria pour garder le petit Félix, avait pris, par écrit, rendez-vous avec un médecin de Montbrison, spécialiste des enfants. Elle avait sollicité divers conseils, y compris celui de sa mère, et fait le choix du médecin de Montbrison, se réservant d'emmener plus tard l'enfant à Saint-Étienne ou même Lyon s'il le fallait.

Elle avait pleuré souvent devant certaines déconvenues. Une fois, Désiré l'avait surprise en larmes dans un fauteuil de la pièce où elle venait de coucher Louis pour sa sieste. Elle avait prétendu qu'elle était un peu fatiguée, que les enfants lui donnaient beaucoup de travail et de souci et qu'elle avait seulement besoin d'un peu de repos. Rose lui manquait aussi, terriblement.

Plus souvent, c'était la nuit, en silence, qu'elle pleurait. Il suffisait qu'un mauvais rêve de Louis ou qu'un rot embarrassât le petit Félix, qu'on couchait toujours dans la chambre de Rose en laissant les portes ouvertes, pour la tirer du sommeil. Elle était longue alors à se rendormir, son inquiétude remontait en elle et ses larmes coulaient. Elle ne se doutait pas que, plus d'une fois, Désiré, tenu éveillé par quelque souci, s'était rendu compte, sans intervenir, de cette bouffée de désespoir.

Quand elle lui avait parlé de cette visite chez le médecin, des choix possibles, il avait seulement haussé les épaules d'un air las et lui avait dit de faire comme il lui semblait bon, qu'il lui faisait confiance. Il lui avait dit aussi qu'il la descendrait à la gare et que, si elle voulait en profiter pour faire une visite à sa mère, elle ne devait pas s'inquiéter pour le travail, du moment que Maria était là.

Marguerite avait donc pris le train un mercredi matin d'octobre, avec l'enfant. Elle avait rendez-vous dans l'après-midi. Elle remonterait à Boën par le train du soir et coucherait chez sa mère, soucieuse de connaître l'avis du médecin et ravie d'accueillir et de revoir sa fille et son petit-fils, ne serait-ce qu'une journée. Le temps était triste et gris, la gare et le train sales de cette insidieuse poussière de charbon qui s'infiltrait partout. L'air lui parut irrespirable. Elle se surprit à tousser, la gorge irritée par la fumée âcre qui s'était introduite par la vitre mal fermée au passage d'un tunnel. Louis ne bougeait pas, assis à ses côtés, réfugié dans son monde. Ils étaient seuls dans le compartiment. Maussade, elle laissa remonter en elle des souvenirs qu'elle croyait avoir oubliés. Elle revoyait son voyage incertain vers l'Hermitage, ces petits bourgeois dépenaillés mais pleins de vie qui s'en allaient brunir au soleil bienfaisant de la montagne.

Puis elle pensa à son rendez-vous, à son fils. Existait-il un remède, un soin particulier, un quelconque traitement pour vaincre ce terrible engourdissement de son esprit ? Elle était prête à tout pour lutter contre ce mal qu'elle observait chaque jour, douloureusement, rien qu'en s'occupant du petit Félix. Dans quelques mois, elle en était sûre, le petit dépasserait le grand. Déjà ses rires, ses pleurs, ses gazouillis, ses jeux lui faisaient souffrir le martyre. Il était coquin et affectueux, avec elle surtout, et tout son être se raidissait, l'empêchait de répondre. Elle le savait maintenant, ses gestes n'avaient que l'apparence de l'affection. Elle avait aimé Rose pourtant. N'avait-elle pas proclamé, un soir, devant chacun, qu'elle serait heureuse d'accueillir cette nouvelle vie ? Elle avait adopté Félix, de toute sa généreuse nature, de tout son cœur, comme le devoir sacré de son rôle de marraine. Elle avait cru vraiment, au début, qu'elle pourrait l'aimer, le câliner, le chérir comme son propre fils… Elle n'avait pas pu. Si seulement celui-ci ne lui avait pas renvoyé en permanence l'image brouillée du sien, certainement alors elle en aurait fait deux frères, égaux dans sa maternelle affection.

Comme elle avait souffert de cette terrible découverte. Elle s'en voulait. Elle n'avait pu en parler à personne, alors elle avait écrit. Elle avait tenté de raconter… à Rose, au souvenir qu'elle en avait, ce qui se passait en elle. Il lui avait fallu d'abord parler de son fils, lui qui paraissait si lointain et indifférent. Ensuite, expliquer ses réactions, ses découvertes, ses souffrances. Elle demandait pardon à Rose de ne pouvoir être meilleure. Elle l'assurait qu'elle ferait tout son devoir, qu'elle l'élèverait, mais qu'il lui était impossible d'aller plus loin. Peut-être aurait-il mieux valu qu'elle mette le petit dans les bras de son grand-père et qu'elle lui dise :

« Emportez-le, c'est votre petit-fils. Peut-être souffrira-t-il la faim du corps mais je suis sûre qu'avec vous il ne connaîtra pas celle de l'âme et du cœur. »

Elle noircissait des pages au crayon à papier, seule, le soir, dans la pièce froide où l'on n'allumait plus de feu. Parfois la nuit, lorsque les angoisses se faisaient trop fortes, elle enfilait sans bruit un vêtement de laine, descendait à tâtons, allumait seulement une bougie qu'elle posait sur la table, s'enroulait dans son gros châle et laissait son cœur s'épancher sur le papier. Souvent, les larmes lui venaient en écrivant et s'écrasaient sur le papier avec un bruit mat. Elle cachait soigneusement ses cahiers. Elle y racontait des choses terribles qu'on ne peut confier qu'à un mort.

Oh ! comme elle avait été heureuse, au tout début, dans la tristesse ambiante qui avait suivi la mort de Rose, de voir, lorsqu'elle donnait les soins au petit Félix, les yeux de son fils s'animer, sortir de leur éternelle absence !

Après quelques semaines, elle les avait baignés ensemble, presque comme des jumeaux, se faisant un peu aider par Phi. Et puis il lui avait fallu comprendre autrement cette lueur du regard. Un jour, elle avait tendu la joue du petit vers le visage du grand pour une sorte de baiser, un petit câlin avant le coucher. Félix avait hurlé et elle avait constaté sur sa joue les traces rouges des petites dents qui l'avaient mordu. Elle gronda gentiment et n'insista pas.

Ensuite, à deux reprises, une fois avec elle, une autre fois alors que Phi les surveillait en tricotant, Louis avait renversé le berceau. Félix s'en était tiré avec une bosse. À chaque fois, les hurlements du bébé avaient alerté suffisamment tôt pour qu'on aperçoive les mains de Louis finissant leur œuvre.

La première fois, ce qui s'était passé sous ses yeux l'avait mise en fureur et Louis avait reçu une bonne fessée. Depuis, elle veillait d'un œil attentif lorsqu'ils étaient ensemble dans la même pièce. Elle n'avait rien dit, pas même à Désiré. Que Phi fût témoin de la même scène l'avait mise dans l'embarras. Elle avait prétendu que Louis était maladroit et que, sans doute, il s'était rattrapé au berceau en perdant l'équilibre. C'était crédible, et Phi, qui ne savait rien, admit cette explication sans broncher, d'autant plus facilement qu'elle avait dû s'assoupir un instant sur son tricot.

La dernière tentative de Louis contre son rival, et celle-ci datait de quelques jours à peine, s'était passée aussi dans la cuisine. Félix était fiévreux et on l'avait couché dans son berceau où il avait dormi tandis que les femmes vaquaient au caillage et au ménage, Louis à ses petites occupations. Félix s'était réveillé chaud et mal à l'aise et hurlait à pleins poumons. Marguerite l'avait pris un moment puis recouché avec un linge humide sur le front. Elle n'avait pas le temps de faire mieux pour l'instant. Tout à l'heure, si la fièvre persistait, elle lui donnerait un bain tiède.

L'enfant pleurait moins fort maintenant et, peu à peu, on cessa d'y faire attention. Quand elle n'entendit plus rien, elle pensa distraitement qu'il s'était endormi et poursuivit son travail. Soudain, saisie d'une sorte d'appréhension, elle courut au berceau et vit son fils, les deux mains appuyées à plat sur le linge mouillé, tiré sur le visage du petit. Elle hurla, ce qui fit sursauter Phi, et Louis courut se cacher. Elle attrapa Félix à demi asphyxié et le secoua jusqu'à ce qu'il reprenne son souffle. Délaissant son travail, elle le garda dans les bras et expliqua qu'il s'était étouffé. Ce n'est que plus tard, seule, tandis que les deux petits faisaient la sieste, qu'elle put décharger son cœur et pleurer tout son saoul. Désormais, elle n'aurait plus un moment de répit.

L'attente d'abord, dans la petite salle sombre, avec les regards apitoyés des mères sur son fils et les regards curieux des autres enfants intimidés, la consultation ensuite, avec sa lenteur calculée, furent pénibles pour Marguerite.

Pendant la visite, le médecin ne s'était pas occupé de l'enfant, avait questionné Marguerite et noté avec application les réponses. Ce fut un long interrogatoire auquel elle répondit de son mieux. L'âge des parents, des grands-parents, leurs antécédents médicaux, la date de naissance de l'enfant, l'accouchement… De temps à autre, il levait les yeux vers Louis et l'observait rapidement. Il n'eut qu'une seule réaction, après avoir lentement noté leur profession.

« Vous n'êtes pas une paysanne, dit-il en la regardant avec amusement.

– Nous avons bien une ferme, au-dessus de Noirétable, dit-elle, mais j'ai été institutrice… six ans. J'ai pris un congé quand je me suis remariée, mon premier époux était mort à la guerre, en 14. Nous n'avions pas eu d'enfants. »

Il posa encore quelques questions, pria Marguerite de déshabiller Louis et se leva enfin.

« Voyons ça, dit-il. Viens voir là, mon bonhomme. »

Marguerite dut pousser le petit. Le médecin se baissa pour l'observer ; de face d'abord, il lui ôta sans brusquerie le pouce de la bouche, le fit pivoter, suivit son dos de sa main, tâta le cou, la tête, le retourna et lui tendit les mains. Louis ne bougea pas, muré en lui-même.

« Un bonbon, peut-être ? »

Le médecin ouvrit un tiroir de son bureau et en prit un. Il le déplia lentement, faisant crisser le papier. Il observa la lueur qui s'était allumée dans les yeux du petit.

« Ah ! je vois que tu sais ce que c'est, pas vrai, tu veux le manger ? »

Louis ne tendit pas la main, il ouvrit la bouche et le médecin dut y placer la friandise.

« Il sait sucer ? demanda-t-il à Marguerite. Il ne va pas l'avaler tout entier ?

– Je ne sais pas, répondit-elle, il n'a pas l'habitude. »

Effectivement, le petit déglutissait avec difficulté pour faire descendre le bonbon. Il n'avait pas même tenté de le croquer. Le médecin parut ennuyé.

Il avait mesuré et pesé l'enfant, puis l'avait assis sur une table, les jambes pendantes, pour déclencher à l'aide d'une sorte de petit marteau de caoutchouc des réflexes qui ne vinrent pas. Les yeux de Louis, sans doute déçu, s'étaient de nouveau éteints. Il avait repris son pouce. Le médecin avait terminé ses examens en écoutant le cœur et les poumons. Enfin, il le remit à terre et le poussa.

« Je veux te voir marcher maintenant. Va… va voir maman. »

Marguerite lui tendit les bras mais Louis ne bougea pas. Elle tira de son sac quelques biscuits emportés pour le goûter. Aussitôt l'enfant marcha vers elle et tendit la main. Elle lui en donna un.

« Vous pouvez l'habiller, madame. »

Il attendit puis donna à l'enfant une sorte de hochet de bois. Louis le prit et partit se cacher derrière la table d'examen.

Le médecin regardait maintenant Marguerite bien en face. Il l'avertit :

« Vous étiez institutrice, vous connaissez les enfants, vous êtes instruite. Je vais vous dire franchement ce que je pense. Sachez cependant que je ne suis ni devin ni prophète, que nous aussi nous pouvons nous tromper. »

Le sang refluait au cœur de Marguerite. Elle était pâle et anxieuse mais ne dit rien. Il attendit un instant et reprit :

« Vous le saviez sans doute, votre enfant a du retard… un retard considérable. Sa tonicité est bien moyenne, il doit être lent dans tout ce qu'il fait. Il apprécie la nourriture, ce n'est pas un défaut, mais il aura tendance à grossir. Le rapport de sa taille avec son poids est un peu limite. Ça ne peut que fatiguer le cœur. Avec vos antécédents, il faudra être prudent. L'examen ne révèle pas d'anomalie cardiaque ou pulmonaire décelable au stéthoscope. Il se porte assez bien, à part cette espèce d'atonie générale.

« C'est pour son avenir que vous êtes inquiète. Je le conçois. Il ne rattrapera pas son retard. Jusqu'où se développera-t-il ? C'est là toute la question. Revenez me voir dans deux ans, on verra son évolution, ses capacités. »

Marguerite avait discrètement tiré son mouchoir pour écraser une larme. Il avait, pudiquement, détourné son regard, puis il reprit :

« Il vous faudra être forte. Préparer aussi votre mari. Il s'intéresse au petit ? »

Marguerite détourna la question :

« Docteur, je crois comprendre qu'il est retardé, débile. »

Le médecin corrigea :

« Handicapé mental, c'est le mot, vous m'avez bien compris.

– Cela peut venir de l'accouchement ?

– Après tout ce que vous m'avez dit, c'est possible, probable même. Le cerveau est fragile, il a pu souffrir. Mais ne renoncez pas, menez-le jusqu'où il peut aller. Chacun se développe à son rythme. Ne désespérez pas.

– Puis-je vous poser une dernière question ? »

Le médecin tendit la main vers elle.

« Je vous écoute.

– Il n'est pas très affectueux, avec moi je veux dire. S'il est vraiment handicapé mental, peut-il être jaloux ?

– Vous avez d'autres enfants ?

– Il y en a un autre à la maison qui a juste neuf mois de moins, ce n'est pas le nôtre. Sa mère est morte et je suis sa marraine. Nous l'élevons.

– Je m'étonne de votre question, madame, mais je comprends pourquoi vous la posez. Ce n'est plus guère de ma compétence, je vais vous dire cependant ce que je pense. Vous êtes bien placée pour savoir que même les animaux peuvent être jaloux. Ce genre de sentiment relève du plus profond de nos pulsions vitales. L'intelligence est autre chose. »

Il s'était levé et l'avait accompagnée jusqu'à la porte. Il tendit la main.

« Dans deux ans, dit-il, ne renoncez pas. »

Marguerite retrouva la rue animée du centre-ville, bouleversée. Ce monde lui était-il devenu à ce point étranger ? Elle ne savait plus où diriger leurs pas. Des gens pressés grognèrent en la dépassant. Elle marcha au hasard et gagna une rue plus calme. Peu à peu, elle émergea de cette espèce de brouillard. Le médecin ne lui avait rien appris qu'elle ne sentît déjà, sinon que le cœur de Louis pouvait être plus fragile qu'elle ne l'avait pensé. D'un certain côté, elle était soulagée de savoir : rien n'est pire que l'incertitude qui vous laisse espérer contre vous-même et vous détruit lentement. Elle avait apprécié ce médecin, son calme, sa franchise, sa délicatesse aussi. Il l'avait encouragée, cela lui avait redonné un peu de force pour affronter l'avenir.

Elle dut héler un fiacre pour gagner la gare. Louis était grognon et fatigué. Il était lourd et elle ne pourrait le porter plus longtemps. Elle espérait que sa mère viendrait l'attendre à son arrivée à Boën. Elle entra s'asseoir au buffet, fit boire et manger Louis et but elle-même un chocolat. Le petit avait sommeil, elle s'appliqua à le tenir éveillé jusqu'à l'heure du départ. Une fois installée dans un compartiment, une dame lui proposa de changer de banquette afin qu'elle puisse l'étendre un peu. Louis s'endormit aussitôt, la tête sur les genoux de sa mère, les jambes à demi repliées contre la cloison. Le voyage ne fut pas long jusqu'à Boën. Elle ne put le réveiller et un voyageur dut l'aider à le descendre sur le quai où Mme Maupin les attendait. Elle avait loué un taxi et Marguerite en fut bien aise.

« Je pensais que tu serais fatiguée, ce voyage avec le petit… »

Elle avait embrassé sa fille, plaqué un baiser sur le front de Louis et s'était extasiée :

« Mon Dieu ! comme le voilà changé ! Qu'il a grandi !

– Rentrons, s'il te plaît, maman, je suis lasse, j'ai hâte de m'asseoir. »

La voiture les avait déposés au pied de *L'Astrée* et Suzanne Maupin avait demandé au conducteur de monter Louis jusqu'à l'étage. On l'étendit sur le canapé du salon.

« C'est bien aimable à vous, René, dit Suzanne. On vous attendra en bas demain, à 4 heures.

– Entendu », répondit l'homme en descendant l'escalier.

Marguerite s'était laissée tomber comme une masse dans un fauteuil.

« Tu veux prendre quelque chose ? demanda sa mère.

– Non, merci. Laisse-moi souffler une minute, ensuite nous parlerons. »

S'il n'y avait eu près d'elle le léger ronflement de Louis, Marguerite se serait cru revenue quatre ans auparavant : l'année la plus triste de son existence. Les bruits étouffés dans la cuisine, le grincement de la porte du jardin, les sons de la rue… Elle aimait sa mère, son énergie, son sens de la vie, son affection un peu bourrue et distante. Elle n'avait pas vieilli. Elle savait déjà ce que sa mère lui dirait :

« Tu ne pourras pas garder ton enfant avec toi… Il y a des maisons pour ça… Si encore tu n'avais pas l'autre ! Il arrivera quelque chose, c'est sûr, tu ne pourras pas toujours être derrière, surtout à la campagne, avec ton travail. »

C'était comme si elle l'entendait et, les yeux clos, elle faisait non de la tête : elle veillerait, elle porterait son fardeau. Non, elle ne s'était pas fourvoyée à Jappeloup. Elle s'y plaisait, elle avait goûté la liberté des Hautes Terres, elle ne pourrait plus vivre ailleurs. Là, son enfant pourrait vivre. Ils n'auraient ni l'un ni l'autre à supporter ces regards compatissants qui l'avaient, autrefois, tant fait souffrir. Il grandirait à son rythme, elle l'aiderait, le soutiendrait. Maintenant elle savait qu'elle aurait la patience, la force. Elle l'accompagnerait jusqu'au bout de lui-même, quel que puisse être le chemin.

Elle parla peu à Désiré, donna des nouvelles de sa mère, exprima sa satisfaction de la consultation. Désiré l'écouta. Il savait qu'elle ne disait pas tout. Il ne posa pas de question. Il dit seulement qu'elle lui avait manqué et qu'il était content de la voir de retour et rassurée. Il pourrait attaquer les coupes le cœur plus léger.

Dès la lune de novembre, ils allaient s'y mettre. Au cours de l'été déjà, profitant des jours de pluie, il s'était mis en campagne pour reconstituer une petite équipe. Un des anciens compagnons, revenu sain et sauf de la guerre – on ne savait trop par quel miracle, il avait pu passer au travers de quatre ans de mitraille –, bien que vieilli, était partant. Désiré avait besoin de son expérience, car il n'avait trouvé personne d'autre que deux jeunes hommes, certes bien bâtis, mais dont la hardiesse et la fougue l'inquiétaient. Ils n'avaient, ni l'un ni l'autre, connu la guerre, terminée pour eux juste à temps. Ils se connaissaient et s'engageaient ensemble. Une petite équipe de quatre que Désiré allait roder ce premier hiver sur des coupes à leur mesure.

Il était heureux de reprendre ce travail qui le sortirait un peu de ses préoccupations. Maria continuerait à venir, tant que la neige ne l'empêcherait pas de descendre. Il sentait que Marguerite en avait besoin. On ne pouvait pas, malheureusement, faire de trace de ce côté, mais quand la neige serait abondante, il serait là. Petit à petit, avec courage, on avait remis le train sur les rails. Désiré reprenait confiance en l'avenir. Ce printemps, avec l'argent des coupes, il achèterait une machine. Seule Phi l'inquiétait. Elle ne s'était jamais vraiment remise de la disparition de Rose. Peut-être qu'un jour il faudrait vendre le lait, s'organiser pour le descendre chaque matin, ce serait une autre vie… On avait le temps d'y penser.

XVI

Un an s'était écoulé… sans drame, sans événement notable, sauf un peut-être. Au printemps, un soir d'avril, pressé par le temps, Désiré avait pris une grave décision. Il avait fait un geste que, sans doute, aucun de ses ancêtres n'avait fait avant lui, du moins pour la même raison. Armé d'une pince, alors que tout le monde était couché, il avait, lentement, patiemment, avec mille précautions, décollé, soulevé, ripé la grosse pierre du foyer de la cheminée de la cuisine d'hiver transformée en salon. Auparavant, à l'aide d'une balayette et de son couteau, il avait dégarni les joints, mettant soigneusement de côté la poussière de cendres accumulée qu'il remettrait en place après son larcin.

À sa majorité, Gustave, son père, lui avait révélé le secret, en même temps qu'il lui avait délivré ses recommandations. Dans cette pièce à l'écart, qui n'avait d'autre issue que la porte s'ouvrant sur l'entrée par la grande cuisine, sous cette lourde pierre, à la construction de Jappeloup, on avait, à l'abri du regard des maçons, ménagé une petite niche. C'était, du moins, ce que lui avait raconté son père et qu'on se transmettait de génération en génération. Les unes après les autres, suivant la nécessité, et par prudence, les femmes de Jappeloup, les épouses responsables s'entend, avaient eu révélation du secret, mais aucune, jamais, n'avait vu la cache ni son contenu. Désiré devrait en parler à Marguerite. Il se rappelait la mort accidentelle de ses parents et, au cas où quelque chose lui arriverait, il fallait maintenant qu'elle soit au courant. Il travaillait sans bruit, ayant tiré le verrou, et à la seule lumière vacillante d'une bougie. Il ne savait pas exactement ce que contenait la niche, son père lui avait dit seulement qu'en cas de grosse difficulté il trouverait là de quoi voir venir.

Même au plus creux de leurs finances, l'an dernier, il n'avait pas jugé la situation si catastrophique qu'il pensât y avoir recours. Aujourd'hui, dans l'espérance d'une prospérité retrouvée, il envisageait seulement de prélever de quoi investir. Ensuite, il rembourserait sa dette et ajouterait, si possible, au pécule des anciens sa propre participation.

La pierre avait suffisamment glissé maintenant pour lui permettre d'introduire la main. Il la plongea dans l'espace découvert et toucha une boîte métallique dont il se saisit et qu'il remonta. Elle était lourde et il la posa avec douceur sur le granit. Ce n'était pas, contrairement à ce que ses dimensions laissaient croire, une boîte légère en fer-blanc qu'on utilisait pour y conserver le sucre ou des restes de biscuits. C'était plutôt une cassette militaire ancienne à la couleur brunâtre qui avait, peut-être, contenu des cartouches ou de petites armes de poing – il n'était pas très expert dans ce domaine. Le couvercle était seulement tenu fermé par deux crochets qu'il tourna. Il leva alors la plaque du dessus.

Il trouva à l'intérieur un grand papier raide et jauni, plié en quatre. C'était, de la main de son père, écrit à l'encre noire, une sorte d'inventaire du contenu, avec au bas un total qui, à ce jour de 1921, ne signifiait plus rien. Il replia le papier et le mit de côté. Il y avait ensuite, pliées également, quelques valeurs inconnues de Désiré, une vingtaine peut-être, quelques titres au porteur d'emprunts russes et d'autres de la Compagnie du canal de Suez. Il se dit qu'apparemment son père était plus avisé que lui sur les choses financières. Enfin, sous un chiffon de laine élimé, un lit peu épais de petites pièces d'or luisait sous la lumière dorée de la flamme. Il glissa le doigt sur le fond de la cassette et perçut le léger tintement mat créé par le mouvement de son index.

Il n'était pas ébloui, ni fasciné non plus. Il n'avait pas la moindre idée de ce que représentait tout ça. Il savait seulement, l'ayant entendu dire récemment, que, contrairement à la monnaie, l'or n'avait pas perdu de valeur et qu'heureux étaient ceux qui en avaient conservé dans leur bas de laine. Cette pensée le rassura : il aurait été triste que cette sueur et cette peine transfigurées ne soient plus que cendres. Il remarqua deux sortes de pièces et en évalua le nombre. Ça ne servait à rien de les compter. Ce trésor n'était pas à lui, il appartenait à Jappeloup. Il le transmettrait lui aussi à son successeur, avec les mêmes recommandations que lui avait faites le père.

Il se leva et, le bougeoir à la main, alla chercher, sur un rayon de la bibliothèque, un crayon et un papier de brouillon dans le tas que Marguerite glissait sous le tarif-album de la Manu. Ce volume, sur lequel il avait souvent rêvé, servait de presse-papiers. Il posa la bougie sur la table, alla chercher les titres, s'assit et releva laborieusement ce qui y était écrit et leur nombre. Il préleva vingt petites pièces qu'il laissa sur la table afin de les glisser ensuite dans une poche de son portefeuille avec le papier sur lequel il avait écrit.

Il rangea le tout de la même façon qu'il l'avait trouvé, referma la cassette, la remit en place et, centimètre par centimètre, repoussa la dalle et l'ajusta. Il ramena la poussière de cendre, la tassa de la lame de son couteau, souffla pour disperser le reste de poussière uniformément et constata en déplaçant la bougie qu'il ne laissait aucune trace. Demain, ou un jour prochain, il saisirait une occasion de faire une petite flambée pour lever de la pièce l'humidité du printemps. Il en profiterait pour parler à Marguerite.

Désiré avait beaucoup réfléchi durant l'hiver. Il avait, pour cela, profité de ses allers et retours vers les coupes. Il partait tôt, dans la nuit. Il était seul, l'esprit dispos. Ensuite, le travail physique de la journée et le compagnonnage avec sa petite équipe lui permettaient de se libérer l'esprit.

Avec l'inconscience d'un capitaine ivre, il avait manqué faire chavirer le bateau, laissé emporter par-dessus bord un des membres les plus sûrs de son équipage ; il avait, dans un sursaut de révolte qu'il ne regrettait pas, d'une manœuvre aventureuse, redressé le navire menacé. Tout cela était fini, passé, définitif. Il sentait Jappeloup, un temps ballotté par la tempête, reprendre peu à peu sa stabilité et sa vitesse, sur une mer apaisée, avec un équipage reconstitué.

Depuis longtemps, l'air de rien, sans jamais en parler avec Marguerite, il avait observé leur fils. Il aurait fallu être aveugle pour ne pas se rendre compte. Son évolution confirmait, jour après jour, le dramatique présage qu'il avait eu lors de sa naissance. La visite de Marguerite à Montbrison ne lui avait rien appris. Très vite, il avait su que le médecin de Boën ne s'était pas trompé. Pendant des mois, Marguerite s'était bouché les yeux. Sans doute, depuis longtemps déjà, elle s'inquiétait. Ne l'avait-il pas, une fois, surprise en larmes ? Et combien d'autres fois l'avait-il entendu pleurer discrètement la nuit ? Il admirait la force d'âme qui la faisait se taire et prendre sur elle tout le poids de ce terrible malheur. Au début, c'était lui qui avait gardé le silence pour lui permettre de se préparer, de découvrir peu à peu l'immense épreuve qui les frappait. Il s'était tu aussi, à cause de cette faute irréparable qu'il avait commise et chèrement payée. Louis était né idiot et le resterait, que ce soit ou non sa faute à lui, Désiré.

Jamais Louis ne reprendrait Jappeloup. Peut-être, malgré tout, y trouverait-il une place, comme Firmin aujourd'hui. Il avait su, par Suzanne Maupin qui lui avait écrit chez Béraud, en cachette de Marguerite, la jalousie maladive de son fils. Elle lui avait dit aussi qu'elle aurait souhaité voir le petit placé dans une institution, qu'elle le suppliait d'y réfléchir, de voir s'il n'était pas encore possible de fléchir son épouse et de la faire revenir sur sa décision. Marguerite ne pouvait pas sacrifier ainsi tout le reste de sa vie sans la moindre reconnaissance. Elle l'assurait qu'elle partageait avec eux deux le poids de ce grand malheur.

Il n'avait pas répondu et n'avait rien tenté, non seulement parce qu'il savait que c'était inutile, mais parce qu'il aurait été cruel d'ajouter encore à leur tourment les douleurs d'un affrontement stérile.

Deux jours après sa visite nocturne à la cheminée, une pluie légère, suivie d'un subit rafraîchissement, étala une épaisse nappe de brouillard autour de Jappeloup qui frissonna. Désiré demanda à Firmin d'allumer dans l'après-midi du feu dans la pièce. Il ajouterait lui-même, au moment de rejoindre l'étable, une ou deux grosses bûches qui tiendraient le feu jusqu'au soir. Les enfants couchés, il voulait y entretenir Marguerite. Depuis longtemps déjà, Phi ne veillait plus avec eux, elle montait dès le rangement fini, lentement, sur ses vieilles jambes raidies et gonflées, après avoir envoyé Firmin au lit.

« Mon Dieu ! Désiré, comme c'est romanesque ! »

Elle avait éclaté de rire et son rire durait, clair, enfantin, comme depuis longtemps on ne l'avait plus entendu. Un peu vexé, il hésita un instant avant de rire aussi. Ils rirent de bon cœur, l'un relançant l'autre, à ne plus pouvoir s'arrêter. Ce fut pour eux un magnifique moment de détente. Plusieurs fois, l'un ou l'autre tenta de reprendre la parole, mais leur nervosité accumulée, ayant enfin trouvé un exutoire, entendait bien aller au bout de son épanchement.

Quand, enfin calmés, ils reprirent leur souffle en essuyant leurs yeux emplis de larmes, Marguerite reprit :

« Tu m'entraînes sans crier gare dans *Le Comte de Monte-Cristo* et tu voudrais que je garde mon sérieux ?

– Mais c'est la vérité, protesta-t-il.

– Je te crois, je te crois, sourit Marguerite, mais tu avoueras que c'est surprenant. En général, ce sont toujours de vieilles histoires qui n'ont aucune véracité. Une sorte de rêve qui trotte dans la tête des gens.

– Ne compte pas sur moi pour ouvrir cette dalle devant toi : d'abord elle est brûlante et ensuite il faut pratiquement une heure pour la déplacer. Et puis, hésita-t-il, c'est défendu.

– Désiré, enfin ! dit-elle d'un air navré, mais avec un sourire moqueur, défendu ! mais par qui, grands dieux ? »

Elle vit qu'il ne souriait pas. C'était défendu, voilà tout. Il n'en dirait pas plus, elle devrait se contenter de cette information et s'en rappeler au cas où…

Assise dans le fauteuil voisin de celui de Désiré, elle regarda vers la flamme et sourit. Ainsi, sous cette pierre se cachait un trésor et désormais elle était mise dans le secret. Cette histoire l'amusait, elle avait du mal à y croire. Désiré le sentit, il se leva.

« Attends une minute… »

Il monta dans la chambre et revint avec son gros portefeuille. Il l'ouvrit sur la table, tira d'une des poches quelques-unes des pièces d'or et les donna à Marguerite dans le creux de sa main.

« Tu me crois maintenant ? »

Elle en prit une et la regarda, sceptique.

« C'est de l'or ? demanda-t-elle.

– Ne fais pas la bête, allez, c'est toi maintenant qui te vexes, parce que tu es obligée de me croire. Allez, n'en parlons plus. Il fallait que tu saches, c'est tout. »

Il remit les pièces dans la poche et fit disparaître le portefeuille dans son pantalon. Il revint s'asseoir près de Marguerite et lui prit tendrement la main.

« C'est bientôt la foire de printemps, dit-il, j'ai l'intention d'acheter deux vaches, si j'en trouve qui me plaisent. Avec les quatre génisses qu'on élève, on sera revenu au nombre d'avant. Ensuite, on verra. Et puis, cette année, il faut que j'achète la machine. Lozère se fait vieux, qui sait si on le verra encore cette année ? »

À Saint-Didier, Désiré attendit un long moment avant qu'on ne lui ouvre. Il avait sonné à la lourde porte de chêne, au bois grisâtre et fissuré, au-dessous du petit panonceau fixé au mur annonçant *Notaire* dont la dorure ancienne avait cédé la place à une sorte de vert-de-gris écaillé. Un grand adolescent efflanqué, portant sur les manches de sa veste fatiguée des manchons de toile noire, s'effaça pour le laisser entrer dans le couloir.

« Est-ce que je peux voir le notaire ? s'enquit Désiré.

– Je vais le prévenir de votre demande, monsieur, dit le garçon d'un air triste et désabusé. C'est monsieur… ?

– Rouzan, Désiré Rouzan de Saint-Jean-la-Vêtre. »

Le jeune clerc avait ouvert une porte et avait presque poussé Désiré dans la salle.

« Entrez là, monsieur. »

C'était une petite pièce sombre, dont l'unique fenêtre étroite donnait sur la rue. Des sièges disparates s'alignaient le long des murs. Un vieux banc de bois au dossier à barreaux garnissait presque entièrement une longueur. Une sorte d'antique pupitre, dont le ventre débordait de rouleaux de papier jauni, occupait un angle, près de la fenêtre. Sa table inclinée supportait des piles de registres posés les uns sur les autres en désordre, dans un équilibre si instable que Désiré évita de s'en approcher. Des fauteuils droits, vieux à défaut d'être anciens, voisinaient avec différentes sortes de chaises. Il y avait là de quoi faire asseoir une nombreuse famille endeuillée qui eût trouvé naturellement place dans ce décor sinistre. Quelques affiches imprimées s'écornaient sur les murs beige sale.

Derrière une porte au capiton de crin éclaté en plusieurs endroits, Désiré entendit des voix au ton assourdi : sans doute on parlait affaires. Désiré s'assit avec précaution sur une chaise. Elle émit un craquement mais ne céda pas. Il entendait maintenant des rires complices, puis un long monologue terne commença qu'il trouva interminable. Il y eut de nouveau des échanges de propos, enfin un bruit de porte qui s'ouvre, accompagné d'un brouhaha confus venant du couloir, l'avertit que, peut-être, venait son tour.

« Monsieur Rouzan, entrez », dit le notaire.

Un petit homme à lunettes, mal rasé, au crâne dégarni, lui tendit une main molle qu'il retira avant que Désiré n'ait eu le temps de la serrer.

« Jappeloup... reprenait-il, j'ai bien connu Gustave Rouzan, votre père, n'est-ce pas ? dit maître Mérédac. Nous avons traité ici toutes ses affaires. Un homme très fin... avisé. Quel dommage, un accident stupide. Je vous ai vu à l'enterrement, attendez, c'était en 1912, je crois, en novembre, octobre peut-être.

– Novembre », intervint Désiré.

Il s'était assis sur l'unique chaise qui faisait face, derrière le bureau, au fauteuil dans lequel le notaire avait pris place. Il observait, effaré, l'énorme couche de paperasse qui couvrait l'ensemble du plateau. Désiré le trouva immense : presque aussi grand que la table de la cuisine où l'on pouvait manger à dix personnes à l'aise, un peu moins long peut-être, mais beaucoup plus large. Toute cette étendue était couverte, de la hauteur d'une main posée sur la tranche, d'un désordre de papiers et de livrets imbriqués, d'actes ouverts ou fermés, de registres décousus, de revues imprimées, jusque sous les coudes du notaire, où un espace, de la taille d'un mouchoir, était occupé par un sous-main de cuir bistre couvert d'éraflures. Dans un angle constellé de taches noires, trônait un gros encrier de verre, supportant sur une gorge moulée à cet effet un porte-plume d'écolier au manche à demi noirci et à la plume d'acier luisante d'encre fraîche.

Maître Mérédac avait posé à plat ses petites mains d'enfant aux ongles sales sur le cuir râpé. Il regarda attentivement Désiré.

« Qu'attendez-vous de moi ? demanda-t-il.

– Je voulais connaître la valeur de ça, dit Désiré en tendant le papier sur lequel il avait pris note des titres.

– Je me souviens, dit le notaire, nous en avions parlé à l'époque. Ceux de la Compagnie du canal de Suez ont encore leur valeur nominale, un peu plus peut-être, c'est beaucoup moins qu'il y a dix ans, mais ils se négocient. Les titres russes, je vais vous décevoir, sont invendables. Ils ne valent plus rien. Le gouvernement bolchevique issu de la révolution de 17 ne reconnaît plus les dettes du tsar. Ils ne seront pas honorés. Gardez-les, on ne sait jamais, mais pour l'instant ils ne valent pas un kopeck. »

La déception s'était inscrite sur le visage de Désiré.

« Et ça ? » dit-il en tendant une pièce.

Les yeux du notaire s'allumèrent.

« Ça, par contre, dit-il, ça s'arrache. Voyons... »

D'un geste sûr qui étonna Désiré, il tira du monceau de papier un petit fascicule : *La Revue des études,* lut Désiré tandis que le notaire le consultait, dressé devant son visage.

« En mars, le napoléon s'est négocié à 122,46 francs, ça n'a pas dû bien bouger depuis. Vous voulez en vendre ?

– Peut-être.

– Je suis preneur, reprit maître Mérédac. Combien ?

– Vingt pour l'instant, je veux racheter des bêtes.

– C'est peu, je vous en propose 2 500. Sommes-nous d'accord ? »

Sur l'acquiescement de Désiré, le petit homme disparut derrière une porte et l'on entendit le cliquetis d'une serrure de coffre. Il revint avec une poignée de billets qu'il recompta devant Désiré et les lui tendit en échange des pièces qu'il fit aussitôt disparaître dans un tiroir.

« Autre chose ?

– Oui, osa Désiré. À supposer qu'un propriétaire ait un enfant, et qu'il soit débile, idiot quoi, comment ça se passe le jour de l'héritage ?

– Il hériterait comme un autre, sauf que, étant considéré juridiquement "incapable", le juge des tutelles désignerait un tuteur pour administrer ses biens. Ça peut être un parent, la mère par exemple, un oncle, n'importe qui. Il peut faire pour l'enfant tous les actes de gestion courante. Par contre il ne peut rien vendre, ni transformer le capital. Acheter des bêtes, une machine, un terrain, par exemple, ne pourrait se faire sans une autorisation du juge. C'est à chaque fois une procédure longue, qu'il faut justifier. Une situation pratiquement invivable sur une ferme, où il faut souvent prendre des décisions. »

Maître Mérédac laissa planer un instant de silence et reprit :

« Une situation difficile, monsieur Rouzan. Vous avez des enfants ?

– Oui, dit Désiré sans s'aventurer davantage. Je vous demandais ça… comme ça, pour un cas que je connais. »

Il sentit bien que le notaire n'était pas dupe, mais il avait besoin de savoir, il lui fallait réfléchir encore.

« Un bâtard, demanda-t-il, peut-il hériter ?

– Un fils illégitime ? Oui, bien sûr, par testament on peut désigner n'importe qui. Il vaudrait mieux le reconnaître cependant. Bien entendu, il n'est pas possible de dépouiller à son avantage un enfant légitime, même et surtout "incapable".

– Ça sera tout pour l'instant, maître. Sans doute, je reviendrai vous voir. »

Il s'était levé et avait fait un pas vers la porte capitonnée. Le notaire le rejoignit et le conduisit vers une autre issue, qui donnait directement dans le couloir.

« Par ici, monsieur Rouzan, je suis désolé pour les titres de votre père. Vous comprenez, il y a eu la guerre. Je lui avais dit pourtant : l'or, il n'y a que l'or... »

Désiré, disposant d'un peu de temps, fit le détour par la scierie de Béraud. Une visite inspirée par la nécessité. Il avait dû faire aux trois compagnons l'avance de leurs salaires et espérait que l'argent des coupes serait là. Depuis les dernières élections, Béraud n'était plus maire. Il ne s'était pas représenté. Il n'avait pas eu la tâche facile pendant son long mandat. Ce rôle macabre d'aller annoncer aux familles les mauvaises nouvelles l'avait moralement atteint et avait usé son image de radical opposé à la guerre. Et puis la querelle religieuse s'était apaisée. Il restait bien dans les cœurs quelques douloureuses cicatrices, mais les misères de la guerre avaient abaissé les idées et les philosophies au niveau de la survie et des nécessités quotidiennes.

Des hommes neufs avaient repris le flambeau, dont quelques-uns auréolés de la gloire du combat victorieux et de la paix triomphante. Pas fâché d'être enfin tranquille à sa scierie, Béraud activait ses hommes. Il y avait de l'ouvrage. Il avait fait installer récemment une machine à vapeur pour pallier les insuffisances d'eau de la Vêtre, une seconde scie et, en ce printemps, profitant d'un petit renfort de main-d'œuvre de jeunes paysans, faisait marcher les deux de conserve, avant que les travaux de l'été ne le privent de ces bras supplémentaires.

Presque chaque jour, un convoi de deux ou trois chariots lourdement chargés allait mettre à quai, à la gare de Saint-Julien, un énorme empilement de poutres, de solives, de chevrons, de planches de toutes sections et de toutes longueurs. Presque tout partait en direction de Saint-Étienne et surtout de Lyon. Béraud avait aménagé un petit bureau avec un téléphone et embauché un jeune poilu, amputé du bras gauche, suffisamment instruit pour tenir ses écritures. Le vaste terrain plat en bordure de la rivière était devenu une ruche enfiévrée, retentissant du halètement de la machine, du sifflement modulé des scies, des cris des ouvriers et des coups de gueule de Béraud.

Il travaillait toujours pour la maison Zelter, c'étaient les deux fils à présent qui avaient repris l'affaire. L'un d'eux, le plus jeune, qui s'occupait des approvisionnements, arrivait quelquefois en coup de vent chez Béraud, entre deux adjudications, visites de coupes ou de passages sur les quais de gare, où il décidait des chargements et des destinations. Il allait aussi du côté de Saint-Just-en-Chevalet, de Noirétable, visitait le Pilat, le Vercors et la Chartreuse, partout où l'on trouvait du bois. Toujours sur la route, il conduisait une sorte de voiture de sport décapotable et portait une élégante veste de cuir. Les cheveux et le foulard au vent, les yeux protégés par d'énormes lunettes rondes aux rebords de caoutchouc, il incarnait parfaitement ces personnages de jeunes conducteurs modernes qu'on dessinait sur les affiches de réclame pour les automobiles. Son passage dans les villages émerveillait les enfants et provoquait chez les anciens des hochements de tête désapprobateurs.

Il glissa son coupé avec adresse entre la voiture arrêtée de Désiré et un tas de billes qui bordait le chemin. Il vint l'arrêter près des deux hommes.

« Hello, Jules, comment va ? dit-il en sautant hors de la voiture, laissant la portière ouverte.

– Alors, monsieur Jacques, toujours aussi pressé ?

– Le temps est précieux, répondit le jeune homme avec un franc sourire, la vie est courte…

– C'est Désiré Rouzan, de Jappeloup.

– Enchanté !… De Jappeloup ? Pas possible ! Ça existe vraiment ? Vous habitez un endroit qui s'appelle Jappeloup ? Quelle merveille ! Là où mon père a manqué passer de vie à trépas ?

– C'est ça, dit Désiré, j'avais cinq ans peut-être, c'est mon père qui racontait ça.

– Le mien aussi, mais j'ai toujours cru que ce nom était inventé, il allait tellement bien avec ce récit terrible. Il en parle encore, notre père. Il y faisait allusion l'autre jour, il aurait tant souhaité y revenir une dernière fois.

– On l'accueillera de bon cœur, dit Désiré.

– Vrai ? Je le lui dirai. S'il se sent de faire le voyage, je l'amène un dimanche. Je téléphonerai à Jules.

« Tiens c'est pour toi, reprit-il en tendant à Béraud une grosse enveloppe grise. Il y a les traites et ce que nous étions convenus. Je t'appellerai un de ces jours. Rien de particulier ? demanda-t-il en rejoignant sa voiture.

– Ça va », répondit Béraud en le raccompagnant.

Déjà, l'homme pressé avait lancé le moteur et, dans un brusque dérapage, virait et disparaissait au bout du chemin.

« Il est toujours comme ça, Jules ?

– Toujours, mais attention, hein ! il a l'air d'un écervelé, mais le bois, ça le connaît… une sacrée tête, bon Dieu ! oui, une sacrée tête ! Entre donc au bureau, puisque l'argent vient d'arriver, je te règle de suite, ça m'évitera bien un voyage à Jappeloup. J'ai plus guère le temps de courir. »

Ainsi, Désiré acheta ce printemps ses deux vaches et sa faneuse. Celle-ci serait livrée plus tard, au début de juin.

Il n'était pas loin de midi, ce dimanche 23 juin, et Marguerite, après une minutieuse toilette, s'énervait devant le miroir de la chambre à chercher une coiffure qui lui convînt. Elle avait ressorti, pour l'occasion, la robe mauve et gris de leur mariage, mais elle trouvait le petit chapeau mesquin. Elle essaya une nouvelle fois la coiffe noire brodée qu'elle avait retrouvée en rangeant les vieilles nippes. Elle l'avait nettoyée, brossée et la jugeait jolie, mais elle n'avait jamais porté ça et ne savait comment mettre ses cheveux. Désiré entra, rasé de près et sentant encore le savon. Il était en maillot, les bretelles pendantes.

« Qu'est-ce que tu en penses ? lui demanda-t-elle.

– Ça te va, c'est joli… C'est celle de ma mère.

– Je peux ?

– Bien sûr, ça me fait plaisir.

– Mais je ne sais pas comment coiffer les cheveux, là-dessous. Je me demande comment elles faisaient ?

– Demande à Phi, elle doit savoir.

– Tu as raison, dit Marguerite. Je descends. »

Déjà le bruit rapide de ses bottines frappant les marches parvenait à Désiré. Elle réapparut bientôt, prit la coiffe, un peigne et une poignée d'épingles à cheveux avant de disparaître à nouveau. Désiré s'habilla. Marguerite lui avait déposé sur le lit une belle chemise blanche en coton, offerte pour un Noël, avec un col raide aux coins cassés, et une cravate grise. Elle l'avait aussi obligé à se faire tailler un nouveau costume pour les grandes occasions. C'en était une ! Il enfilait le gilet lorsque Marguerite revint, les cheveux ramenés en chignon et la coiffe bien en place. Elle tourna devant Désiré.

« Je te plais ?

– Je pense bien, une vraie paysanne », plaisanta-t-il.

Il s'approcha et l'embrassa.

« Dépêche-toi, ils vont arriver », le pressa sa femme.

Tandis qu'il enfilait ses chaussures et que Marguerite se poudrait le nez et rosissait ses joues, le Klaxon d'une voiture retentit. Elle stoppa dans la cour et l'on entendit presque aussitôt, par la fenêtre ouverte, un appel de Jacques Zelter :

« Hello, Jappeloup ? Vous êtes prêts ? »

Jeannot et Firmin étaient aux champs. Marguerite embrassa les enfants, laissés à la garde de Maria, et sortit, suivie de Désiré.

En tenue de sport élégante, Jacques s'avança au-devant de Marguerite avec un regard admiratif.

« Madame Rouzan, je présume... Jacques Zelter. »

Il lui sourit et, sans la moindre affectation, comme si ce geste lui était du plus grand naturel, prenant la main tendue, il s'inclina en la portant à ses lèvres. Cela amusa Marguerite. Il la conduisit près de la voiture, ouvrit la porte arrière et présenta le vieillard resté assis :

« Madame Rouzan... mon père, l'homme-loup !

– Voyons, Jacques, tu seras donc toujours un enfant, gronda le vieil homme.

– Excusez-moi, père. Vous savez bien que les femmes me troublent », plaisanta-t-il.

Il l'aida à monter et se retourna pour saluer Désiré.

« Ravi de vous revoir. Cet endroit est fascinant... magique. Montez, je meurs de faim. »

Béraud, assis à l'avant, à côté du conducteur, n'était pas descendu de la somptueuse limousine.

« Mon frère nous a prêté sa voiture pour ce voyage, expliqua Jacques. Il a une grande famille et aime les voitures confortables. Allons, “La Chaumière” nous attend. »

Jacques accompagna son père jusqu'à la table dressée pour cinq convives, près d'une fenêtre ouverte sur le parc ombragé. Assez bien remis d'une hémiplégie, celui-ci gardait cependant une certaine faiblesse de la jambe gauche et sa main tremblait dès qu'elle ne reposait pas. Dans la voiture, il la gardait sur son genou et, une fois assis au bout de la table, il la posa sur la nappe. Jacques plaça Marguerite à droite de son père, Désiré à gauche, Béraud ensuite, et vint occuper la dernière place à côté de Marguerite. On s'assit en silence, en jetant un coup d'œil discret aux autres tables.

« J'avais logé ici, commença M. Zelter. J'avais la chambre 17… Elle donnait de ce côté. Je m'en souviens comme si c'était hier. »

Le regard du vieillard se voila de nostalgie :

« Il y a un peu plus de trente ans, comme le temps passe ! »

Assez vite, Jacques avait cessé ses politesses à Marguerite et la conversation s'était animée entre les autres hommes. Tous les trois avaient tombé le veston. Béraud était en chemise et les deux autres en gilet. Marguerite, elle, répondait aux questions du vieil homme. Il s'étonna de son origine, de ses études et de son choix de vivre à Jappeloup. Le contraire était plus fréquent : les filles cherchaient plutôt à quitter la campagne. Rapidement mise en confiance, elle parla de tout, de ses années d'enseignement, de ses parents, de leur vie à Jappeloup, des enfants, de Rose. L'homme écoutait attentivement. Il s'exprimait peu. Elle confia même son lourd souci pour Louis. Elle lui parlait comme elle l'aurait fait avec son père. À un moment, avec délicatesse, l'homme la coupa :

« Nous aussi, nous avons eu nos malheurs. Nous avons perdu la dernière de nos filles, à onze ans, mon épouse ne s'en est jamais remise, voici déjà presque vingt ans qu'elle nous a quittés, elle aussi. Notre autre fille vit à Paris, elle a trois enfants. Mon fils aîné en a quatre, il a repris notre maison de Saint-Genis, c'est tout près de Lyon. Je vis avec eux. Jacques aussi y a un appartement, mais il n'est toujours pas marié, et souvent en déplacement. »

À l'évocation du jeune homme, Marguerite pensa à un papillon. Oui, c'était un papillon qu'il évoquait, vif, coloré, brillant, alerte, il y avait chez lui quelque chose de fragile et d'éphémère et pourtant de si charmant. Parlant avec Béraud et Désiré de l'entreprise, à un moment Jacques avait dit :

« Mon frère est tout le contraire de moi. »

Immédiatement elle avait eu l'image d'un homme sérieux, posé, un peu lourd, peut-être un peu triste, comme sa voiture.

« Je ne vivrai plus très longtemps, reprit le vieillard, mais si jamais vous êtes en peine, pour placer quelqu'un ou n'importe quoi, n'hésitez pas à me contacter, ou l'un de mes fils. J'ai une dette envers Jappeloup. Et puis, ajouta-t-il, j'aime les Foréziens. Notre jardinier qui me fait aussi office de cocher est natif de par là. J'ai employé beaucoup d'hommes, voyez-vous, je les connais : le Lyonnais est sérieux mais secret ; le Savoyard est fidèle mais bourru ; le Forézien est sérieux, fidèle et joyeux : que demander de mieux pour un compagnon ? »

Les autres avaient entendu et applaudirent discrètement à cette appréciation.

Le repas était fini. M. Zelter avait appelé son fils d'un signe pour l'aider à se lever et lui demanda de l'accompagner à la réception.

« Laissez, père, je m'en occupe, je mettrai ça sur mes frais.

– C'est mon affaire, Jacques, dit le vieillard, c'est moi qui invite. Allez, accompagne-moi.

– Comme vous voudrez, père. »

On se leva de table avec l'envie de s'étirer et de faire une promenade.

« C'est la meilleure auberge de la région », dit Béraud à peine sorti.

On regagna à petits pas l'automobile garée sur la place, en faisant un détour par le foirail. Marguerite avait offert son bras au vieil homme.

« C'est bien aimable à vous, avait-il dit. Vous êtes tout à fait charmante. J'aurais tellement souhaité avoir une personne telle que vous auprès de moi, dans ma longue solitude. »

Il était près de 4 heures lorsqu'on regagna Jappeloup. Béraud avait tenu à montrer au père de Jacques et à Marguerite les résultats de sa modernisation. Il s'était un peu étendu, assez fier de cette réussite. Il ne disait pas combien Jacques l'avait conseillé et poussé à ce bond en avant. Cette visite avait servi de pause digestive. Béraud avait hésité à les suivre. Désiré insista :

« Monte avec nous, Jules, c'est pas 4 heures, on boira quelque chose. »

Les enfants dormaient encore. On sortit quelques chaises à l'ombre. Le temps était, sur le plateau, d'une exquise douceur. Le vieil homme se redressa au sortir de la voiture, il inspira longuement.

« Je ne sais pas ce que contient l'air d'ici. Il est à la fois dense et léger, avec un petit fond âcre et acide. Nulle part ailleurs je n'ai senti le même. J'en emporterais bien un flacon dans mes bagages, dit-il en riant.

« À propos de bagage, reprit-il soudain, Jacques, aurais-tu l'amabilité de m'apporter ce qui se trouve dans le coffre de la voiture ? »

Jacques se leva et lui apporta un assez volumineux colis, emballé de papier kraft et soigneusement ficelé.

L'homme s'appuya sur son fils pour se lever et tendre le paquet à Désiré et Marguerite.

« J'espère que ça plaira aux enfants, c'est un cadeau que m'a fait Jacques, je suis sûr qu'il me pardonnera de m'en séparer pour vous. »

Marguerite et Désiré remercièrent, confus.

« Il ne fallait pas, dit Marguerite. Déjà ce repas... »

On les suivit dans la grande pièce pour les regarder ouvrir le paquet sur la table. Il y avait, dessus, deux gros puzzles en bois coloré, et surtout un magnifique tapis de fourrure de loup. Une fourrure d'hiver, épaisse et soyeuse. Il y avait, sans doute, une dizaine de peaux assemblées en losange avec, dans les deux angles les plus éloignés, une tête naturalisée du carnassier, la gueule entrouverte sur d'énormes crocs d'une blancheur éclatante et des yeux de verre, luisants comme de l'or. Il couvrait largement toute la longueur de la table et ses pans en débordaient.

« C'est magnifique, dit Désiré. Il plongea son visage dans le pelage et en respira l'odeur. Je me sens rajeuni de trente ans. »

Marguerite y enfonça les mains et en caressa les longs poils.

« Oui, dit-elle à son tour, c'est magnifique, magnifique… trop beau pour Jappeloup !

– Tu me pardonnes, Jacques ?

– Je le tiens d'un émigré russe, un ancien boyard, je vous l'avais offert en souvenir de cette histoire. Elle vient du pays des loups, où pourrait-elle être mieux qu'ici ? »

Désiré insista pour les retenir le soir, mais le voyage de retour était long et M. Zelter fatigué par cette longue escapade. Ils refusèrent.

« Il me reste encore une chose à faire, dit le vieillard et, se tournant vers Marguerite, il ajouta : Voulez-vous encore me prêter votre bras ? »

Il se fit accompagner au-delà du porche, contre le mur d'enceinte de la cour où, autrefois, il était tombé d'épuisement. Il caressa les gros blocs de granit de sa main valide puis y posa son front, un court instant.

« Je n'ai même pas compris que c'était un mur, une maison, le salut peut-être. Épuisé comme je l'étais, je n'ai vu qu'un nouvel obstacle, infranchissable, incontournable, le dernier sur ma route. Cela m'a servi de leçon. Rappelez-vous : il ne faut jamais perdre espoir… jamais. »

XVII

EN SEPTEMBRE, Marguerite se décida. Depuis longtemps déjà, cette idée lui était venue, peut-être à cause du père de Rose. Elle se rappelait la date du pèlerinage, mais elle voulait y aller seule… seule avec Louis. Elle n'avait jamais tourné en dérision les candidats aux miracles, non pas qu'elle y crût – son éducation rationaliste l'en aurait empêchée –, mais elle avait toujours été touchée par cette foi simple, cette confiance aveugle qui les soutenait. Secrètement, elle la jalousait, peut-être.

Elle s'y résolut finalement, comme à une obligation incontournable pour une mère aimante dont l'enfant est en danger. Ce serait une démarche secrète. Elle n'en parlerait pas, ni à Désiré ni à personne.

Dès leur mariage, Désiré lui avait appris à mener la voiture. Elle n'y avait pas un goût particulier mais, plusieurs fois, il l'avait invitée à le faire, même dans des endroits difficiles. « Une vraie paysanne doit savoir », lui disait-il. Malgré tout, il tenait à reprendre les rênes pour traverser les endroits habités.

Elle prétendit devoir aller chez le médecin faire surveiller le cœur de l'enfant et demanda à son mari d'installer le petit siège et d'atteler la voiture, ce qu'elle avait des difficultés à faire seule.

« Non, non, je peux bien mener la voiture. Et puis il faudra attendre. Qu'est-ce que tu feras ? » lui répondit-elle quand il proposa de les conduire.

Désiré n'insista pas et pensa qu'après tout c'était une très bonne chose qu'elle puisse se débrouiller seule. Il se contenta de quelques recommandations.

Louis n'était pas remuant. Placé dans son siège, il ne bougeait guère et gardait le plus souvent les yeux vaguement fixés sur la croupe du cheval, animée de douces ondulations. Marguerite lui jeta un regard rapide, un regard neuf, distant, différent de celui qu'elle lui portait d'ordinaire ; c'était sans doute à cause de la démarche qu'elle entreprenait. Elle fut envahie de pitié et de révolte.

Pour l'instant c'était un enfant dont elle, sa mère, s'occupait, rebutée par aucun soin, par aucune disgrâce... mais demain ? Et plus tard, quand elle serait trop vieille ou disparue, quand il aurait grandi, avec un corps d'homme fort, lourd, encombrant, qui aurait assez de force, de miséricorde ou d'amour pour lui donner les soins élémentaires ? Elle pensa à Désiré, à l'espèce de froideur distante qu'il manifestait à son égard. Certainement, il ferait ce qu'avait suggéré sa mère : le placer dans quelque institution où des âmes dévouées s'occuperaient de son corps. Au grand désespoir de Désiré, Jappeloup resterait sans maître. Ils n'auraient pas de successeur, pas d'héritier.

Cette pensée ramena à son esprit cette impression, jusque-là repoussée, que Désiré portait sur l'enfant de Rose un tout autre regard que sur son propre fils. Plusieurs fois, elle l'avait surpris, guettant à la dérobée les réactions ou les progrès de l'enfant et s'en félicitant. Le plaisir, elle l'avait lu sur ses traits, sans voir son regard, car il fuyait le sien. Sur le coup, elle avait pensé qu'il ne voulait pas la gêner, à cause de Louis. Elle aussi se réjouissait des progrès de Félix. C'était un enfant vif, comme sa mère, sensible et démonstratif. À deux ans et demi, il était babillard autant que Louis était silencieux, et mobile autant que l'autre était lourd et pataud. Déjà, il avait appris à se garder des agressions de l'aîné.

On avait étendu le tapis de fourrure dans la pièce, où l'on avait fait de l'espace en serrant les fauteuils contre un mur, et Louis en avait immédiatement pris possession. Il le gardait jalousement comme son territoire et, durant la belle saison, avait passé là le plus clair de son temps, la joue posée sur une des grosses têtes inertes, pour lui, sans doute, rassurantes. Attiré lui aussi par cette douce fourrure, Félix venait occuper parfois l'autre extrémité et s'y rouler avec des gloussements de joie. Alors on entendait une sorte de grognement précédant la pesante reptation de Louis vers l'envahisseur. Félix se sauvait et restait à distance, contemplant avec envie les évolutions maladroites de son rival dans le pelage soyeux.

Ces situations gênaient Marguerite, tentée d'intervenir. Comment faire partager celui qui a déjà si peu ? Louis avait hérité de son père ce caractère jaloux. Elle sentait la crispation de Désiré lorsqu'un autre homme lui parlait ou, par excès de politesse, se montrait galant. Elle avait perçu cette réaction à l'égard de Jacques Zelter. Déjà un peu avec Édouard, autrefois.

Elle avait garé l'attelage dans le dernier virage, serré les sabots du frein et, comble de précaution, attaché les rênes à un arbuste. Maintenant, elle montait lentement le long du chemin, traînant Louis par la main. Elle prendrait, dès l'entrée de l'esplanade, le large sentier qui descend vers la chapelle et la source. Elle éviterait ainsi les abords de la grande bâtisse. Elle ne souhaitait pas prendre le risque de rencontrer quelqu'un. Elle ne savait pas vraiment ce qu'elle allait faire. Elle marchait, seulement. Elle allait, tirant son enfant, le cœur tout en supplication, vers un endroit symbolique d'espérance.

Elle alla directement à la petite chapelle, s'avança jusqu'à l'entrée du chœur minuscule, glissa quelques pièces dans un tronc et alluma un cierge neuf. Ensuite, elle s'agenouilla sur le pavé, serrant dans ses bras son fils de dos, debout contre elle. Elle resta un long moment à contempler la modeste statue de la Vierge qui occupait la niche, à mi-hauteur. Louis ne bougea pas. Marguerite le garda ainsi, exposé au regard de verre d'une mère, elle aussi éprouvée par son fils – cela, elle s'en souvenait –, comme si elle voulait que l'autre prenne bien la mesure de l'objet de son recours. Elle ne put implorer une guérison, elle n'avait jamais considéré son enfant comme malade. C'était son fils, sa croix à elle, son fardeau. Une prière se forma quand même, peu à peu, dans son cœur : qu'elle vive assez longtemps pour l'accompagner jusqu'au bout, qu'elle n'ait pas, au moment de rendre l'âme, le déchirement de laisser son enfant en d'autres mains.

Elle s'était relevée, sans un regard aux ex-voto exposés en remerciements sur les murs gris de la chapelle. Elle entraîna l'enfant sur le bord du bassin cimenté, creusé au niveau du sol, où s'écoulait l'eau de la fontaine. Elle plongea la main dans l'eau : elle était trop fraîche pour un bain. Elle amena au creux de sa main un peu de cette eau aux lèvres du petit – il avait soif – et elle en porta à sa bouche. Elle aussi se désaltéra. Elle s'était agenouillée et passa sa main humide sur le visage de l'enfant, sur ses mains, sur ses jambes découvertes. Elle faisait ces gestes sans raison, comme des caresses.

Agacé, Louis se dégagea et s'enfuit. C'est en se retournant pour le rattraper qu'elle vit le prêtre. Il était debout, tout près, les observant en silence. Marguerite ne l'avait pas entendu venir. Elle se leva, la honte au visage. Elle venait de reconnaître le vieux supérieur qui l'avait accueillie jadis. Il paraissait encore plus grand et plus frêle qu'autrefois et s'appuyait sur une canne. Lui aussi l'avait reconnue.

« C'est votre enfant ? demanda-t-il.

– Notre fils, oui. »

Le vieux prêtre laissa planer un long silence. Il semblait faire effort pour se souvenir et son regard se voila de mélancolie :

« Il y a longtemps que nous ne nous sommes plus vus... Frère Klauss a regagné son pays. L'abbé Cossin est mort. Je suis à la retraite, on a nommé un nouveau supérieur. »

Ses yeux se posèrent longuement sur l'enfant.

« C'est pour lui que vous êtes venue ?

– Oui, répondit Marguerite en baissant les yeux, comme prise en faute.

– Je comprends. N'ayez pas honte, Marguerite. Aucune prière n'est inutile, Dieu nous exauce toujours de quelque façon, même si nous ne comprenons pas.

« Voulez-vous que nous remontions ensemble, ma promenade est finie, venez, je marche encore moins vite que votre petit. »

Ils remontèrent lentement, s'arrêtant plusieurs fois. Et Marguerite raconta... le vieillard l'écoutait.

Arrivés à l'esplanade, ils eurent un long regard d'amitié, puis chacun suivit son chemin...

En septembre 1922 eut lieu la seconde visite chez le médecin de Montbrison. Elle ne fit, hélas ! que confirmer le diagnostic. Le retard s'accentuait. Si, malgré une atonie générale, il ne semblait pas y avoir de gros problèmes psychomoteurs, en revanche, il s'avérait maintenant que le handicap mental serait lourd. Il ne fallait guère s'attendre à une grande évolution, mais on pouvait arriver, avec beaucoup de patience et une insistance régulière, à discipliner certains actes élémentaires de la vie : obtenir notamment une certaine propreté et des réflexes de situations. Cette visite n'apprit pas grand-chose à Marguerite qui pouvait faire quotidiennement la comparaison avec Félix mais, la situation étant désormais plus claire, elle décida d'en parler avec Désiré.

Contrairement à son attente, il ne s'en montra pas désespéré.

On entra dans l'automne avec son cortège de pluie, de brouillard et de vent, parsemé de quelques journées lumineuses aux matinées délicieusement fraîches. À cause des deuils récents, on descendit tous sur les tombes à la Toussaint. Puis vinrent le froid et la neige. Désiré se rendit sur les coupes. Pendant plusieurs semaines, on le vit peu à la maison. Marguerite essayait de sortir les enfants chaque jour, soit en fin de matinée, soit entre leur sieste et la traite. Heureusement, Maria était là, parfois accompagnée de son fils quand l'école faisait relâche. Ils remontaient le soir, lentement, accompagnés par la lumière de la lune ou d'un falot. Les jours de grandes neiges, quand Maria ne pouvait descendre, Désiré restait à la ferme, Firmin et Marguerite ne pouvant faire le travail seuls, surtout avec les enfants.

Les débardages finis, Désiré se rendit à Feurs pour deux jours, pour voir de nouvelles machines, mais il ne trouva pas ce qu'il cherchait. L'hiver traînait en longueur et il neigea abondamment le dimanche de Pâques. Avril commença par une belle semaine fraîche mais ensoleillée, puis la pluie vint, continue, et avec elle des journées interminables de brouillard épais. On avait déjà repoussé de plusieurs jours la grande lessive de printemps. Puis, ne pouvant trop attendre, car bientôt Maria devrait mener les bêtes à la pâture, on décida de s'y mettre, un jour d'accalmie, espérant pour le séchage un changement de temps. Désiré descendait ce jour-là la livraison et voulait passer régler ses hommes et voir Béraud qui peut-être aurait reçu une partie des règlements. Il rentrerait tard. Firmin devrait commencer la traite sans lui.

PROCÈS-VERBAL DE GENDARMERIE

Le dix-huit avril mil neuf cent vingt-trois à sept heures, moi, gendarme Lasalle Auguste, né le vingt-trois janvier mil huit cent soixante-dix-huit à Aubusson, Creuse, ai reçu la déposition du sieur Rouzan Désiré, Claudius, né à Saint-Jean-la-Vêtre, Loire, le onze janvier mil huit cent quatre-vingt-quatre, domicilié en cette commune, au lieu-dit Jappeloup, agriculteur, au sujet de son enfant, Rouzan Louis, Gustave, de sexe mâle, né le onze mai mil neuf cent dix-neuf, disparu dans les alentours du domicile familial dans la matinée du dix-sept avril. Le sieur Rouzan précise que lui-même était absent au moment des faits, que le domestique, un simple d'esprit, épandait du fumier sur une terre distante d'environ trois cents mètres des bâtiments et que la mère de l'enfant et deux servantes étaient occupées à bouillir une lessive dans la cour de la ferme, l'enfant étant à proximité. Ledit enfant, mentalement demeuré et plutôt calme, aux dires du déclarant, aimait se cacher ou se réfugier dans quelques recoins d'où il observait sans être vu, c'est pourquoi sa disparition passa inaperçue. À l'heure du goûter, sa mère l'appela et, voyant qu'il ne se montrait pas, se mit à sa recherche avec les domestiques, sans résultat. Le sieur Rouzan précise qu'un épais brouillard recouvrait ce jour-là le haut pays. À son retour, peu avant la nuit, le témoin rapporte qu'il fit rentrer les femmes et reprit les recherches avec le valet, lesquelles durèrent tard dans la nuit, jusqu'à ce qu'ils découvrent, dans un taillis touffu, des restes ensanglantés des vêtements de l'enfant, ainsi que ses bottines, lacérées et tachées de sang. Lesquels ont été recueillis et présentés à la brigade, après avoir été reconnus par la mère comme étant bien ceux portés par l'enfant au moment de sa disparition. Le sieur Rouzan déclare qu'aucune autre trace, ni reste de l'enfant, n'avait été découvert dans les environs, et que, écarté de la maison, le petit avait dû être surpris par quelque bête sauvage, des chiens ou peut-être un loup, lequel l'aurait réduit au silence avant de l'entraîner loin de la ferme pour le dévorer. Le susnommé n'ayant rien d'autre à ajouter, persiste et signe.

Assis sur une chaise, face au gendarme Lasalle qui l'observait accoudé à la table de bois blanc, Désiré venait de terminer la lecture du procès-verbal qu'il allait signer. Il avait eu du mal à lire ce texte alambiqué que le gendarme avait rédigé laborieusement, s'interrompant souvent pour poser une nouvelle fois une question ou demander une confirmation. Il y avait maintenant presque trois heures que Désiré était sur cette chaise. Il était fatigué, ses idées se brouillaient, il était rouge et transpirait abondamment.

« Voulez-vous un verre d'eau ? demanda le gendarme.

– Si c'est fini, je préfère m'en aller, dit-il, ma femme…

– Oui, je comprends. Signez et je vous libère. »

Désiré signa et sortit. Il détachait son cheval quand il entendit sonner 9 heures au clocher.

Il n'y eut pas d'enquête. Les restes des vêtements retrouvés prouvaient suffisamment la mort de l'enfant pour éviter l'organisation d'une battue inutile. Si encore on avait eu l'espoir de le retrouver vivant, peut-être aurait-on mis sur pied des recherches plus approfondies. On pensa utile, cependant, de recueillir le témoignage de Maria Combe, la femme de La Chamba employée à Jappeloup, au sujet des deux chiens énormes aperçus par son fils un printemps précédent et qui leur avaient tué une brebis et dévoré un agneau après avoir égorgé leur chien. Désiré en avait glissé subrepticement une allusion dans son récit aux gendarmes, étonnés de n'avoir pas reçu de plainte à ce sujet. D'habitude, les paysans étaient assez prompts à se plaindre de tels agissements de chiens errants.

Ils montèrent donc à Jappeloup le lendemain après-midi pour recueillir sa déposition, confirmée par celle de Jeannot, car c'était un jeudi et le garçon était descendu avec sa mère. Il était le seul à avoir aperçu ces bêtes sanguinaires dans une trouée de brouillard. Ils demandèrent aussi à Désiré de leur montrer l'endroit où avaient été retrouvés les restes des vêtements. Ces épisodes sanglants, à deux ans de distance, laissaient penser plutôt à des mâtins féroces, dressés pour la garde de quelque domaine, échappés de leur enclos pour une virée meurtrière, qu'à un couple de loups qui se serait, sans doute, plus souvent manifesté.

Malgré son horreur, cet événement, dont la nouvelle se répandit lentement, ne marqua guère la population, trop absorbée par la reconstruction du pays. On plaignit les parents, surtout la mère. Une fois de plus, on dit de Jappeloup que c'était bien isolé et qu'il fallait être vraiment sauvages pour vivre ainsi, loin de tout. On évita d'en parler devant les jeunes enfants en âge de garder les troupeaux. Bref, on pleurait déjà tellement de morts qu'un de plus ne comptait guère.

Désiré s'attendait au désespoir de Marguerite. Il se trouva néanmoins dépourvu devant la forme qu'il prit. Après les pleurs continus et les lamentations sur sa responsabilité – elle disait qu'elle n'avait pas suffisamment surveillé l'enfant –, elle se mura dans un silence total. Elle participait au travail, l'air absent, comme une somnambule.

Elle ne s'occupa plus de Félix. Les soirs, elle se cloîtrait dans la pièce où l'on avait remis les meubles en place après que Désiré eut fait enlever par Maria le tapis de fourrure, personne ne pouvant plus en supporter la vue. Maria l'avait plié, roulé dans le grand papier d'emballage qu'on avait conservé au fond d'un placard, l'avait ficelé et serré au grenier dans une grande malle de bois. Marguerite restait tard dans cette pièce et ne montait s'étendre qu'au mitan de la nuit, se relevant parfois une heure ou deux après, si le sommeil la fuyait. Plusieurs fois, Phi la trouva en se levant, assise devant le feu de la grande cheminée qu'elle avait ranimé, absente et triste. Désiré aussi dormait mal. Souvent, réfugiée dans la pièce, tard le soir ou même dans la nuit, Marguerite l'entendait descendre l'escalier, s'habiller pour sortir et venir décrocher son fusil au râtelier. Il avait juré qu'il aurait la peau de ces maudites bêtes.

Désiré souffrait de sentir que Marguerite le fuyait. Il n'osait pas forcer sa retraite. Plusieurs fois, il avait dit à Phi :

« Va lui parler, toi.

– Et qu'est-ce que tu veux que je lui dise ? répondait-elle d'un ton las. Il faut lui laisser le temps… »

Un jour enfin, peut-être trois semaines après le drame, cédant à ses instances, Phi frappa discrètement à la porte de la pièce et entra. Marguerite écrivait. Elle leva la tête, agressive, puis s'adoucit en voyant entrer Phi.

« Tu te fais du mal, Marguerite, à te taire comme ça.

– Le mal est fait… Il ne reste qu'à souffrir.

– Disparaître de cette façon, c'est terrible… Toutes les trois, on était là, occupées ! Tu n'es pas plus responsable que nous autres, même si tu es sa mère. Vrai qu'il avait l'habitude de se cacher, mais c'était jamais très loin, je m'explique pas… Il a fallu que ces bêtes s'approchent, sûrement qu'il a pas eu peur, peut-être même il a été attiré, il était habitué avec cette saleté de tapis. J'en ai des cauchemars terribles, ça me réveille des fois… Mais tu crois qu'il était heureux ?

– Je n'en sais rien, comment savoir ? J'ai fait tout ce que j'ai pu pour lui… Pourquoi cette mort horrible ? Pourquoi ?

– Tu crois que c'était une vie qu'il avait, le pauvre innocent ? Tu as pensé à son avenir ? Au tien ?

– Je n'ai plus d'avenir, Phi. Je crois que bientôt je vais mourir, moi aussi. J'ai peur. »

Aux derniers propos de Marguerite, Phi s'était signée.

« Mon Dieu ! qu'est-ce qui te fait dire une chose pareille ?

– J'ai demandé de partir après lui, pour qu'il ne soit pas abandonné. C'est mon tour maintenant. Dieu m'a exaucée, comme l'a dit le prêtre. Mais il est cruel, terriblement cruel. Jamais je n'aurais pensé…

– Quel prêtre ? demanda Philomène.

– L'abbé de l'Hermitage. Je l'avais dit à personne, mais j'y ai mené Louis l'an dernier. Je ne sais pas bien ce que j'attendais. Je m'étais dit qu'il fallait y aller, j'aurais fait n'importe quoi pour avoir un peu d'espoir.

– La Vierge aurait pas fait ça, Marguerite, c'est une mère, elle aussi. La "Bonne Mère", qu'on l'appelle des fois.

– Je l'ai cru un moment. Je n'ai pas osé demander, mais j'espérais quelque chose… Je lui ai montré Louis, j'ai pensé que, peut-être, elle aurait pitié. Y a-t-il, là-bas, autre chose que des statues de pierre ? Est-ce autre chose qu'un lieu magique où vient se cristalliser la folle espérance des hommes ? Je crois qu'ils ont inventé Dieu pour qu'il les aide à vivre et à mourir. En dehors de l'amour, Phi, il n'y a rien… rien que le mal et le néant.

– Ma petite, ma petite ! »

Phi lui avait ouvert les bras et Marguerite s'y blottit. Elle sanglotait maintenant, ça lui faisait du bien ; depuis trois semaines elle n'avait plus pleuré. Phi aussi pleurait, mais en silence.

Elles entendirent Désiré descendre lourdement l'escalier puis, derrière la porte de la pièce, décrocher son fusil et sortir. Elles essuyèrent leurs larmes et Marguerite reprit :

« J'ai beaucoup réfléchi tout ce temps. Vois-tu, Phi, il y a des choses que je ne comprends pas… qui me semblent étranges. La mort de Rose, celle de la Matru deux mois après. Celle de Louis maintenant. Est-ce que tout ça est naturel ? On dirait qu'il y a une fatalité, peut-être une volonté terrifiante, là-dessous.

« J'ai entendu un jour Lozère mettre en garde Désiré. Il disait qu'il sentait le malheur sur Jappeloup. J'ai peur qu'il n'ait raison. Je ne crois pas aux sorts, aux esprits malins, à la "galipote" et autres balivernes, mais je sais qu'il peut y avoir du mal en nous.

– Comme tu parles, Marguerite, tu me fais peur.

– N'as-tu pas eu peur de la Matru, toi aussi, quand elle est venue pour Rose ?

– Sûr qu'elle me plaisait guère, mais comment qu'on aurait fait, toutes deux ? Il fallait bien quelqu'un, les accoucheuses sont toutes pareilles, c'est des femmes de mystère.

– Il faudra qu'un jour je parle à Désiré.

– Mon Dieu ! fit la vieille en portant ses mains à ses lèvres, qu'est-ce que tu vas faire ? »

De ce jour, Marguerite s'était reprise et Jappeloup avait retrouvé une vie presque normale, sauf que les soirs et les nuits se trouvaient encore animés du va-et-vient de l'un ou de l'autre. Ils faisaient en sorte de ne pas se croiser. Marguerite rejoignant, la plupart du temps, la pièce où elle écrivait et lisait, Désiré sortant dans l'obscurité toujours armé de son fusil. Un soir cependant, elle l'avait appelé, au moment où il décrochait son arme. Il avait grogné, appuyé son fusil contre le mur et l'avait rejointe. Il n'avait pas voulu s'asseoir. C'est de l'air du plateau dont il avait besoin, de la nuit peuplée de bruits inquiétants et cependant familiers.

Non, il ne partageait pas les impressions de Marguerite. Certes, Jappeloup venait de connaître des événements dramatiques, mais dans toutes les maisons il y avait des moments comme ça où le malheur semblait s'appesantir. Ce n'était pas une raison pour voir tout en noir et baisser les bras. Après l'hiver viendrait le printemps, et alors la vie pourrait refleurir. Aux questions plus précises de Marguerite, il répondit par de vagues

« c'est la vie » ou bien « c'est le hasard, on y peut rien ».

« Bon, conclut-il, je sors un moment. Il faut que je prenne l'air avant de dormir. »

De fait, Marguerite le trouva rouge et congestionné. Elle eut l'impression que ses questions l'avaient gêné. Il n'avait d'ailleurs répondu à aucune. Elle n'insista pas et le laissa sortir puis revint à son écriture. Maintenant, elle commençait à penser qu'il en savait plus long qu'il ne voulait le dire et que, sûrement, il était mêlé à toutes ces choses qui l'inquiétaient.

Les travaux de l'été, l'arrivée des deux chemineaux apportèrent un certain répit à Désiré. Dès leur arrivée, il les avait mis au courant du drame et leur avait recommandé de ne pas y faire allusion, surtout devant Marguerite. Les deux hommes s'étaient étonnés mais n'avaient rien dit. Seul Lozère avait longuement hoché la tête. Bientôt, Jeannot vint chaque jour avec sa mère. Il aimait jouer avec Félix et le petit le suivait comme son ombre. Souvent, quand Firmin allait aux foins et que Jeannot gardait avec sa mère, ils l'emmenaient avec eux. Marguerite et Phi restaient seules pour cailler les laitages, s'occuper de la cuisine et du ménage.

Marguerite en profita pour questionner Phi. Elle n'avait pas oublié sa réaction d'inquiétude quand elle avait dit qu'elle parlerait à Désiré.

« Nous avons parlé, Désiré et moi, commença-t-elle.

– Et alors ? fit la vieille, dont l'intérêt fut immédiatement éveillé. Il t'a dit ?

– Dit quoi ? Toi, tu sais quelque chose que tu crois me cacher.

– Je sais rien, protesta Phi, rien de sûr...

– Tu sais peut-être rien, mais tu te doutes. Tu ne voudrais pas me taire des choses, des fois ?

– Il y a des choses qu'on devine. C'est mieux de les garder pour soi. Tu as des yeux, toi aussi... S'il t'a rien dit, c'est pas à moi de parler.

– Ça m'aurait aidée à comprendre. Je sais qu'il me cache quelque chose. Quelque chose qui le tourmente, ça se voit. J'aurais peut-être pu l'aider.

– Peut-être oui, peut-être non, ça sera selon.

– Je trouverai, tu sais, je trouverai. Et ce sera sans doute pire que si j'avais eu le temps d'y réfléchir.

– Je peux pas, Marguerite. Je t'aime bien pourtant, mais je peux pas. Il faut pas m'en vouloir. Ne m'inquiète plus là-dessus, je te dirai rien, j'ai pas le droit.

– C'est comme tu voudras, n'en parlons plus. »

Un soir où elle était sortie après la traite, profitant de la douceur du soir en attendant le retour des hommes pour la soupe, Marguerite avait marché, sans même y penser, à leur rencontre, d'un pas lent. Elle les vit venir de loin. Devant, marchait le troupeau, talonné par les chiens et Jeannot armé de son bâton. Un peu en arrière, elle vit arriver le char, berçant son énorme chargement de foin, avec Lozère menant les bœufs, accompagné de Maria. Le compagnon et Firmin suivaient la charrette. Désiré se trouvait à quelque distance. Sur ses épaules – et Marguerite eut du mal à en croire ses yeux – riant et s'agitant, se tenait Félix. Un Félix heureux, presque autant que sa monture. Maria avait aperçu Marguerite et l'appela. Désiré, qui ne l'avait pas vu venir, fut alerté par l'appel et s'empressa de poser à terre le gamin et de rejoindre les autres en le prenant par la main. Cette attitude d'un homme pris en faute alerta Marguerite.

Jamais elle ne l'avait vu faire cela pour Louis, mais jamais non plus il n'avait manifesté la moindre connivence avec Félix devant elle. Or, l'enfant n'avait pas paru le moins du monde contraint, bien au contraire. Il s'était tissé entre eux un lien dont elle ignorait tout. Elle tenta de ne rien laisser voir de sa surprise et se joignit au groupe pour la fin du chemin.

À compter de ce jour, Marguerite porta un autre regard sur l'enfant et sur son mari. À son grand étonnement, elle découvrit entre eux des traits communs, elle reconnut certaines mimiques. Elle avait toujours vu Félix comme l'enfant de Rose et d'un inconnu qui n'avait pas d'intérêt. Ses yeux se dessillaient maintenant : certainement Félix était l'enfant de son mari. Était-il le fruit d'une relation durable entre Rose et Désiré ? Tous lui avaient-ils menti à ce point ? Elle fut à la fois effarée et furieuse des perspectives que cette découverte lui ouvrait ; furieuse envers tous ceux qui l'avaient ignominieusement trompée, furieuse contre elle-même qui s'était laissé bêtement duper.

Bien que fortement choquée, elle ne voulut pas se laisser emporter par des réactions de colère. De nouveau, dès l'automne venu, elle coucha sur le papier ses récentes découvertes. Puis elle relut avec dégoût les premières pages où elle s'adressait à Rose. Si le feu avait flambé, elle les aurait brûlées sur-le-champ avec une joie féroce.

Elle allait les déchirer quand sa main fut arrêtée par un souvenir imprécis mais étrange. Elle revit Rose pendant sa courte maladie. Rose qu'elle avait accompagnée dans sa souffrance, comme elle l'aurait fait d'une jeune sœur tendrement chérie. Était-il concevable que Rose, sentant venir sa fin, ait encore pu lui mentir avec autant d'assurance ?... Il lui eût fallu un caractère particulièrement roué, entraîné au mensonge et à la duplicité. Ce n'était pas la nature de la petite, et puis elle était si jeune ! Tout à coup, lui revinrent en mémoire les tout derniers mots qu'elle avait lus sur ses lèvres exsangues, « le père »... « Désiré ». Elle comprenait soudain ce que la mourante avait voulu lui révéler : Désiré était le père de son enfant, voilà ce que Phi avait deviné. Sur le moment, attentive seulement à soulager Rose, elle avait mal interprété ces mots. Maintenant seulement elle les entendait.

Non, il n'y avait pas eu de liaison. Il n'y avait eu, comme la petite l'avait dit, que la misérable saillie brutale d'un homme frustré. Combien Rose lui avait voué d'amitié, pour lui dissimuler tout au long de cette grossesse l'affreuse vérité. Elle pleura sur les feuillets qu'elle tenait encore en main. Elle pleurait sur l'amitié retrouvée et sur l'amie perdue. Elle pleurait aussi sur sa propre bêtise, sa généreuse inconscience qui avait jeté Rose dans le plus cruel des tourments.

Elle fut tirée de son évocation par un pas lourd descendant l'escalier. Elle écouta, bouleversée, les mouvements de son mari, le léger tintement du canon quand il décrocha le fusil, le frottement de la porte quand il la tira sur lui. Elle savait, à présent, l'homme qu'elle avait épousé. Elle connaissait, désormais, sa capacité à dissimuler. Elle savait aussi avec quelle incontrôlable puissance il était capable de poursuivre son but. Elle se mit à trembler d'appréhension, comme si elle s'était subitement trouvée enfermée dans une cage avec un fauve cruel et affamé. Elle réalisait que son silence la condamnait. Que si elle pliait l'échine, si elle baissait le regard, elle était perdue. Il lui fallait combattre la bête, les yeux dans les yeux, manifester sa propre détermination, faire montre de sa force pour obtenir l'aveu. Il lui fallait ce courage, cette volonté, cette résolution pour dominer le monstre et faire reculer son destin.

Bien que son plan se fût déroulé à merveille, Désiré n'arrivait pas à retrouver la paix. Maintenant que les travaux de l'été étaient finis, que les journaliers avaient repris le chemin, il retrouvait intact le malaise qui l'avait miné au printemps. Autant le meurtre de la vieille l'avait laissé de marbre, autant cette terrible mise en scène de la mort de Louis le laissait inquiet et anéanti. Il tentait de se rassurer en se disant que leur enfant n'était pas mort, qu'il était en de bonnes mains, que sans doute on prendrait soin de lui, mais il n'arrivait pas à apaiser une sourde angoisse qui le consumait.

Il avait effrontément menti à tous : à Marguerite et à sa maisonnée, aux gendarmes, à la supérieure, en désignant l'enfant sous le nom de Louis Giraud, orphelin de leur jeune servante. Il avait cependant laissé son nom à lui, avec comme adresse celle de Jules Béraud. C'était la lettre de Suzanne qui lui avait donné l'idée. Depuis des semaines, il avait trouvé, grâce aux chiens de Jeannot, comment faire disparaître l'enfant. Il fallait que Louis passât pour mort afin d'assurer l'avenir de Jappeloup. Il avait cru, en préservant la vie de l'enfant par ce subterfuge, que ce ne serait qu'une duperie, que sa conscience n'en serait pas chargée.

Or il s'apercevait peu à peu, à mesure que le temps passait, que c'était comme s'il avait lui-même vraiment tué son enfant. Les gestes même qu'il avait dû accomplir pour déchirer les vêtements, lacérer les bottines, les maculer de sang, lui faisaient maintenant horreur. Il se rendait compte que, désormais, tout ce qu'il ferait pour Félix, tous ses efforts pour maintenir et améliorer l'héritage des anciens, pour établir l'avenir du domaine, serait marqué du sang de son fils.

S'il avait compris cela avant d'agir, certainement il aurait renoncé, mais il était trop tard. Cette faute qu'il avait commise un beau jour de mai le poursuivait ; sans elle, rien ne serait arrivé.

Ce court instant de folie marquait son destin d'un signe tragique. Tout ce qu'il entreprenait pour le bien tournait au mal et l'enfonçait plus encore. Il regrettait de n'avoir pas tout avoué à Marguerite. Peut-être, passé le moment difficile de l'aveu, auraient-ils pu ensemble construire l'avenir. Maintenant, il était trop tard !

Marguerite ramena sur elle son gros châle, laissa la lumière allumée dans la pièce et sortit. Un bougeoir brûlait dans la grande cuisine. Elle gagna la petite porte de communication, l'ouvrit sans bruit et rejoignit l'étable sans lumière. Elle se dirigea à tâtons vers la lourde porte extérieure et força pour déclencher la grosse barre de fer. Lentement, elle fit pivoter le battant et avança la tête. La nuit était claire mais, par moments, de gros nuages masquaient la clarté de la lune. Elle profita d'un moment de ténèbres pour s'avancer et tenter de voir où se trouvait Désiré. Les environs de la ferme étaient déserts. Il avait dû s'écarter. Elle revint se blottir dans l'angle de la porte et attendit. Curieusement, elle n'avait pas peur bien que ce fût lui qui portât une arme. Elle n'avait pas de haine non plus, juste cette terrible appréhension qui lui nouait la gorge au moment d'affronter le fauve.

Désiré marchait dans la nuit, les yeux accoutumés à l'obscurité. Des nuages filaient vers l'est, comme les bêtes d'un immense troupeau poussé par la crainte ou la nécessité. Au ras du sol, le temps était calme. On ne sentait pas le souffle du vent d'altitude qui pressait les bêtes. Il faisait doux, des senteurs de champignons et d'humus parvenaient à ses narines. Le froissement d'un nocturne en chasse ranima en lui de vieux instincts de prédateur. Il s'arrêta et tenta de localiser l'oiseau. Du bois tout proche monta, lugubre, le hululement d'un chat-huant. Une fois encore, il eut envie de se couler dans cette vie naturelle, de mêler sa voix à ce chœur chaleureux. Il gonfla sa poitrine et poussa un long hurlement aux accents désespérés. La vie du vallon tendit l'oreille à cette étrange chanson lupine et fit silence jusqu'à ce que son écho s'éteignît. Immobile, il tendit l'oreille pour écouter reprendre les mille bruissements de la nuit. Puis, lentement, le fusil sur l'épaule, il reprit sa marche en direction de Jappeloup.

Blottie dans l'encoignure, Marguerite attendait. Elle ne savait de quel côté porter son regard. D'où elle se trouvait, si Désiré était monté vers la pâture, elle ne pourrait voir son retour. Elle ne voulait pas révéler sa présence. Elle comptait sur la surprise pour émousser la froide défense qu'il lui opposerait. Elle entendit le cri venir du côté du bois. Avec un peu de chance, elle le verrait venir. Elle pourrait se jeter au dernier moment en travers de sa route et forcer l'aveu. Cachée des clartés fugitives de la lune par l'ombre de la bâtisse, elle tendit le cou pour fouiller l'obscurité du regard.

Elle le vit approcher, insouciant, les pieds comme retenus par une boue imaginaire, qui ne les lâchait qu'à contrecœur : à la fois maître de Jappeloup et son plus humble serviteur. Il approchait… Déjà, appuyée des deux mains aux planches rugueuses du vantail, elle allait s'élancer quand il quitta le chemin pour obliquer vers elle. Avait-il senti sa présence ? D'instinct, elle s'effaça contre la porte et tendit l'oreille. Les pas s'étaient arrêtés. Elle retenait sa respiration. Les pas reprirent puis cessèrent de nouveau. Elle osa un coup d'œil et vit, à sa portée, le fusil appuyé contre le mur. Elle aperçut Désiré de dos, éloigné de deux ou trois mètres, tandis que lui parvenait le bruit régulier du jet d'urine frappant le sol. Elle fit trois pas vifs et silencieux, saisit l'arme, la braqua sur l'homme et attendit qu'il se retourne.

Il fut surpris, puis fit un pas en avant en essayant de rire. Son rire sonnait faux.

« Il n'est pas chargé, fit-il.

– N'avance pas, Désiré, dit-elle d'une voix glacée, il faut qu'on parle. »

Il s'était arrêté, penaud et hésitant. Il pesait la menace. Jamais il n'avait connu pareille situation. Il sentit la détermination de Marguerite et une sueur froide mouilla ses aisselles.

« C'est trop tard, répondit-il, parler ne sert à rien.

– Plusieurs fois, tu as refusé le dialogue, Désiré. À l'échange, tu as toujours préféré le cri du loup solitaire. Je n'entends rien à cette langue-là. Si tu ne veux rien dire, je vais parler pour toi : un homme avait deux fils… l'un, innocent, issu de son épouse, l'autre bien éveillé, fruit d'une violence passagère sur une jeune domestique. »

Les traits de Désiré s'étaient tendus et il se sentit pâlir.

« Cet homme, voulant assurer l'avenir de sa maison, sacrifia le plus faible des enfants afin de pouvoir établir l'autre comme son héritier. Jappeloup valait-il la mort d'un innocent ?

– Je l'ai pas tué, protesta-t-il d'une voix éteinte.

– Qu'importe si c'est pas toi, il est mort pour ceux qui l'aimaient. Et cet homme, pour cacher sa faute, a causé la mort de la jeune mère, une mort atroce, dans d'affreuses souffrances. Je ne sais pas comment il s'y est pris, mais la Matru, disparue depuis d'une façon étrange, n'est peut-être pas étrangère à cette fièvre fatale. »

Désiré accusait le coup. L'évocation de la mort de Rose déchirait une plaie mal refermée. Des larmes noyaient ses yeux. De tout ce qu'il avait fait, la mort de Rose était le plus douloureux de ses souvenirs. Jamais il n'avait voulu cela, il avait été abusé, mais qui le croirait maintenant ?

« Jamais je n'ai souhaité ça, murmura-t-il, la vieille m'a trompé.

– Tu n'as pas souhaité ça, mais tu voulais le silence sur ta faute. Si tu avais deviné qu'un enfant viendrait, tu te serais débarrassé de Rose autrement, avant que ta faute n'apparaisse au grand jour. Tu as menti par ton silence, Désiré. Tu n'as jamais poursuivi qu'un but : Jappeloup ! Cet héritage t'est venu trop tôt. Tu n'étais pas assez mûr pour devenir le maître. Il t'a manqué la sagesse d'un ancien. Tes parents disparus, toute ta vie s'est résumée dans ce souci permanent : faire vivre ta terre, par tous les moyens, même le meurtre. Tu es un monstre, Désiré. Tu as fait fi des avertissements voilés de Lozère. Tu as bafoué mon amour, violenté Rose, tu l'as détruite pour ta terre, tu as sacrifié ton propre fils. Ta terre est maudite désormais, tu l'as trop compromise dans ton œuvre de mort. Jappeloup est fini, Désiré. »

Elle était tombée à genoux tout en parlant et, machinalement, pour appuyer ses paroles, elle avait glissé ses doigts dans la gâchette de l'arme, le canon toujours pointé sur Désiré. Non, elle ne le tuerait pas. Plus rien ne pourrait la retenir ici, auprès d'un homme qui dorénavant lui faisait horreur. Désiré ne disait rien. Ayant entendu la sentence, il avait porté la main sur le canon du fusil et le tirait vers lui.

« Attends, reprit Marguerite, je n'ai pas fini. J'ai aimé Jappeloup. Je m'y suis sentie à l'aise du temps de la vie, de la jeunesse, des rires. Maintenant ce n'est plus qu'un tombeau. Je vais m'en aller, Désiré, j'emmènerai Félix : je ne puis laisser l'enfant de Rose à ta folie destructrice. Tu resteras seul et le cri du loup hantera ce lieu. Tu mourras à petit feu et Jappeloup avec toi. Tu as tout gâché… tout…

– J'ai fait le mal, c'est vrai. J'ai cru bien faire pourtant, pour Jappeloup, pour nous, pour toi. Je me suis trompé. Pars si tu veux, je te comprends… mais laisse-moi l'enfant.

– C'est impossible, Désiré !

– Laisse l'enfant, dit-il avec colère, c'est mon fils.

– Non ! »

D'un geste brutal, il avait tiré le canon vers lui. Marguerite n'eut pas le temps de dégager ses doigts. Le coup partit avec un fracas terrible qui résonna contre le mur et emplit le vallon. Tué net par une décharge de chevrotine en plein cœur, Désiré s'effondra.

« Désiré ! » hurla Marguerite.

Elle n'eut pas le moindre doute sur sa mort. Elle ne se leva pas pour vérifier. Sa silhouette agenouillée se cassa en deux et, le visage caché dans ses mains, elle sanglota.

Elle n'entendit pas Firmin arriver près d'elle. C'est à peine si elle eut conscience qu'on lui caressait les cheveux, qu'on la prenait aux épaules, qu'on la mettait debout et qu'on l'emmenait…

Charvonnex, Saint-Jean-la-Vêtre,
le 28 novembre 1999.

Dans la même collection

Les textes de la collection Terre de poche nourrissent la mémoire collective à travers des histoires fortes, des récits de voyage, des documents historiques ou des chroniques intimes.

ALIA Josette
Le Pensionnat

ANGLADE Jean
Le Pain de Lamirand
Les Mains au dos
L'Ivraie et le Bon Grain
Le Pays oublié

BATUT Maryse
Les Monvalan

BICHELBERGER Roger
Les Années buissonnières

BORDES Gilbert
Le Chat derrière la vitre

BOUCHET Maurice
Les Souliers ferrés

BOUDOU Josette
Le printemps d'Antonia

BOURGEADE Justin
Tintinou, paysan

BOUSSUGE Micheline
Adieu lou païs

BOUTET Gérard
La Belle Ouvrage
Les Forestiers
Nos grands-mères aux fourneaux
Mémoires de femmes
Métiers insolites
Saisons paysannes

BRIAND Charles
La Batteuse

CABROL Laurent
L'Enfant de la Montagne noire
Les Disparues de la Saint-Jean
Le Crime de la Noël

CALLEROT Geneviève
Les Cinq Filles du Grand-Barrail

CAPPEAU Marie Nicole
Le blé germe en hiver

CHALEIL Léonce
Léonce, la mémoire du village

CHAMOUX Simone
La Passe-Vogue

CHANTELAUZE Jean-Louis
Clémentine

CHAUSSIDIÈRE Patrick
Pauvre Bougre

CHAUVIGNÉ Jean
Le Secret de Marie

COATMEUR Jean-François
Des croix sur la mer

DECK Olivier
La Neige éternelle

DIMITRIADIS Dicta
Le Nid de la hulotte

ÉVRARD René,
VIELZEUF Aimé
Comme le scorpion sous la lauze

EXBRAYAT Charles
Rachel et ses amours

FABRE François,
RICHARD Jean
La Bête du Gévaudan

FEUILLERAT André
La Clef des champs

FOURNIER LA TOURAILLE Jean-Pierre
Le Troisième Prétendant

FRONTENAC Yvette
L'Étoile rousse

GARDI François
L'Atelier du vannier

GLEIZE Georges-Patrick
La Vie en plus
Le Forgeron de la liberté

GOURGAUD Joseph
La Vallée des forges

GREMBERT Francis
Le Dernier Regain

JULIEN Henri
La Bâtisse aux amandiers

LABORIE Christian
Le Chemin des larmes

LARDREAU Suzanne
Orgueilleuse

LAURENT Jean-Paul
La Ferme aux loups

LAVAL Henri
Le Chemin des souvenirs

LE ROY Eugène
Jacquou le Croquant

LIMOUZIN René
Les Cèpes de la colère

LOUTY Pierre
Léonard, le dernier coupeur de ronces

MALAVAL Jean-Paul
Les Encriers de porcelaine
La Rosée blanche

MALROUX Antonin
La Dernière Estive
Le Soleil de Monédière

MARCON Christian
Le Refus

MAURY Martial
Le Secret des Restiac

MAZEAU Jacques
Mensonges
La Ferme d'en bas
La Rumeur du soir

MOUCHEL Jean
La Robe bleue d'Hélène
Le Fils d'Hélène

NÉDELLEC Gérard
L'École de monsieur Paul

NIGREMONT Georges
Jeantou le maçon creusois

NIQUET Gilberte-Louise
Le Destin des Vanbergh
Les Enfants du beffroi

PALET (DE) Marie
Le Sentier aride
La Tondue
L'Enfant oublié

PERRÈVE Paul
Les Galoches rouges
La Burle

PEYRAMAURE Michel
Le Bonheur des Charmettes

PRORIOL René
Antoinette

PUIJALON Bernadette
Le Moulin des retrouvailles

REY Georges
Le Bal des sabots
La Montagne aux sabots

RIBES Georges
Les Gens de la vallée

ROSSET Jean
Les Porteurs de terre

ROUANET Marie
Nous les filles

ROUANET Marie,
JURQUET Henri
Apollonie

ROUIL Jacques
Les Rustres

ROUQUET Jean
L'Enfant de la Borie

SELO Joël
Les Vieux Démons

SORDELLI Jean-Claude
Le mal rôde

SOYEZ Jean-Marc
La Tuile à loups
Au café de l'Église

STEVENSON Robert Louis
Voyages avec un âne dans les Cévennes

TOUPET Armand
La Bouzoute

VALETTE Paule
La Meule éclatée
Les Jours derrière la montagne

VAN DER MEERSCH Maxence
L'Empreinte du dieu

VENTRE Julien
Julien, berger des collines

VERDIER Henri
Les Lentilles vertes

VERRIER Michel
Là où les chèvres sont pires que les loups
La Taille de la Saint-Vincent
Les Vignes du bout du monde

VIGOULETTE Daniel
Les Ombres du Léman

VITTÉ Louis-Olivier
La Servante
L'Enfant de la rivière

LE BONHEUR DES CHARMETTES

Michel Peyramaure

Contée par un de nos plus grands écrivains, la jeunesse de Rousseau, le « promeneur solitaire », comme vous ne l'aviez jamais imaginée !

224 pages - 10,9 x 17,8 cm - 9782844947826 - 6,50 €

LE CHEMIN DES SOUVENIRS

Henri Laval

Chez les Lapeyre, la vie s'écoule paisiblement. Pourtant, dans le lointain, le bruit des bottes commence à résonner.

352 pages - 10,9 x 17,8 cm - 9782844947789 - 7,50 €

LE CRIME DE LA NOËL

Laurent Cabrol

Le corps sans vie de la petite Vidal est retrouvé, la veille de la Noël, à deux pas de la demeure d'André Bastide. Justin Gilles, journaliste à *France-Soir*, s'apprête à découvrir l'inimaginable.

416 pages - 10,9 x 17,8 cm - 9782844947833 - 8 €

L'ENFANT DE LA RIVIÈRE

Louis-Olivier Vitté

Gautier est tiraillé entre ses rêves de voyage sur l'eau et son affection pour ses proches. Futur noble ou aventurier, les clefs du destin sont entre ses mains.

384 pages - 10,9 x 17,8 cm - 9782844947802 - 7,50 €

LA FERME AUX LOUPS

Jean-Paul Laurent

Marguerite part trouver l'air tonique des montagnes où vit Désiré, le cousin de son défunt mari, un paysan solitaire et orphelin dont le cœur bat en secret pour elle depuis longtemps…

512 pages - 10,9 x 17,8 cm - 9782844947819 - 8€

LES MONVALAN

Maryse Batut

À Mascarel, les querelles n'ont qu'une origine : Rosine Monvalan, une veuve acariâtre et dure qui cache un bien lourd secret.

288 pages - 10,9 x 17,8 cm - 9782844947840 - 6€